PATRICIA HIGHSMITH
O jogo de Ripley

PATRICIA HIGHSMITH
O jogo de Ripley

TRADUÇÃO DE **JOSÉ FRANCISCO BOTELHO**

VOLUME 3

Copyright © 1993 by Diogenes Verlag AG Zürich
Primeira publicação em 1974.
Todos os direitos reservados.

TÍTULO ORIGINAL
Ripley's Game

COPIDESQUE
Paula Vivian Silva

REVISÃO
Eduardo Carneiro
Jean Marcel Montassier

PROJETO GRÁFICO E DIAGRAMAÇÃO
Henrique Diniz

IMAGEM DE CAPA
Michel Casarramona
Copyright © 2024 Diogenes Verlag AG Zurique, Suíça
Todos os direitos reservados.

CIP-BRASIL. CATALOGAÇÃO NA PUBLICAÇÃO SINDICATO
NACIONAL DOS EDITORES DE LIVROS, RJ

H541j

    Highsmith, Patricia, 1921-1995
    O jogo de Ripley / Patricia Highsmith ; tradução José Francisco Botelho. - 1. ed. - Rio de Janeiro : Intrínseca, 2025.
    336 p. ; 21 cm.   (Ripley ; 3)

    Tradução de: Ripley's game
    Sequência de: Ripley subterrâneo
    ISBN 978-85-510-1358-8

    1. Ficção americana. I. Botelho, José Francisco. II. Título. III. Série.

24-95615

CDD: 813
CDU: 82-3(73)

Meri Gleice Rodrigues de Souza - Bibliotecária - CRB-7/6439

[2025]
Todos os direitos desta edição reservados à
EDITORA INTRÍNSECA LTDA.
Av. das Américas, 500, bloco 12, sala 303
22640-904 – Barra da Tijuca
Rio de Janeiro – RJ
Tel./Fax: (21) 3206-7400
www.intrinseca.com.br

1

— Não existe crime perfeito — disse Tom a Reeves. — E tentar urdir crimes perfeitos é apenas um jogo inconsequente. É claro, você pode argumentar que há muitos assassinatos sem solução. Mas não é a mesma coisa.

Tom estava entediado. Andava de um lado para outro em frente à grande lareira, na qual crepitavam chamas pequenas mas acolhedoras. Sentiu que havia falado de forma enfadonha e pernóstica, mas o fato era que não podia ajudar Reeves, e já lhe explicara isso.

— Sim, claro — anuiu Reeves.

O homem estava sentado em uma das poltronas de cetim amarelo, a figura esguia curvada para a frente, as mãos entrelaçadas entre os joelhos. Tinha o rosto ossudo, cabelo castanho-claro curto e olhos frios e acinzentados — não era um rosto agradável, mas poderia até ser bonito, não fosse a cicatriz de mais de dez centímetros que ia da têmpora direita quase até a boca, atravessando-lhe a bochecha. Levemente mais rosada que o rosto, a cicatriz parecia resultado de um ferimento mal costurado, ou talvez que jamais levara pontos. Tom nunca perguntara a origem da marca, mas Reeves certa vez explicara espontaneamente: "Uma garota me fez isso com um estojo de ruge, acredita?" (Não, Tom não acreditava.) Reeves dera um sorriso rápido e triste, um dos poucos que Tom recordava ter visto no rosto dele. E em outra ocasião: "Eu caí do cavalo… e fui arrastado pelo estribo por uns metros." Reeves dissera isso a outra pessoa, mas Tom estava presente. Tom suspeitava que a cicatriz tivesse sido causada por uma faca sem fio numa briga sórdida em algum lugar.

Agora Reeves queria que Tom arranjasse ou sugerisse alguém que pudesse cometer um ou talvez dois "assassinatos simples" e quem sabe um furto, também seguro e banal. Reeves viera de Hamburgo a Villeperce para falar com Tom, e passaria a noite ali, de onde partiria na manhã seguinte rumo a Paris a fim de falar com outra pessoa, então voltaria para casa, em Hamburgo, e presumivelmente pensaria mais um pouco no assunto caso suas tentativas falhassem. Reeves trabalhava principalmente como receptor de objetos roubados, mas nos últimos tempos se envolvera com o mundo do jogo ilegal em Hamburgo, um mundo que ele agora se incumbia de proteger. Proteger de quê? De vigaristas italianos que desejavam se infiltrar no negócio. Reeves achava que certo italiano em Hamburgo era um capanga da Máfia, enviado como batedor, e que um outro talvez fosse também, mas a mando de outra família. Com a eliminação de um dos intrusos, ou de ambos, Reeves esperava desencorajar novas tentativas por parte da Máfia, além de chamar a atenção das autoridades de Hamburgo para a ameaça representada pelos mafiosos, e então deixar que a polícia cuidasse do assunto, ou seja, que expulsasse a Máfia da cidade. "Esses rapazes de Hamburgo são gente boa", afirmara Reeves com fervor. "Podem estar fazendo uma coisa ilegal, operando alguns cassinos privados, mas os clubes são legalizados, e eles não tiram lucros absurdos. Não é como Las Vegas, onde tudo está corrompido pela Máfia e bem nas fuças da polícia americana!"

Tom pegou o atiçador e amontoou as brasas, depois pôs na lareira outra acha de lenha, habilmente cortada. Eram quase seis da tarde. Logo estaria na hora de um drinque. E por que não agora?

— Você gostaria de…?

Nesse momento, Madame Annette, a governanta dos Ripley, entrou na sala, vindo da cozinha.

— Com licença, *messieurs*. Gostaria dos drinques agora, Monsieur Tome, já que o cavalheiro não quis tomar chá?

— Sim, obrigado, Madame Annette. Era nisso mesmo que eu estava pensando. E peça a Madame Heloise que se junte a nós, sim?

Tom queria que Heloise viesse deixar o ambiente um pouco mais leve. Antes de ir buscar Reeves no aeroporto de Orly, às três da tarde, dissera a Heloise que Reeves queria conversar com ele sobre um assunto específico, por isso ela passara a tarde perambulando pelo jardim ou no andar de cima.

— Por acaso — disse Reeves num derradeiro esforço, com esperançosa insistência —, não consideraria a possibilidade de pegar esse serviço? Você não tem nenhuma ligação com o assunto, e é exatamente isso que queremos. Segurança. E, afinal de contas, o dinheiro compensa: 96 mil pratas.

Tom balançou a cabeça.

— Estou ligado a *você*… de certa forma. — Era verdade: ele fizera alguns servicinhos para Reeves Minot, como remeter pequenos itens roubados ou recuperar objetos minúsculos plantados por Reeves dentro de tubos de pasta de dentes, tais quais rolos de microfilme, sem que os portadores soubessem. — Acha que posso me envolver para sempre nessas aventuras de espionagem sem ser pego? Tenho uma reputação a zelar, você sabe.

Tom sentiu vontade de sorrir ao dizer isso, mas, ao mesmo tempo, uma emoção genuína acelerou seu coração e ele se empertigou, consciente da elegante casa onde morava e da atual segurança com que vivia, seis meses após o episódio de Derwatt: uma semicatástrofe da qual escapara quase incólume, exceto por uma vaga suspeita que lhe caíra sobre os ombros. Ele andara sobre gelo fino, é verdade, mas o gelo não quebrara. Havia acompanhado Webster, o investigador inglês, e dois especialistas forenses até aquela floresta em Salzburgo onde cremara o corpo do homem que se supunha ser o pintor Derwatt. Por que ele havia esmagado o crânio, os policiais lhe perguntaram. Tom ainda estremecia quando se lembrava daquela pergunta, pois sua intenção ao destruir a caveira era a de espalhar e esconder os dentes superiores. O maxilar inferior se soltara com facilidade, e Tom o enterrara a alguns metros de distância. Mas os dentes superiores... Alguns foram encontrados por um dos especialistas forenses, porém nenhum dentista em Londres tinha qualquer registro dos dentes de Derwatt, já que ele (supostamente) vivera no México durante os seis anos anteriores. "Me pareceu parte da cremação, parte da ideia de reduzi-lo a cinzas", respondera Tom. O corpo cremado era de Bernard. Sim, Tom ainda sentia calafrios: não apenas por recordar o perigo que correra diante da polícia, mas também pelo horror do ato que cometera, ao largar um pedregulho sobre a caveira chamuscada. No entanto, ao menos não havia matado Bernard. A morte de Bernard Tufts fora suicídio.

— Tenho certeza de que, entre todas as pessoas que você conhece, vai encontrar alguém capaz de fazer esse serviço — disse Tom.

— Sim, e isso deixaria uma pista que levaria direto a mim, estabelecendo uma ligação muito mais forte que a nossa. Ah, as pessoas que eu conheço são um tanto conhecidas — disse Reeves num melancólico tom de derrota. — Você conhece um monte de pessoas respeitáveis, Tom, pessoas realmente sem máculas, acima de suspeitas.

Tom riu.

— E como você convenceria uma pessoa *dessas* a cometer um crime? Às vezes acho que você está louco, Reeves.

— Não! Você sabe o que eu quero dizer. Alguém que aceitasse fazer esse serviço pelo dinheiro, só pelo dinheiro. Não precisa ser um especialista. Nós prepararíamos o terreno. Seria como... um assassinato político. Alguém que, se for interrogado pela polícia, pareça totalmente incapaz de fazer uma coisa dessas.

Madame Annette entrou com o carrinho de bebidas. O balde prateado de gelo brilhava. O carrinho rangia levemente. Fazia semanas que Tom planejava lubrificá-lo. Ele poderia continuar provocando Reeves, pois Madame Annette, bendita fosse, não entendia uma palavra de inglês, mas Tom estava cansado do assunto e se sentiu muito contente pela interrupção. Madame Annette vinha de uma família da Normandia, estava na casa dos 60 anos e tinha feições refinadas e corpo robusto, era uma criada preciosa. Tom não conseguia imaginar Belle Ombre funcionando sem ela.

Então Heloise entrou na sala, vindo do jardim, e Reeves se levantou. Heloise estava usando uma jardineira listrada vermelho e rosa com boca de sino e a palavra LEVI estampada verticalmente em todas as listras. O cabelo loiro balançava, longo e solto. Tom contemplou o brilho incandescente daquelas mechas e pensou: *Quanta pureza em comparação com o que estávamos falando!* A luz no cabelo dela era dourada, contudo, e isso fez Tom pensar em dinheiro. Bem, na verdade, ele não precisava de mais dinheiro, mesmo sabendo que as vendas dos quadros de Derwatt, das quais recebia uma parte, em breve chegariam ao fim, porque não haveria novas pinturas. Tom também ganhava uma porcentagem da empresa de materiais artísticos Derwatt, e isso não acabaria. Além disso, havia a modesta mas crescente renda das ações de Greenleaf, que Tom herdara por meio de um testamento que ele próprio forjara. Isso sem mencionar a generosa mesada que Heloise recebia do pai. Não havia sentido em ser ganancioso. Tom detestava assassinatos, a menos que fossem absolutamente necessários.

— Conversaram bastante? — perguntou Heloise em inglês, antes de tombar graciosamente no sofá amarelo.

— Sim, obrigado — disse Reeves.

O resto da conversa foi em francês, pois Heloise não se sentia à vontade falando em inglês. O francês de Reeves não era muito bom, mas ele conseguia se virar, e, de todo modo, não conversaram sobre nada importante: o jardim, o inverno ameno que parecia até já ter acabado, porque estavam no início de março e os narcisos começavam a desabrochar. Tom apanhou uma das garrafas do carrinho e serviu champanhe para Heloise.

— Como estão as coisas em Hamburgo? — perguntou Heloise com forte sotaque, arriscando-se no inglês mais uma vez, e Tom viu um brilho de divertimento nos olhos dela enquanto Reeves se esforçava para dar alguma resposta trivial em francês.

Em Hamburgo tampouco estava fazendo muito frio, e Reeves acrescentou que ele também tinha um jardim, porque sua *"petite maison"* ficava no Alster, que era uma água, e com isso queria dizer que era uma espécie de baía onde muitas pessoas tinham casas com jardim e uma faixa de água, ou seja, podiam ter pequenos barcos se quisessem.

Tom sabia que Heloise não gostava de Reeves Minot, desconfiava dele, pois Reeves era o tipo de pessoa que, na opinião dela, Tom deveria evitar. Ele pensou, satisfeito, que naquela noite poderia dizer à esposa, com toda a honestidade, que se recusara a participar do esquema proposto por Reeves. Heloise vivia preocupada com o que o pai dela, Jacques Plisson, diria. Ele era um milionário fabricante de remédios e também um gaullista: a quintessência da respeitabilidade francesa. E jamais gostara de Tom. "Meu pai vai acabar perdendo a paciência!", costumava alertar Heloise, mas Tom sabia que ela estava mais interessada na segurança do marido do que na mesada do pai, uma mesada que, segundo Heloise, Monsieur Plisson regularmente ameaçava cortar. Ela almoçava com os pais uma vez por semana, em geral às sextas-feiras, na casa deles em Chantilly. Tom sabia que, se o pai de Heloise cortasse a mesada, talvez não pudessem continuar morando em Belle Ombre.

O menu da ceia eram *médaillons de boeuf*, precedidos por alcachofras frias com um molho especial criado pela própria Madame Annette. Heloise trocara de roupa e agora usava um vestido simples azul-claro. Ela já tinha percebido que Reeves não conseguira o que queria, pensou Tom. Antes de se retirarem para os aposentos, Tom certificou-se de que Reeves tinha tudo de que precisava e perguntou a que horas desejava ser servido de chá ou café no quarto. De café, às oito, disse Reeves. Ele foi instalado no quarto de hóspedes na ala esquerda da casa, o que lhe dava acesso ao banheiro geralmente usado por Heloise, mas Madame Annette já removera a escova de dentes da patroa e a colocara no banheiro de Tom, adjacente ao quarto dele.

— Ainda bem que ele vai embora amanhã. Por que ele está tão tenso? — perguntou Heloise enquanto escovava os dentes.

— Ele sempre está tenso. — Tom fechou o chuveiro, saiu do boxe e enrolou-se rapidamente numa grande toalha amarela. — Vai ver é por isso que é magro.

Conversavam em inglês, pois Heloise não tinha vergonha de falar em inglês com ele.

— Como você o conheceu?

Tom não se lembrava. Quando? Talvez cinco ou seis anos antes. Em Roma? De quem mesmo Reeves era amigo? Tom estava cansado demais para pensar, e, de toda forma, aquilo não tinha importância. Ele conhecia umas cinco ou seis pessoas do tipo de Reeves, e teria muita dificuldade em responder onde conhecera cada uma delas.

— O que ele queria com você?

Tom envolveu Heloise pela cintura, o que esticou o tecido frouxo da camisola contra o corpo dela. Beijou-lhe a bochecha fria.

— Algo impossível. Eu disse não. Você não notou? Ele está decepcionado.

Naquela noite, havia uma solitária coruja piando no galho de algum pinheiro na floresta pública que ficava atrás de Belle Ombre. Tom estava deitado com o braço esquerdo sob o pescoço de Heloise, pensando. Ela havia adormecido, e mantinha a respiração lenta e suave. Tom suspirou e continuou pensando, mas não de forma lógica e construtiva. Tomara duas xícaras de café, e a segunda não o deixava pegar no sono. Estava recordando uma festa à qual fora um mês antes em Fontainebleau, uma festa de aniversário informal de certa Madame... Madame o que mesmo? O que interessava a Tom era o nome do marido dela, um nome inglês que talvez lhe ocorresse em alguns segundos. O homem, o anfitrião, tinha 30 e poucos anos e o casal tinha um filho pequeno. A casa era uma construção comprida, vertical, de três andares, numa rua residencial em Fontainebleau, com um pequeno jardim nos fundos. O homem era um moldureiro, e isso explicava a presença de Tom na festa: fora arrastado até lá por Pierre Gauthier, que tinha uma loja de materiais de arte na rue Grande, na qual Tom costumava comprar tintas e pincéis. Gauthier dissera: "Ora, Monsieur Reeply, venha comigo. Traga sua esposa! Ele precisa ver gente nova. Anda um pouco deprimido... E, além do mais, ele faz molduras, então vocês podem fazer negócios."

Tom pestanejou na escuridão e mexeu a cabeça alguns centímetros para trás, evitando que os cílios roçassem no ombro de Heloise. O inglês era um homem alto e loiro, cuja figura Tom agora recordava com algum ressentimento e antipatia, pois em certo momento, quando ambos se encontravam na cozinha — aquela cozinha soturna, com piso de linóleo gasto e teto manchado de fumaça, adornado por baixos-relevos do século XIX —, o homem fizera um comentário desagradável. O homem — Trewbridge? Tewksbury? — lhe dissera, numa entonação que beirava o escárnio: "Ah, sim, ouvi falar de você." Antes, Tom havia lhe dito "Sou Tom Ripley. Moro em Villeperce", e estava prestes a lhe perguntar quanto tempo fazia que ele vivia em Fontainebleau, imaginando que um inglês casado com uma francesa talvez se interessasse em conhecer melhor um americano que, além de ser casado com uma francesa, morava ali perto, mas a tentativa de Tom provocou uma reação grosseira. Trevanny? Não era esse o nome dele? Loiro, cabelo liso, com ar holandês...

mas, enfim, os ingleses eram muito parecidos com os holandeses e vice-versa.

Agora Tom estava pensando no que Gauthier lhe dissera mais tarde naquela noite. "Ele está deprimido. Se pareceu antipático, não foi de propósito. Tem algum tipo de doença no sangue... Leucemia, eu acho. É bem grave. Além do mais, as finanças não vão bem, como você pode constatar olhando a casa." Gauthier tinha um olho de vidro, de uma estranha cor verde-amarelada, uma óbvia, porém fracassada, tentativa de combinar com o outro olho. O falso olho de Gauthier lembrava o de um gato morto. Embora as pessoas evitassem fitá-lo, sempre tinham o olhar hipnoticamente atraído para o olho de vidro, de modo que as palavras sinistras de Gauthier, combinadas àquilo, exerceram sobre Tom uma profunda impressão de morte, algo que ele não esquecera.

Ah, sim, ouvi falar de você. Aquilo significava que Trevanny, ou fosse lá qual fosse o nome dele, achava que Tom era responsável pela morte de Bernard Tufts e, talvez, pela morte de Dickie Greenleaf, ocorrida antes? Ou estaria o inglês meramente amargurado pela doença e tratando todo mundo com o mesmo azedume? Como um homem dispéptico, assolado por cólicas permanentes? Então Tom se recordou da esposa de Trevanny — não era uma mulher bonita, mas de aparência interessante, com cabelo castanho, ar amigável e expansivo, que se esforçara por criar um clima agradável durante a festa, na sala de estar e na cozinha, onde ninguém se sentara nas poucas cadeiras disponíveis.

O que Tom estava pensando era o seguinte: será que aquele homem aceitaria um serviço como o proposto por Reeves? Acabava de lhe ocorrer uma estratégia peculiar em relação a Trevanny. Era uma estratégia que poderia funcionar com qualquer homem, bastando para isso que se preparasse o terreno — mas, nesse caso, o terreno já estava preparado. Trevanny estava muito preocupado com a saúde.

A ideia de Tom não era mais que um trote, uma brincadeira maldosa, pensou, afinal o sujeito tinha sido maldoso com ele. A brincadeira talvez durasse apenas um ou dois dias, até Trevanny conseguir uma consulta com o médico.

Tom achou tanta graça na ideia que começou a se desvencilhar cuidadosamente de Heloise, para não a acordar caso a gargalhada reprimida viesse à tona e lhe sacudisse todo o corpo. E se Trevanny estivesse vulnerável e acabasse executando o plano de Reeves como um soldado, perfeitamente? Valia a pena tentar? Sim, porque Tom não tinha nada a perder. Tampouco Trevanny. Trevanny, na verdade, teria algo a ganhar. Assim como Reeves — de acordo com o próprio, mas Reeves que descobrisse isso sozinho, pois, aos olhos de Tom, as intenções de Reeves pareciam tão vagas quanto as atividades dele com os microfilmes, que supostamente tinham algo a ver com espionagem internacional. Será que os governos sabiam das insanas estripulias cometidas por alguns de seus espiões? Será que sabiam daqueles sujeitos extravagantes e meio dementes correndo furtivamente de Bucareste a Moscou e a Washington com armas e microfilmes — homens que, se não se dedicassem a intrigas internacionais, poderiam muito bem direcionar a energia, com idêntico entusiasmo, a coleções de selos ou à aquisição de segredos sobre trens elétricos em miniatura?

2

E foi assim que, uns dez dias depois, em 22 de março, Jonathan Trevanny, que morava na rue Saint-Merry, Fontainebleau, recebeu uma estranha carta do querido amigo Alan McNear. Alan, que trabalhava em Paris como representante de uma firma inglesa de produtos eletrônicos, escrevera a carta pouco antes de embarcar para Nova York, numa viagem de negócios, e — curiosamente — um dia após ter visitado os Trevanny em Fontainebleau. Jonathan não estava esperando carta alguma, mas, ao abri-la, imaginou que fosse uma mensagem de agradecimento pela festa de despedida que ele e a esposa, Simone, ofereceram ao amigo. De fato, Alan escreveu algumas palavras de gratidão, mas o parágrafo que desconcertou Jonathan dizia o seguinte:

Jon, fiquei chocado ao ouvir as notícias sobre sua velha doença sanguínea e até agora espero que não seja verdade. Disseram-me que você já sabe, mas que preferiu não contar aos amigos por enquanto. Muito nobre da sua parte, mas para que servem os amigos? Não precisa se preocupar: não vamos evitar a sua companhia nem pensar que está tão melancólico que é melhor não ver você. Seus amigos (e eu sou um deles) estão aqui... sempre. Mas, na verdade, não consigo expressar em palavras nenhuma das coisas que desejo lhe dizer. Vou me sair melhor ao nos encontrarmos, daqui a alguns meses, quando eu der um jeito de tirar umas férias, então me perdoe por estas palavras inadequadas.

Do que Alan estava falando? Será que o médico, Dr. Perrier, havia contado aos *amigos* de Jonathan algo que não queria contar ao próprio? Teria dito, por exemplo, que restava a ele pouco tempo de vida? O Dr. Perrier não fora à festa de despedida de Alan, mas podia ter comentado alguma coisa com outra pessoa.

Será que o Dr. Perrier falara com Simone? E será que ela também estava escondendo isso de Jonathan?

Enquanto pensava nessas possibilidades, Jonathan estava no jardim de casa, às oito e meia da manhã, sentindo frio por baixo do suéter, os dedos sujos de terra. Era melhor falar com o Dr. Perrier quanto antes, naquele mesmo dia. Não adiantava falar com Simone. Ela poderia fingir. *Mas, querido, do que você está falando?* Jonathan não sabia se seria capaz de discernir se a esposa estaria fingindo ou não.

E o Dr. Perrier, poderia confiar nele? O médico exalava otimismo, e esse era um bom método, desde que o paciente estivesse com uma doença leve — só de falar com ele, a pessoa se sentia muito melhor, ou até curada. Mas Jonathan sabia que não tinha algo leve. Sofria de leucemia mieloide, caracterizada por um excesso de matéria amarela na medula óssea. Nos últimos cinco anos, fizera ao menos quatro transfusões de sangue anuais. A recomendação era que, sempre que se sentisse fraco, procurasse o médico ou fosse direto ao hospital para uma transfusão. O Dr. Perrier dissera (assim como um especialista de Paris) que, a partir de certo momento, a deterioração se tornaria muito rápida e as transfusões deixariam de surtir efeito. Jonathan já havia lido o bastante sobre a doença e descoberto isso sozinho. Até então, nenhum médico encontrara uma cura para a leucemia mieloide. A doença levava à morte, em média, após um período de seis a doze anos, ou mesmo de seis a oito. Jonathan estava entrando no sexto ano.

Ele guardou o forcado numa pequena estrutura de tijolos, que outrora funcionara como banheiro externo e se tornara um depósito de ferramentas, e caminhou até o pequeno lance de degraus nos fundos da casa. Deteve-se no primeiro degrau e inspirou, sentindo o ar fresco da manhã lhe invadir os pulmões, então pensou: *Quantas semanas ainda tenho para desfrutar manhãs como esta?* Contudo, lembrou que havia pensado a mesma coisa na primavera passada. *Coragem, homem!*, disse a si mesmo. Afinal de contas, fazia seis anos que sabia que talvez não chegasse aos 35. Jonathan subiu os oito degraus de ferro com passo firme, pensando que já eram oito e cinquenta e dois da manhã e ele tinha que estar na loja às nove, no máximo uns minutinhos depois disso.

Simone havia saído para levar Georges à École Maternelle, então a casa estava vazia. Jonathan lavou as mãos com a escova de legumes, coisa que a esposa reprovaria, mas ele deixou a escova limpa. A única outra pia ficava no banheiro do último andar. Não havia telefone na casa. Assim que chegasse à loja, telefonaria para o Dr. Perrier.

Jonathan caminhou até a rue de la Paroisse e dobrou à esquerda, depois seguiu pela rue des Sablons, que a cruzava. Na loja, discou de cor o número do médico.

A enfermeira disse que o doutor estava com a agenda lotada naquele dia, como Jonathan já esperava.

— Mas é urgente. E não vai demorar muito. Só quero fazer uma pergunta, na verdade... Mas eu preciso vê-lo.

— Está se sentindo fraco, Monsieur Trevanny?

— Sim, estou — disse Jonathan de pronto.

Conseguiu uma consulta para o meio-dia. Havia algo de ominoso naquele horário.

Jonathan era um moldureiro. Cortava pedaços de papel-cartão e vidro, montava molduras, escolhia algumas em seu estoque para clientes indecisos e, de vez em quando, ao comprar velhas molduras em leilões ou lojas de sucata, deparava-se com uma pintura mais ou menos interessante dentro de algum enquadramento, então a limpava, colocava-a na vitrine e a vendia. No entanto, não era um negócio lucrativo. Ele batalhava para pagar as contas. Sete anos antes, formara uma sociedade com outro inglês, de Manchester, e juntos haviam aberto uma loja de antiguidades em Fontainebleau, negociando principalmente móveis descartados, que eles recauchutavam e vendiam. Entretanto, o lucro não era suficiente para duas pessoas, e Roy largara o negócio e conseguira um emprego como mecânico numa oficina perto de Paris. Pouco depois, um médico de Paris repetira a Jonathan o que já fora dito por outro médico em Londres: "Você é propenso à anemia. Deve fazer check-ups regulares, e é melhor evitar qualquer trabalho pesado." Assim, ele parou de trabalhar com armários e sofás e passou a focar em molduras e vidros. Antes de se casar com Simone, dissera-lhe que talvez não tivesse mais de seis anos de vida, pois, na mesma época em que a conhecera, um médico havia confirmado que as fraquezas periódicas eram em razão de uma leucemia mieloide.

Bem, Simone poderia casar-se de novo depois que ele morresse — foi o que pensou Jonathan enquanto começava os trabalhos do dia, muito calmamente. Simone trabalhava cinco tardes por semana, das duas e meia às seis e meia, numa loja na avenue Franklin Roosevelt à qual podia ir andando, pois não ficava muito longe de casa; começara a trabalhar havia cerca de um ano, quando Georges chegara à idade de frequentar o equivalente francês do jardim de infância. O casal precisava dos 200 francos semanais que Simone ganhava, mas Jonathan sempre se irritava ao lembrar que Brezard, o chefe dela, era uma espécie de devasso que gostava de beliscar o traseiro das funcionárias e decerto tentava se aproveitar delas na sala dos fundos, onde ficava o estoque. Simone era uma mulher casada, e Brezard sabia disso, então Jonathan supunha que houvesse um limite para os avanços dele, mas esses detalhes jamais inibiam homens como Brezard. Simone não era nada coquete — na verdade, ela tinha uma estranha timidez, o que indicava que talvez não se achasse atraente. Era uma característica que a tornava adorável aos olhos de Jonathan. Na opinião dele, Simone exalava *sex appeal*, mas de um tipo talvez não tão evidente à maioria dos homens, e Jonathan sentia-se especialmente incomodado ao imaginar que o patrão da esposa, aquele porco depravado, podia ter percebido a peculiar sensualidade de Simone e quisesse uma provinha. Não que ela falasse muito sobre Brezard. Apenas uma vez mencionara que o chefe importunava as funcionárias — que eram duas, além de Simone. Por um instante, naquela manhã, enquanto mostrava uma aquarela emoldurada a uma cliente, Jonathan imaginou Simone sucumbindo, após um discreto intervalo, aos avanços do odioso Brezard, que, afinal de contas, era solteiro e mais próspero que ele. *Absurdo*, pensou Jonathan. Simone detestava aquele tipo de homem.

— Ah, é lindo! Excelente! — disse a jovem cliente, que usava um casaco vermelho vivo, enquanto erguia a aquarela com os braços esticados.

Um sorriso surgiu lentamente no rosto comprido e sério de Jonathan, como se um pequeno sol particular saísse de trás das nuvens e começasse a brilhar dentro dele. Ela estava tão genuinamente encantada! Jonathan não a conhecia — na verdade, a moça fora buscar uma pintura trazida por outra mulher, uma mais velha, talvez a mãe dela. O preço deveria ser 20 francos acima do orçamento inicial, pois a moldura não era a mesma que a mulher mais velha escolhera (aquele modelo estava em falta no estoque), mas Jonathan não mencionou tal fato e aceitou os 80 francos conforme o combinado.

Depois, Jonathan varreu o assoalho de madeira e espanou as três ou quatro pinturas expostas na pequena vitrine. A loja estava com uma aparência desleixada, pensou ele naquela manhã. Não havia nada colorido em lugar algum e viam-se molduras de todos os tamanhos escoradas em paredes sem pintura, amostras de madeira pendendo do teto e, no balcão, um talão de pedidos, uma régua e vários lápis. Nos fundos da loja, havia uma mesa de madeira comprida na qual Jonathan trabalhava com sua caixa de esquadrias, serras e cortadores de vidro. Sobre a mesa grande também estavam os pedaços de papel-cartão, cuidadosamente protegidos, para fazer *passe-partout*; um grande rolo de papel pardo; rolos de barbante; arames; potes de cola; e caixas de pregos de vários tamanhos. Atrás da mesa, na parede, havia uma prateleira com facas e martelos. Em geral, Jonathan apreciava a atmosfera de século XIX, desprovida de fru-fru comercial. Sempre quis que a loja parecesse a oficina de um bom artesão, e nisso ele acreditava ter sido bem-sucedido. Jamais exagerava nos preços, terminava o serviço no prazo estipulado e, caso visse que iria se atrasar, avisava o cliente por meio de um cartão-postal ou de um telefonema. Com o tempo, descobriu que as pessoas valorizavam isso.

Às onze e trinta e cinco, após emoldurar dois pequenos retratos e afixar neles o nome dos clientes, Jonathan lavou as mãos e o rosto na água gelada da pia, penteou-se, empertigou-se e tentou se preparar para o pior. O consultório do Dr. Perrier não ficava muito longe, na rue Grande. Jonathan ajustou a informação na tabuleta da porta para OUVERT ÀS 14H30, trancou a loja e partiu.

Teve que ficar um tempo sentado na sala de espera do consultório, junto do oleandro frágil e empoeirado. A planta nunca dava flores, nunca morria, nunca crescia, nunca mudava. Jonathan se identificava com o oleandro. Os olhos dele eram constantemente atraídos para a planta, embora tentasse pensar em outras coisas. Na mesa oval, havia exemplares da revista *Paris Match*, velhos e muito folheados, mas Jonathan os achava mais deprimentes que o oleandro. O Dr. Perrier também trabalhava no Hôpital de Fontainebleau, que era bem grande, lembrou-se Jonathan — do contrário, seria absurdo confiar a própria vida às opiniões de um médico que trabalhava num lugar de aparência tão indigente quanto aquele consultório.

A enfermeira abriu a porta e chamou-o com um aceno.

— Ora, ora, como está este meu paciente tão interessante, o mais interessante de todos? — disse o Dr. Perrier, que esfregou as mãos e depois estendeu uma delas.

Jonathan apertou a mão do médico.

— Estou bem, obrigado. Mas quero entender o que significa tudo isso... Quer dizer, os exames do mês retrasado. Os resultados, pelo que entendi, não foram muito bons, foram?

Por um instante, o rosto do Dr. Perrier ficou sem expressão, e Jonathan o observou detidamente. Então o médico sorriu, mostrando os dentes amarelados sob o bigode mal aparado.

— Como assim, não muito bons? Você viu os resultados.

— Mas... o senhor sabe que não sou um especialista, não sei interpretá-los... Talvez...

— Mas eu lhe expliquei tudo... Ora, vamos, qual é o problema? Está se sentindo cansado de novo?

— Na verdade, não. — Sabendo que o médico queria sair logo para almoçar, Jonathan disse, em tom apressado: — Para ser sincero, um amigo meu ouviu dizer, em algum lugar, que... que em breve terei uma crise. Que talvez eu não tenha muito tempo de vida. Naturalmente, achei que essa informação viesse do senhor.

O Dr. Perrier balançou a cabeça, soltou uma risada e saltitou como um passarinho, e então finalmente pousou, esticando os dois braços magricelas sobre um pequeno armário de vidro cheio de livros.

— Meu caro senhor... Em primeiro lugar, se fosse o caso, eu não teria dito a ninguém. Não seria ético. Em segundo lugar, este não é o caso, até onde sei e a julgar pelo seu último exame... Gostaria de fazer outro exame hoje? No fim da tarde, no hospital, talvez eu possa...

— Não necessariamente. O que eu queria mesmo saber é se esse rumor tem fundamento. O senhor não esconderia a verdade de mim, não é? — perguntou Jonathan, com uma risada. — Só para eu me sentir melhor?

— Que besteira! Acha mesmo que sou esse tipo de médico?

Sim, pensou Jonathan, encarando o Dr. Perrier nos olhos. E em alguns casos isso era uma bênção, mas Jonathan achava que merecia saber a verdade, pois era o tipo de homem capaz de suportá-la. Ele mordeu o lábio inferior. Poderia ir ao laboratório em Paris, refletiu, insistir em falar de novo com o especialista, Moussu. Também poderia extrair alguma informação de Simone logo mais, no almoço.

O Dr. Perrier lhe deu palmadinhas no braço.

— O seu amigo, e não quero saber quem ele é, ou está enganado, ou não é um amigo lá muito bom, acho. E no mais, você deve me dizer quando e se está cansado, porque *isso* é o que importa...

Vinte minutos depois, Jonathan subia os degraus da frente de casa, levando uma torta de maçã e uma baguete. Abriu a porta com a chave e enveredou pelo corredor que dava na cozinha. Sentiu o cheiro de batata frita, um aroma apetitoso que sempre anunciava o almoço, não a janta, e as batatas de Simone eram longas e esguias, bem diferentes das chips inglesas, que eram nacos curtos. Mas por que estava pensando nas batatinhas fritas inglesas?

Simone estava em frente ao fogão, usando um avental por cima do vestido e empunhando um garfo longo.

— Oi, Jon. Você está um pouco atrasado.

Jonathan envolveu-a com um braço e beijou-a na bochecha, depois ergueu a caixa de papelão e, com uma sacudidela, mostrou-a a Georges, que estava sentado à mesa, a cabeça loira inclinada, recortando uma caixa vazia de cereal para fazer um móbile.

— Ah, uma torta! De quê? — perguntou Georges.

— Maçã. — Jonathan pôs a caixa na mesa.

Cada um comeu um pequeno bife, uma deliciosa porção de batatas fritas e salada verde.

— Brezard está fazendo o balanço — disse Simone. — O estoque de verão chega semana que vem, então ele vai fazer uma liquidação na sexta-feira e no sábado. Talvez eu chegue um pouco tarde hoje à noite.

Ela havia aquecido a torta na travessa de amianto. Jonathan esperou, impaciente, que Georges fosse para a sala de estar, onde havia vários brinquedos dele, ou para o jardim. Depois que Georges finalmente saiu, Jonathan disse:

— Recebi uma carta bem estranha do Alan hoje.

— Do Alan? Como assim, estranha?

— Ele escreveu pouco antes de viajar para Nova York. Parece que ouviu por aí... — Deveria mostrar a carta? Simone conseguia ler em inglês. Jonathan decidiu prosseguir: — Ele ouviu dizer que estou pior, que em breve terei uma crise... ou algo assim. Você sabe alguma coisa a respeito disso?

Jonathan observou os olhos dela.

Simone pareceu genuinamente surpresa.

— Ora, claro que não, Jon. Como eu poderia ter ouvido isso a não ser de você?

— Acabei de falar com o Dr. Perrier. Foi por isso que me atrasei. Ele disse que não tem conhecimento de nenhuma mudança no meu quadro, mas você sabe como ele é! — Jonathan sorriu, ainda olhando com ansiedade para Simone. — Bem, aqui está a carta — disse, tirando-a do bolso traseiro da calça.

Traduziu o parágrafo.

— *Mon Dieu!* Bem, onde foi que *ele* ouviu esse boato?

— Pois é, essa é a questão. Melhor escrever a ele e perguntar. Não acha? — Jonathan sorriu de novo, um sorriso mais sincero.

Teve certeza de que Simone não sabia nada sobre o assunto.

Com uma segunda xícara de café, Jonathan foi à pequena sala quadrangular, em cujo assoalho Georges estava esparramado com seus recortes, e sentou-se à escrivaninha, que sempre o fazia se sentir um gigante. Era uma *écritoire* francesa, elegante e um tanto frágil, presente da família de Simone. Jonathan tomava cuidado para não depositar muito peso no tampo. Endereçou um aerograma a Alan McNear, no hotel New Yorker. Começou a carta em tom bastante despreocupado, mas no segundo parágrafo escreveu:

> Não sei ao certo o que quis dizer em sua carta ao mencionar as tais notícias chocantes a meu respeito. Estou me sentindo bem, mas esta manhã fui ver o médico, para saber se ele estava me contando toda a história. Ele afirma não ter conhecimento algum de uma piora no meu quadro de saúde. Portanto, meu querido Alan, o que me interessa é o seguinte: onde você ouviu isso? Poderia me escrever em seguida? Parece que foi um mal-entendido. Adoraria esquecer o assunto, mas espero que compreenda minha curiosidade sobre a origem desse rumor.

Jonathan pôs a carta numa caixa de correio a caminho da loja. Provavelmente só receberia a resposta de Alan dali a uma semana.

Naquela tarde, ao deslizar a lâmina junto à borda da régua de aço, a mão de Jonathan estava firme como sempre. Pensou na carta, imaginou-a a caminho do aeroporto de Orly, aonde talvez chegasse à noite ou na manhã seguinte. Pensou na própria idade, 34 anos, e no mísero legado que deixaria se morresse em alguns meses. Tivera um filho, e isso era importante, mas não chegava a ser uma façanha digna de grandes louvores. Tampouco deixaria Simone numa situação financeira muito estável. Na verdade, se alterara o padrão de vida dela, havia sido para pior. O pai de Simone era apenas um carvoeiro, mas, de alguma forma, ao longo dos anos a família conseguira cercar-se de certas comodidades — um carro, por exemplo, e uma mobília decente. Em junho ou julho, costumavam alugar uma casa de campo no Sul para passar as férias, e no ano anterior a alugaram pelo mês inteiro, para que Jonathan e Simone pudessem ir com Georges. Jonathan não tivera tanto sucesso quanto o irmão, Philip, dois anos mais velho, ainda que Philip aparentasse fraqueza física e fosse um sujeito lento e embotado. O irmão era professor de antropologia na Universidade de Bristol — não um professor brilhante, Jonathan tinha certeza, mas ainda assim um homem bem posicionado, com uma carreira sólida, esposa e dois filhos. A mãe de Jonathan, já viúva, levava uma existência feliz em Oxfordshire, com o irmão dela e a cunhada: era ela, a mãe, quem cuidava do grande jardim da casa, fazia todas as compras e cozinhava. Jonathan sentia-se o fracassado da família, tanto no quesito físico quanto no profissional. A princípio quisera ser ator. Entre os 18 e os 20 anos, frequentara uma escola de teatro. Achava que o rosto não era nada mau para um ator: não chegava a ser tão bonito, com aquele nariz grande e a boca larga, mas era atraente o bastante para interpretar papéis românticos e, ao mesmo tempo, robusto o suficiente para papéis mais rústicos. Que ilusão! Mal conseguira dois papéis de figurante nos três anos em que havia rondado os teatros de Londres e Manchester — sempre se sustentando com uns bicos, claro, e teve até um trabalho como assistente de veterinário. "Você ocupa espaço demais e não tem autoconfiança nenhuma", dissera um diretor certa vez. Depois, quando trabalhava para um antiquário, em um de seus bicos, Jonathan pensou que talvez lhe agradasse entrar no negócio de antiguidades. Aprendera tudo que podia com o chefe, Andrew Mott. Então viera o grande lance: mudar-se para a França com o amigo Roy Johnson, que também se entusiasmava muito (embora lhe faltasse conhecimento) com a ideia de abrir uma loja de antiguidades focada na venda de artigos de segunda mão. Jonathan recordou seus sonhos de glória e aventura num novo país, a França;

sonhos de liberdade, de sucesso. E, em vez de sucesso, ou de uma série de concubinas que lhe ensinassem as coisas, ou mesmo de fazer amigos no mundo boêmio ou em alguma camada da sociedade francesa que Jonathan imaginara existir mas que talvez nem existisse, em vez disso tudo, Jonathan continuara avançando aos tropeços na vida e, na verdade, a situação dele permaneceu tão precária quanto nos tempos em que tentava conseguir trabalho como ator e ganhava a vida fazendo bicos.

Seu único sucesso foi casar-se com Simone, pensava Jonathan. O diagnóstico da doença viera no mesmo mês em que ele conhecera Simone Foussadier. Começara a se sentir estranhamente fraco e imaginara, num arroubo romântico, que fossem sinais da paixão. Passou a descansar mais, o que não diminuiu a fraqueza, até que, certo dia, Jonathan desmaiou numa rua de Nemours, por isso acabou procurando um médico — o Dr. Perrier, em Fontainebleau, que suspeitou de uma doença sanguínea e o enviou ao Dr. Moussu, em Paris. Após dois dias de exames, Moussu, um especialista, confirmou o diagnóstico de leucemia mieloide e disse que Jonathan teria de seis a oito anos de sobrevida — ou, com sorte, doze anos. Haveria um aumento no tamanho do baço, coisa que já estava acontecendo, embora Jonathan não houvesse notado. Assim, no momento em que pedira Simone em casamento, Jonathan lhe fizera, num mesmo e desajeitado fôlego, uma declaração de amor e de morte. A maioria das moças teria recusado na hora ou pedido um tempo para pensar. Simone dissera que sim, ela também o amava. "É o amor que importa, não o tempo", afirmara ela. Nada do calculismo que Jonathan associara aos franceses e aos povos latinos em geral. Simone mencionara que já tinha conversado com a família. E isso foi apenas duas semanas após os dois terem se conhecido. De repente, Jonathan sentia-se num mundo mais estável e seguro do que jamais conhecera. O amor, num sentido real e não somente romântico, um tipo de amor que ele não podia controlar, resgatara-o milagrosamente. De certa forma, sentia que o amor o resgatara da morte, mas acabou percebendo que, na verdade, o amor havia tirado à morte o terror. E aqui estava a morte, seis anos depois, como o Dr. Moussu previra em Paris. Talvez. Jonathan não sabia no que acreditar.

O melhor seria fazer uma nova consulta com Moussu em Paris, pensou. Três anos antes, Jonathan passara por uma transfusão completa de sangue sob a supervisão do Dr. Moussu num hospital de Paris. O tratamento se chamava vincristina, e a ideia ou a esperança era que o excesso de matéria branca, com os componentes amarelos, não retornasse ao sangue. Mas o amarelo em demasia reaparecera em cerca de oito meses.

Antes de marcar uma consulta com o especialista, no entanto, Jonathan preferia esperar pela resposta de Alan McNear. Tinha certeza de que o amigo lhe escreveria assim que recebesse a carta. Alan era um sujeito de confiança.

Antes de sair do trabalho, Jonathan lançou um olhar desesperado para o interior dickensiano da loja. Na verdade, o lugar não estava empoeirado, apenas precisava de nova pintura nas paredes. Ele se perguntou se deveria dar uma arrumada no estabelecimento e explorar os fregueses, como muitos moldureiros faziam, vendendo objetos de latão envernizado a preços muito acima do que valiam. Jonathan estremeceu. Ele não era esse tipo de comerciante.

Isso tudo aconteceu na quarta-feira. Na sexta, Jonathan debruçava-se sobre um teimoso parafuso de olhal, que já passara talvez uns cento e cinquenta anos cravado numa moldura de carvalho e não tinha qualquer intenção de ceder aos puxões do alicate, quando de repente teve que largar a ferramenta e procurar um assento. Acabou se sentando numa caixa de madeira encostada à parede. Ergueu-se quase imediatamente e molhou o rosto na pia, inclinando-se o máximo que pôde. Em cerca de cinco minutos, a tontura passou, e por volta da hora do almoço ele já esquecera o assunto. Esses lapsos ocorriam a cada dois ou três meses, e Jonathan se dava por satisfeito quando não o pegavam de surpresa no meio da rua.

Na terça-feira, seis dias após ter enviado a carta a Alan, recebeu uma resposta, enviada do hotel New Yorker.

Sábado, 25 de março

Querido John,

Acredite, fico muito feliz ao saber que conversou com seu médico e ouviu boas notícias! Quem me disse que você estava mal de saúde foi um sujeito meio calvo, baixinho, de bigode, com um olho de vidro e de uns 40 e poucos anos, acredito. Parecia muito preocupado, e talvez você não deva levar a mal, pois ele pode ter escutado esse rumor da boca de outra pessoa.

Estou aproveitando muito a estada na cidade, e gostaria que você e Simone estivessem aqui, uma vez que a empresa vai me reembolsar todos os gastos...

O homem de quem Alan estava falando era Pierre Gauthier, que tinha uma loja de materiais de arte na rue Grande. Não era amigo de Jonathan, apenas um conhecido. Com frequência, encaminhava a Jonathan clientes que desejavam emoldurar pinturas. Gauthier fora à casa de Jonathan para a festa de despedida e decerto conversara com Alan naquela ocasião. Era impensável que Gauthier houvesse agido de forma maliciosa. Jonathan estava apenas um pouco surpreso por constatar que o comerciante sabia da doença, mas, pelo visto, esse tipo de informação acabava se espalhando. Concluiu que a melhor coisa a fazer era conversar com Gauthier e perguntar onde ele ouvira aquela história.

Eram oito e cinquenta da manhã. Jonathan havia esperado pelo carteiro, como fizera na manhã anterior. Seu impulso era o de procurar Gauthier o mais rápido possível, mas imaginou que isso demonstraria uma ansiedade inadequada, então achou melhor ir para a própria loja e abri-la, como de costume, a fim de clarear as ideias.

Ocupado com três ou quatro clientes, Jonathan não teve nenhum intervalo até as dez e vinte e cinco da manhã. Então deixou a tabuleta na vidraça da porta indicando que voltaria a abrir a loja às onze.

Quando Jonathan entrou na loja de materiais de arte, Gauthier estava atendendo duas clientes. Jonathan fingiu dar uma olhada nas prateleiras de pincéis até ele se liberar. Então disse:

— Monsieur Gauthier! Como vão as coisas? — E estendeu a mão.

Gauthier usou ambas as mãos para apertar a de Jonathan e sorriu.

— Como vai você, meu amigo?

— Bastante bem, obrigado... *Écoutez*. Não quero tomar seu tempo... mas queria lhe perguntar uma coisa.

— É? O que seria?

Jonathan acenou para que Gauthier se afastasse da porta, que poderia ser aberta a qualquer momento. Não havia muito espaço livre na lojinha.

— Um amigo me disse... Meu amigo Alan, lembra? O inglês. Da festa na minha casa, umas semanas atrás.

— Claro! Seu amigo inglês. Alain — recordou-se Gauthier, que parecia atento.

Jonathan esforçou-se para evitar encarar o olho falso de Gauthier, concentrando-se no verdadeiro.

— Bem, ao que parece, o senhor disse ao Alan que tinha ouvido por aí que eu estava muito doente e me restava pouco tempo de vida.

O rosto de Gauthier adquiriu uma expressão solene. Ele assentiu.

— Sim, *m'sieur*, foi o que eu ouvi. Espero que não seja verdade. Eu me lembro do Alain porque quando o senhor o apresentou a mim disse que era seu melhor amigo. Então, imaginei que ele já soubesse. Eu não devia ter dito nada. Me desculpe, talvez eu tenha sido indelicado. Achei que o senhor estivesse demonstrando valentia, no estilo inglês.

— Não é nada sério, Monsieur Gauthier, pois, até onde eu sei, a informação é falsa! Acabo de falar com meu médico. Mas...

— *Ah, bon!* Bem, então tudo muda de figura! Muito me alegra ouvir isso, Monsieur Trevanny! Ha-ha! — Pierre Gauthier soltou uma gargalhada exultante, como se um fantasma tivesse sido afugentado e agora tanto ele quanto Jonathan pudessem voltar ao mundo dos vivos.

— Mas eu gostaria de saber onde o senhor ouviu isso. Quem foi que disse que eu estava doente?

— Ah, sim! — Gauthier levou um dedo aos lábios, pensando. — Quem? Um homem. Sim... *Claro!* — Ele recordou-se, mas se deteve. Jonathan ficou esperando. — Mas lembro que ele disse que não tinha certeza. Apenas ouviu falar. Uma doença sanguínea incurável, ele disse.

Jonathan sentiu-se inundar pela ansiedade de novo, como tantas vezes naquela semana. Umedeceu os lábios.

— Mas quem? E onde ele ouviu isso? Não disse ao senhor?

Mais uma vez, Gauthier hesitou.

— Já que não é verdade... não seria melhor esquecermos o assunto?

— É alguém que o senhor conhece bem?

— Não! De forma alguma, eu lhe garanto.

— Um cliente.

— Sim. Sim, é um cliente. Um bom homem, um cavalheiro. Mas como ele *disse* que não tinha certeza... Realmente acho, *m'sieur*, que não deve guardar rancor, embora eu entenda que se sinta incomodado.

— O que nos leva a uma pergunta interessante: onde o cavalheiro ouviu que eu estava muito doente? — continuou Jonathan, agora rindo.

— Sim, exatamente. Bem, o importante é que o rumor é falso. Não é essa a questão central?

Jonathan percebia em Gauthier uma polidez francesa, uma relutância em indispor o cliente e (o que era de se esperar) uma aversão ao tema da morte.

— O senhor está certo. Essa é a questão central. — Jonathan apertou a mão de Gauthier, ambos sorrindo, e lhe disse adeus.

Naquele mesmo dia, no almoço, Simone perguntou a Jonathan se ele recebera uma resposta de Alan. Jonathan falou que sim.

— Foi Gauthier quem disse ao Alan que eu estava mal.

— Gauthier? O dono da loja de materiais de arte?

— Isso. — Jonathan estava acendendo um cigarro enquanto bebia café. Georges fora brincar no jardim. — Fui falar com Gauthier hoje de manhã e perguntei onde tinha ouvido esse boato. Ele disse que ouviu de um cliente. Um homem. Estranho, não é? Gauthier não quis me dizer quem era, e não o culpo, na verdade. Foi algum engano, é claro. Gauthier se deu conta.

— Mas é uma coisa chocante — disse Simone.

Jonathan sorriu, sabendo que a esposa não estava realmente chocada, pois ela sabia que o Dr. Perrier dera a ele notícias encorajadoras.

— Como diz o ditado, não devemos fazer tempestade em copo d'água.

Na semana seguinte, Jonathan topou com o Dr. Perrier na rue Grande. O médico estava com pressa, prestes a entrar na Société Générale, que fechava ao meio-dia em ponto, mas se deteve para perguntar como estava Jonathan.

— Muito bem, obrigado — disse Jonathan, meio distraído, pois estava indo comprar um desentupidor para o banheiro numa loja a cerca de uma quadra de distância que também fechava ao meio-dia.

— Monsieur Trevanny... — O Dr. Perrier hesitou, com a mão sobre a grande maçaneta da porta do banco. Afastou-se da porta e se aproximou de Jonathan. — Em relação à nossa conversa do outro dia... Nenhum médico pode ter *certeza*, o senhor sabe. Numa situação como a sua. Não quero que pense que lhe garanti saúde perfeita e anos de imunidade. O senhor mesmo sabe que...

— Ah, mas isso nem me passou pela cabeça! — interrompeu-o Jonathan.

— Então o senhor compreende — disse o Dr. Perrier, sorrindo, e disparou para dentro do banco.

Jonathan seguiu andando a passos largos, em busca do desentupidor. Lembrou-se de que a pia entupida era a da cozinha, não a do banheiro, e Simone emprestara o desentupidor a um vizinho meses atrás e... Jonathan estava pensando no que o Dr. Perrier dissera. Será que ele *sabia* de algo, ou suspeitava de algo com base no último exame, algo ainda vago demais para contar ao paciente?

À porta da *droguerie*, Jonathan encontrou uma moça sorridente, de cabelos pretos, que acabava de trancar o estabelecimento e estava removendo a maçaneta externa.

— Sinto muito. Já é meio-dia e cinco — disse ela.

3

Durante a última semana de março, Tom ocupou-se em pintar um retrato em tamanho natural de Heloise, deitada no sofá de cetim amarelo. Ela raramente aceitava posar. Mas o sofá ficava parado, e Tom conseguiu captá-lo de forma satisfatória na tela. Também fizera sete ou oito esboços de Heloise com a cabeça apoiada na mão esquerda, enquanto a mão direita repousava sobre um grande livro de arte. Tom guardou os dois melhores esboços e jogou os outros fora.

Reeves Minot escrevera a Tom uma única vez, perguntando se ele tivera alguma boa ideia — sobre uma pessoa para o serviço, Reeves queria dizer. A carta chegou alguns dias após Tom conversar com Gauthier, de quem costumava comprar tintas. Tom respondera a Reeves: "Tentando pensar, mas, por enquanto, é melhor você levar adiante as próprias ideias, se tiver alguma." O "tentando pensar" era apenas uma expressão polida, até mesmo falsa, como tantas outras que serviam para lubrificar os mecanismos do trato social, como Emily Post diria. Do ponto de vista financeiro, Reeves mal abastecia Belle Ombre — na verdade, os pagamentos que Reeves fazia a Tom, por serviços ocasionais como intermediário ou receptor, nem sequer davam para cobrir as contas da lavanderia, mas não custava manter relações amigáveis. Reeves conseguira um passaporte falso para Tom e enviara o documento a Paris com toda a rapidez quando Tom tivera que defender a empresa Derwatt. Tom poderia precisar de Reeves novamente algum dia.

Entretanto, o assunto com Jonathan Trevanny era apenas um jogo para Tom. Não estava fazendo aquilo para favorecer os investimentos de Reeves no jogo ilegal. Acontece que Tom não gostava de jogatina e não respeitava pessoas que ganhavam o sustento, ou mesmo parte dele, com esse tipo de atividade. Era uma espécie de cafetinagem. Tom havia começado o jogo de Trevanny por curiosidade e porque o sujeito o tratara com desprezo — e também porque queria saber se conseguiria acertar o alvo ao disparar um tiro no escuro, ou seja, se seria capaz de causar um período de incerteza na vida de Jonathan Trevanny, que, na opinião de Tom, era esnobe e farisaico. Então Reeves poderia lançar a isca, reforçando a questão de que Trevanny de todo modo morreria em breve. Tom duvidava que Trevanny mordesse a isca, mas sem dúvida seria um período de desconforto para ele. Infelizmente, Tom não tinha meios de adivinhar quando o rumor chegaria aos ouvidos de Jonathan. Gauthier era bastante fofoqueiro, mas, ainda que contasse a duas ou três pessoas, era possível que nenhuma delas tivesse coragem de tocar no assunto com o próprio Trevanny.

E assim, embora estivesse ocupado — como de hábito — com a pintura, a jardinagem de primavera, os estudos das literaturas alemã e francesa (agora eram Schiller e Molière), além de supervisionar uma equipe de três pedreiros que estava construindo uma estufa na lateral direita do gramado nos fundos de Belle Ombre, Tom contava os dias e imaginava o que haveria acontecido após aquela tarde, na metade de março, quando dissera a Gauthier que, segundo ouvira falar, Trevanny em breve partiria desse mundo. Era bastante improvável que Gauthier falasse diretamente com Trevanny, a menos que os dois fossem mais próximos do que Tom pensava. Era mais provável que falasse com outra pessoa. Tom contava com o fato (pois, na opinião dele, sem dúvida era um fato) de que a morte talvez iminente de uma pessoa conhecida seria um assunto fascinante para todos.

A cada duas semanas, mais ou menos, Tom ia a Fontainebleau, que ficava a uns vinte quilômetros de Villeperce. Ir ao mercado, mandar lavar os casacos de camurça, comprar pilhas para o rádio e os ingredientes raros que Madame Annette solicitava para as receitas — todas essas coisas podiam ser feitas com mais facilidade em Fontainebleau do que em Moret. Ao consultar a lista telefônica, Tom percebera que Jonathan Trevanny tinha um telefone na loja, mas aparentemente não na casa onde morava, na rue Saint-Merry. Tom não conseguiu achar o número da residência, mas imaginou que a reconheceria quando a visse. Em fins de março, ficou curioso por ver Trevanny novamente — de longe, é claro — e, numa viagem a Fontainebleau certa manhã de sexta-feira, com o propósito de comprar mais dois vasos de terracota para flores, Tom, após botar os itens no porta-malas de seu Renault, enveredou pela rue des Sablons, onde ficava a loja de Trevanny. Era quase meio-dia.

Era nítido que a loja precisava de nova pintura e tinha uma aparência um pouco deprimente, como se pertencesse a um velho, pensou Tom. Nunca fora à loja, porque havia um bom moldureiro em Moret, mais próximo à casa de Tom. A pequena loja, com um letreiro de madeira sobre a porta no qual se lia ENCADREMENT em tinta vermelha desbotada, ficava numa quadra cheia de estabelecimentos comerciais — uma lavanderia, uma sapataria, uma modesta agência de viagens. A porta ficava na parte esquerda da fachada, enquanto na parte direita havia uma vitrine quadrada com molduras variadas e duas ou três pinturas com etiquetas manuscritas. Tom atravessou a rua casualmente, lançou uma olhadela ao interior da loja e avistou a figura alta e nórdica de Trevanny atrás do balcão, a uns seis metros de distância. Ele mostrava um pedaço de moldura a um cliente, dando batidinhas com ela na própria mão enquanto conversava. Então

Trevanny ergueu a cabeça para a vitrine, olhou Tom por um instante e continuou falando com o freguês, sem mudar a expressão.

Tom continuou andando. Trevanny não o reconhecera, percebeu. Dobrou à direita, entrando na rue de France, a rua mais importante depois da rue Grande, e seguiu até chegar à Saint-Merry, onde virou à direita. Ou a casa de Trevanny era à esquerda? Não, à direita.

Sim, claro, lá estava a casa, com o aspecto cinzento e apertado e o esguio corrimão preto ao longo dos degraus da frente. Os pequenos espaços que flanqueavam ambos os lados da escada eram acimentados, sem qualquer vaso de flores para amenizar a aridez. E havia um jardim nos fundos, recordou-se Tom. As janelas, embora brilhassem de tão limpas, revelavam cortinas meio decadentes. Sim, aquela era a casa onde estivera numa noite de fevereiro, a convite de Gauthier. À esquerda da casa havia uma estreita passagem, que sem dúvida levava ao jardim atrás. Uma lata de lixo verde estava em frente ao portão de ferro do jardim, este trancado com um cadeado, e Tom deduziu que os Trevanny deviam acessá-lo pela porta dos fundos, da cozinha, que ele se lembrava de ter visto.

Do outro lado da rua, Tom caminhava devagar, tomando cuidado para não parecer que estava rondando, pois era impossível ter certeza de que a esposa de Trevanny, ou alguma outra pessoa, não estivesse naquele exato momento olhando por uma das janelas.

Faltava comprar alguma coisa? Alvaiade de zinco. O estoque de Tom estava quase acabando. E, para fazer aquela compra, teria que visitar Gauthier, o comerciante de materiais de arte. Tom apressou o passo, felicitando a si mesmo porque de fato precisava comprar alvaiade de zinco, de modo que entraria na loja com um propósito real e ao mesmo tempo talvez conseguisse satisfazer a curiosidade.

Gauthier estava sozinho na loja.

— *Bonjour*, Monsieur Gauthier! — disse Tom.

— *Bonjour*, Monsieur Reeply! — respondeu Gauthier, sorrindo.

— Como vai?

— Muito bem, obrigado. E o senhor? Me dei conta de que preciso de um pouco de alvaiade de zinco.

— Alvaiade de zinco. — Gauthier abriu uma gaveta do armário que cobria a parede dos fundos. — Aqui está. O senhor prefere a marca Rembrandt, se bem me lembro.

Tom preferia mesmo. Até poderia comprar o alvaiade da marca Derwatt, assim como as outras cores, que também estavam disponíveis na loja, cujas bisnagas eram adornadas com a ousada assinatura de Derwatt estampada em preto e atravessada no rótulo em sentido descendente, mas Tom, por algum motivo, não queria que seus olhos topassem com o nome de Derwatt sempre que apanhasse uma bisnaga de tinta quando estivesse pintando em casa. Ele pagou, e, enquanto Gauthier lhe entregava o troco e a pequena sacola com a tinta, o comerciante perguntou:

— Ah, Monsieur Reeply, se lembra de Monsieur Trevanny, o moldureiro da rue Saint-Merry?

— Sim, claro — disse Tom, que estivera pensando num jeito de puxar o assunto.

— Bem, o rumor que o senhor ouviu, de que ele morreria em breve, não é verdadeiro. — Gauthier sorriu.

— Não? Ora, que ótimo, então! Fico feliz em saber disso.

— Pois é. Monsieur Trevanny chegou até a consultar o médico. Acho que ficou um pouco incomodado. E quem não ficaria, não é mesmo? Ha-ha! Mas o senhor disse que tinha ouvido isso de outra pessoa, Monsieur Reeply?

— Sim. De um homem que estava na festa… em fevereiro. A festa de aniversário de Madame Trevanny. Por isso imaginei que todo mundo soubesse.

Gauthier parecia pensativo.

— O senhor falou sobre isso com Monsieur Trevanny?

— Não… Não. Mas falei com o melhor amigo dele certa noite, durante outra festa na casa dos Trevanny, no início deste mês.

Obviamente, ele foi falar com Monsieur Trevanny. Como essas coisas circulam!

— O melhor amigo dele? — perguntou Tom com ar de inocência.

— Um inglês. Alain alguma coisa. Ele ia viajar para os Estados Unidos no dia seguinte. Mas… não lembra quem foi que falou aquilo *para o senhor*, Monsieur Reeply?

Tom balançou a cabeça devagar.

— Não consigo me lembrar nem do nome nem do rosto. Havia tanta gente naquela festa…

— É que… — Gauthier se inclinou e começou a sussurrar, como se houvesse mais alguém na loja. — Veja bem, Monsieur Trevanny *me* perguntou quem me disse aquilo, e é claro que eu não contei que foi *o senhor*. Essas coisas podem ser mal interpretadas. Não queria pôr *o senhor* em maus lençóis. Ha-ha! — O olho de vidro de Gauthier não acompanhou a risada, mas lançou um olhar aguçado, como se por trás dele houvesse outro cérebro, diferente do de Gauthier; um do tipo computadorizado e capaz de descobrir as coisas instantaneamente, desde que alguém o programasse.

— Eu agradeço muito por sua discrição, porque não é legal ficar fazendo comentários falsos sobre a saúde dos outros, não é? — Tom abriu um sorriso largo, pronto para se despedir, e então acrescentou: — Mas o senhor me disse que Monsieur Trevanny tem mesmo uma doença no sangue, não disse?

— Isso é verdade. Acho que é leucemia. Mas ele convive com isso. Certa vez me disse que já tem essa doença há anos.

Tom assentiu.

— De qualquer forma, muito me alegra que ele não esteja em risco. *À bientôt*, Monsieur Gauthier. Muito obrigado.

Tom caminhou na direção do carro. O choque de Trevanny, mesmo que talvez só tenha durado algumas horas, o tempo de ter se consultado com o médico, com certeza abrira ao menos uma rachadura na autoconfiança do sujeito. Algumas pessoas acreditaram, e talvez o próprio Trevanny tenha acreditado também, que lhe restavam poucas semanas de vida. E acreditaram nisso justamente porque, tendo em vista a doença de Trevanny, o rumor não era de todo absurdo. Era uma pena que Trevanny já tivesse se tranquilizado quanto ao assunto, mas aquela rachadura talvez fosse tudo de que Reeves precisava. O jogo podia então passar à fase seguinte. Trevanny provavelmente diria não à proposta de Reeves. Nesse caso, fim de jogo. No entanto, ao abordá-lo, Reeves agiria como se Trevanny fosse um homem certamente condenado à morte. Seria engraçado se Trevanny fraquejasse. Naquele mesmo dia, após jantar com Heloise e uma amiga dela de Paris que passaria a noite ali, Noëlle, Tom pediu licença, deixou as damas a sós e foi até a máquina de escrever datilografar uma carta a Reeves.

```
                          28 de março de 19...

Caro Reeves,

Tenho uma ideia para você, caso ainda não te-
nha encontrado o que procurava. O nome dele é
Jonathan Trevanny, inglês, 30 e poucos anos,
moldureiro, casado com uma francesa, com quem
tem um filho pequeno. [Aqui Tom informou o en-
dereço da casa e o endereço e o número de te-
lefone da loja de Trevanny.] Tem jeito de quem
precisa de dinheiro e, embora não seja o tipo
de homem que você procura, ele é a imagem da
decência e da inocência, e o que é ainda mais
importante: acabo de descobrir que ele tem
apenas mais alguns meses ou algumas semanas
de vida. Sofre de leucemia e recebeu há pouco
```

as más notícias. Talvez por isso aceite realizar um serviço perigoso para ganhar algum
dinheiro.

Não conheço Trevanny pessoalmente, e nem
preciso dizer que não quero conhecê-lo, tampouco desejo que você mencione meu nome. Minha
sugestão é a seguinte: se quiser sondá-lo, venha a F'bleau, hospede-se por uns dias no en-
cantador Hôtel de L'Aigle Noir, telefone para
a loja de Trevanny, marque um encontro e fale
sobre o assunto. E não é necessário lhe dizer que se apresente com um nome falso, não é?

Tom sentiu um súbito otimismo com o projeto. Imaginar Reeves,
com aquele irresistível ar de incerteza e preocupação — que quase indicava probidade —, lançando uma ideia dessas a Trevanny,
um homem honesto como um santo, fez Tom soltar uma risada.
Ousaria ocupar uma mesa no bar ou no restaurante do Hôtel de
l'Aigle Noir durante o encontro entre Reeves e Trevanny? Não, seria demais. Tom se lembrou de outra questão, e acrescentou à carta:

Se vier a F'bleau, por favor, não me telefone
nem me mande mensagens, em nenhuma circunstância. Destrua minha carta logo após lê-la,
por favor.

Cordialmente,
Tom.

4

O telefone tocou na loja de Jonathan na tarde de sexta-feira, 31 de março. Ele acabava de colar um quadrado de papel pardo no verso de uma grande pintura e teve que encontrar alguns pesos improvisados — um velho grés com a inscrição LONDRES, o próprio pote de cola, um malho de madeira — antes de erguer o telefone do gancho.

— Alô?

— *Bonjour, m'sieur*. Monsieur Trevanny?… O senhor fala inglês, acredito. Meu nome é Stephen Wister, W-i-s-t-e-r. Vou passar uns dias em Fontainebleau e gostaria de pedir uns minutos do seu tempo para tratar de um assunto… Um assunto que acho que é do seu interesse.

O homem tinha sotaque americano.

— Não compro quadros — disse Jonathan. — Sou moldureiro.

— O assunto que desejo tratar não tem qualquer ligação com seu trabalho. É algo que não posso explicar por telefone. Estou hospedado no Aigle Noir.

— Ah, sim?

— Por acaso o senhor teria alguns minutos hoje à noite, depois de fechar a loja? Por volta das sete? Seis e meia? Poderíamos tomar um café ou um drinque.

— Mas… eu gostaria de saber por que deseja me ver.

Uma mulher entrou na loja (Madame Tissot? Tissaud?) para buscar um quadro. Jonathan sorriu para ela, desculpando-se.

— Só vou poder explicar quando nos encontrarmos — disse a voz grave e gentil. — Vai levar só uns dez minutos. O senhor por acaso teria um tempo livre por volta das sete?

Jonathan remexeu-se.

— Seis e meia está bom.

— Encontro o senhor no saguão do hotel. Estou usando um terno cinza xadrez. Vou avisar o porteiro. Não será difícil me localizar.

Jonathan costumava fechar por volta das seis e meia. Às seis e quinze, estava em pé diante da pia, esfregando as mãos na água gelada. Era um dia de clima ameno, e Jonathan saíra de casa com um suéter de gola alta e um velho casaco de veludo cotelê bege — não era um visual elegante o suficiente para o Aigle Noir, e ficaria ainda pior se ele acrescentasse a capa de chuva, que não era nem sequer a melhor de seu guarda-roupa. Mas de que isso importava? Aquele sujeito queria lhe vender alguma coisa. Só podia ser isso.

O hotel ficava a apenas cinco minutos de caminhada da loja. Havia um pequeno pátio cercado por altos portões de ferro e uma escada curta que levava à porta principal. Jonathan avistou um homem esbelto, com cabelo em estilo militar, que vinha na direção dele parecendo ansioso e com ar vagamente irresoluto.

— Sr. Wister? — perguntou Jonathan.

— Sim. — Reeves abriu um sorriso espasmódico e estendeu a mão. — Podemos tomar um drinque no bar do hotel? Ou prefere ir a outro lugar?

O bar do hotel era agradável e tranquilo. Jonathan deu de ombros.

— Como preferir — respondeu e notou uma terrível cicatriz que se estendia por toda a bochecha de Wister.

Foram até a ampla porta do bar do hotel, que estava deserto exceto por um homem e uma mulher sentados a uma pequena mesa. Wister voltou-se, como que repelido por essa quietude, e disse:

— Vamos tentar outro lugar.

Saíram do hotel e dobraram à direita. Jonathan conhecia o bar ao lado, chamado Café du Sport, ou algo assim, que naquele momento ressoava com o alarido de meninos nas máquinas de pinball e as vozes dos trabalhadores junto ao balcão. À porta do café-bar, Wister estacou, como se de repente houvesse chegado a um campo de batalha em plena atividade.

— Por acaso se importa — disse Wister, virando-se para Jonathan — se formos conversar no meu quarto? É silencioso, e podemos pedir uns drinques.

Eles voltaram ao hotel, subiram um lance de escadas e entraram num quarto elegante, decorado em estilo espanhol — ferro fundido preto, leito com cobertas cor de framboesa, tapete verde-claro. O único sinal de que estava ocupado era uma mala no *rack*. Wister entrou sem usar a chave.

— O que deseja beber? — perguntou, indo até o telefone. — Uísque?

— Pode ser.

O homem fez o pedido num francês desajeitado. Solicitou que trouxessem a garrafa e bastante gelo.

Então ficaram em silêncio. Jonathan se perguntou por que o sujeito estava tão inquieto. Foi até a janela para a qual estivera olhando. Era evidente que Wister estava esperando a bebida chegar para dar início à conversa. Jonathan ouviu uma discreta batida na porta.

Um garçom de paletó branco entrou com uma bandeja e um sorriso amigável. Stephen Wister serviu duas doses generosas.

— Está interessado em ganhar um dinheiro?

Jonathan sorriu e se acomodou numa confortável poltrona, um enorme copo de uísque com gelo na mão.

— E quem não está?

— Gostaria de lhe propor um trabalho perigoso... Bem, um trabalho importante... Pelo qual estou disposto a pagar muito bem.

Jonathan pensou em drogas: o sujeito provavelmente queria que algo fosse entregue ou recebido.

— Qual é a sua linha de negócios? — perguntou Jonathan com polidez.

— São várias. No momento, estou trabalhando com o que poderíamos chamar de... jogo de azar. O senhor costuma jogar?

— Não. — Jonathan sorriu.

— Nem eu. Mas essa não é a questão. — O homem se levantou da beirada da cama e começou a andar lentamente pela sala. — Moro em Hamburgo.

— Ah, é?

— O jogo não é permitido dentro dos limites da cidade, mas acontece em clubes privados. Enfim, legal ou ilegal, essa não é a questão. Preciso que uma pessoa seja eliminada, talvez duas, e pode ser que também precise que um roubo... seja feito. Bem, acabo de pôr todas as cartas na mesa — disse, e olhou para Jonathan com uma expressão séria e esperançosa.

Um assassinato, era isso que ele queria dizer. Jonathan teve um sobressalto, depois sorriu e balançou a cabeça.

— Gostaria de saber como é que o senhor chegou ao meu nome! Stephen Wister não sorriu.

— Isso não tem importância. — Continuou andando de um lado para outro, o drinque na mão, os olhos acinzentados de tempos em tempos fitando Jonathan. — Gostaria de saber se quer ganhar 96 mil dólares. O equivalente a 40 mil libras e a cerca de 480 mil francos, francos novos. Tudo isso apenas para dar um tiro num homem, talvez em dois, ainda temos que ver. Será um negócio perfeitamente seguro e simples.

Jonathan balançou a cabeça de novo.

— Não imagino quem possa ter lhe dito que eu sou um... um pistoleiro. O senhor deve ter me confundido com outra pessoa.

— Não. Não confundi.

O sorriso de Jonathan se esvaneceu ante o olhar intenso e insistente do homem.

— É um engano… Importa-se em me dizer por que telefonou justo para mim?

— Bem, o senhor tem… — Wister parecia mais embaraçado que nunca. — O senhor tem apenas algumas semanas de vida. Sabe disso. Tem uma esposa e um filho pequeno… Não tem? Não gostaria de deixar alguma coisa para eles quando se for?

Jonathan sentiu o sangue se esvair do rosto. Como Wister tinha aquelas informações? Então percebeu que tudo estava interligado: quem quer que tivesse dito a Gauthier que Jonathan estava para morrer era alguém que conhecia Wister, que estava ligado a ele de alguma forma. Jonathan decidiu não mencionar o nome de Gauthier. O comerciante era um homem honesto e Wister era um escroque. De repente, o gosto do uísque já não lhe parecia tão bom.

— Houve um rumor sem fundamento… recentemente…

Dessa vez foi Wister quem balançou a cabeça.

— Não é um rumor sem fundamento. Talvez seu médico não esteja lhe contando toda a verdade.

— E o senhor sabe mais que o meu médico? Ele não mente para mim. É verdade que eu tenho uma doença no sangue, mas… meu estado agora não é pior que… — Jonathan se interrompeu. — O que importa é que, infelizmente, temo que não possa ajudá-lo, Sr. Wister.

Wister mordeu o lábio inferior, e a longa cicatriz moveu-se de forma repulsiva, como um verme vivo.

Jonathan desviou o olhar. Estaria o Dr. Perrier mentindo, no fim das contas? Concluiu que deveria telefonar para o laboratório de Paris no dia seguinte e fazer algumas perguntas, ou simplesmente ir até lá e exigir outra explicação.

— Sr. Trevanny, me desagrada dizer que é o senhor quem está obviamente mal informado. Ao menos ouviu o que chama de rumor, então não sou eu o portador das más notícias. A escolha é sua, é claro, mas, diante das atuais circunstâncias, uma quantia considerável como essa, bem, me parece que a proposta deveria soar interessante. O senhor poderia parar de trabalhar e ficar só aproveitando sua... Bem, por exemplo, poderia fazer um cruzeiro pelo mundo com sua família e, ainda assim, deixaria à sua esposa bastante...

Jonathan se sentiu um pouco tonto. Levantou-se e respirou fundo. A sensação passou, mas ele preferiu continuar de pé. Wister ainda falava, mas Jonathan mal estava escutando.

— ... minha ideia. Há algumas pessoas em Hamburgo dispostas a contribuir com os 96 mil dólares. O homem, ou os homens, que queremos eliminar pertencem à Máfia.

Jonathan ainda não havia se recuperado totalmente.

— Obrigado, não sou um assassino. Nem adianta seguir com o assunto.

Wister continuou mesmo assim:

— Mas o que queremos é exatamente alguém sem qualquer ligação com nenhum de nós nem com Hamburgo. Embora o primeiro homem, que é apenas um capanga, deva ser morto lá. A ideia é que a polícia pense que duas gangues ligadas à Máfia estão se enfrentando em Hamburgo. Na verdade, nós queremos que a polícia venha para o nosso lado. — Continuou andando de um lado para outro, olhando para o chão na maior parte do tempo. — O primeiro homem tem que ser morto no meio de uma multidão, no U-Bahn. É o nosso metrô. A arma deve ser largada na hora, então o... o assassino se mistura à multidão e desaparece. Uma arma italiana, sem impressões digitais. Sem pistas. — Ele baixou ambas as mãos, como um maestro encerrando um concerto.

Jonathan voltou à poltrona, pois precisava se sentar por alguns segundos.

— Sinto muito. Não.

Caminharia até a porta assim que recuperasse as forças.

— Vou estar aqui amanhã, o dia todo, e provavelmente até a tarde de domingo. Gostaria que pensasse no assunto... Mais um uísque? Talvez lhe faça bem.

— Não, obrigado. — Jonathan levantou-se. — Já estou indo embora.

Wister assentiu, com ar desapontado.

— E obrigado pela bebida.

— Não há de quê. — Wister abriu a porta para Jonathan.

Jonathan saiu. Imaginou que Wister fosse lhe dar um cartãozinho com o nome e o endereço dele, mas ficou contente por isso não ter acontecido.

Os postes de luz estavam acesos na rue de France. Eram sete e vinte e dois da noite. Simone lhe pedira que comprasse alguma coisa? Pão, talvez. Jonathan entrou numa *boulangerie* e comprou uma baguete. Era reconfortante cumprir uma tarefa familiar.

O jantar consistiu em sopa de legumes, algumas fatias do *fromage de tête* que sobrara de outra refeição e uma salada de tomate com cebola. Simone falou sobre uma liquidação de papéis de parede numa loja próxima ao trabalho dela. Podiam forrar a parede do quarto por 100 francos, e ela havia visto uma linda estampa em verde e malva, muito leve e *art nouveau*.

— Aquele quarto só tem uma janela, fica muito escuro, Jon, você sabe.

— Parece uma boa ideia — disse Jonathan. — Ainda mais se estiver em liquidação.

— *Está* em liquidação. E não é uma dessas liquidações idiotas em que a loja reduz 5%... como faz o meu patrão, aquele pão-duro. — Ela passou uma crosta de pão no azeite da salada e depois jogou-a na boca. — Você está preocupado com alguma coisa? Aconteceu algo hoje?

Jonathan sorriu de repente. Não estava preocupado com coisa alguma. Estava feliz por Simone não ter notado que ele chegara atrasado e havia bebido um pouco.

— Não, querida. Nada aconteceu. É o fim da semana, talvez. Está quase acabando.

— Está cansado?

Parecia uma pergunta médica, e isso era algo que já virara rotina.

— Não… Tenho que telefonar para um cliente entre as oito e as nove da noite. — Eram oito e trinta e sete. — Acho melhor ligar agora, querida. Talvez eu tome um café depois.

— Posso ir com você? — perguntou Georges, largando o garfo e empertigando-se, pronto para saltar da cadeira.

— Hoje não, *mon petit vieux*. Estou com pressa. E conheço você, sei que só quer ficar jogando pinball nas máquinas.

— Hollywood Chewing Gum! — gritou Georges, pronunciando à maneira francesa: *Ollyvoo Schvang Gom!*

Jonathan estremeceu ao tirar o casaco do cabideiro que ficava no corredor. Hollywood Chewing Gum, cujas embalagens em verde e branco atulhavam as valas e, às vezes, o jardim de Jonathan, exercia um misterioso poder de atração sobre as crianças da nação francesa.

— *Oui, m'sieur* — disse Jonathan e saiu de casa.

O telefone residencial do Dr. Perrier constava na lista telefônica, e Jonathan esperava que o médico estivesse em casa naquela noite. Havia um *tabac* com um telefone público a algumas quadras, mais perto que a loja de Jonathan. O pânico começava a dominá-lo, e ele apertou o passo em direção ao cilindro de luz oblíqua e vermelha que marcava a posição do *tabac*, a duas ruas de distância. Insistiria em saber a verdade. Com um aceno de cabeça, Jonathan cumprimentou o jovem atrás do balcão, a quem conhecia superficialmente, e apontou para o telefone e depois para a prateleira onde estavam as listas telefônicas.

— Fontainebleau! — gritou Jonathan.

O lugar estava barulhento, com um jukebox tocando acima das vozes. Jonathan procurou o número e, em seguida, discou.

O Dr. Perrier atendeu e logo reconheceu a voz de Jonathan.

— Eu gostaria muito de fazer outro exame. Hoje à noite, se possível. Agora, se o senhor puder colher uma amostra.

— Agora?

— Posso ir à sua casa imediatamente. Chego em cinco minutos.

— O senhor está... Você está se sentindo fraco?

— Bem... Pensei que talvez o exame pudesse ser enviado a Paris amanhã... — Jonathan sabia que o Dr. Perrier tinha o hábito de enviar várias amostras a Paris nas manhãs de sábado. — Se o senhor pudesse colher uma amostra hoje à noite ou amanhã bem cedo...

— Não estarei no consultório amanhã de manhã. Tenho que fazer umas visitas. Se está assim tão nervoso, Monsieur Trevanny, venha à minha casa agora.

Jonathan pagou pelo telefonema e, quando já ia sair, lembrou-se de comprar dois pacotes de Hollywood Chewing Gum, que enfiou no bolso do casaco. Perrier morava mais adiante, no Boulevard Maginot, e o trajeto levaria uns dez minutos. Jonathan foi andando, intercalando o ritmo com passadas mais rápidas. Nunca havia ido ao apartamento do médico.

Era um prédio grande, lúgubre, e a porteira era uma mulher velha, lenta e esquálida, que estava vendo TV numa salinha envidraçada e cheia de plantas de plástico. Enquanto Jonathan esperava que o elevador descesse até a cabine rangente, a mulher esgueirou-se até o saguão e perguntou, curiosa:

— Sua esposa vai ter bebê, *m'sieur*?

— Não. Não — disse Jonathan, sorrindo, e recordou que o Dr. Perrier era clínico geral.

Entrou no elevador e subiu.

— Muito bem, o que está havendo? — perguntou o Dr. Perrier, conduzindo-o através da sala de jantar. — Vamos para esta outra sala.

A casa estava parcamente iluminada. O televisor estava ligado em algum lugar. A sala onde entraram era uma espécie de pequeno escritório, com estantes cheias de livros sobre medicina e uma escrivaninha na qual agora se encontrava a maleta preta do médico.

— *Mon Dieu*, ao telefone parecia que o senhor estava à beira de um colapso, mas estou vendo que veio correndo, porque sua cara está vermelha. Não me diga que escutou mais um rumor dizendo que está com um pé na cova!

Jonathan se esforçou para parecer calmo.

— Quero ter certeza, só isso. Para dizer a verdade, não me sinto tão bem assim. Sei que faz só dois meses desde o último exame, mas... já que o próximo seria apenas no fim de abril, não faria mal se... — Interrompeu-se, dando de ombros. — Já que é tão fácil extrair o tutano, e já que a amostra pode ser encaminhada amanhã cedo... — Jonathan percebeu que seu francês saía desajeitado e que a palavra "tutano" lhe causava repugnância, em especial quando se lembrava de que o tutano dele era anormalmente amarelo.

Pela atitude do Dr. Perrier, Jonathan sentiu que o médico iria curvar-se aos caprichos do paciente.

— Sim, posso extrair uma amostra. É provável que o resultado seja o mesmo do último exame. Não dá para se fiar plenamente nos médicos, Monsieur Trevanny... — O Dr. Perrier continuou falando enquanto Jonathan tirava o suéter e, obedecendo ao gesto do médico, deitava-se de barriga para cima no velho sofá de couro. O médico espetou a agulha de anestesia. — Mas eu entendo seu nervosismo — disse alguns segundos depois, dando batidinhas com o dedo no tubo que em breve penetraria o esterno de Jonathan.

Jonathan não gostava daquele som de trituração que a seringa fazia ao entrar, mas a dor lhe parecia leve e suportável. Dessa vez, quem

sabe, descobriria alguma coisa. Antes de sair, não conseguiu abster-
-se de dizer:

— Preciso saber a verdade, Dr. Perrier. O senhor realmente não
acha que o laboratório pode estar nos fornecendo um cálculo errado?
Não duvido que os *números* estejam certos...

— Esse cálculo, ou essa predição, é justamente o que não se pode
obter, meu caro jovem!

Jonathan caminhou para casa. Pensara em dizer a Simone que fora
ver Perrier, que se sentia nervoso mais uma vez, mas não conseguiria,
uma vez que já tinha lhe causado muitas preocupações. Se contasse
à esposa, o que ela poderia lhe dizer? Apenas ficaria um pouco mais
nervosa, como ele próprio.

Georges já estava na cama, no segundo andar, e Simone lia uma
história para ele. Asterix, de novo. Georges, reclinado sobre uma
pilha de travesseiros, e Simone, num banco baixo sob a lâmpada,
eram como um quadro vivo da domesticidade, e o ano bem poderia ser 1880, pensou Jonathan, exceto pelas calças de alfaiataria da
esposa. O cabelo do filho, à luz da lâmpada, era amarelo como seda
de milho.

— *Le schvang gom?* — perguntou o menino, sorrindo.

Jonathan sorriu também e tirou um pacote do bolso. A outra em-
balagem podia ficar para depois.

— Você demorou — disse Simone.

— Tomei uma cerveja no café — respondeu Jonathan.

No dia seguinte, entre as quatro e meia e as cinco da tarde, Jonathan telefonou para os Laboratórios Ebberle-Valent, em Neuilly,
como Perrier o instruíra. Informou o próprio nome, então o sole-
trou, e disse que era paciente do Dr. Perrier, em Fontainebleau. Em
seguida, esperou que transferissem a ligação para o departamento
certo, e o telefone soltava um *blup* a cada minuto, conforme o preço da ligação aumentava. Jonathan tinha papel e caneta a postos.

Poderia soletrar seu nome outra vez, por favor? Então uma voz de mulher começou a ler o relatório, e Jonathan foi anotando rapidamente os números. Hiperleucocitose: 190.000. Estava mais alto que antes, não estava?

— É claro, vamos mandar um relatório por escrito ao seu médico. Ele deve receber na terça-feira.

— Esse resultado é pior que o anterior, não?

— Não tenho o resultado anterior, *m'sieur*.

— Tem algum médico aí? Posso falar com um médico, por favor?

— *Eu* sou médica, *m'sieur*.

— Ah. Então, esse resultado… Mesmo que não tenha o anterior, esse resultado não é muito bom, é?

Como se estivesse lendo um manual, ela disse:

— É uma condição potencialmente perigosa que envolve queda na resistência…

Jonathan havia telefonado da loja. Antes disso, virara a tabuleta, deixando a palavra FERMÉ voltada para a rua, e fechara a cortina da porta, embora ele continuasse visível pela vitrine — e quando foi desvirar a tabuleta percebeu que não havia trancado a porta. Como não ficara de entregar nenhum quadro pelo restante do dia, Jonathan achou que não havia problema em fechar logo. Eram quatro e cinquenta e cinco da tarde.

Caminhou até o consultório do Dr. Perrier, disposto a esperar mais de uma hora se fosse necessário. Sábado era um dia agitado, pois a maioria das pessoas não trabalhava e, portanto, tinha disponibilidade para ir ao médico. Havia três pessoas na frente de Jonathan, mas, como a enfermeira lhe perguntou se a consulta dele seria longa e Jonathan disse que não, ela o encaixou, pedindo desculpa ao paciente da vez. *Será que o Dr. Perrier falou com a enfermeira sobre o assunto?*, perguntou-se Jonathan.

Ao ler as anotações garatujadas de Jonathan, o Dr. Perrier ergueu as sobrancelhas pretas e disse:

— Isto está incompleto.

— Eu sei, mas dá para tirar algumas conclusões, não dá? Está um pouco pior, não está?

— Parece até que o senhor quer piorar! — disse o Dr. Perrier, com seu costumeiro traço de bom humor, do qual Jonathan agora desconfiava. — Francamente, está pior, sim, mas só um pouco pior. Não é crucial.

— Em termos percentuais… O senhor diria que piorou uns 10%?

— Monsieur Trevanny, o senhor não é um automóvel! Veja bem, não seria prudente que eu fizesse comentários antes de receber o resultado completo na terça-feira.

Jonathan voltou para casa andando devagar e deu uma passada na rue des Sablons, para ver se por acaso havia algum cliente querendo entrar na loja. Não havia ninguém. A lavanderia, no entanto, estava cheia, e as pessoas tropeçavam umas nas outras junto à porta, com trouxas de roupas nos braços. Eram quase seis horas. Simone deixaria a loja de sapatos pouco depois das sete, mais tarde que o habitual, pois o chefe, Brezard, queria embolsar cada franco possível antes da folga de domingo e de segunda-feira. E Wister ainda estava no Aigle Noir. Estaria apenas esperando por Jonathan, esperando que mudasse de ideia e dissesse sim? Não seria engraçado se o Dr. Perrier estivesse de conluio com Stephen Wister, se ambos houvessem subornado os Laboratórios Ebberle-Valent para que lhe dessem um resultado ruim? E se Gauthier também estivesse envolvido, o pequeno portador de más notícias? Como num pesadelo em que os mais estranhos elementos unem forças contra… contra aquele que sonha. Mas Jonathan sabia que não estava sonhando. Sabia que o Dr. Perrier não estava sendo pago por Stephen Wister. Tampouco o Ebberle-Valent. E não era um sonho que a saúde dele piorara, que a morte estava um pouco mais próxima, ou que viria antes do que ele esperava. No entanto, isso poderia ser dito sobre qualquer pessoa, lembrou Jonathan a si mesmo, já que cada dia vivido era um dia a menos. Pensou na morte e no processo de envelhecimento como um declínio, como literalmente um caminho em declive. A maioria das pessoas podia ir devagar, começando a vivenciar o declive por volta dos 55 anos, ou fosse lá quando o corpo começasse a desacelerar, e ir decaindo até os 70, ou qualquer que fosse o número final de cada um. Jonathan percebeu que a morte dele seria como despencar de um penhasco. Quando tentava se "preparar", sua mente hesitava e se esquivava. Seu temperamento, ou seu espírito, ainda tinha 34 anos de idade e queria viver.

Parecia não haver luzes acesas na estreita casa dos Trevanny, cinza-azulada no crepúsculo. Era uma casa um tanto sombria, e, cinco anos antes, quando a compraram, Jonathan e Simone costumavam achar graça nesse aspecto sinistro. "A casa de Sherlock Holmes", costumava chamar Jonathan quando os dois debatiam se deveriam comprar aquela casa ou outra em Fontainebleau. "Ainda prefiro a casa de Sherlock Holmes", lembrava-se de ter dito certa vez. O lugar tinha ares de 1890, sugerindo iluminação a gás e corrimãos polidos, embora não houvesse uma única superfície de madeira que estivesse de fato polida quando a família se mudou para lá. Contudo, parecia ter o potencial para se tornar, com as devidas reformas, uma charmosa casa no estilo virada de século. Os cômodos eram pequenos, porém dispostos de forma interessante; o jardim era retangular, cheio de roseiras desgrenhadas e grandes demais, mas ao menos havia roseiras, e o jardim precisava apenas ser podado e limpo. E no alto da escada dos fundos havia um pórtico de vidro com detalhes arredondados e uma varanda envidraçada que fizera Jonathan pensar em Vuillard e em Bonnard. Jonathan percebeu que mesmo após cinco anos morando ali não haviam derrotado a lugubridade. Um novo papel de parede alegraria o quarto, sim, mas apenas aquele cômodo. A casa ainda não fora totalmente paga, faltavam três anos para a hipoteca ser quitada. Um apartamento, como o que tiveram em Fontainebleau, no primeiro ano de casados, teria sido mais barato, mas Simone estava acostumada a morar em casa e a cuidar de canteiros — ela tivera um jardinzinho durante toda a vida, em Nemours —, e, como um bom inglês, Jonathan também era um pouco aficionado por jardins. Ele jamais se arrependeu por ter comprometido uma fatia tão grande de sua renda com o pagamento do imóvel.

Jonathan não estava pensando muito no restante da dívida enquanto subia a escada da frente, mas no fato de que provavelmente morreria naquela casa. Era difícil imaginar que algum dia pudesse mudar-se com Simone para outra residência, uma que fosse mais alegre. Estava pensando que a casa de Sherlock Holmes fora erguida décadas antes de Jonathan nascer e ali continuaria por décadas após a morte dele. O destino o fizera escolher aquele lugar, ele sentia. Um dia seria carregado dali numa ambulância, talvez ainda vivo, mas à beira da morte, e jamais entraria na casa outra vez.

Para surpresa de Jonathan, Simone estava na cozinha, jogando algum jogo de cartas com Georges à mesa. Ela ergueu o rosto, sorrindo, e Jonathan percebeu que a esposa acabava de se recordar de que ele tinha lhe dito que ligaria para o laboratório de Paris naquela tarde. Ela, porém, não falaria no assunto na frente de Georges.

— O velho patife fechou mais cedo hoje — disse Simone. — Ninguém estava comprando nada.

— Ótimo! — exclamou Jonathan com animação. — O que se passa neste antro de jogatina?

— Estou ganhando! — disse Georges em francês.

Simone se levantou e seguiu Jonathan até o corredor, onde ele pendurou a capa de chuva. Ela o fitava com ar inquisitivo.

— Nada com que se preocupar — disse Jonathan, porém ela o chamou, com um aceno, para que seguissem pelo corredor até a sala de estar. — O resultado está um pouquinho pior, mas eu não me sinto mal, então para o diabo com isso! Cansei do assunto. Vamos tomar um Cinzano.

— Você estava preocupado por causa daquele boato, não estava, Jon?

— Estava. É verdade.

— Eu gostaria de saber quem inventou essa história. — Ela semicerrou os olhos, zangada. — É maldosa. Gauthier nunca lhe contou quem começou o boato?

— Não. Como o próprio Gauthier disse, alguém em algum lugar cometeu um engano, um exagero.

Jonathan estava repetindo o que já dissera a Simone. Entretanto, sabia que não fora engano algum e que aquela história fora cuidadosamente calculada.

5

Jonathan estava de pé junto à janela do quarto, no segundo andar, vendo Simone pendurar as roupas lavadas no varal do jardim. Havia fronhas de travesseiros, pijamas de Georges, uma dúzia de meias do menino e de Jonathan. Duas camisolas brancas, sutiãs, as calças bege que Jonathan usava para trabalhar — tudo menos lençóis, que Simone mandava para a lavanderia, pois era importante para ela que os lençóis fossem bem passados. Ela vestia calças de tweed e um suéter vermelho fino, grudado ao corpo. Suas costas pareciam flexíveis e fortes enquanto ela se debruçava sobre a grande cesta oval, pescando os panos de prato. Era um dia belo e ensolarado, com um toque de verão na brisa.

Jonathan arranjara uma desculpa para não ir a Nemours almoçar com os pais de Simone, os Foussadier. Ele e a esposa tinham o hábito de almoçar com os pais dela em domingos alternados. Costumavam ir de ônibus, a menos que Gérard, irmão de Simone, fosse buscá-los de carro. Então, chegando à casa dos Foussadier, comiam um substancioso almoço com Gérard, a esposa dele e os dois filhos, que também viviam em Nemours. Os pais de Simone viviam paparicando Georges, sempre o esperavam com algum presente. Por volta das três da tarde, Jean-Noël, pai de Simone, ligava a TV. Jonathan costumava ficar entediado nesses almoços, mas mesmo assim acompanhava a esposa, pois era a coisa certa a se fazer e porque respeitava os costumes das famílias francesas, que se mantinham unidas mesmo após os filhos se tornarem adultos.

— Está se sentindo bem? — perguntara Simone quando Jonathan pediu para ficar de fora do passeio.

— Estou, querida. Acontece que hoje estou sem ânimo para viajar e, além disso, queria terminar o canteiro para os tomates. Então, por que você não vai com Georges?

Assim, Simone e Georges foram pegar o ônibus ao meio-dia. Simone pusera o resto de um *boeuf bourguignon* numa pequena caçarola vermelha sobre o fogão, de modo que Jonathan precisava apenas aquecê-lo, se ficasse com fome.

Jonathan queria ficar sozinho. Estava pensando no misterioso Stephen Wister e naquela proposta. Não que Jonathan pretendesse telefonar para o Aigle Noir e pedir para falar com Wister — embora soubesse que ele ainda estava no hotel, a menos de trezentos metros de distância. Não tinha intenção alguma de entrar em contato com o sujeito, mas a ideia lhe parecia estranhamente estimulante e perturbadora, como um relâmpago no céu limpo, um golpe de cor na existência monótona que levava, e Jonathan queria observar o fenômeno e, em certo sentido, desfrutá-lo. Também tinha a impressão (confirmada diversas vezes) de que Simone conseguia ler os pensamentos dele ou, ao menos, sabia quando algo o preocupava. Não queria que ela, percebendo a distração do marido naquele domingo, lhe perguntasse se algo o incomodava. Então Jonathan se dedicou ao jardim, capinando com afinco e aproveitando para devanear. Pensou nas 40 mil libras — o bastante para pagar de uma só vez a hipoteca da casa, quitar diversas mercadorias compradas a prazo, pintar os cômodos que precisavam de pintura, comprar um televisor, fazer um pé-de-meia para a universidade de Georges, comprar roupas novas para Simone e para si mesmo... Enfim, paz de espírito! O fim da ansiedade! Imaginou um mafioso, ou dois; dois brutamontes de cabelo escuro, fulminados pela morte, balançando os braços, tombando. Mas havia algo que Jonathan não conseguia imaginar enquanto enfiava a pá na terra do jardim: a si mesmo puxando o gatilho, após mirar nas costas da vítima, talvez. Ainda mais interessante, mais misterioso, mais perigoso era conjecturar como Wister chegara ao nome dele. Havia um complô contra Jonathan em Fontainebleau e, de alguma forma, a conspiração chegara a Hamburgo. Era impossível que Wister o tivesse confundido com outra pessoa, pois havia mencionado a doença, a esposa e o filho pequeno de Jonathan. O moldureiro concluiu que alguém que ele considerava um amigo, ou ao menos um conhecido amigável, não nutria amizade alguma por ele.

Wister provavelmente partiria de Fontainebleau por volta das cinco da tarde, pensou Jonathan. Às três, Jonathan já havia almoçado e arrumado alguns documentos e velhos recibos no gavetão da mesa circular que ficava na sala de estar. Satisfeito em perceber que na verdade não estava nem um pouco cansado, apanhou uma vassoura e uma pá de lixo e foi limpar a tubulação e o assoalho ao redor da caldeira de calefação.

Um pouco depois das cinco, enquanto Jonathan lavava as mãos sujas de fuligem na pia da cozinha, Simone e Georges chegaram, acompanhados por Gérard, a esposa, Yvonne, e os filhos. Os adultos tomaram drinques na cozinha. Georges ganhara dos avós uma caixa redonda cheia de guloseimas de Páscoa, que incluía um ovo embrulhado em papel-alumínio dourado, um coelho de chocolate e jujubas coloridas, tudo embalado com um celofane amarelo que ainda não fora aberto, pois Simone proibira o menino de abrir o presente, tendo em vista todos os doces que já havia comido em Nemours. Georges foi com os primos para o jardim.

— Georges, não pise na terra fofa! — gritou Jonathan.

Ele tinha passado o ancinho para aplainar a terra revirada, mas deixara as pedrinhas para que o filho catasse. Georges provavelmente convidaria os primos para ajudá-lo a encher o carrinho vermelho. Jonathan costumava lhe dar 50 cêntimos por um carrinho cheio — não até a boca, bastava que o fundo estivesse coberto.

Estava começando a chover. Jonathan tinha recolhido as roupas alguns minutos antes.

— O jardim está lindo! — disse Simone. — Olhe, Gérard! — Com um aceno, ela chamou o irmão ao pequeno alpendre nos fundos.

Àquela altura, pensou Jonathan, Wister já devia estar num trem de Fontainebleau a Paris, ou talvez tivesse pegado um táxi de Fontainebleau a Orly, afinal de contas o homem parecia ter bastante dinheiro. Talvez já estivesse no avião a caminho de Hamburgo. Era como se a presença de Simone e as vozes de Gérard e de Yvonne houvessem apagado Wister do Hôtel de l'Aigle Noir, ou transformado Wister num capricho imaginário de Jonathan. Além disso, Jonathan também sentia um leve triunfo por não ter telefonado para aquele homem, como se, ao se abster de telefonar, tivesse resistido a uma espécie de tentação.

Gérard Foussadier era eletricista, um homem sério e asseado, um pouco mais velho que Simone, com cabelo mais claro que o dela e um bigode castanho cuidadosamente aparado. Seu passatempo era história naval, e ele construía miniaturas de fragatas dos séculos XVIII e XIX nas quais instalava pequenas luzes elétricas que podiam ser acesas, completa ou parcialmente, por um interruptor em sua sala de estar. Fragatas com luz elétrica eram um anacronismo, e o próprio Gérard costumava rir disso, mas o efeito era lindo, quando todas as luzes da casa estavam apagadas e oito ou dez navios pareciam navegar num mar escuro pela sala de estar.

— Simone comentou que você anda um pouco preocupado... em relação à sua saúde, Jon — disse Gérard, gravemente. — Sinto muito.

— Nada fora do comum. Só fiz alguns exames — falou Jonathan.

— Os resultados foram quase iguais ao anterior.

Jonathan estava acostumado àqueles clichês, que equivaliam a dizer "Muito bem, obrigado" quando alguém perguntava "Como vai você?". Gérard pareceu satisfeito com a resposta, uma evidência de que Simone não lhe contara muito.

Yvonne e Simone conversavam sobre linóleo. O assoalho de linóleo estava ficando gasto em frente ao fogão e à pia. O piso já não era novo quando compraram a casa.

— Está mesmo se sentindo bem, querido? — perguntou Simone a Jonathan assim que a família do irmão foi embora.

— Estou ótimo. Cheguei até a dar um jeito na sala da caldeira. Na fuligem. — Jonathan sorriu.

— Você perdeu o juízo... Hoje à noite, pelo menos, vai ter um jantar decente. Mamãe insistiu que eu lhe trouxesse três *paupiettes* que sobraram do almoço, e estão uma delícia!

Então, por volta das onze da noite, quando se preparavam para se deitar, Jonathan sentiu uma súbita depressão, como se as pernas e todo o corpo houvessem afundado em algo viscoso — como se ele estivesse caminhando com lama até a cintura. Estaria simplesmente cansado? Parecia ser algo mais mental do que físico. Quando as luzes se apagaram, Jonathan ficou contente por poder ficar parado, relaxando, com os braços ao redor de Simone e os braços dela ao redor dele — a posição em que sempre adormeciam. Pensou em Stephen Wister (se é que realmente se chamava assim), cuja figura franzina talvez estivesse esticada no assento de um avião, voando para o Leste. Imaginou aquele rosto com a cicatriz rosada e a expressão tensa, confusa — mas Wister já não estaria pensando em Jonathan Trevanny, e sim em outra pessoa. Devia ter mais duas ou três opções em mente, avaliou Jonathan.

A manhã estava fria e nevoenta. Pouco após as oito horas, Simone foi com Georges à École Maternelle e Jonathan ficou na cozinha, com uma segunda xícara de *café au lait*, que mantinha seus dedos aquecidos. A calefação não funcionava direito. Mais uma vez, haviam passado frio no inverno, e mesmo na primavera a casa amanhecia gelada. A caldeira já estava ali quando eles se mudaram, e era suficiente para os cinco aquecedores no térreo, mas não para os outros cinco que haviam instalado no andar de cima na esperança de que fossem funcionar. Foram alertados de que o arranjo não daria certo, Jonathan recordava, mas uma caldeira maior custaria 3 mil francos novos, dinheiro que eles não tinham.

Três cartas deslizaram pela fenda na porta. Uma delas era a conta de luz. Jonathan apanhou um envelope branco e quadrado, virou-o e viu o selo do Hôtel de l'Aigle Noir. Abriu o envelope. Um cartão de visita escorregou e caiu. Jonathan o pegou e leu as palavras STEPHEN WISTER CHEZ, escritas acima de:

REEVES MINOT

159 AGNESSTRASSE

WINTERHUDE (ALSTER)

HAMBURGO 56

629-6757

Também havia uma carta.

1º de abril de 19...

```
Caro Sr. Trevanny,

Lamento não ter recebido notícias suas pela
manhã, tampouco agora à tarde. Em todo caso,
estou anexando um cartão com meu endereço em
Hamburgo. Se mudar de ideia, por favor, me te-
lefone a cobrar, a qualquer hora. Ou venha con-
versar comigo em Hamburgo. Caso decida vir,
```

posso transferir imediatamente o valor das
passagens de ida e volta.
De fato, não acha que seria uma boa ideia
consultar um especialista em Hamburgo sobre
sua doença de sangue, para ter uma segunda
opinião? Assim talvez se sinta mais à vontade.
Voltarei a Hamburgo no domingo à noite.

Atenciosamente,
Stephen Wister

Jonathan achou graça, e também ficou surpreso e irritado, tudo
ao mesmo tempo. *Mais à vontade.* Chegava a ser engraçado, porque Wister tinha certeza de que Jonathan morreria em breve. Se
um especialista em Hamburgo dissesse *"Ach ja,* você só tem um ou
dois meses de vida", ele se sentiria mais à vontade? Jonathan enfiou
a carta e o cartão no bolso traseiro da calça. Uma viagem de graça a
Hamburgo. Wister pensava em todo tipo de engodo. Parecia curioso
que houvesse enviado a carta na tarde de sábado para que chegasse
na segunda pela manhã, já que Jonathan poderia ter telefonado no
domingo. Os carteiros, no entanto, não recolhiam correspondência
aos domingos.

Eram oito e cinquenta e dois da manhã. Jonathan pensou nas tarefas do dia. Precisava telefonar para uma firma em Melun e enco-
mendar papel para fazer *passe-partout.* Tinha que enviar mensagens a
pelo menos dois clientes cujos quadros já estavam prontos havia mais
de uma semana. Jonathan costumava ir à loja nas segundas-feiras e
passava o dia resolvendo pequenos problemas, embora o estabelecimento permanecesse fechado, pois era contra a lei francesa abrir seis
dias por semana.

Ele chegou à loja às nove e quinze da manhã, fechou a cortina verde da porta e a trancou de novo, deixando a palavra FERMÉ

voltada para a rua. Andou de um lado para outro, ainda pensando em Hamburgo. Talvez fosse bom procurar saber a opinião de um especialista alemão. Dois anos antes, Jonathan havia consultado um especialista em Londres. Lá, ouvira um diagnóstico igual ao do médico francês, o que fora o bastante para convencê-lo de que ambos eram verdadeiros. Mas quem sabe os alemães fossem um pouco mais rigorosos, ou estivessem mais atualizados? Digamos que ele aceitasse a viagem de ida e volta que lhe tinha sido oferecida. (Jonathan estava escrevendo um endereço num cartão-postal.) Se aceitasse, porém, ficaria em dívida com Wister. Jonathan percebeu que estava flertando com a ideia de cometer um assassinato para Wister — não pelo homem, mas pelo dinheiro. Um mafioso. Eram todos criminosos, não eram? Claro, mesmo que aceitasse a viagem de graça, Jonathan poderia simplesmente reembolsar Wister. A questão central era que não poderia pagar a viagem no momento, pois não tinha soma suficiente no banco. Se de fato quisesse se certificar de sua condição de saúde, o ideal seria ir à Alemanha (ou à Suíça, na verdade). Os melhores médicos do mundo estavam lá, não estavam? Jonathan deixou o cartão com o número do fornecedor de papéis ao lado do telefone, a fim de não esquecer de ligar para ele no dia seguinte, visto que a loja de papel também fechava às segundas. E se a proposta de Stephen Wister fosse viável? Por um instante, Jonathan viu-se atingido pelo fogo cruzado de policiais alemães; imaginou-se encurralado logo após dar um tiro no italiano. Mas, mesmo que morresse, Simone e Georges receberiam as 40 mil libras. Jonathan voltou à realidade. Não mataria ninguém, não. Ir a Hamburgo, no entanto, parecia-lhe uma travessura, uma pequena fuga, ainda que lá recebesse péssimas notícias. De qualquer forma, descobriria os *fatos*. E se Wister lhe pagasse a viagem, Jonathan poderia reembolsá-lo em uns três meses, desde que economizasse e não comprasse nenhuma roupa, nem sequer uma cerveja num bar. Jonathan detestava a ideia de abordar o assunto com Simone, embora ela fosse concordar, é evidente, já que a questão era consultar outro médico, supostamente um excelente médico. O dinheiro economizado sairia do bolso do próprio Jonathan.

Por volta das onze da manhã, ele solicitou uma ligação para o número de Wister em Hamburgo, mas não pediu que fosse um telefonema a cobrar. Três ou quatro minutos depois, o telefone tocou e Jonathan atendeu: a ligação estava muito mais nítida do que geralmente as realizadas para Paris.

— ... Sim, aqui é Wister — disse Wister com voz suave e tensa.

— Recebi sua carta hoje de manhã — começou Jonathan. — A ideia de ir a Hamburgo...

— Pois é, por que não? — comentou Wister, casualmente.

— Eu me refiro à ideia de ver um especialista...

— Vou lhe enviar o dinheiro por cabograma agora mesmo. Pode buscar a quantia na agência dos Correios de Fontainebleau. Deverá estar disponível em duas horas, mais ou menos.

— É... muito gentil da sua parte. Quando eu estiver aí, posso...

— Pode vir hoje? Hoje à noite? Tem lugar aqui para você ficar.

— Acho que hoje não consigo. — Mas, pensando bem, por que não?

— Ligue de novo assim que comprar a passagem. Avise a que horas vai chegar. Vou estar por aqui o dia todo.

Ao desligar, Jonathan sentia o coração bater um pouco mais rápido.

Em casa, durante o almoço, Jonathan foi ao quarto ver se a mala estava à mão. Estava em cima do armário, no mesmo lugar onde estivera desde que o casal voltara da última viagem, havia cerca de um ano, a Arles.

— Querida, uma coisa importante. Decidi ir a Hamburgo consultar um especialista — disse ele a Simone.

— Ah, é mesmo? Sugestão do Perrier?

— Bem... Na verdade, não. Ideia minha. Talvez seja útil ouvir a opinião de um médico alemão. Sei que vai ser uma despesa a mais.

— Ah, Jon! Uma despesa a mais, ora! Você recebeu alguma notícia hoje cedo? O resultado dos exames chega amanhã, não é?

— Sim. Eles sempre dizem a mesma coisa, meu amor. Quero mais uma opinião.

— Quando pretende ir?

— Em breve. Esta semana.

Pouco antes das cinco da tarde, Jonathan telefonou para a agência dos Correios de Fontainebleau. A transferência tinha sido feita. Jonathan mostrou sua *carte d'identité* e recebeu 600 francos. Dos Correios, ele foi ao *Syndicat d'Initiatives* na place Franklin Roosevelt, a poucas quadras de distância, e comprou uma passagem de ida e volta para Hamburgo, no avião que partiria do aeroporto de Orly às nove e vinte e cinco daquela mesma noite. Percebeu que teria que se apressar, o que o agradava, pois o impedia de pensar e hesitar. Voltou à loja e telefonou para Hamburgo, dessa vez a cobrar.

De novo, Wister atendeu.

— Ah, ótimo. Certo, às onze e cinquenta e cinco. Pegue o ônibus do aeroporto até o terminal da cidade, sim? Vou encontrá-lo lá.

Em seguida, Jonathan telefonou para um cliente que precisava buscar um quadro valioso e lhe disse que a loja estaria fechada na terça e na quarta-feira, por "questões de família", um pretexto comum. Teria que deixar um aviso na porta com essa informação. Não seria nada de extraordinário, pois os comerciantes da cidade com frequência fechavam os respectivos estabelecimentos por alguns dias, por uma razão ou outra. Jonathan certa vez vira uma tabuleta que dizia FECHADO POR MOTIVO DE RESSACA.

Fechou a loja e foi para casa fazer as malas. Seria uma viagem de no máximo dois dias, pensou ele, a menos que o hospital de Hamburgo, ou fosse qual fosse o nome do hospital, insistisse que permanecesse por mais tempo para fazer outros exames. Verificou os horários de trem para Paris: um deles partia por volta das sete da noite e viria a calhar. Ele tinha que ir a Paris, depois a Les Invalides, e lá pegar um ônibus para Orly. Quando Simone e Georges chegaram, Jonathan já havia levado a mala para o andar de baixo.

— Hoje à noite? — perguntou Simone.

— Quanto antes melhor, querida. Decidi no impulso. Volto na quarta, talvez até amanhã à noite.

— Mas... como faço para falar com você? Reservou um hotel?

— Não. Vou ter que lhe mandar um telegrama, querida. Não se preocupe.

— Deixou tudo combinado com o médico? Quem é ele?

— Ainda não sei. Só ouvi falar do hospital.

Ao tentar enfiar o passaporte no bolso interno do casaco, Jonathan o deixou cair.

— Nunca vi você com essa cara — disse Simone.

Ele sorriu.

— Pelo menos... obviamente, não estou desmaiando!

Simone queria acompanhá-lo à estação de Fontainebleau-Avon e voltar de ônibus, mas Jonathan insistiu que ela ficasse em casa.

— Mando um telegrama assim que chegar — assegurou ele.

— Onde fica Hamburgo? — perguntou Georges pela segunda vez.

— *Allemagne!* Alemanha! — respondeu Jonathan.

Jonathan encontrou um táxi disponível na rue de France, por sorte. Quando chegou à estação de Fontainebleau-Avon, o trem já estava saindo, e Jonathan mal teve tempo de comprar a passagem e pular para dentro. Em seguida, pegou outro táxi da Gare de Lyon a Les Invalides. Ainda lhe restava parte dos 600 francos que retirara nos Correios. Por um tempo, não se preocuparia com dinheiro.

Durante o voo, ele dormiu com uma revista no colo. Imaginava ser outra pessoa. O movimento do avião parecia levar esse novo homem para longe daquele que ficara lá atrás, na casa sombria e cinzenta da rue Saint-Merry. Imaginou outro Jonathan, que naquele momento ajudava Simone a lavar os pratos enquanto conversavam sobre assuntos monótonos como o preço do linóleo para o piso da cozinha.

O avião pousou. O ar era cortante e muito frio. Havia uma longa e bem iluminada via expressa, depois as ruas da cidade, com enormes edifícios que se erguiam contra o céu noturno e luzes elétricas em formas e cores diferentes das que se viam na França.

E lá estava Wister, com um sorriso, aproximando-se de Jonathan com a mão estendida.

— Bem-vindo, Sr. Trevanny! Fez uma boa viagem? … Meu carro está ali na frente. Espero que não tenha se incomodado em vir ao terminal. Meu motorista… Não meu motorista, mas o motorista que uso às vezes… estava ocupado até uns minutos atrás.

Caminhavam em direção ao meio-fio. Wister seguia falando e falando, em seu monocórdio sotaque americano. Exceto pela cicatriz, nada na fisionomia de Wister sugeria violência. Ele era calmo demais, decidiu Jonathan — traço que, do ponto de vista psiquiátrico, talvez fosse ominoso. Ou talvez estivesse se tratando de uma úlcera? Wister se deteve ao lado de um lustroso Mercedes-Benz. Um homem mais velho, sem quepe de motorista, pegou a mala de tamanho médio de Jonathan e abriu a porta para ele e Wister.

— Este é Karl — informou Wister.

— Boa noite — disse Jonathan.

Karl sorriu e murmurou algo em alemão.

Foi um longo percurso. Wister apontou para o Rathaus, prédio onde funcionava o governo municipal de Hamburgo, "a prefeitura mais antiga da Europa, e os bombardeios não a destruíram", e também para uma grande igreja ou catedral cujo nome Jonathan não entendeu. Ele e Wister estavam sentados no banco traseiro. Chegaram a uma parte da cidade com atmosfera mais campestre, passaram por uma segunda ponte e enveredaram por uma rua escura.

— Aqui estamos — disse Wister. — Minha casa.

O carro havia subido uma pista até estacionar em frente a uma casa grande, com poucas janelas iluminadas e uma entrada bem iluminada e bem-cuidada.

— É um velho casarão com quatro apartamentos, e eu moro em um deles — explicou Wister. — Há muitos casarões assim em Hamburgo. Transformados em prédios residenciais. Daqui tenho uma bela vista do lago Alster. É o Aussen Alster, o maior. Você vai vê-lo amanhã.

Subiram por um elevador moderno, Karl com a mala de Jonathan. O motorista apertou a campainha e uma mulher de meia-idade trajando vestido preto e avental branco abriu a porta, sorrindo.

— Esta é Gaby — disse Wister a Jonathan. — Minha governanta de meio período. Ela também trabalha para outra família no casarão e dorme no apartamento deles, mas eu disse que talvez precisássemos de comida hoje à noite. Gaby, *Herr Trevanny aus Frankreich*.

A mulher saudou Jonathan amigavelmente e pegou o casaco dele. Tinha um rosto redondo, semelhante a um pudim, e parecia a boa vontade em pessoa.

— Pode se refrescar ali, se quiser — disse Wister, apontando para um lavabo cujas luzes já estavam acesas. — Vou preparar um uísque. Está com fome?

Quando Jonathan saiu do lavabo, as luzes na espaçosa sala de estar quadrangular — quatro lâmpadas — estavam acesas. Wister estava sentado num sofá verde, fumando um charuto. Na mesinha à frente dele havia dois copos de uísque. Gaby logo apareceu com uma bandeja de sanduíches e um queijo redondo, amarelo-claro.

— Ah, obrigado, Gaby — disse Wister, e então se dirigiu a Jonathan: — Já passou do horário da Gaby, mas quando eu disse que receberia um hóspede hoje à noite ela insistiu em ficar para nos servir sanduíches.

Apesar do comentário agradável, Wister não sorria. Na verdade, franzia as sobrancelhas com ar aflito, enquanto Gaby arrumava as baixelas e a prataria. Depois que ela se retirou, Wister disse:

— Está se sentindo bem? O mais importante agora é a consulta com o especialista. Tenho em mente um médico muito bom, Dr. Heinrich Wentzel, hematologista no Eppendorfer Krakenhaus, o principal hospital da cidade. Mundialmente renomado. Marquei uma consulta para você amanhã às duas, se estiver de acordo.

— Com certeza. Obrigado — disse Jonathan.

— Assim, vai ter tempo para colocar o sono em dia. Espero que sua esposa não tenha se zangado com sua viagem tão repentina. No fim das contas, quando se trata de uma doença séria, é questão de sensatez consultar mais de um médico...

Jonathan ouvia apenas parcialmente. Estava atordoado e, também, um pouco distraído pela decoração, pelo fato de que tudo ali deveria ser *germânico*, e que aquela era a primeira visita que fazia à Alemanha. Os móveis eram bastante convencionais, e havia mais peças modernas que antigas, embora visse uma bela mesa Biedermeier encostada à parede do outro lado da sala. Havia estantes baixas junto às paredes e longas cortinas verdes nas janelas, e as lâmpadas nos cantos da sala difundiam a luz de forma agradável. Sobre a mesinha de vidro jazia uma caixa roxa de madeira, com uma variedade de charutos e cigarros em diferentes compartimentos. A lareira branca tinha acessórios de latão, mas no momento não estava acesa. Acima dela, havia um quadro bastante interessante, que parecia um Derwatt. E onde estava Reeves Minot? Wister era Minot, supôs Jonathan. Wister anunciaria tal fato ou deduziria que Jonathan já se dera conta disso? Ocorreu a Jonathan que ele e Simone deveriam pintar ou forrar a casa inteira de branco. Decidiu desencorajar a ideia de forrar o quarto com estampas no estilo *art nouveau*. Se queriam um ambiente bem iluminado, branco era a opção mais…

— Imagino que tenha pensado um pouco sobre a outra proposta — disse Wister com voz suave. — A ideia de que lhe falei em Fontainebleau.

— Lamento, mas não mudei de ideia. E isso nos leva a… bem, evidentemente, estou lhe devendo 600 francos. — Jonathan obrigou-se a sorrir. Já começava a sentir o efeito do uísque e, tão logo percebeu isso, tomou outro gole com certo nervosismo. — Posso reembolsá-lo em três meses. O essencial agora é consultar o especialista. Prioridades.

— Claro — disse Wister. — E não fale em reembolso. Isso é absurdo.

Jonathan não queria discutir, mas se sentia um pouco envergonhado. Acima de tudo, sentia-se esquisito, como se estivesse sonhando ou como se, de alguma forma, não fosse ele mesmo. *É apenas a estranheza da situação*, pensou.

— Esse italiano que queremos eliminar — comentou Wister, cruzando as mãos atrás da cabeça e olhando para o teto — tem um emprego de fachada. Ha-ha! É cada uma! Finge que trabalha em horário comercial. Fica perambulando pelos clubes na Reeperbahn, fingindo ser só um aficionado por jogo, finge ser enólogo também, e tenho certeza de que tem um comparsa na… seja lá como se chame a fábrica de vinhos daqui. Vai todos os dias à fábrica, mas passa as noites em algum dos clubes, jogando um pouco e de olho em quem pode conhecer por lá. Dorme a manhã toda, porque passa a madrugada em claro. Mas a questão é a seguinte — Wister empertigou-se no sofá —, ele pega o metrô todas as tardes quando volta para casa, um apartamento alugado. Assinou um aluguel de seis meses e tem um contrato temporário de meio ano na fábrica, tudo para fazer a coisa parecer legítima… Coma um sanduíche!

Wister estendeu a travessa, como se acabasse de perceber que havia sanduíches ali.

Jonathan pegou um sanduíche de língua. Também havia de repolho e de picles com endro.

— A questão é que todos os dias ele desce do metrô na estação de Steinstrasse por volta das seis e quinze, sozinho, e parece só mais um homem de negócios voltando do escritório. É nesse momento que queremos pegá-lo. — Wister abriu as mãos ossudas, com as palmas para baixo. — O assassino dispara. Um tiro, se conseguir mirar bem nas costas. Talvez dois, para ter certeza. Então larga a arma e... pá-pum. É assim que se diz, pá-pum, não é?

De fato, aquela expressão lhe soava familiar, ouvida aqui e ali.

— Se é assim tão fácil, por que precisa de mim? — Jonathan conseguiu exibir um sorriso polido. — Sou um amador, para dizer o mínimo. Eu estragaria tudo.

Wister pareceu não ter ouvido.

— *Talvez* a multidão seja retida. Algumas pessoas. Vai saber? Trinta ou quarenta pessoas, se a polícia chegar rápido o bastante. A estação é enorme, faz parte do principal terminal ferroviário. Pode ser que revistem as pessoas. Mas digamos que você seja revistado... — Wister deu de ombros. — A essa altura, você já vai ter largado a arma. Você vai disparar com a mão coberta por uma meia fina e jogar a meia fora logo depois do tiro. Nenhum resquício de pólvora em você, nenhuma impressão digital na arma. Não há conexão alguma entre você e o morto. Ah, mas as coisas não vão chegar a esse ponto. De todo modo, basta olharem sua identidade francesa, e você tem uma consulta marcada com o Dr. Wentzel, então vai ser liberado. Minha maior preocupação, *nossa* maior preocupação, é que não queremos ninguém ligado a nós ou aos clubes...

Jonathan ouvia sem fazer comentários. Estava pensando que, no dia do assassinato, teria que estar hospedado num hotel, pois, se um policial perguntasse onde estava pernoitando, não poderia dizer que era um hóspede na casa de Wister. E quanto a Karl e à governanta? Sabiam algo sobre o assunto? Eram confiáveis? *Tudo isso é uma grande bobagem*, pensou Jonathan, e teve vontade de sorrir, mas não o fez.

— Você está cansado — declarou Wister. — Quer dar uma olhada no quarto? Gaby já levou sua bagagem.

Quinze minutos depois, Jonathan estava de pijama, após um banho quente. A janela do quarto dava para a frente da casa, assim como as duas janelas da sala de estar, e Jonathan contemplou a superfície da água, as luzes que pontuavam a costa mais próxima e as luzes verdes e amarelas de alguns dos barcos amarrados. A paisagem era sombria, pacífica, vasta. O facho de um farol cruzava o céu num clarão protetor. A cama era de tamanho médio e estava cuidadosamente arrumada. Na mesa de cabeceira havia um copo com algo que parecia água e um maço de Gitane *maïs*, a marca que ele fumava, além de um cinzeiro e uma caixa de fósforos. Jonathan tomou um gole da bebida e constatou que, de fato, era água.

6

Jonathan estava sentado na beirada da cama, bebericando o café que Gaby trouxera. Estava do jeito que ele gostava: forte, com um pouco de creme. Jonathan tinha acordado às sete da manhã e depois voltado a dormir, até que Wister batera na porta às dez e meia.

— Não peça desculpas, acho ótimo que tenha dormido bastante — disse Wister. — Gaby está com o café pronto para lhe trazer. Ou prefere chá?

Wister acrescentou que fizera uma reserva para Jonathan no hotel — o nome em alemão era meio complicado, mas em inglês era Victoria — e iriam para lá antes do almoço. Jonathan agradeceu. Não falaram mais nada sobre o hotel. Aquele, no entanto, era o primeiro passo, pensou Jonathan, como já havia pensado na noite anterior. Se fosse cumprir o plano de Wister, não poderia ficar hospedado na casa. Jonathan, contudo, alegrou-se com a ideia de que em algumas horas já não estaria sob o teto daquele homem.

Ao meio-dia chegou um amigo ou conhecido de Wister, chamado Rudolf alguma coisa. Era um jovem esbelto, com cabelo preto liso, educado apesar de tenso. Wister disse que era um estudante de medicina. É claro que não falava inglês. Recordava a Jonathan certos retratos de Franz Kafka. Todos entraram no carro, com Karl ao volante, e partiram rumo ao hotel. Tudo parecia tão moderno em comparação à França, pensou Jonathan, lembrando em seguida que Hamburgo fora devastada pelos bombardeios. O carro parou numa rua de aspecto comercial. Lá estava o hotel Victoria.

— Todos falam inglês aqui — disse Wister. — Vamos esperar por você.

Jonathan entrou. Um carregador havia pegado a bagagem à porta. Ele então se registrou, dando uma olhada no passaporte inglês para passar o número correto. Pediu que a bagagem fosse enviada ao quarto, como Wister instruíra. O hotel era de categoria média, percebeu Jonathan.

Em seguida foram até um restaurante, mas Karl não almoçou com eles. Beberam uma garrafa de vinho antes da refeição, e Rudolf ficou meio alegre. Rudolf falava em alemão e Wister traduzia alguns dos gracejos. Jonathan lembrou-se de que às duas da tarde tinha que estar no hospital.

— Reeves… — disse Rudolf a Wister.

Jonathan tivera a impressão de ouvir Rudolf dizer aquele nome antes, mas dessa vez não houve dúvida. Wister — Reeves Minot — manteve a calma. Jonathan também.

— Anêmico — disse Rudolf a Jonathan.

— Pior. — Jonathan sorriu.

— *Schlimmer* — traduziu Reeves Minot, e continuou conversando com Rudolf em alemão, idioma que parecia falar de maneira tão desajeitada quanto o francês, mas na qual decerto se comunicava de forma igualmente funcional.

A comida estava excelente e as porções eram enormes. Reeves trouxera charutos. Antes de terminar de fumá-los, porém, tiveram que partir para o hospital.

O hospital era um vasto conjunto de prédios que se erguiam entre árvores e canteiros de flores. Karl os levara. A ala onde seria a consulta de Jonathan parecia um laboratório futurista, com quartos de ambos os lados do corredor, como num hotel, só que os quartos continham cadeiras e camas de cromo e eram iluminados por luzes fluorescentes ou luminárias de diversas cores. O cheiro não era de desinfetante, mas de algum gás extraterreno, um pouco semelhante ao odor que Jonathan sentira na máquina de raios X, cinco anos antes, ao fazer o exame que de nada lhe ajudara com a leucemia. Era o tipo de lugar onde os leigos ficam totalmente à mercê dos oniscientes especialistas, pensou Jonathan, e no mesmo instante se sentiu tão fraco que achou que fosse desmaiar. Ele seguia por um corredor infindável, cujo piso tinha um forro à prova de som, acompanhado por Rudolf, que deveria servir de intérprete caso fosse necessário. Reeves ficara no carro com Karl, mas Jonathan não sabia ao certo se esperariam por ele, tampouco imaginava quanto tempo duraria a consulta.

O Dr. Wentzel, um homem corpulento com cabelo grisalho e bigode de morsa, falava um pouco de inglês, mas não ousava formar frases longas. "Quanto tempo?" Seis anos. O médico colocou Jonathan na balança, perguntou se ele perdera peso recentemente, pediu que se despisse até a cintura e lhe apalpou a região do baço. Enquanto isso, dirigia murmúrios em alemão a uma enfermeira que tomava notas. Mediu a pressão de Jonathan, examinou as pálpebras, coletou amostras de sangue e urina e, por fim, extraiu uma amostra de tutano com um instrumento perfurador mais rápido e menos doloroso que o usado pelo Dr. Perrier. Jonathan foi informado de que poderia buscar os exames na manhã seguinte. A consulta levara apenas uns quarenta e cinco minutos.

Jonathan e Rudolf saíram do hospital. O carro estava a vários metros de distância, entre outros veículos no estacionamento.

— Como foi? … Quando vai saber o resultado? — perguntou Reeves. — Quer voltar comigo à minha casa ou ir para o hotel?

— Acho que prefiro o hotel, obrigado.

Jonathan afundou-se num canto do banco traseiro, aliviado.

Durante o trajeto, Rudolf conversou com Reeves, aparentemente tecendo loas ao Dr. Wentzel. Chegaram ao hotel.

— Viremos buscá-lo para o jantar às sete — disse Reeves, bem-humorado.

Jonathan pegou a chave e foi para o quarto. Tirou o casaco e desabou na cama de barriga para baixo. Três minutos depois, levantou-se e foi à escrivaninha. Havia papel de carta na gaveta. Sentou-se e escreveu:

4 de abril de 19...

Minha querida Simone,

Acabo de fazer o exame, vou saber o resultado amanhã de manhã. Um hospital muito eficiente, o médico parece o imperador Franz Josef e é considerado o melhor hematologista do mundo! Ficarei mais tranquilo ao saber o resultado, seja qual for. Com sorte chego em casa amanhã antes de você receber esta carta, a menos que o Dr. Wentzel queira fazer outros exames.

Vou lhe mandar um telegrama, só para dizer que estou bem. Sinto sua falta, estou pensando em você e no nosso *Cailloux*.

À bientôt, com todo o meu amor,

Jon

Jonathan pendurou o terno — era o melhor que tinha, em tecido azul-escuro —, deixou o restante das coisas na mala e desceu para remeter a carta. Na noite anterior, no aeroporto, trocara um cheque de viagem no valor de 10 libras, extraído de um antigo talão com três ou quatro folhas. Mandou um breve telegrama para Simone, no qual dizia que estava bem e logo ela receberia uma carta dele. Em seguida saiu do hotel, decorou o nome da rua e a aparência do bairro — um enorme anúncio de cerveja atingiu com violência a mente de Jonathan — e foi dar um passeio.

Nas calçadas havia um alvoroço de pedestres e pessoas fazendo compras, cachorros salsicha nas coleiras e mascates de frutas e jornais nas esquinas. Jonathan observou uma vitrine cheia de belos suéteres. Também havia um charmoso robe de seda azul destacando-se contra um fundo branco de pelica de ovelha. Tentou calcular de cabeça o preço do robe em francos, mas acabou desistindo, pois na verdade não estava muito interessado. Atravessou uma avenida movimentada, por onde passavam bondes e ônibus, alcançou um canal franqueado por uma passarela e preferiu não cruzá-la. Um café, talvez. Jonathan se aproximou de uma cafeteria de aparência agradável, com uma vitrine de doces e um balcão e mesinhas no lado de dentro, mas não teve coragem de entrar. Percebeu que estava aterrorizado pela dúvida do que os exames revelariam na manhã seguinte. De repente sentiu um vazio que já lhe era familiar, uma sensação de tenuidade, como se houvesse se transformado num lenço de papel, e um frio na testa, como se sua vida estivesse evaporando.

De uma coisa Jonathan sabia, ou ao menos suspeitava: na manhã seguinte receberia um resultado falso. A presença de Rudolf o deixara desconfiado. Um estudante de medicina. Rudolf não o ajudara em nada, pois Jonathan não havia precisado de ajuda. A enfermeira falara em inglês. Não poderia Rudolf redigir um resultado falso à noite? Dar um jeito de substituir o verdadeiro? Jonathan chegou a imaginar o rapaz afanando o papel timbrado do hospital naquela tarde. Ou talvez estivesse enlouquecendo, Jonathan alertou a si mesmo.

Virou-se na direção do hotel, tomando o caminho mais curto. Alcançou o Victoria, pediu a chave e foi para o quarto. Então tirou os sapatos, molhou uma toalha no banheiro e se deitou com ela cobrindo-lhe a testa e os olhos. Não se sentia sonolento, apenas estranho. Reeves Minot era estranho. Transferir 600 francos para um completo desconhecido, fazer aquela proposta insana e prometendo-lhe mais de 40 mil libras. Não podia ser verdade. Reeves Minot jamais lhe daria aquele dinheiro. Reeves Minot parecia viver num mundo de fantasia. Talvez nem fosse de fato um trapaceiro, apenas um sujeito meio doido que vivia em meio a delírios de poder e importância.

O telefone acordou Jonathan. Uma voz de homem disse em inglês:

— Um cafalheiro o espera aqui embaijo, senhorr.

Jonathan consultou o relógio e viu que eram sete e pouco.

— Pode dizer que desço em dois minutos?

Jonathan lavou o rosto, vestiu um suéter de gola alta e um paletó. Também levou o sobretudo.

Karl estava sozinho no carro.

— Teve uma tarde agradável, senhor? — perguntou ele, em inglês.

Durante a breve conversa que se seguiu, Jonathan descobriu que o vocabulário em inglês de Karl era bastante razoável. Ficou se perguntando quantos desconhecidos Karl já teria transportado para Reeves Minot. Karl imaginaria o tipo de negócios a que Reeves se dedicava? Talvez o motorista simplesmente não se importasse. Que diferença faria para ele? A que tipo de negócios Reeves deveria se dedicar?

Karl estacionou de novo na rampa, e dessa vez Jonathan pegou o elevador sozinho até o segundo andar.

Reeves Minot, em calças de flanela cinza e suéter, saudou Jonathan à porta.

— Entre! Conseguiu aproveitar a tarde?

Beberam uísque. A mesa estava posta para dois, e Jonathan presumiu que fossem jantar sozinhos.

— Gostaria de lhe mostrar a foto do homem de quem falamos — disse Reeves, içando o corpo esguio do sofá e dirigindo-se à escrivaninha Biedermeier.

Pegou algo na gaveta. Eram duas fotografias: uma do sujeito de frente e outra de perfil em meio a um grupo de várias pessoas debruçadas sobre uma mesa.

Era uma mesa de roleta. Jonathan fitou a primeira foto, tão nítida quanto o retrato num passaporte. O homem parecia ter uns 40 anos, o rosto era quadrado e carnudo, como o de tantos italianos, com rugas que flanqueavam o nariz e desciam em curva até os lábios grossos. Os olhos pareciam atentos, quase sobressaltados, embora o sorriso vago parecesse dizer: "Muito bem, o que foi que *eu* fiz, hein?" Salvatore Bianca, esse era o nome dele, segundo Reeves.

— Essa foto — disse Reeves, apontando o retrato do grupo — foi tirada em Hamburgo há cerca de uma semana. Ele nem sequer joga, só fica olhando. Esse é um dos raros momentos em que ele olha para a roleta... Bianca já deve ter matado uma dúzia de homens, do contrário não seria um capanga da Máfia, mas não é um mafioso importante. É dispensável. Você sabe, está aqui só para dar o pontapé inicial... — Reeves continuou falando enquanto Jonathan terminava o uísque, e em seguida preparou-lhe outra dose. — Bianca anda sempre de chapéu... Quando está na rua, quero dizer... Um *Homburg*. Geralmente usa um capote de tweed.

Reeves tinha um gramofone, e Jonathan teria gostado de ouvir um pouco de música, mas achou que seria rude pedir, embora pudesse imaginar o homem correndo para o gramofone e colocando exatamente o que ele pedisse.

Após um tempo, Jonathan o interrompeu:

— Um homem de aparência comum, chapéu enterrado na cabeça, gola levantada... Como é que alguém poderia identificá-lo no meio de uma multidão, tendo só essas duas fotos para se basear?

— Um amigo meu vai pegar o mesmo trem na estação Rathaus, onde Bianca embarca, até a estação seguinte, Messberg, que é a única parada antes de Steinstrasse. Olhe!

Reenergizado pela pergunta de Jonathan, Reeves puxou um mapa da cidade, que se desdobrava feito um acordeão, para lhe mostrar as rotas do metrô, marcadas com pontos azuis.

— Você vai embarcar com Fritz na estação Rathaus. Ele vai passar aqui depois do jantar.

Lamento desapontá-lo, queria dizer Jonathan. Sentiu uma pontada de culpa por ter iludido Reeves até aquele ponto. Será mesmo que o havia iludido? Não. Reeves fizera uma aposta maluca. Sem dúvida estava acostumado àquele tipo de coisa e talvez já houvesse oferecido o serviço a outras pessoas. Jonathan sentiu-se tentado a perguntar se fora a primeira opção, mas a voz de Reeves zunia sem intervalo.

— Não quero lhe enganar, existe definitivamente a possibilidade de um segundo assassinato.

Foi um alívio para Jonathan se deparar com um ponto negativo na proposta. Até então, Reeves apresentava tudo como um mar de rosas. Era só apertar o gatilho e pá-pum, voltar para casa com os bolsos cheios de dinheiro e viver feliz na França ou seja lá onde fosse. Um cruzeiro ao redor do mundo, tudo do bom e do melhor para Georges (Reeves tinha lhe perguntado o nome do filho) e uma vida mais confortável para Simone. *Como diabos eu vou explicar toda essa grana a Simone?*, perguntou-se Jonathan.

— É *Aalsuppe* — disse Reeves, apanhando a colher. — Uma especialidade de Hamburgo que Gaby adora preparar.

A sopa de enguia estava muito boa. Também havia um excelente vinho Moselle, servido frio.

— Hamburgo tem um zoológico famoso, não sei se você já ouviu falar. O Tierpark Hagenberk, em Settlingen. O trajeto daqui até lá é bem agradável. Podemos fazer uma visita amanhã de manhã. Quer dizer — Reeves ergueu os olhos, parecendo mais preocupado que antes —, se não surgir nada de última hora. Estou meio que de prontidão. Vou saber com certeza hoje à noite ou amanhã de manhã.

Pelo jeito como falava, era de imaginar que o zoológico fosse um assunto muito importante.

— Amanhã de manhã vou buscar os resultados dos exames. Tenho que estar no hospital às onze. — Jonathan sentiu uma espécie de desespero, como se aquele fosse o horário de sua morte.

— Sim, claro. Bem, podemos ir ao zoológico à tarde. Os animais ficam em um... em um ambiente natural...

Sauerbraten. Repolho-roxo.

A campainha soou. Reeves continuou sentado, e no instante seguinte Gaby apareceu para anunciar que Herr Fritz havia chegado.

Fritz trazia um gorro na mão e usava um capote bastante surrado. Tinha cerca de 50 anos.

— Este é Paul — disse Reeves a Fritz, indicando Jonathan. — Ele é inglês. Este é Fritz.

— Boa noite — disse Jonathan.

Fritz cumprimentou Jonathan com um aceno amigável. Era um cara durão, avaliou Jonathan, mas tinha um sorriso amistoso.

— Sente-se, Fritz. Uma taça de vinho? Um uísque? — Reeves falou algo em alemão e acrescentou em inglês: — Paul é nosso homem.

Reeves entregou ao recém-chegado uma taça de vinho branco com a haste muito longa.

Fritz assentiu.

Jonathan achou graça. A taça exageradamente alta parecia saída de uma ópera de Wagner. Reeves então se sentou de lado na cadeira.

— Fritz é taxista — disse Reeves. — Levou Herr Bianca para casa muitas noites, não é, Fritz?

O sujeito murmurou alguma coisa, sorrindo.

— Muitas noites, não, só duas — retificou Reeves. — Claro, nós não... — Reeves hesitou, como se não soubesse em qual idioma falar, depois prosseguiu, dirigindo-se a Jonathan: — Bianca provavelmente não vai reconhecer Fritz. E, mesmo que reconheça, não vai ser nada de mais, porque Fritz vai descer na estação Messberg. A questão é esta: você e Fritz vão se encontrar em frente à estação Rathaus, amanhã, então Fritz vai lhe mostrar nosso... nosso amigo Bianca.

Fritz assentiu, parecendo entender tudo.

Seria no dia seguinte, então. Jonathan ouvia em silêncio.

— Vocês dois vão embarcar na estação Rathaus por volta das seis e quinze. Talvez seja melhor estar lá um pouco antes das seis, para o caso de Bianca chegar mais cedo por algum motivo, embora ele tenha o hábito de chegar sempre às seis e quinze em ponto. Karl vai levar você de carro até lá, Paul, portanto não precisa se preocupar com nada. Vocês dois, quer dizer, você e Fritz não devem se aproximar muito um do outro, mas talvez Fritz precise embarcar no mesmo trem que você e Bianca, para poder apontá-lo com mais precisão. De qualquer forma, Fritz desce na parada seguinte, Messberg — explicou Reeves, e em seguida disse algo em alemão a Fritz e lhe estendeu a mão.

Fritz enfiou a mão num bolso interno, tirou uma pequena arma preta e entregou-a a Reeves, que lançou um olhar à porta como se estivesse receoso de que Gaby fosse entrar, mas na verdade não parecia preocupado. A arma era pouco maior que a palma da mão dele. Após revirá-la um pouco, Reeves abriu-a e deu uma olhada na parte interna.

— Está carregada. Tem uma trava de segurança. Aqui. Você entende alguma coisa de armas, Paul?

Jonathan tinha um conhecimento superficial. Com a ajuda de Fritz, Reeves lhe mostrou como manusear a arma. A trava era o mais importante. Saber como destravá-la. Era a arma italiana.

Fritz teve que ir embora. Despediu-se de Jonathan com um aceno de cabeça.

— *Bis morgen! Um sechs!*

Reeves acompanhou o homem até a porta. Ao voltar, trazia um sobretudo de tweed marrom-avermelhado e usado.

— É bem grande — disse. — Experimente.

Jonathan não queria experimentar, mas mesmo assim se levantou e vestiu o sobretudo. As mangas ficaram muito compridas. Ele enfiou as mãos nos bolsos e descobriu que o direito tinha o fundo cortado — como Reeves acabava de lhe informar. Foi instruído a carregar a arma no bolso do paletó, pegá-la através do bolso furado do sobretudo, atirar, de preferência uma só vez, e deixar a arma cair no chão.

— Você vai chegar lá e ver uma multidão, umas duzentas pessoas, talvez — avisou Reeves. — Depois de atirar, você recua, como todo mundo, e faz de conta que está se protegendo de uma explosão.

Reeves demonstrou, inclinando o corpo para trás e andando de costas.

Beberam algumas doses de Steinhäger com o café. Reeves perguntou sobre a família de Jonathan, Simone, Georges. Georges falava inglês ou apenas francês?

— Está aprendendo um pouco de inglês — disse Jonathan. — Estou em desvantagem, porque não passo muito tempo com ele.

7

Na manhã seguinte, por volta das nove horas, Reeves telefonou para o quarto de Jonathan no hotel. Karl iria buscá-lo às dez e quarenta para levá-lo ao hospital. Rudolf os acompanharia. Jonathan já estava esperando por isso.

— Boa sorte — disse Reeves. — Vejo você mais tarde.

Jonathan estava no saguão, lendo o *Times* de Londres, quando Rudolf apareceu, alguns minutos antes do combinado. Rudolf exibia um sorriso tímido, que o deixava com cara de camundongo, parecendo ainda mais com Kafka.

— Bom dia, Herr Trevanny! — cumprimentou ele.

Rudolf e Jonathan entraram na parte de trás do grande veículo.

— Boa sorte com os exames! — disse Rudolf, com simpatia.

— Pretendo falar com o médico também — declarou Jonathan em tom igualmente simpático.

Jonathan tinha certeza de que Rudolf entendera, mas o rapaz pareceu meio confuso.

— *Wir werden versuchen...* — disse a Jonathan.

Rudolf se ofereceu para buscar o exame e descobrir se o médico tinha um horário disponível, mas Jonathan fez questão de ir junto. Karl havia sido bastante solícito em traduzir, de modo que Jonathan entendeu tudo à perfeição. Teve a impressão de que Karl era uma figura neutra, e talvez de fato fosse. Contudo, Jonathan sentia algo estranho no ar, como se todos ali estivessem atuando, e atuando muito mal, inclusive ele. Rudolf conversou com uma enfermeira na recepção e pediu os resultados dos exames de Herr Trevanny.

A enfermeira examinou uma caixa com envelopes de vários tamanhos selados e pegou um deles, de tamanho comercial, com o nome de Jonathan na frente.

— E o Dr. Wentzel? Podemos vê-lo? — perguntou Jonathan à enfermeira.

— O Dr. Wentzel?

Ela consultou uma lista com marcadores de mica, apertou um botão e tirou o telefone do gancho. Falou em alemão por um minuto, desligou o telefone e disse a Jonathan, em inglês:

— A enfermeira do Dr. Wentzel me informou que ele está com a agenda lotada hoje. Gostaria de marcar uma consulta para amanhã às dez e meia?

— Sim, gostaria — disse Jonathan.

— Muito bem, vou marcar. Mas a enfermeira disse que o senhor vai encontrar muita... muita informação no resultado do exame.

Em seguida, Jonathan e Rudolf voltaram para o carro. Jonathan achou que Rudolf parecia decepcionado, ou seria só imaginação? De todo modo, Jonathan estava com um envelope grosso nas mãos, o resultado legítimo.

No carro, Jonathan disse um "Com licença" a Rudolf e abriu o envelope. Eram três páginas datilografadas, e Jonathan percebeu ao bater o olho que várias das palavras eram iguais aos termos em francês e em inglês aos quais estava habituado. Na última folha, contudo, havia dois longos parágrafos em alemão. Ali estava a palavra comprida usada para os componentes amarelos. O coração de Jonathan vacilou ao ver que o índice de leucócitos no sangue estava em 210.000, número mais alto que o do exame anterior — na verdade, mais alto que em qualquer outro exame. Jonathan não tentou ler a última página.

Enquanto voltava a dobrar as folhas, Rudolf disse alguma coisa em tom polido, estendendo a mão, e Jonathan lhe entregou o resultado do exame a contragosto, porque não tinha opção, mas que diferença faria?

Rudolf disse a Karl que seguisse dirigindo.

Jonathan olhou pela janela. Não pretendia pedir a Rudolf que lhe explicasse coisa alguma. Preferia decifrar o texto com um dicionário ou perguntar a Reeves. Os ouvidos de Jonathan começaram a zumbir, então ele recostou-se no banco e tentou respirar fundo. Rudolf lhe lançou um olhar e imediatamente abaixou o vidro da janela.

— *Meine Herrn* — disse Karl por cima do ombro —, Herr Minot está esperando os senhores para almoçar. Depois, talvez, para ir ao zoológico.

Rudolf soltou uma risada e respondeu em alemão.

Jonathan pensou em pedir que o levassem de volta ao hotel. Mas para quê? Debruçar-se sobre o resultado do exame sem conseguir entender tudo que estava escrito? Rudolf pediu a Karl que o deixasse em outro lugar. O motorista deixou-o junto a um canal, e Rudolf estendeu a mão e apertou a de Jonathan com firmeza. Então Karl seguiu até a casa de Reeves Minot. A luz do sol cintilava nas águas do lago Alster. Pequenos barcos balançavam alegremente no ancoradouro, e dois ou três velejavam ali perto, simples e limpos como brinquedos novinhos em folha.

Gaby abriu a porta para Jonathan. Reeves estava ao telefone, mas logo desligou.

— Olá, Jonathan! Quais são as novidades?

— As notícias não são muito boas — disse Jonathan, pestanejando.

Na sala branca, o sol estava ofuscante.

— E o exame? Posso ver o resultado? Você conseguiu entender tudo?

— Não… Tudo, não.

Jonathan entregou o envelope a Reeves.

— Falou com o médico?

— Ele estava ocupado.

— Sente-se, Jonathan. Que tal tomar uma bebida? — ofereceu Reeves, e foi até a prateleira onde ficavam as garrafas.

Jonathan sentou-se no sofá e apoiou a cabeça no espaldar. Sentia-se vazio e desanimado, mas pelo menos não estava tonto.

— O resultado foi pior do que o da França? — Reeves voltou com uma dose de uísque e água.

— É, foi — disse Jonathan.

Reeves olhou o texto corrido na última folha.

— Você precisa tomar cuidado com ferimentos pequenos. Interessante.

Nada de novo, pensou Jonathan. Sangrava com facilidade. Esperou Reeves comentar, ou melhor, traduzir o texto.

— Rudolf traduziu para você?

— Não, mas eu também não pedi.

— "… impossível determinar se houve um agravamento na condição, pois não pudemos examinar o… diagnóstico anterior… situação bastante perigosa tendo em vista o tempo decorrido… etc." Posso traduzir palavra por palavra, se quiser — disse Reeves. — Vou precisar do dicionário para decifrar uma ou duas coisas, as palavras compostas, mas consigo captar o essencial.

— Então me diga apenas o essencial.

— Sinceramente, acho que eles podiam ter escrito isso em inglês para você — disse Reeves, e voltou a fitar a página. — "… uma considerável granulação de células, assim como de matéria… amarela. Como o senhor já fez radioterapia, não a recomendamos no momento, pois as células leucêmicas adquirem resistência…"

Reeves continuou falando por algum tempo. Jonathan percebeu que não havia qualquer prognóstico sobre o tempo de vida, nenhum prazo, nada.

— Já que não conseguiu falar com Wentzel hoje, gostaria que eu tentasse marcar uma consulta para amanhã? — Reeves parecia genuinamente preocupado.

— Obrigado, mas já marquei uma consulta para amanhã de manhã. Às dez e meia.

— Ótimo. E você disse que a enfermeira fala inglês, então não vai precisar de Rudolf... Por que não se estica um pouco? — Reeves puxou uma almofada até o canto do sofá.

Jonathan se deitou de costas, um pé no chão e o outro pendendo do sofá. Sentia-se fraco e sonolento, como se pudesse dormir por várias horas. Reeves andou casualmente até a janela ensolarada, falando sobre o zoológico. Comentou sobre um animal exótico — cujo nome evaporou da cabeça de Jonathan tão logo o escutou — que chegara recentemente da América do Sul. Um casal de animais, na verdade. Reeves disse que não podiam perder a chance de vê-los. Jonathan pensava em Georges, lembrava-se do menino puxando o carrinho cheio de pedras. *Cailloux*. Jonathan sabia que não veria Georges crescer muito, jamais chegaria a vê-lo adolescente, alto e com a voz rouca. Sentou-se abruptamente, rilhou os dentes e tentou concentrar-se para recuperar as forças.

Gaby entrou com uma grande bandeja.

— Pedi a Gaby que preparasse um prato frio, assim podemos comer quando quisermos — disse Reeves.

Era salmão cru com maionese. Jonathan não conseguiu comer muito, mas o pão preto, a manteiga e o vinho estavam gostosos. Reeves falava sobre Salvatore Bianca, sobre a ligação da Máfia com a prostituição, sobre o costume dos mafiosos de empregar prostitutas em casas de jogo e ficar com 90% dos ganhos das garotas.

— Extorsão. O objetivo deles é dinheiro, e terror é o método. Veja Las Vegas, por exemplo! Já os rapazes de Hamburgo não querem *nenhuma* prostituta — disse Reeves com ar de retidão. — Há algumas garotas por lá, poucas, ajudando no bar. Pode até ser que se envolvam com os clientes, mas não dentro do estabelecimento, de jeito nenhum.

Jonathan mal escutava, muito menos pensava sobre o que Reeves dizia. Remexeu a comida com o garfo, sentiu o sangue subir ao rosto e travou um debate silencioso com ele mesmo. Tentaria cometer o assassinato. E não o faria por achar que estaria morto dali a dias ou semanas, mas simplesmente porque o dinheiro seria útil, porque queria dar a quantia a Simone e Georges. Quarenta mil libras, ou 96 mil dólares, ou apenas metade disso, imaginava Jonathan, se não tivesse que cometer o outro assassinato — ou se fosse preso após o primeiro.

— Mas você vai aceitar, eu acho, não vai? — perguntou Reeves, enxugando os lábios com um guardanapo muito branco.

Ele se referia a disparar a arma naquela tarde.

— Se alguma coisa acontecer comigo — disse Jonathan —, pode se assegurar de que minha esposa receba o dinheiro?

— Mas... — Reeves sorriu, o que fez a cicatriz se contrair. — O que poderia acontecer? Sim, vou me assegurar de que sua esposa receba o dinheiro.

— Mas se alguma coisa acontecer mesmo... Se for apenas um assassinato...

Reeves comprimiu os lábios, como se não lhe agradasse responder àquela pergunta.

— Neste caso é metade do dinheiro... Mas, sinceramente, é mais provável que sejam dois serviços. Pagamento completo após o segundo... Mas isso é esplêndido! — Reeves sorriu, era a primeira vez que Jonathan o via sorrir de verdade. — Você vai ver como o trabalho será fácil. E depois vamos comemorar... Se você estiver com disposição. — Ele bateu as mãos acima da cabeça, no que Jonathan pensou ser um gesto de júbilo, mas era um sinal para Gaby, que entrou e recolheu os pratos.

Vinte mil libras, pensou Jonathan. Não era uma soma tão impressionante, mas melhor do que um morto com despesas funerárias.

Café. Depois, o zoológico. Os animais que Reeves queria lhe mostrar eram criaturas pequenas que se pareciam com ursos e cuja cor lembrava calda de pudim. Havia uma multidão em frente à jaula e Jonathan não conseguiu vê-los direito. Tampouco estava interessado. Viu alguns leões, que andavam em aparente liberdade. Reeves estava preocupado com a possibilidade de que Jonathan ficasse cansado. Eram quase quatro da tarde.

De volta ao apartamento, Reeves insistiu em dar a Jonathan um minúsculo comprimido branco, que chamou de "sedativo leve".

— Eu não preciso de sedativo — disse Jonathan.

Na verdade, sentia-se muito calmo e bem disposto.

— É melhor tomar. Por favor, confie em mim.

Jonathan engoliu o comprimido. Reeves sugeriu que ele se deitasse no quarto de hóspedes por alguns minutos. Jonathan não adormeceu, e às cinco horas Reeves foi chamá-lo e disse que logo Karl o levaria ao hotel. O sobretudo estava no quarto do hotel. Reeves lhe deu uma xícara de chá com açúcar e o gosto parecia normal, então Jonathan supôs que fosse só chá mesmo. Reeves lhe deu a arma e mostrou mais uma vez a trava de segurança. Jonathan guardou a arma no bolso da calça.

— Vejo você hoje à noite! — disse Reeves com alegria.

Karl o levou de carro ao hotel e disse que o aguardaria. Jonathan imaginou que tivesse de cinco a dez minutos para se arrumar. Escovou os dentes com sabonete, porque tinha deixado a pasta em casa, para Simone e Georges, e ainda não comprara outra. Depois, acendeu um Gitane e ficou parado em frente à janela, até perceber que não estava enxergando nada, tampouco pensando em coisa alguma, então foi ao armário e pegou o sobretudo largo. Era usado, mas não estava em más condições. A quem pertencera? Era apropriado, pensou Jonathan, pois com uma roupa alheia podia fingir estar interpretando um personagem e que aquela era uma arma de mentira numa peça de teatro. Jonathan, contudo, sabia que sabia exatamente o que estava fazendo. Não sentia qualquer piedade em relação ao mafioso que mataria (ou esperava matar). E percebeu que também não sentia pena de si mesmo. Morte era morte. Por razões diferentes, a vida dele e a de Bianca haviam perdido o valor. O único detalhe interessante era que Jonathan supostamente seria pago pelo ato de matar Bianca. Colocou a arma no bolso do paletó e em seguida enfiou a meia de nylon junto à arma. Descobriu que conseguia enfiar a mão na meia sem usar a outra mão. Apreensivo, esfregou os dedos cobertos pela meia na superfície da arma para apagar impressões digitais, reais ou imaginárias. Ao disparar, teria que abrir um pouco o sobretudo, do contrário o casaco ficaria com um buraco de bala. Ele não tinha chapéu. Era estranho que Reeves não houvesse pensado nisso. No entanto, era tarde demais para se preocupar com esse detalhe.

Jonathan saiu do quarto e fechou a porta com firmeza.

Karl estava de pé na calçada, ao lado do carro. Abriu a porta para Jonathan, que se perguntou se o motorista sabia de alguma coisa. E quanto saberia? Já no banco traseiro, Jonathan se inclinou para a frente, prestes a pedir a Karl que o levasse à estação Rathaus, mas ele se adiantou e disse por cima do ombro:

— O senhor vai encontrar Fritz na estação Rauthaus. Correto, senhor?

— Isso — confirmou Jonathan, aliviado.

Recostou-se num canto e acariciou levemente a pequena arma com a ponta dos dedos. Empurrou a trava para a frente e para trás, lembrando-se de que ao empurrá-la para a frente a arma destravava.

— Herr Minot sugeriu que eu estacionasse aqui, senhor. A entrada fica do outro lado da rua. — Karl abriu a porta, mas não saiu, porque a rua estava apinhada de gente e carros. — Herr Minot disse que devo encontrar o senhor no hotel às sete e meia — informou Karl.

— Obrigado.

Jonathan se sentiu perdido por um instante ao ouvir o golpe da porta do carro sendo fechada. Olhou ao redor à procura de Fritz. Jonathan estava num grande cruzamento, onde uma placa informava os nomes das ruas: Gr. Johannesstrasse e Rathausstrasse. Assim como em Londres, em Picadilly, por exemplo, ali também parecia haver pelo menos quatro entradas para o metrô, devido à quantidade de ruas que se cruzavam. Jonathan olhou ao redor, em busca da figura baixote de Fritz de gorro na cabeça. Um grupo de homens que parecia um time de futebol de sobretudos precipitou-se pelos degraus do metrô, o que revelou Fritz, a postura tranquila junto ao corrimão metálico. O coração de Jonathan deu um pulo, como se estivesse num encontro secreto e acabasse de avistar a amante. Fritz indicou as escadas e, em seguida, começou a descê-las.

Jonathan manteve o olhar no gorro de Fritz, embora houvesse umas quinze pessoas ou mais entre os dois. Fritz dirigiu-se a um flanco da multidão. Evidentemente, Bianca ainda não havia aparecido, e deviam esperar por ele. Houve um alarido em alemão ao redor de Jonathan, uma explosão de riso, um grito de *"Wiedersehen*, Max!".

Fritz estava encostado numa parede a uns quatro metros de distância. Jonathan aproximou-se obliquamente, deixando uma distância segura entre os dois, e, antes que o alcançasse, Fritz fez um gesto com a cabeça e dirigiu-se na diagonal até a catraca. Jonathan comprou um bilhete. Fritz avançava devagar em meio à multidão. Bilhetes eram furados na catraca. Jonathan sabia que Fritz avistara Bianca, mas ele próprio não conseguia vê-lo.

Havia um trem parado na estação. Quando Fritz se precipitou em direção a um dos vagões, Jonathan correu atrás dele. No vagão, que não estava particularmente apinhado, Fritz permaneceu de pé e segurou-se a uma barra vertical de cromo. Puxou um jornal do bolso. Sem olhar para Jonathan, balançou a cabeça e apontou para a frente.

Então Jonathan viu o italiano, mais perto dele do que de Fritz. Era um homem de pele marrom, rosto quadrado, vestido num elegante sobretudo cinza com botões de couro marrom e que usava um chapéu *Homburg* também cinza e olhava carrancudo para a frente como que perdido em pensamentos. Jonathan olhou de novo para Fritz, que apenas fingia ler o jornal. Quando ambos os olhares se encontraram, Fritz assentiu e sorriu sutilmente em sinal de confirmação.

Na parada seguinte, Messberg, Fritz desceu. Jonathan lançou uma olhadela ao italiano, embora parecesse não haver qualquer risco de que o olhar chamasse a atenção de Bianca, que continuava fitando fixamente o vazio. E se Bianca não descesse na próxima parada? E se continuasse no vagão até alguma parada distante, onde quase não houvesse passageiros desembarcando?

Quando o trem começou a desacelerar, no entanto, Bianca dirigiu-se à porta. Steinstrasse. Jonathan teve que se esforçar para se manter no encalço de Bianca sem acotovelar ninguém. Uma escadaria levava à rua. A multidão, algo entre oitenta e cem pessoas, concentrava-se mais à medida que todos se aproximavam para subir os degraus. O sobretudo cinza de Bianca estava bem na frente de Jonathan, e os dois ainda se encontravam a alguns metros da escadaria. Jonathan avistou fios grisalhos entre o cabelo escuro na nuca do italiano e também uma marca irregular na pele, parecida com a cicatriz de um carbúnculo.

Jonathan pegou a arma com a mão direita, tirou-a do bolso e a destravou. Abriu um pouco o sobretudo e mirou no meio do casaco do italiano.

A arma soltou um estampido rouco. *Cabum!*

Jonathan largou a arma. Deteve-se e então recuou, movendo-se para a esquerda enquanto um grito coletivo de "Ohhhhh… Aaaah!" se erguia da multidão. Jonathan deve ter sido uma das poucas pessoas que não verbalizaram qualquer exclamação.

Bianca vergou e caiu.

Um círculo irregular se formou ao redor do italiano.

— *... Pistole...*

— *... erschossen...!*

A arma jazia no chão e um homem fez menção de apanhá-la, mas pelo menos três pessoas o impediram de tocar nela. Muita gente continuou subindo as escadas — ou não estavam tão interessados ou estavam com bastante pressa. Jonathan foi um pouco para a esquerda a fim de circundar o grupo que envolvia Bianca. Alcançou a escadaria. Um homem gritava *"Polizei!"*. Jonathan andava rápido, porém não mais rápido que as outras pessoas que também subiam em direção à calçada.

Chegou à rua e simplesmente seguiu em linha reta, sem rumo. Caminhava em ritmo moderado, nem veloz nem lento, como se soubesse para onde estava indo, embora na verdade não fizesse ideia. À direita, viu uma enorme estação ferroviária. Reeves a mencionara. Não havia o som de passos atrás de Jonathan, nenhum sinal de perseguição. Retorceu os dedos da mão direita para tirá-la da meia, mas não queria largá-la tão perto da estação de metrô.

— Táxi! — gritou Jonathan ao avistar um táxi vazio dirigindo-se à estação ferroviária.

O carro parou e ele entrou. Jonathan disse o nome da rua onde ficava o hotel em que estava hospedado.

Recostou-se no banco, mas logo flagrou a si mesmo olhando para as janelas, de um lado para outro, como se esperasse que um policial aparecesse gesticulando, apontando para o carro e ordenando que o motorista parasse. Uma ideia absurda! Estava absolutamente seguro.

Contudo, teve a mesma sensação ao entrar no Victoria — como se, de alguma forma, as autoridades tivessem conseguido o endereço dele e o esperassem no saguão do hotel. Mas não. Jonathan caminhou em silêncio até o quarto e fechou a porta. Apalpou o interior do bolso, o bolso do paletó, em busca da meia. Havia desaparecido — caíra em algum lugar.

Eram sete e vinte da noite. Jonathan tirou o sobretudo, jogou-o numa cadeira acolchoada e procurou os cigarros, que tinha esquecido de levar. Inalou a reconfortante fumaça do Gitane. Apoiou o cigarro na borda da pia do banheiro, lavou as mãos e o rosto, e então se despiu até a cintura e lavou o corpo com uma toalha de rosto e água quente.

Estava colocando um suéter quando o telefone tocou.

— Herr Karl aguarda o senhor aqui embaixo.

Jonathan desceu. Levava o sobretudo apoiado no braço. Queria devolvê-lo a Reeves e nunca mais pôr os olhos naquela roupa.

— *Boa* noite, senhor! — disse Karl, com um grande sorriso, como se tivesse ouvido as notícias e elas fossem boas.

No carro, Jonathan acendeu outro cigarro. A noite de quarta-feira havia chegado. Dissera a Simone que talvez voltasse aquela noite, mas ela provavelmente só receberia a carta na manhã seguinte. Lembrou-se de que tinha até sábado para devolver dois livros à Bibliothèque pour Tous, que ficava ao lado da igreja em Fontainebleau.

Jonathan estava de volta ao confortável apartamento de Reeves. Entregou o sobretudo a ele e não a Gaby. Sentia-se embaraçado.

— *Como* você está, Jonathan? — perguntou Reeves, tenso e preocupado. — Como foram as coisas?

Gaby se afastou. Jonathan e Reeves estavam na sala de estar.

— Tudo certo — disse Jonathan. — Eu acho.

Reeves abriu um pequeno sorriso — por menor que fosse, deixou o rosto dele radiante.

— *Muito* bem. Ótimo! Eu ainda não tinha recebido nenhuma notícia... Aceita um champanhe, Jonathan? Ou um uísque? Sente-se!

— Um uísque.

Reeves se debruçou sobre as garrafas.

— Quantos... quantos tiros, Jonathan? — perguntou em voz baixa.

— Um.

E se o italiano não estiver morto?, pensou Jonathan de repente. Era bastante possível, não era? Jonathan pegou a dose de uísque que Reeves lhe entregou.

Reeves, que estava segurando uma longa taça de champanhe, ergueu-a em saudação a Jonathan e bebeu um gole.

— Nenhuma dificuldade? … Fritz se saiu bem?

Jonathan assentiu, de olho na porta por onde Gaby entraria se voltasse à sala.

— Espero que ele esteja morto. Acaba de me ocorrer que… talvez ele não esteja.

— Ah, tudo bem se ele não estiver morto. Você o viu cair?

— Vi, sim. — Jonathan soltou um suspiro e percebeu que passara algum tempo sem respirar direito.

— Talvez as notícias já tenham chegado a Milão — disse Reeves, alegre. — Uma bala italiana. Não que a Máfia só use armas italianas, mas foi um toque elegante, acho. Ele era da família Di Stefano. Também há alguns membros da família Genotti aqui em Hamburgo, e esperamos que as duas famílias comecem a trocar tiros.

Reeves já dissera aquilo antes. Jonathan sentou-se no sofá. Reeves andava pela sala, emanando satisfação.

— Se você preferir, podemos passar uma noite tranquila aqui mesmo — disse Reeves. — Se alguém telefonar, Gaby pode dizer que não estou em casa.

— O que Karl e Gaby… Quanto eles sabem?

— Gaby, nada. Já Karl, não importa se ele sabe. Karl simplesmente não se interessa. Trabalha para outras pessoas além de mim e ganha bem. Para ele, é melhor *não* saber de nada, se é que você me entende.

Jonathan entendia. A informação, no entanto, não fazia com que se sentisse mais à vontade.

— Aliás… Eu gostaria de voltar à França amanhã.

Isso significava duas coisas: que Reeves poderia pagá-lo, ou tomar as providências quanto ao pagamento, ainda naquela noite e que se houvesse outro serviço deveria ser discutido também naquela noite. Jonathan estava decidido a recusar qualquer outro serviço, fosse qual fosse o acerto financeiro, mas acreditava merecer metade das 40 mil libras pelo que já havia feito.

— Se é o que deseja, não vejo por que não — disse Reeves. — Não se esqueça de que tem a consulta amanhã de manhã.

Jonathan, porém, não queria ver o Dr. Wentzel de novo. Umedeceu os lábios. O resultado do exame fora ruim, o quadro piorara. Havia ainda outro motivo: o Dr. Wentzel, com o bigodão de morsa, de certa forma representava a "autoridade", e Jonathan achava que estaria se colocando numa posição arriscada caso ficasse frente a frente com o médico. Sabia que não estava raciocinando de forma lógica, mas era assim que se sentia.

— Não vejo por que me consultar de novo... já que não vou ficar em Hamburgo. Vou cancelar a consulta pela manhã. Ele pode mandar a conta para meu endereço em Fontainebleau.

— Não dá para remeter francos para fora da França — disse Reeves, com um sorriso. — Quando você receber a conta, mande para mim. Não se preocupe com isso.

Jonathan deixou o assunto de lado. Contudo, não queria que o nome de Reeves aparecesse num cheque para Wentzel. Disse a si mesmo que estava na hora de ir direto ao ponto e tratar do pagamento. Em vez disso, Jonathan se recostou no sofá e perguntou em tom bastante ameno:

— O que você faz aqui? Que tipo de negócio, quero dizer?

— Negócio... — Reeves hesitou, embora não parecesse nem um pouco incomodado com a pergunta. — Várias coisas. Trabalho como caça-talentos para marchands de Nova York, por exemplo. Aqueles livros ali... — apontou a última prateleira da estante, embaixo — … são todos livros de arte, a maioria de arte alemã, com nomes e endereços de pessoas que possuem peças importantes. Em Nova York há demanda por pintores alemães. Então, o que eu faço é observar os jovens pintores por aqui e recomendar os trabalhos deles a galerias e compradores nos Estados Unidos. O Texas compra muita coisa. Você ficaria surpreso.

Jonathan estava mesmo surpreso. Reeves Minot — se era verdade o que ele acabava de dizer — devia avaliar pinturas com a frieza de um contador Geiger. Seria Reeves um *bom* avaliador de arte? Jonathan percebeu que a pintura acima da lareira, uma cena em tons rosados, mostrando uma pessoa idosa — homem ou mulher? — deitada numa cama, aparentemente agonizando, tratava-se *de fato* de um Derwatt. Devia ser um quadro muitíssimo valioso, pensou Jonathan, e estava evidente que Reeves era o dono.

— Aquisição recente — disse Reeves, percebendo que Jonathan olhava o quadro. — Presente de um amigo… Um sinal de gratidão, digamos.

Reeves tinha o ar de quem desejava falar mais, porém achou melhor ficar calado.

Durante o jantar, Jonathan mais uma vez pensou em mencionar o pagamento, mas não conseguiu, e Reeves acabou puxando outro assunto. Comentou sobre patinar no Alster no inverno e sobre quebra-gelos velozes como o vento que às vezes colidiam. Cerca de uma hora depois, quando estavam sentados no sofá bebendo café, Reeves disse:

— Esta noite não consigo lhe dar mais que 5 mil francos, o que é um absurdo. Uma entrada, apenas. — Reeves foi até a escrivaninha e abriu uma gaveta. — Pelo menos a quantia está em francos. — Voltou com o dinheiro na mão. — Também posso conseguir uma soma equivalente em marcos ainda hoje.

Jonathan não queria receber em marcos, não queria ter que trocá-los quando chegasse à França. Notou que a quantia estava em notas de 100 francos, em maços de dez notas, como os bancos franceses costumavam emiti-las. Reeves pôs os cinco rolinhos na mesinha, mas Jonathan não tocou no dinheiro.

— Como vê, só consigo o restante para você quando os outros sócios contribuírem. Quatro ou cinco pessoas. Mas, sem dúvida alguma, consigo os marcos.

Jonathan achava — de forma bastante vaga, pois não era um negociador — que Reeves se encontrava numa posição complicada se pretendia pedir dinheiro aos sócios depois do serviço feito. O certo não seria os sócios terem dado o dinheiro antes, numa espécie de depósito aos cuidados de Reeves? Não deveriam ter dado ao menos uma quantia um pouco maior?

— Não quero receber em marcos, obrigado — disse Jonathan.

— Não, claro que não. Eu entendo. Esta é outra questão: o dinheiro deve ser depositado numa conta secreta na Suíça, não acha? Imagino que você não queira que o dinheiro apareça na sua conta na França, nem quer guardar dentro de uma meia, como os franceses fazem, não é?

— Não. Quando pode me dar os 20 mil? — perguntou Jonathan, como se tivesse certeza de que seria pago.

— Em uma semana. Não esqueça que talvez haja outro serviço... se quisermos que o primeiro sirva para alguma coisa. Temos que esperar para ver.

Jonathan sentiu uma pontada de irritação, mas tentou escondê-la.

— Quando vai saber com certeza?

— Em uma semana também. Talvez em quatro dias. Vou manter contato.

— Veja... para ser sincero... acho que seria justo eu receber mais do que isto, não concorda? Agora, quero dizer. — Jonathan sentiu o rosto quente.

— Concordo. Inclusive me desculpei pela soma exígua. Vamos fazer assim: vou tomar todas as providências possíveis e da próxima vez que nos falarmos... que eu entrar em contato... vou dar a você a agradável notícia de que uma conta foi aberta num banco suíço e vou mostrar o extrato da conta.

Isso parecia melhor.

— Quando? — perguntou Jonathan.

— Em uma semana. Dou minha palavra de honra.

— Ou seja... Os 20 mil?

— Não sei se consigo 20 mil antes de... Você sabe, já expliquei, Jonathan, nosso acordo é em duas etapas. Os rapazes que estão pagando pelo serviço esperam determinado resultado.

Reeves o encarou.

Jonathan percebeu que Reeves estava perguntando, silenciosamente, se ele faria o segundo serviço ou não. E, se a resposta fosse não, que dissesse logo.

— Entendo — falou Jonathan.

Um pouco mais, um terço do dinheiro, já seria o bastante, pensou. Algo próximo a 14 mil libras. Seria um pagamento decente pelo serviço que fizera. Jonathan decidiu ficar quieto e não discutir mais nada naquela noite.

Pegou um avião para Paris ao meio-dia do dia seguinte. Reeves dissera que cancelaria a consulta com o Dr. Wentzel, e Jonathan deixou aquilo a cargo dele. Reeves também afirmara que telefonaria para a loja de Jonathan dali a dois dias, no sábado. Acompanhara Jonathan até o aeroporto e lhe mostrara um jornal matutino com a foto de Bianca na plataforma do metrô. Reeves tinha um ar de sereno triunfo. Não havia nenhuma pista além da arma italiana e a polícia suspeitava que o criminoso fosse um enviado da Máfia. Bianca fora descrito como capanga de uma família mafiosa. Naquela manhã, ao sair para comprar cigarros, Jonathan vira as manchetes dos jornais nas bancas, mas não tivera a mínima vontade de comprar um exemplar. No avião, uma sorridente aeromoça lhe entregou um jornal. Jonathan o deixou dobrado no colo e fechou os olhos.

Eram quase sete da noite quando desceu em frente à própria casa, após pegar um trem e um táxi, e abriu a porta com a chave.

— Jon! — Simone apareceu no corredor para recebê-lo.

Ele abraçou a esposa.

— Oi, querida!

— Estava esperando por você! — disse ela, rindo. — Tive um pressentimento. Ainda agora… Quais as novidades? Tire o casaco. Hoje de manhã chegou sua carta, dizendo que você voltaria ontem à noite. Você ficou doido?

Jonathan pendurou o sobretudo no cabideiro e ergueu Georges, que acabava de lhe abraçar as pernas.

— E como está o meu pestinha? Como está, *Cailloux*?

Jonathan beijou o filho na bochecha. Tinha comprado um presente para o menino, um caminhãozinho que despejava coisas e estava guardado na sacola de plástico junto à garrafa de uísque, mas Jonathan decidiu que o caminhão podia ficar para depois, de modo que pegou apenas a bebida.

— Ah, *quel luxe*! — exclamou Simone. — Vamos abrir agora?

— Eu insisto!

Foram à cozinha. Simone gostava de pôr gelo no uísque, e Jonathan não se importava.

— Me conte o que os médicos disseram — pediu Simone, levando a forma de gelo até a pia.

— Bem… Dizem mais ou menos a mesma coisa que os médicos daqui, mas querem testar uns remédios novos comigo. Vão me avisar.

No avião, Jonathan decidira dizer aquilo a Simone. Assim, deixava o caminho aberto para outra viagem à Alemanha. E de que *adiantava* dizer a ela que as coisas estavam um pouco piores, ou que pareciam piores? O que ela poderia fazer a respeito disso a não ser se preocupar mais? Jonathan começara a se sentir mais otimista durante o voo, saíra-se bem no primeiro episódio e poderia dar conta do segundo.

— Quer dizer que vai ter que voltar? — perguntou ela.

— É possível. — Jonathan observou enquanto a esposa servia duas generosas doses de uísque. — Mas estão dispostos a me pagar para testar o remédio. Vão me avisar.

— É mesmo? — surpreendeu-se Simone.

— Isso é *scotch*? O que trouxe para *mim*? — perguntou Georges, num inglês tão escorreito que Jonathan soltou uma risada.

— Quer uma provinha? Tome um gole — disse Jonathan, estendendo o copo.

Simone agarrou a mão dele.

— Para você tem suco de laranja, Georgie! — Ela serviu um copo de suco. — Estão tentando uma cura, você quer dizer?

Jonathan franziu a testa, mas ainda se sentia no controle da situação.

— Querida, não existe cura. Eles… eles vão testar uma série de pílulas novas. É basicamente tudo que eu sei. *Tim-tim!*

Jonathan se sentia meio eufórico. Estava com os 5 mil francos no bolso interno do casaco. Estava a salvo, ao menos por enquanto, seguro no recanto da família. Se tudo corresse bem, os 5 mil francos seriam apenas uma entrada, como Reeves Minot dissera.

Simone tinha se recostado no espaldar de uma das cadeiras.

— Eles vão *pagar* para você voltar? Significa que existe algum risco?

— Não. Eu acho… acho que existem alguns inconvenientes. Como ter que fazer outra viagem à Alemanha. Vão pagar apenas a minha passagem.

Jonathan ainda não tinha pensado em tudo, podia dizer que o Dr. Perrier daria as injeções ou administraria as pílulas, mas por enquanto achou que estava dizendo a coisa certa.

— Então… consideram você um caso especial?

— De certa forma. Mas é claro que não sou — disse ele, sorrindo. Não era mesmo, e Simone sabia. — *Talvez* queiram fazer uns testes, só isso. Não sei ainda, querida.

— De todo modo, você parece muito contente. Estou feliz por você, querido.

— Vamos jantar fora esta noite. No restaurante da esquina. Podemos levar o Georges — afirmou ele, erguendo a voz para abafar as objeções da esposa. — Vamos, nós podemos pagar.

8

Jonathan enfiou 4 mil francos num envelope e o guardou numa das oito gavetas de um armário de madeira nos fundos da loja. Era a penúltima de cima para baixo e continha apenas pontas de arame e pedaços de barbante e etiquetas com furo reforçado — quinquilharias que só uma pessoa muito frugal ou muito excêntrica guardaria, pensou. Ele quase nunca abria aquela gaveta nem a de baixo (e não tinha a menor ideia do que havia naquela última) — logo, achava improvável que Simone viesse a abri-la em alguma das raras ocasiões em que o ajudava na loja. Jonathan sempre guardava o dinheiro na gaveta superior direita do balcão de madeira. Quanto aos mil francos restantes, Jonathan os depositou na conta conjunta do casal na Société Générale na sexta-feira de manhã. Simone talvez levasse algumas semanas para notar o dinheiro extra e talvez não fizesse nenhum comentário, mesmo encontrando a soma no talão. E, se perguntasse alguma coisa, Jonathan poderia dizer que, de uma hora para outra, vários clientes resolveram pagar o que deviam. Jonathan geralmente passava cheques para pagar as contas da família, e a caderneta bancária habitava uma gaveta na *écritoire* da sala de estar, a menos que precisassem levá-la para pagar algo na rua, o que acontecia no máximo uma vez por mês.

Na tarde de sexta-feira, Jonathan já havia descoberto um jeito de usar parte dos mil francos. Comprou um conjunto de tweed cor de mostarda para Simone, numa loja na rue de France, por 395 francos. Vira o conjunto uns dias antes de ir a Hamburgo e pensara em Simone — a gola abaulada, o tweed amarelo-escuro salpicado de marrom e os quatro botões marrons formando um quadrilátero no casaco, tudo parecia feito especialmente para ela. O preço que lhe parecera chocante, muito além do razoável, de repente lhe parecia uma pechincha. Jonathan observou com prazer enquanto a peça nova e vistosa era embrulhada com esmero em papel de seda cor de neve. A onda de prazer voltou a inundá-lo ao ver a gratidão de Simone. Jonathan percebeu que aquele era o primeiro presente, o primeiro traje bonito, que ela ganhava em talvez dois anos, pois as roupas compradas no supermercado ou na Prisunic não contavam.

— Isso deve ter custado uma fortuna, Jon!

— Não... Na verdade, não. Os médicos de Hamburgo me deram um adiantamento... para o caso de eu ter que voltar lá. Um adiantamento bem generoso. Não fique pensando no preço.

Simone sorriu. Jonathan notou que ela não queria pensar em dinheiro. Não naquele momento.

— Vou considerar um presente de aniversário.

Jonathan também sorriu. O aniversário dela fora quase dois meses antes.

Sábado pela manhã o telefone da loja tocou. Já havia tocado algumas vezes naquela mesma manhã, mas dessa vez era o toque irregular de uma chamada de longa distância.

— Aqui é o Reeves... Como estão as coisas?

— Tudo certo, obrigado.

Jonathan ficou tenso e alerta. Havia um freguês na loja, um homem que examinava amostras de madeira para moldura expostas na parede. Contudo, Jonathan estava falando em inglês.

— Vou a Paris amanhã e gostaria de ver você. Tenho algo para lhe dar... Você sabe. — A voz de Reeves estava calma como sempre.

Simone queria que Jonathan fosse visitar os pais dela em Nemours no dia seguinte.

— Podemos nos encontrar à noite… por volta das seis, digamos? Tenho que ir a um almoço.

— Ah, claro, eu entendo. Os franceses e seus almoços de domingo! Claro, lá pelas seis. Vou estar no hotel Cayré. Fica na Raspail.

Jonathan já tinha ouvido falar daquele hotel. Disse que tentaria estar lá às seis ou às sete.

— Aos domingos há menos trens.

Reeves disse que ele não precisava se preocupar.

— A gente se vê amanhã.

Reeves lhe traria dinheiro, era evidente. Jonathan foi atender o freguês que queria comprar uma moldura.

No domingo, Simone estava maravilhosa com a roupa nova. Antes de saírem de casa, Jonathan lhe pediu que não dissesse aos Foussadier que ele havia recebido dinheiro dos médicos alemães.

— Não sou boba! — declarou Simone, com tanta duplicidade e prontidão que Jonathan achou graça, sentindo que a esposa realmente estava do lado dele e não dos pais. Com frequência, ele tinha a impressão oposta.

— Ainda hoje — disse Simone, já na casa dos Foussadier — Jon precisa ir a Paris, para conversar com um colega dos alemães.

Foi um almoço dominical particularmente alegre. Jonathan e Simone haviam levado uma garrafa de Johnnie Walker.

Jonathan pegou o trem das quatro e quarenta e nove, que vinha de Fontainebleau, pois os trens vindos de Saint-Pierre-Nemours passavam em horários que não lhe convinham, e chegou a Paris às cinco e meia da tarde. Pegou o metrô. Havia uma estação bem ao lado do hotel.

Reeves deixara uma mensagem na recepção, na qual pedia que Jonathan subisse ao quarto dele assim que chegasse. Reeves estava em trajes informais e aparentemente estivera deitado, lendo jornais.

— Olá, Jonathan! Como vai a vida? Sente-se... em algum lugar. Tenho uma coisa para mostrar a você. — Foi até a mala. — Aqui está, o primeiro passo.

Reeves mostrou um envelope quadrado branco, tirou dali uma folha datilografada e a estendeu a Jonathan.

A carta estava em inglês, endereçada à Corporação Bancária Suíça e assinada por Ernst Hildesheim. Solicitava a abertura de uma conta em nome de Jonathan Trevanny, informava sobre o endereço da loja de Jonathan em Fontainebleau e dizia que um cheque de 80 mil marcos estava anexo. Era uma cópia em papel-carbono, mas estava assinada.

— Quem é Hildesheim? — perguntou Jonathan, ao mesmo tempo que fazia um cálculo mental: o marco alemão valia pouco mais de 1,50 franco, então 80 mil marcos equivaleriam a mais de 120 mil francos.

— Um empresário de Hamburgo... para quem já fiz alguns favores. Hildesheim não está sob nenhum tipo de vigilância e essa soma não vai aparecer nas contas da empresa, então ele não precisa se preocupar. Ele mandou o cheque da conta pessoa física. A questão, Jonathan, é que esse dinheiro foi depositado em seu nome, enviado de Hamburgo ontem, e você vai receber o número da conta na semana que vem. São 128 mil francos. — Reeves não estava sorrindo, mas emanava satisfação. Esticou o braço para pegar uma caixa de cima da escrivaninha. — Quer um charuto holandês? São bons.

Como o charuto era diferente, Jonathan aceitou e sorriu.

— Obrigado. — Baforou o charuto junto ao fósforo que Reeves segurava até a ponta acender. — Obrigado pelo dinheiro também.

Não era exatamente um terço, percebeu Jonathan. Não era a metade. Jonathan, porém, não podia dizer isso.

— Um bom começo, sim. Os rapazes do cassino em Hamburgo estão muito contentes. Os outros mafiosos que andam por lá, um par de capangas da família Genotti, alegam não saber de nada sobre a morte de Salvatore Bianca, mas não poderiam dizer outra coisa. Agora o que queremos é derrubar um Genotti, como se fosse uma retaliação pelo Bianca. E queremos pegar um figurão, um *capo*, alguém abaixo somente do chefão, entende? Tem um sujeito chamado Vito Marcangelo que viaja quase todo fim de semana de Munique a Paris. Ele tem uma amante em Paris. É o chefe do tráfico de drogas em Munique, ou pelo menos é quem chefia os negócios da família por lá. Munique, aliás, está ainda mais agitada do que Marselha no quesito tráfico de drogas...

Jonathan escutava inquieto, esperando uma oportunidade de dizer que não queria pegar outro serviço. Mudara de ideia nas últimas quarenta e oito horas. E era curioso como a simples presença de Reeves lhe roubava a ousadia — talvez porque tornasse o crime mais real. Sem contar que, aparentemente, já tinha 128 mil francos na Suíça. Jonathan havia se sentado na beirada da poltrona.

— ... num trem em movimento, um trem diurno, o Expresso Mozart.

Jonathan balançou a cabeça.

— Sinto muito, Reeves. Acho que não vou conseguir.

Reeves poderia bloquear o cheque, pensou de repente Jonathan. Reeves poderia simplesmente mandar um cabograma a Hildesheim. Bem, que assim fosse.

A expressão de Reeves passou do entusiasmo ao desânimo em um segundo.

— Ah. Bem... Sinto muito, então. Mesmo. Vamos ter que achar outro homem... se você não vai fazer o serviço. E... receio que ele vá ficar com a maior parte do dinheiro também. — Reeves balançou a cabeça, soltou uma baforada de charuto e olhou pela janela por um instante. Em seguida, se inclinou e agarrou o ombro de Jonathan com força. — Jon, você se saiu tão bem na primeira parte!

Jonathan se afastou e Reeves o soltou. Jonathan contorceu o rosto, embaraçado, como alguém obrigado a pedir desculpa.

— É, mas... balear um homem dentro de um trem? — Imaginou-se pego em flagrante, sem escapatória.

— Balear, não. Não podemos fazer barulho. Eu estava pensando em estrangulamento.

Jonathan mal podia acreditar no que ouvia.

— É um método da Máfia — disse Reeves calmamente. — Um cordão fino, silencioso... Um nó corrediço! E você puxa firme. Pronto. Jonathan imaginou os próprios dedos tocando um pescoço quente. Era repugnante.

— De jeito nenhum. Eu não conseguiria.

Reeves respirou fundo e remexeu-se na poltrona, mudando de marcha.

— Esse homem anda sempre bem protegido, via de regra com dois guarda-costas. Mas num trem... as pessoas se entediam sentadas, então se levantam para dar uma volta pelo corredor, vão uma ou duas vezes ao banheiro, ou até o vagão-restaurante, às vezes sozinhas. Talvez não dê certo, Jonathan, talvez você não encontre... a ocasião adequada, mas pode tentar. Também pode empurrá-lo, simplesmente empurrá-lo porta afora. Dá para abrir as portas mesmo com o trem em movimento, você sabe. Mas nesse caso ele gritaria... e a queda talvez não o matasse.

Era ridículo, pensou Jonathan. Mas não teve vontade de rir. Reeves devaneava em silêncio, olhando para o teto. Jonathan estava pensando que, se fosse preso como assassino ou por tentativa de assassinato, Simone não aceitaria pôr as mãos no dinheiro. Ficaria horrorizada, envergonhada.

— Simplesmente não posso ajudar — disse Jonathan e se levantou.

— Mas... você podia ao menos embarcar no trem. Se não surgir uma oportunidade, vamos ter que pensar em outra coisa, talvez outro *capo*, outro método. Acontece que queremos muito pegar esse sujeito! Ele vai expandir os negócios de drogas para os cassinos em Hamburgo... Pretende organizar um esquema de jogo... É o que dizem os boatos, pelo menos. — Então Reeves disse, em um tom de voz diferente: — Com uma arma você topa, Jon?

Jonathan balançou a cabeça.

— Não consigo fazer uma coisa dessas, pelo amor de Deus. No trem? Não.

— Olhe este garrote! — Reeves tirou rapidamente a mão esquerda do bolso da calça.

Segurava algo parecido com uma fita delgada e esbranquiçada. A ponta passava por um nó e havia um pequeno calombo na outra ponta, impedindo que o laço se desfizesse. Reeves laçou a coluna da cama e puxou o cordão para um lado, apertando o nó.

— Viu? Nylon. Quase tão forte quanto um arame. Com isso no pescoço, um homem não consegue soltar mais que um grunhido... — Reeves se interrompeu.

Jonathan estava enojado. Seria preciso tocar na vítima com a outra mão de alguma forma. E isso não levaria pelo menos uns três minutos? Reeves pareceu desistir. Caminhou até uma janela e se virou.

— Pense no assunto. Pode me telefonar, ou talvez eu telefone para você daqui a uns dias. Marcangelo geralmente sai de Munique às sextas por volta do meio-dia. O ideal seria fazer o serviço no próximo fim de semana.

Jonathan aproximava-se da porta com passo vagaroso. Apagou o charuto no cinzeiro na mesa de cabeceira.

Reeves o fitava com uma expressão astuta, mas talvez estivesse contemplando algo muito além de Jonathan, já pensando em outra pessoa para o serviço. A longa cicatriz parecia mais espessa do que de fato era, como às vezes acontecia, a depender da iluminação. Aquela marca provavelmente lhe causara um complexo de inferioridade diante das mulheres, pensou Jonathan. Fazia muito tempo que tinha a cicatriz? Talvez só dois anos, não dava para saber.

— Quer tomar um drinque lá embaixo?

— Não, obrigado — disse Jonathan.

— Ah, quero mostrar um livro para você! — Reeves voltou à mala e puxou um livro vermelho vivo que estava enfiado num canto. — Dê uma olhada. Pode ficar com ele. É um ótimo trabalho jornalístico. Livro-reportagem. Você vai ver com que tipo de gente estamos lidando. Mas eles são de carne e osso, como todo mundo. São vulneráveis, quero dizer.

O livro se chamava *The Grim Reapers: The Anatomy of Organized Crime in America*.

— Vou lhe telefonar na quarta-feira — disse Reeves. — Você poderia ir a Munique na quinta, passar a noite lá. Eu também vou estar na cidade, em algum hotel, depois você volta a Paris de trem, na noite de sexta.

A mão de Jonathan estava na maçaneta, e ele a girou.

— Sinto muito, Reeves, mas acho que não vai dar. Até logo.

Jonathan saiu do hotel e atravessou a rua, indo direto para o metrô. Na plataforma, à espera do trem, leu a frase na capa do livro. Na contracapa havia fotos de seis ou oito homens, tiradas ao serem fichados na polícia, de frente e de perfil, todos de aparência desagradável, com os cantos da boca voltados para baixo, os rostos ao mesmo tempo relaxados e sinistros, os olhos escuros e perfurantes. Havia uma estranha similaridade nas expressões, quer fossem os rostos magros ou mais cheios. O livro tinha uma seção de fotografias com cinco ou seis páginas. Os títulos dos capítulos eram nomes de cidades nos Estados Unidos — Detroit, Nova York, Nova Orleans, Chicago — e no fim, além do índice, havia uma seção que mostrava a organização das famílias mafiosas, com gráficos semelhantes a árvores genealógicas, exceto pelo fato de que todas aquelas pessoas eram contemporâneas umas das outras. Chefes, subchefes, tenentes, capangas, esses últimos em número de cinquenta ou sessenta, no caso da família genovesa de que Jonathan ouvira falar. Os nomes eram reais, e chegavam a informar o endereço em Nova York e Nova Jersey de muitos deles. Jonathan folheou o livro no trem para Fontainebleau. Havia um tal Willie Alderman, o "Pica-Gelo", de quem Reeves falara em Hamburgo. Um homem que matava as vítimas puxando-as pelo ombro, como se quisesse lhes dizer alguma coisa, para em seguida cravar-lhes um picador de gelo no tímpano. O Pica-Gelo, muito sorridente, posava para uma foto junto aos mandachuvas da jogatina de Las Vegas, meia dúzia de homens com sobrenome italiano, além de um cardeal, um bispo e um monsenhor (cujos nomes também eram informados), após os clérigos "receberem a promessa de 7.500 dólares a serem doados ao longo de cinco anos". Jonathan fechou o livro, um pouco deprimido, mas voltou a abri-lo após passar alguns minutos com o olhar fixo na janela. O livro, afinal de contas, apresentava fatos, e os fatos eram fascinantes.

Pegou o ônibus que ia da estação de Fontainebleau-Avon até a praça próxima ao castelo e depois seguiu pela rue de France até a loja. Estava com a chave e entrou para guardar o livro naquela gaveta que quase nunca era usada, a mesma em que havia escondido o dinheiro, e então foi a pé para casa, na rue Saint-Merry.

9

Em certa terça-feira de abril, Tom Ripley havia notado na vitrine da loja de Jonathan Trevanny uma tabuleta que dizia FERMETURE PROVISOIRE POUR RAISONS DE FAMILLE e deduzira que o moldureiro talvez tivesse ido a Hamburgo. Ripley de fato estava muito curioso por saber se Trevanny fora a Hamburgo, mas não o bastante a ponto de telefonar para Reeves. Então, numa quinta-feira, por volta das dez da manhã, Reeves telefonara de Hamburgo e dissera com a voz tensa de júbilo contido:

— Bem, Tom, está feito! Tudo está... Está tudo ótimo. Tom, muito obrigado!

Por um instante, Tom ficara sem palavras. Trevanny realmente conseguira completar o serviço? Como Heloise também estava na sala, não podia falar muita coisa, portanto disse apenas:

— Que bom, me alegra ouvir isso.

— Nem precisamos do exame falso. Tudo correu bem! Ontem à noite.

— Então... e... agora ele vai voltar para casa?

— Sim. Esta noite.

Tom logo encerrou a conversa. Havia aventado a ideia de adulterar o exame de Trevanny para mostrar um resultado pior do que o verdadeiro. A sugestão não passava de um gracejo, mas Reeves era o tipo de pessoa que levaria aquilo a sério — um truque baixo e sem humor, na opinião de Tom. E nem sequer fora necessário. Tom sorriu, fascinado. Pela alegria de Reeves, dava para notar que o alvo do atentado estava *morto*. Morto por Trevanny. Aquilo era mesmo de surpreender. Era evidente que Reeves, coitado, queria muito ouvir algum elogio por ter planejado o atentado bem-sucedido, mas Tom não pudera dizer nada. Heloise entendia bem o inglês, então ele não quis se arriscar. De repente, pensou em dar uma olhada no exemplar de *Le Parisien Liberté*, jornal que Madame Annette comprava todas as manhãs, mas a governanta ainda não voltara das compras.

— Quem era? — perguntou Heloise, depois que Tom desligou o telefone.

Ela estava passando os olhos no monte de revistas empilhadas na mesinha de café, separando as mais velhas para jogar fora.

— Reeves — disse Tom. — Nada de importante.

Reeves entediava Heloise. O homem não sabia conversar sobre amenidades e tinha cara de quem não aproveitava a vida.

Tom ouviu os passos velozes e curtos de Madame Annette esmagando o cascalho na trilha em frente à casa e foi à cozinha encontrá-la. Ela entrou pela porta lateral e sorriu ao vê-lo.

— Gostaria de tomar mais um café, Monsieur Tome? — perguntou ela, pondo a cesta em cima da mesa de madeira.

Uma alcachofra tombou do alto da pilha.

— Não, obrigado, Madame Annette. Vim dar uma olhada em seu *Parisien*, se me permite. Os cavalos…

Tom encontrou a notícia na segunda página. Não havia fotografia. Um italiano chamado Salvatore Bianca, de 48 anos, fora baleado e morto numa estação do metrô em Hamburgo. O assassino não fora identificado. No local do crime encontraram uma arma de fabricação italiana. Sabia-se que a vítima era da família mafiosa Di Stefano, de Milão. A notícia ocupava menos de oito centímetros, mas poderia ser um interessante ponto de partida, pensou Tom. Poderia conduzir a coisas bem maiores. Jonathan Trevanny, aquele sujeito positivamente quadrado e de aparência inocente, sucumbira à tentação do dinheiro (qual outra poderia ser?) e cometera um crime bem-sucedido! Tom também sucumbira certa vez, no caso de Dickie Greenleaf. *Será que Trevanny é um de nós?*, perguntou-se. No entanto, para Tom, "nós" era apenas Tom Ripley. Tom sorriu.

No último domingo, Reeves telefonara a Tom, de Orly, e com voz abatida dissera que Trevanny havia recusado até então o segundo serviço e perguntara se Tom poderia sugerir outra pessoa. Tom respondera que não. Reeves contara que havia enviado uma carta a Trevanny que chegaria na manhã de segunda-feira, convidando-o para ir a Hamburgo com a finalidade de uma consulta médica. Fora então que Tom dissera: "Se ele for, talvez você possa arranjar um resultado levemente pior para os exames."

Tom poderia ter ido a Fontainebleau na sexta-feira ou no sábado para satisfazer a curiosidade e dar uma olhada na loja de Trevanny, talvez levando uma pintura para ser emoldurada (a menos que Trevanny tivesse tirado o restante da semana para se recuperar). Na verdade, Tom estava mesmo planejando ir a Fontainebleau na sexta-feira a fim de comprar esticadores de tela na loja de Gauthier, mas os pais de Heloise haviam marcado uma visita para o fim de semana — passariam as noites de sexta e sábado com eles — e, na sexta-feira, a casa encontrava-se alvoroçada por causa dos preparativos. Madame Annette estava desnecessariamente preocupada com o cardápio e a qualidade das *moules* frescas que seriam servidas à noite, e, depois que ela terminou de arrumar o quarto de hóspedes à perfeição, Heloise a mandou trocar a roupa de cama e as toalhas do banheiro, pois todas ostentavam o monograma de Tom, TPR, e não o da família Plisson. Como presente de casamento, os Plisson haviam dado aos Ripley duas dúzias de magníficos lençóis de linho da coleção da família, e Heloise achava cordial e diplomático usá-los quando os pais visitavam. Madame

Annette tivera um pequeno lapso de memória, pelo qual certamente não foi repreendida nem por Tom nem por Heloise. Tom sabia que a mudança de lençóis também tinha outro motivo: Heloise não queria que os pais, ao se deitarem na cama, vissem o monograma de Tom e se lembrassem de que ela era casada com ele. Os Plisson eram implicantes e irritadiços — fato que de certa forma se agravava pela atitude de Arlène Plisson, uma mulher de 50 anos, esguia e ainda atraente, que se esforçava por ser informal e demonstrar tolerância com os jovens, essa coisa toda. Mas isso simplesmente não era da natureza dela. O fim de semana fora uma tortura, na opinião de Tom, e, em nome dos céus, se Belle Ombre não era uma casa bem administrada, então nenhuma casa seria! Madame Annette mantinha a prataria de chá (outro presente dos Plisson) perfeitamente polida e brilhante. Até o viveiro dos passarinhos, no jardim, era varrido todos os dias tal qual uma casa de hóspedes em miniatura no pátio da propriedade. Todas as superfícies de madeira na casa cintilavam e exalavam um perfume agradável, graças à cera com aroma de lavanda que Tom comprara na Inglaterra. Contudo, enquanto se esticava sobre uma pele de urso em frente à lareira, aquecendo os pés desnudos e vestida em calças de alfaiataria cor de malva, Arlène dissera: "Cera não basta para esse tipo de assoalho, Heloise. De tempos em tempos, o piso precisa ser tratado com óleo de linhaça e aguarrás mineral — *morno*, você sabe, para ser mais bem absorvido pela madeira."

Assim que os Plisson foram embora, na tarde de domingo, após o chá, Heloise arrancou a blusa em estilo marinheiro e a lançou contra a porta francesa, que soltou um terrível ruído áspero por causa do grande broche na roupa, mas o vidro não se quebrou.

— Champanhe! — gritou Heloise, e Tom foi correndo à adega buscar uma garrafa.

Beberam champanhe, embora as peças de chá ainda não houvessem sido recolhidas (Madame Annette estava num raro momento de descanso), e então o telefone tocou.

Era Reeves Minot, com voz desanimada.

— Estou em Orly. Vou embarcar para Hamburgo. Encontrei nosso amigo em comum aqui em Paris e ele recusou o segundo... o segundo você sabe o quê. É necessário ter mais um, disso eu sei. Expliquei a ele.

— Você lhe pagou alguma coisa?

Tom espiou Heloise, que estava dançando uma valsa com a taça de champanhe. Com os lábios fechados, ela murmurava a melodia da grande valsa de *Der Rosenkavalier*.

— Sim, cerca de um terço, e acho que não é nada mal. Depositei para ele numa conta na Suíça.

Pelo que Tom recordava, a soma prometida era de quase 500 mil francos. Um terço não chegava a ser um pagamento generoso, mas parecia razoável na opinião de Tom.

— É para atirar em mais alguém? — perguntou Tom.

Heloise estava cantando e rodopiando. "La-da-da-la-di-di..."

— Não. — A voz de Reeves se elevou de repente. Depois disse, mais baixo: — Tem que ser o garrote. Num trem. Acho que esse é o obstáculo.

Tom estava chocado. Claro que Trevanny não faria aquilo.

— Precisa ser num trem?

— Eu tenho um plano...

Reeves sempre tinha um plano. Tom escutou educadamente. A ideia de Reeves parecia perigosa e confusa. Tom o interrompeu:

— Talvez já tenha sido o suficiente para o nosso amigo.

— Não, acho que ele está interessado. Mas não aceitou... ir a Munique, e precisamos completar o serviço até o fim de semana.

— Você andou lendo *O Poderoso Chefão* de novo, Reeves. Dê um jeito de matar o sujeito com um tiro.

— Um tiro faz barulho — disse Reeves, sem o menor traço de humor. — Eu estava pensando... Ou encontro outra pessoa, Tom, ou... Jonathan precisa ser persuadido.

É impossível persuadi-lo, pensou Tom, e logo disse com impaciência:

— Não existe melhor persuasão que o dinheiro. Se isso não funcionar, não posso ajudar você.

Aquele assunto trazia a desagradável lembrança da visita dos Plisson. Será que ele e Heloise teriam se desdobrado e se exaurido por quase três dias se não precisassem dos 25 mil francos anuais que Jacques Plisson dava à filha?

— Receio que se eu der mais dinheiro ele vai desistir de vez — comentou Reeves. — Eu já disse a você, talvez eu não consiga juntar o... o resto da grana... até que ele faça o segundo serviço.

Tom estava pensando que Reeves não havia entendido nada a respeito de Trevanny. Se recebesse todo o pagamento, Trevanny ou completaria o serviço ou devolveria metade do dinheiro.

— Se pensar em algo sobre *ele* — disse Reeves com aparente dificuldade — ou se souber de outra pessoa que possa fazer o trabalho, me telefone, certo? Nos próximos dias?

Tom sentiu alívio ao desligar o telefone. Balançou a cabeça rapidamente e pestanejou. Com frequência, tinha a impressão de que as ideias de Reeves Minot estavam envoltas numa espessa neblina de sonho, desprovidas até mesmo da sensação de realidade que a maioria dos sonhos tinha.

Com uma das mãos delicadamente apoiada nas costas do sofá e a outra segurando a taça de champanhe, Heloise saltou por cima do encosto e aterrissou sentada no sofá amarelo sem fazer qualquer barulho. Ergueu, de forma elegante, a taça na direção de Tom.

— *Grace à toi, ce weekend était très réussi, mon trésor!*

— Obrigado, querida!

Sim, a vida era doce novamente, eles estavam sozinhos outra vez, podiam jantar de pés descalços naquela noite se quisessem. Liberdade!

Tom pensava em Trevanny. Realmente não se importava com Reeves, que sempre acabava escapulindo ou se esquivando quando a situação ficava perigosa demais. Mas Trevanny... Havia certo mistério envolvido. Tom começou a pensar em um jeito de se aproximar dele. A situação era difícil, pois Tom sabia que Trevanny não gostava dele. Não havia nada mais simples, porém, do que levar uma pintura para Trevanny emoldurar.

Na terça-feira, Tom foi de carro a Fontainebleau, parando primeiro na loja de Gauthier para comprar esticadores de tela. Gauthier talvez lhe desse espontaneamente alguma notícia de Trevanny, algo a respeito da viagem a Hamburgo, pensou Tom, já que o moldureiro supostamente fora à Alemanha consultar um médico. Tom comprou as coisas de que precisava, no entanto Gauthier não mencionou Trevanny.

Pouco antes de partir, Tom perguntou:

— E como está nosso amigo Monsieur Trevanny?

— *Ah, oui*. Ele foi a Hamburgo semana passada, consultar um especialista. — O olho de vidro de Gauthier fulminava Tom, enquanto o olho vivo cintilava e parecia um pouco triste. — Pelo que ouvi, as notícias não são boas. Talvez esteja um pouco pior do que o médico daqui lhe disse. Mas ele é corajoso. Sabe como são os ingleses, nunca mostram os verdadeiros sentimentos.

— Lamento saber que ele piorou — disse Tom.

— É, bem... Foi o que ele me disse. Mas ele não se entrega.

Tom pôs os esticadores no carro e pegou uma pasta no banco traseiro. Estava levando uma aquarela para Trevanny emoldurar. Talvez a conversa com ele naquela tarde não desse muito certo, pensou, mas a necessidade de buscar o quadro emoldurado era uma garantia de que teria uma segunda chance de encontrá-lo. Tom caminhou até a rue des Sablons e entrou na pequena loja. Trevanny estava falando sobre uma moldura com uma cliente, segurando uma amostra de madeira no alto de uma gravura. Ele lançou uma olhadela para Tom, que teve certeza de ter sido reconhecido.

— Talvez assim pareça muito pesado, mas com um *passe-partout* branco... — dizia Trevanny, num francês muito bom.

Tom tentou detectar alguma mudança nele, quem sabe algum sinal de nervosismo, mas não havia nada. Por fim, chegou a vez de Tom ser atendido.

— *Bonjour*. Bom dia. Tom Ripley — disse Tom, com um sorriso. — Estive em sua casa em... em fevereiro, eu acho. No aniversário da sua esposa.

— Ah, sim.

Pela expressão de Trevanny, Tom percebeu que a atitude dele não mudara desde aquela noite em fevereiro, quando o moldureiro dissera: "Ah, sim, ouvi falar de você." Tom abriu a pasta.

— Tenho uma aquarela. Feita pela minha esposa. Pensei numa moldura estreita, marrom-clara, um *passe-partout*... de, digamos, uns seis centímetros na parte mais larga, embaixo.

Trevanny voltou a atenção para a aquarela que jazia sobre o balcão gasto e cheio de ranhuras que os separava.

A pintura compunha-se principalmente de verdes e roxos; a livre interpretação de Heloise de um recanto de Belle Ombre, tendo por fundo o bosque de pinheiros no inverno. Não estava nada mal, na opinião de Tom, porque Heloise soubera quando parar. Ela não sabia que Tom guardara a aquarela, e ele esperava que a esposa tivesse uma agradável surpresa ao ver a pintura emoldurada.

— Algo desse tipo, talvez — disse Trevanny, tirando uma amostra de madeira de uma estante repleta de várias peças.

Dispôs a amostra acima da pintura, deixando entre ambas o espaço para o *passe-partout*.

— Acho que fica bom, sim.

— *Passe-partout* branco ou pérola? Como este?

Tom fez a escolha. Trevanny anotou cuidadosamente o nome e o endereço de Tom num caderno. Tom também informou o número de telefone.

O que poderia dizer em seguida? A frieza de Trevanny era quase palpável. Tom sabia que Trevanny recusaria o convite, mas, sentindo que não havia nada a perder, disse:

— Talvez você e sua esposa aceitem tomar uns drinques lá em casa um dia desses. Villeperce não fica longe. Traga seu filho também.

— Obrigado. Não tenho carro — disse Trevanny, com um sorriso polido. — Não saímos muito, na verdade.

— Não precisa de carro. Posso vir buscar vocês. E, claro, estão convidados para jantar conosco também. — As palavras tropeçaram da boca de Tom.

Trevanny enfiou as mãos nos bolsos do casaco e mudou a posição dos pés, como se também estivesse mudando de ideia. Tom percebeu que ele estava curioso.

— Minha esposa é tímida — disse o moldureiro, sorrindo pela primeira vez. — Ela não fala inglês muito bem.

— Minha esposa também não. Não sei se você sabe, mas ela também é francesa. Mas... se minha casa fica muito longe para você, que tal um *pastis* agora? Você já ia fechar, não ia?

Sim, Trevanny ia mesmo fechar. Passava um pouco do meio-dia.

Foram até um bar-restaurante na esquina da rue de France com a rue Saint-Merry. No caminho, Trevanny parou numa padaria para comprar pão. Ele pediu um chope e Tom o acompanhou. Tom colocou uma nota de 10 francos no balcão.

— Como você veio parar na França? — perguntou Tom.

Trevanny contou sobre a tentativa de abrir uma loja de antiguidades na França com um amigo inglês.

— E você? — perguntou Trevanny.

— Ah, minha esposa gosta daqui. E eu também. Não consigo imaginar uma vida mais agradável, na verdade. Posso viajar se quiser. Tenho bastante tempo livre... Ocioso, você diria. Para cuidar do jardim, pintar. Pinto como um amador, mas eu gosto... E, quando tenho vontade, passo umas semanas em Londres.

Aquilo equivalia a pôr as cartas na mesa, de um jeito inocente, inofensivo — embora Trevanny pudesse se perguntar de onde vinha o dinheiro. Tom achava muito provável que Trevanny houvesse escutado os boatos acerca de Dickie Greenleaf e, como a maioria das pessoas, esquecido quase tudo, exceto por alguns detalhes que ficavam na memória, como "o desaparecimento misterioso" de Dickie, ainda que posteriormente a versão de suicídio tivesse sido aceita como fato. Trevanny, era possível, sabia que Tom recebia uma renda deixada por Dickie em testamento (que Tom forjara), pois os jornais haviam publicado aquela informação. Depois, tivera o caso Derwatt, no ano anterior — embora os jornais franceses tivessem dado menos atenção a Derwatt do que ao estranho desaparecimento de Thomas Murchison, o americano que estivera hospedado na casa de Tom.

— Parece uma vida muito agradável — observou Trevanny, secamente, enxugando a espuma do lábio superior.

Tom teve a impressão de que Trevanny queria lhe perguntar alguma coisa. O que seria? Imaginava se Trevanny, apesar de toda a fleuma britânica, não poderia ter uma crise de consciência e contar tudo à esposa ou ir à delegacia e confessar à polícia. Tom chegou à conclusão de que era seguro presumir que Trevanny não dissera nada à esposa nem viria a dizer. Havia apenas cinco dias, Trevanny puxara o gatilho e matara um homem. Reeves com certeza havia preparado o moral de Trevanny, discorrendo sobre a malignidade da Máfia e o bem que Trevanny ou qualquer outra pessoa faria ao eliminar um deles. Tom pensou no garrote. Não, não conseguia imaginar Trevanny usando um garrote. Como Trevanny se sentia quanto ao assassinato que cometera? Tivera tempo para sentir alguma coisa? Talvez não. Trevanny acendeu um Gitane. Tinha mãos grandes. Era o tipo de homem que podia usar roupas velhas e calças amarrotadas e mesmo assim parecer um cavalheiro. E tinha uma beleza rústica, da qual parecia inconsciente.

— Você, por acaso — disse Trevanny, fitando Tom com serenos olhos azuis —, não conhece um americano chamado Reeves Minot?

— Não — disse Tom. — Mora aqui em Fontainebleau?

— Não. Mas viaja bastante, eu acho.

— Não.

Tom deu um gole no chope.

— É melhor eu ir. Minha esposa está me esperando.

Saíram. Tinham que seguir em direções opostas.

— Obrigado pelo chope — disse Trevanny.

— O prazer foi meu!

Tom caminhou até o carro, que estava no estacionamento em frente ao Hôtel de l'Aigle Noir, e partiu em direção a Villeperce. Pensava em Trevanny e no fato de que ele parecia um homem decepcionado, decepcionado com a situação em que se encontrava. Trevanny decerto tivera aspirações na juventude. Tom se lembrava da esposa dele, uma mulher atraente que parecia firme e dedicada, do tipo que jamais pressionaria o marido por questões financeiras, jamais resmungaria nem exigiria que ele ganhasse mais dinheiro. À maneira dela, a esposa de Trevanny era provavelmente tão correta e decente quanto o marido. Ainda assim, Trevanny sucumbira à proposta de Reeves. Aquilo significava que Trevanny era um homem que podia ser impelido em qualquer direção, desde que manipulado de forma inteligente.

Madame Annette recebeu Tom com a mensagem de que Heloise chegaria um pouco tarde, porque havia encontrado uma *commode de bateau* inglesa num antiquário em Chailly-en-Bière e a havia comprado com um cheque, mas tivera que acompanhar o dono da loja até o banco.

— Ela vai chegar com a cômoda a qualquer momento! — disse Madame Annette, com os olhos azuis cintilando. — Pediu que a espere para almoçar, Monsieur Tome.

— Mas é claro! — disse Tom, com idêntica animação.

A conta bancária entraria um pouco no vermelho com aquela compra, pensou ele, e por isso Heloise tivera que ir ao banco falar com algum gerente, mas como conseguiria resolver o problema no horário de almoço, quando o banco estava fechado? E Madame Annette estava feliz porque a casa receberia mais uma peça de mobília, à qual ela poderia dedicar sua infatigável ânsia de encerar. Havia meses que Heloise procurava um gaveteiro em estilo náutico e com arestas em metal para presentear Tom. Era um capricho dela colocar uma *commode de bateau* no quarto dele.

Tom decidiu aproveitar a ocasião para falar com Reeves, e subiu correndo ao quarto. Era uma e vinte e dois. Fazia cerca de três meses que Belle Ombre tinha dois novos telefones, e já não era preciso falar com uma telefonista para fazer chamadas internacionais.

A governanta de Reeves atendeu e Tom usou seus conhecimentos de alemão para perguntar se Herr Minot estava em casa. Sim, ele estava.

— Reeves, olá! Aqui é Tom. Não posso falar muito. Só queria dizer que encontrei nosso amigo. Tomamos um chope… num bar em Fontainebleau. Acho que… — Tom estava de pé, tenso, olhando pela janela para as árvores do outro lado da rua e o céu azul limpo. Não sabia ao certo o que queria dizer, mas queria que Reeves continuasse tentando. — Não sei por quê, mas acho que pode dar certo. É só um pressentimento. Tente mais uma vez.

— É mesmo? — disse Reeves, agarrando-se às palavras de Tom como se ele fosse um oráculo infalível.

— Quando pretende vê-lo?

— Bem, espero que ele vá a Munique na quinta-feira. Depois de amanhã. Estou tentando convencê-lo a consultar outro médico por lá. Então… na sexta, o trem de Munique para Paris sai mais ou menos às duas e dez, você sabe.

Tom já havia viajado no Expresso Mozart, embarcando em Salzburgo.

— Minha sugestão é: diga que ele pode escolher entre uma arma de fogo e... e a outra coisa, mas o aconselhe a não usar a arma de fogo.

— Eu *fiz* isso! — disse Reeves. — Mas você acha que... que ele ainda pode aceitar, hein?

Tom ouviu o barulho de um carro, dois carros, rodando sobre o cascalho em frente à casa. Com certeza era Heloise, que chegava com o antiquário.

— Tenho que desligar, Reeves. Agora.

Mais tarde naquele mesmo dia, sozinho no quarto, Tom examinou com mais calma a bela cômoda instalada entre as duas janelas que davam para a frente da casa. Era um gaveteiro de carvalho, baixo e maciço, com cantoneiras de um metal reluzente e puxadores de latão escareados. A madeira polida parecia viva, como que animada pelas mãos do criador, ou talvez pelas mãos do capitão, capitães ou oficiais que a usaram. Havia algumas mossas escuras e brilhantes na madeira, como as cicatrizes irregulares que toda criatura adquiria ao longo de sua existência. Na superfície superior do móvel estava incrustada uma placa oval, de prata, e nela vinha gravado em letras floreadas CAPITÃO ARCHIBALD L. PARTRIDGE, PLYMOUTH, 1734, e, em letras muito menores, o nome do carpinteiro, o que Tom considerou um simpático toque de orgulho artístico.

10

Na quarta-feira, conforme havia prometido, Reeves telefonou para a loja de Jonathan, que estava bastante ocupado com clientes — algo raro — e pediu que ele voltasse a telefonar no início da tarde.

Reeves ligou no horário combinado e, após as amenidades habituais, perguntou se Jonathan poderia ir a Munique no dia seguinte.

— Também há bons médicos em Munique, sabe, médicos excelentes. Andei pensando em um deles, o Dr. Max Schroeder. Liguei para o consultório e me disseram que ele pode atender você na sexta-feira de manhã, por volta das oito. Só preciso confirmar a consulta. Se você...

— Tudo bem — disse Jonathan, que já previa que a conversa tomasse exatamente aquele rumo. — Certo, Reeves. Vou ver se consigo uma passagem...

— Só de ida, Jonathan. Bem... Você decide.

Jonathan sabia.

— Quando eu tiver o horário do voo, telefono de volta.

— Sei os horários de cor. Tem um voo de Orly para Munique à uma e meia da tarde, se você conseguir.

— Certo. Vou tentar.

— Se não me ligar de volta, vou entender que pegou o voo. Encontro você no terminal, como da outra vez.

Abstraidamente, Jonathan foi à pia, arrumou os cabelos com ambas as mãos e depois apanhou a capa de chuva. Estava chovendo um pouco e fazia bastante frio. Jonathan havia tomado a decisão no dia anterior. Percorreria as mesmas etapas: consultar o médico, dessa vez em Munique, e embarcar no trem. A única dúvida que lhe restava era quanto ao próprio sangue-frio. Até que ponto conseguiria ir? Saiu da loja e trancou a porta.

Jonathan tropeçou numa lixeira na calçada e percebeu que estava arrastando os pés em vez de caminhar direito. Ergueu um pouco a cabeça. Exigiria que lhe dessem uma arma além do garrote e, caso o nervosismo o impedisse de usá-lo (coisa que achava muito provável), atiraria e pronto. Jonathan faria um acordo com Reeves: se utilizasse a arma, se ficasse evidente que não conseguiria escapar, então cravaria a última bala em si mesmo. Assim, não haveria chance de trair Reeves ou as pessoas associadas a ele. Em troca, Reeves daria o resto do dinheiro a Simone. Jonathan se deu conta de que seu corpo jamais seria confundido com o cadáver de um italiano, mas não lhe parecia absurdo que a família Di Stefano houvesse contratado um assassino de outra nacionalidade.

— O médico de Hamburgo me telefonou hoje — disse Jonathan a Simone. — Quer que eu vá a Munique amanhã.

— É? Já?

Jonathan se lembrou de ter dito a Simone que provavelmente os médicos só iriam querer vê-lo dali a quinze dias. Dissera que o Dr. Wentzel havia lhe dado umas pílulas cujo efeito gostaria de averiguar. De fato conversara sobre pílulas com o Dr. Wentzel — em casos de leucemia, não havia nada a fazer além de tomar um remédio para tentar retardar o processo —, mas o doutor não lhe dera medicamento algum. Jonathan tinha certeza de que o médico lhe teria receitado ao menos um comprimido se houvesse comparecido à segunda consulta.

— Há outro médico em Munique... chamado Schroeder. O Dr. Wentzel quer que eu vá vê-lo.

— Onde fica Munique? — perguntou Georges.

— Na Alemanha — disse Jonathan.

— Vai ficar lá por quanto tempo? — perguntou Simone.

— Provavelmente... até sábado de manhã — respondeu Jonathan, calculando que o trem talvez chegasse muito tarde na sexta e, nesse caso, não haveria mais nenhum saindo de Paris para Fontainebleau.

— E a loja? Quer que eu abra amanhã cedo? E na manhã de sexta? ... A que horas tem que sair amanhã?

— Tem um voo à uma e meia. Sim, querida, seria uma grande ajuda se você pudesse dar uma olhada na loja amanhã e sexta... mesmo que fique só por uma hora. Algumas pessoas vão passar lá para buscar uns quadros — disse Jonathan, espetando a faca delicadamente num pedaço de Camembert que havia colocado no prato, mas não queria comer.

— Está preocupado, Jon?

— Na verdade, não. Não, pelo contrário, qualquer informação que me derem por lá tende a ser um pouco melhor do que as que já recebi.

Demonstrações de ânimo por pura educação, pensou Jonathan, e era uma grande bobagem. Os médicos não podiam fazer nada para lutar contra o tempo. Jonathan olhou para o filho, que parecia um pouco intrigado, mas não o bastante para fazer outra pergunta, e percebeu que Georges escutava aquele tipo de conversa desde que se entendia por gente. Tinham dito ao menino: "Seu pai tem um germe. Como uma gripe. Isso às vezes o deixa cansado. Mas a doença não pega, nem em você nem em ninguém. Não vai machucar você."

— Vai dormir no hospital? — perguntou Simone.

A princípio Jonathan não entendeu o que ela queria dizer.

— Não. O Dr. Wentzel... A secretária dele disse que reservaram um quarto de hotel para mim.

Jonathan saiu de casa na manhã seguinte logo depois das nove para pegar o trem das nove e quarenta e dois rumo a Paris, pois, se esperasse pelo seguinte, não chegaria a tempo de embarcar em Orly. Na tarde anterior havia comprado uma passagem só de ida. Além disso, depositara mais mil francos em sua conta na Société Générale e pusera 500 na carteira, de modo que sobravam 2.500 francos na gaveta da loja. Também havia tirado *The Grim Reapers* da gaveta e o enfiado na mala, para devolvê-lo a Reeves.

Pouco antes das cinco da tarde, Jonathan desceu do ônibus no terminal principal de Munique. Era um dia ensolarado, de temperatura agradável. Havia por ali uns homens robustos de meia-idade que usavam calções de couro e jaquetas verdes, e alguém tocava uma viela na calçada. Jonathan avistou Reeves, que se aproximava a passos rápidos.

— Estou um pouco atrasado, me desculpe! — disse Reeves. — Como está, Jonathan?

— Muito bem, obrigado — falou Jonathan, com um sorriso.

— Reservei um quarto de hotel para você. Agora vamos pegar um táxi. Estou em outro hotel, mas vou acompanhar você até o quarto para conversarmos.

Entraram num táxi. Reeves falou sobre Munique. Falou como se realmente conhecesse a cidade e gostasse dela — e não como se estivesse falando só por nervosismo. Reeves tinha um mapa, e apontou "o Jardim Inglês", embora o táxi não fosse passar por ali, e a orla do rio Isar, onde Reeves avisou que seria a consulta de Jonathan na manhã seguinte às oito. Também disse que ambos os hotéis ficavam no centro da cidade. O táxi estacionou em frente a um hotel, e um menino em uniforme vermelho-escuro foi abrir a porta do carro.

Jonathan se registrou. O saguão tinha vários vitrais que representavam cavaleiros e trovadores alemães. Jonathan teve a agradável percepção de que se sentia incomumente bem, portanto estava animado.

Seria um indício de que receberia más notícias, o prelúdio de alguma terrível catástrofe? De repente, Jonathan achou insano sentir-se animado e advertiu-se como faria se estivesse prestes a tomar uma dose de bebida além do aconselhável.

Reeves o acompanhou até o quarto. O carregador saiu após deixar a mala. Jonathan pendurou o sobretudo num cabideiro no corredor, como teria feito em casa.

— Amanhã cedo, talvez ainda esta tarde, vamos comprar um sobretudo novo para você — disse Reeves, olhando para o de Jonathan com uma expressão um tanto sofrida.

— Ah, é?

Jonathan tinha que admitir que o sobretudo estava um pouco puído. Deu um pequeno sorriso, sem rancor. Pelo menos trouxera o terno bom, além de um par de sapatos pretos mais ou menos novos. Pendurou o terno azul no cabideiro.

— Afinal de contas, você vai viajar na primeira classe — disse Reeves. Foi até a porta e apertou o botão da maçaneta que impedia que alguém a abrisse pelo lado de fora. — Trouxe a arma. Outra arma italiana, um pouco diferente. Não consegui um silenciador, mas achei que... para falar a verdade... achei que um silenciador não faria lá muita diferença.

Jonathan entendeu. Olhou a arma pequena, que Reeves tirara de algum bolso, e por um instante se sentiu vazio e estúpido. Disparar aquela arma significava que teria que atirar em si mesmo logo em seguida. Aquele era o único significado que a arma tinha para Jonathan.

— E isto, claro — disse Reeves, puxando o garrote do bolso.

À luz mais clara de Munique, o cordão tinha uma cor pálida, semelhante à pele humana.

— Experimente usá-lo na... naquela cadeira — sugeriu Reeves.

Jonathan pegou o cordão e jogou o laço sobre a saliência no espaldar de uma cadeira. Puxou de forma indiferente até o laço apertar.

Já nem sequer se sentia enojado, apenas apático. Se uma pessoa qualquer descobrisse o cordão em seu bolso, ou em algum outro lugar, saberia de imediato o que era? Provavelmente não, avaliou Jonathan.

— Você tem que puxar com força, claro — disse Reeves, com ar solene. — E segurar firme.

Jonathan se sentiu subitamente incomodado e abriu a boca para dar uma resposta irritada, mas se deteve. Tirou o cordão da cadeira e estava prestes a largá-lo em cima da cama, quando Reeves disse:

— Deixe no bolso. No bolso da roupa que for usar amanhã.

Jonathan fez menção de enfiar o cordão no bolso da calça que estava vestindo, mas, em vez disso, guardou no bolso da calça do conjunto azul.

— E eu gostaria de mostrar para você essas fotografias.

Reeves tirou um envelope do bolso interno do casaco. Era um envelope branco e sem selo, dentro do qual havia duas fotografias. Uma delas em papel brilhante, do tamanho de um cartão-postal, e a outra, um retrato de jornal cuidadosamente recortado e dobrado duas vezes.

— Vito Marcangelo.

Jonathan olhou a fotografia brilhante, rachada em alguns pontos. Mostrava um homem de rosto e cabeça redondos, lábios grossos e curvilíneos, cabelo preto ondulado. Em cada têmpora havia uma faixa de fios brancos, dando a impressão de que jatos de vapor lhe saltavam da cabeça.

— Tem cerca de um metro e setenta — disse Reeves. — O cabelo continua grisalho naquela parte, ele não pinta. E aqui está ele se divertindo.

A foto do jornal mostrava três homens e algumas mulheres de pé atrás de uma mesa de jantar. Uma setinha feita à caneta apontava para um homem baixo e risonho, com um brilho grisalho na têmpora. A legenda estava em alemão.

Reeves pegou as fotografias de volta.

— Agora vamos comprar um sobretudo. Deve ter alguma loja aberta. A propósito, a trava de segurança nessa arma funciona do mesmo jeito que a outra. Está carregada com seis balas. Vou deixá-la aqui, certo?

Reeves pegou a arma, que estava ao pé da cama, e a colocou num canto na mala de Jonathan.

— Briennerstrasse é um ótimo lugar para fazer compras — disse Reeves enquanto desciam de elevador.

Foram andando. Jonathan havia deixado o sobretudo no quarto do hotel.

Jonathan escolheu um sobretudo de tweed verde-escuro. Quem iria pagar? Aquilo parecia não importar muito. E Jonathan achava que só teria vinte e quatro horas para usar aquela peça. Reeves insistiu em pagar pelo casaco, embora Jonathan dissesse que o reembolsaria assim que trocasse alguns francos por marcos.

— Não, não, é um prazer — disse Reeves, com uma sacudidela brusca de cabeça, o que às vezes era o equivalente dele a um sorriso.

Jonathan saiu da loja usando o sobretudo. Reeves apontava coisas enquanto caminhavam — Odeonsplatz, o início de Ludwigstrasse, que segundo Reeves seguia até Schwabing, o distrito onde Thomas Mann havia morado. Foram até o Englischer Garten e de lá pegaram um táxi até uma cervejaria. Jonathan teria preferido chá. Percebeu que Reeves estava tentando fazê-lo relaxar. Jonathan, na verdade, já estava bem relaxado e nem sequer se preocupava com o que o Dr. Max Schroeder lhe diria na manhã seguinte. Melhor dizendo, nada que o médico dissesse faria a menor diferença.

Jantaram num restaurante barulhento em Schwabing, e Reeves lhe informou que praticamente todos ali eram "artistas ou escritores". Jonathan achou graça na conversa de Reeves. Sentia-se um pouco tonto por causa de toda aquela cerveja mais cedo, e agora bebiam Gumpoldsdinger no jantar.

Antes da meia-noite, Jonathan estava de volta ao quarto de hotel, vestido em seu pijama. Tinha acabado de tomar um banho. Às sete e quinze da manhã o telefone tocaria e logo em seguida ele desceria para fazer um leve desjejum. Jonathan sentou-se à escrivaninha, pegou uns papéis de carta na gaveta e endereçou um envelope a Simone. Então se lembrou de que estaria em casa dali a dois dias, talvez até mesmo já no dia seguinte no fim da noite. Amassou o envelope e jogou na cesta de lixo. "Conhece um homem chamado Tom Ripley?", perguntara a Reeves durante o jantar. Com a expressão inalterada, Reeves respondera: "Não. Por quê?" Jonathan deitou-se e apertou um botão que convenientemente apagava todas as luzes, inclusive a do banheiro. Havia tomado os remédios do dia? Sim. Antes de entrar no banho. Pusera o frasco de comprimidos no bolso do casaco, para mostrá-lo ao Dr. Schroeder no dia seguinte, caso o médico quisesse vê-los.

"Recebeu alguma correspondência do Banco Suíço?", havia perguntado Reeves. Não, não recebera, mas talvez uma carta tivesse chegado naquela manhã à loja, pensou Jonathan. Será que Simone a abriria? As chances eram de 50%, estimou ele, dependendo de quão ocupada ela estivesse. A carta do banco confirmaria o depósito de 80 mil marcos e provavelmente haveria cartões para assinar, como amostras da assinatura de Jonathan. No envelope, não haveria endereço de retorno, tampouco qualquer informação que identificasse o remetente como um banco, presumiu Jonathan. Já que ele estaria de volta no sábado, Simone talvez deixasse a correspondência fechada. Cinquenta por cento, pensou Jonathan de novo, e mergulhou lentamente no sono.

No hospital, na manhã seguinte, a atmosfera parecia estritamente rotineira e curiosamente informal. Reeves acompanhou toda a consulta, e, embora a conversa fosse em alemão, Jonathan percebeu que ele não falou ao Dr. Schroeder sobre um exame anterior em Hamburgo. Os resultados daquele exame estavam no momento em Fontainebleau, com o Dr. Perrier, que àquela altura já devia tê-los enviado aos Laboratórios Ebberle-Valent, conforme prometera. Mais uma vez, havia uma enfermeira fluente em inglês. O Dr. Max Schroeder era um homem de uns 50 anos, de cabelo escuro num corte moderno que ia até a gola da camisa.

— Ele está dizendo, basicamente — disse Reeves a Jonathan —, que este é um caso clássico com prognósticos não muito agradáveis.

Não, não havia nada de novo para Jonathan. Nem mesmo a informação de que os resultados do exame estariam prontos na manhã seguinte.

Eram cerca das onze da manhã quando Jonathan e Reeves saíram do hospital. Caminharam pela orla do Isar, onde havia crianças em carrinhos, prédios de pedra, uma farmácia, uma mercearia e todos os elementos típicos de uma vida normal, dos quais Jonathan sentia-se completamente alheado. Tinha que se lembrar até de respirar. Aquele seria um dia de fracasso, pensou. Queria afundar no rio e talvez se afogar, ou virar um peixe. A presença de Reeves e suas frases esporádicas o enfadavam. Finalmente, conseguiu parar de escutá-lo. Jonathan tinha a sensação de que não mataria ninguém naquela tarde, nem com o cordão em seu bolso nem com a arma.

— Se o trem sai às duas e pouco, eu não deveria buscar minha mala? — Jonathan interrompeu Reeves.

Conseguiram um táxi.

Quase ao lado do hotel havia uma vitrine de loja com objetos cintilantes que projetavam luzes douradas e prateadas, como uma árvore de Natal alemã. Meio à deriva, Jonathan foi até a vitrine. Constatou, com frustração, que ali só havia bugigangas para turistas, mas então avistou um giroscópio apoiado junto à própria caixa quadrada.

— Quero comprar alguma coisa para meu filho — disse Jonathan, e entrou na loja.

Apontou para o objeto na vitrine, disse *"bitte"* e comprou o giroscópio sem prestar atenção ao preço. Havia trocado 200 francos no hotel naquela manhã.

Jonathan já tinha feito a mala, então só precisava fechá-la. Ele mesmo a carregou até o saguão. Reeves enfiou uma nota de 100 marcos na mão de Jonathan e pediu que pagasse a conta do hotel, pois seria estranho se Reeves pagasse no lugar dele. Àquela altura, Jonathan já não se importava com dinheiro.

Chegaram cedo à estação. Sentaram-se num restaurante, mas Jonathan não queria comida, apenas um café.

Portanto, Reeves pediu um café.

— Acho que você vai ter que criar a oportunidade, Jon. Talvez não funcione, mas realmente *queremos* esse homem... Fique perto do vagão-restaurante. Acenda um cigarro, fique fumando na ponta do vagão de passageiros, perto do restaurante, por exemplo...

Jonathan tomou uma segunda xícara de café. Reeves comprou um *Daily Telegraph* e um livro de bolso para que Jonathan os levasse.

Então o trem entrou na gare, estalando graciosamente sobre os trilhos, em tons lustrosos de cinza e azul, o Expresso Mozart. Reeves tentava avistar Marcangelo, que deveria estar com pelo menos dois guarda-costas. Havia talvez sessenta pessoas avançando pela plataforma para embarcar e outras tantas descendo do trem. Reeves agarrou o braço de Jonathan e apontou. Jonathan estava parado com a mala na mão, junto ao vagão em que, de acordo com a passagem, deveria entrar. Jonathan viu — ou será que viu? — o grupo de três homens a que Reeves se referia, três sujeitos baixotes, de chapéu, que subiam os degraus do trem a dois vagões de distância, mais perto da locomotiva.

— É ele. Vi até o cabelo grisalho debaixo do chapéu — disse Reeves. — Agora, onde fica o vagão-restaurante? — Recuou alguns passos para ver melhor, deu uma corridinha até a locomotiva e voltou. — É o vagão seguinte ao do Marcangelo.

A partida do trem estava sendo anunciada em francês.

— Está com a arma no bolso? — perguntou Reeves.

Jonathan fez que sim. Antes de Jonathan subir para buscar a mala no quarto do hotel, Reeves o lembrara de guardar a arma no bolso.

— Certifique-se de que minha esposa receba o dinheiro, não importa o que aconteça comigo.

— Tem minha palavra. — Reeves lhe deu um tapinha no braço.

O apitou soou pela segunda vez e houve um barulho de portas. Jonathan subiu no trem e não olhou para trás, sabia que Reeves o acompanhava com o olhar. Jonathan achou o assento. Havia apenas mais duas pessoas na cabine, que era para oito passageiros. O estofado era de veludo vermelho-escuro. Jonathan pôs a mala numa prateleira no alto, depois o sobretudo novo, dobrado do avesso. Um jovem entrou na cabine e se inclinou para fora da janela, falando com alguém em alemão. As outras companhias de Jonathan eram um homem de meia-idade, debruçado sobre o que parecia ser uma pilha de documentos de escritório, e uma mulher pequena e bem-arrumada, que usava um chapeuzinho e lia um romance. O assento de Jonathan ficava ao lado do executivo, que por sua vez se encontrava junto à janela, ambos voltados para a direção em que o trem se movia. Jonathan abriu o *Telegraph*.

Eram duas e onze da tarde.

Jonathan viu os subúrbios de Munique passando do lado de fora, os prédios de escritórios, os campanários. Em frente a ele, do outro lado da cabine, havia três fotografias emolduradas — um castelo, um lago com dois cisnes, uns picos alpinos cobertos de neve. O trem ronronava sobre trilhos lisos, balançando suavemente. Jonathan semicerrou os olhos. Entrelaçando os dedos e apoiando os cotovelos nos braços da poltrona, quase dava para dormir. Havia tempo — para se decidir, para mudar de ideia, para mudar de ideia outra vez. Marcangelo ia a Paris, como ele, e o trem não chegaria ao destino antes das onze e sete da noite. Haveria uma parada em Estrasburgo por volta das seis e meia, Jonathan se lembrou de que Reeves dissera isso. Alguns minutos depois, Jonathan abriu os olhos e, pela porta de vidro da cabine, percebeu que havia um exíguo mas constante fluxo de pessoas no corredor. Um homem pôs metade do corpo para dentro da cabine, empurrando uma mesa rolante com sanduíches, garrafas de cerveja e vinho. O jovem comprou uma cerveja. Um sujeito robusto fumava um cachimbo no corredor e, de tempos em tempos, espremia-se contra a janela para deixar os outros passarem.

Não faria mal dar uma passada em frente à cabine de Marcangelo, como se estivesse a caminho do vagão-restaurante, só para avaliar a situação, pensou Jonathan, mas levou vários minutos até reunir forças e, durante esse tempo, fumou um Gitane. Pôs as cinzas num receptáculo de metal fixado sob a janela, tomando cuidado para não derrubar nada nos joelhos do homem que lia documentos ao lado dele.

Por fim, Jonathan se levantou e saiu pelo corredor. A porta no extremo do vagão estava difícil de abrir. Teve que passar por mais duas portas antes de chegar ao vagão de Marcangelo. Jonathan caminhava devagar, segurando-se para manter o equilíbrio (já que o trem balançava de forma suave mas irregular), e lançava olhadelas para dentro de cada uma das cabines. Reconheceu Marcangelo imediatamente, pois o sujeito estava virado para Jonathan, no assento central, adormecido, com as mãos cruzadas sobre o abdômen e o papo esborrachado contra a gola, as faixas grisalhas ondulando para cima e para baixo. Jonathan avistou brevemente dois outros sujeitos com ar de italianos, encostados um no outro, falando e gesticulando. Não havia mais ninguém na cabine, concluiu Jonathan. Seguiu até o fim do vagão e foi à plataforma, onde acendeu outro cigarro e ficou olhando pela janela. Naquela ponta do vagão havia um banheiro, cuja fechadura circular mostrava uma etiqueta vermelha, um sinal de que estava ocupado. Outro homem, calvo e esguio, estava parado junto à janela oposta, talvez esperando para entrar no banheiro. A ideia de tentar matar alguém ali era absurda, pois certamente haveria testemunhas. E, ainda que o assassino e a vítima ficassem sozinhos na plataforma, não era de imaginar que alguém apareceria em questão de segundos? O trem não era barulhento, e se um homem gritasse, mesmo com uma corda lhe apertando o pescoço, as pessoas na cabine mais próxima não o escutariam?

Um homem e uma mulher saíram do vagão-restaurante e seguiram pelo corredor do vagão de passageiros, deixando as portas abertas, embora um garçom de colete branco logo tenha vindo fechá-las.

Jonathan foi andando de volta rumo ao próprio vagão e no caminho deu mais uma olhada na cabine de Marcangelo, mas muito rápido. Marcangelo fumava um cigarro e conversava, inclinado para a frente, presunçosamente.

Se fosse levar o plano adiante, a coisa teria que ser feita antes que chegassem a Estrasburgo, pensou Jonathan. Imaginava que muita gente fosse embarcar na cidade, com destino a Paris. Mas talvez estivesse enganado. Jonathan calculou que, em cerca de meia hora, deveria vestir o sobretudo, ir até a plataforma do vagão de Marcangelo e ficar lá esperando. E se Marcangelo resolvesse usar o banheiro na *outra* ponta do vagão? Havia banheiros em ambas as extremidades. E se ele não fosse ao banheiro nenhuma vez? Era possível, embora não fosse provável. E se os italianos simplesmente decidissem não ir ao vagão-restaurante? Não, eles iriam ao restaurante, com certeza, mas iriam todos juntos. Se não houvesse jeito de pegar Marcangelo, então Reeves teria que elaborar outro plano, um plano melhor, pensou Jonathan. Se Jonathan quisesse receber o resto do dinheiro, porém, Marcangelo — ou alguém comparável — precisava ser morto.

Pouco antes das quatro da tarde, Jonathan obrigou-se a ficar de pé e a puxar cuidadosamente o sobretudo da prateleira. No corredor, vestiu-o, sentindo o peso no bolso direito, e foi com o livro até a plataforma na ponta do vagão de Marcangelo.

11

Ao passar pela cabine dos italianos — dessa vez sem espiar para dentro —, Jonathan captara de rabo de olho uma confusão de vultos, homens puxando uma mala da prateleira ou talvez engalfinhados em uma briguinha de brincadeira. Ouviu uma risada.

Um minuto depois, ele estava apoiado junto a um mapa da Europa Central com moldura metálica e fitava a meia-porta envidraçada do corredor. Através do vidro, Jonathan viu um homem se aproximar e abrir a porta com um empurrão de ombro. O sujeito parecia um dos guarda-costas de Marcangelo: cabelo escuro, 30 e poucos anos, com expressão azeda e compleição atarracada, os indícios de que um dia teria a aparência de um sapo enfadado. Jonathan recordou-se das fotografias na contracapa de *The Grim Reapers*. O homem foi direto à porta do banheiro e entrou. Jonathan continuou fitando o livro de bolso que segurava aberto. Após um tempo muito curto, o homem reapareceu e voltou pelo corredor.

Jonathan se deu conta de que estivera prendendo o fôlego. Se aquele fosse Marcangelo, não teria sido uma oportunidade perfeita, com o corredor vazio e sem ninguém transitando entre o vagão de passageiros e o restaurante? Jonathan percebeu que, mesmo que o homem *fosse* Marcangelo, ele teria permanecido imóvel, fingindo ler. A mão direita de Jonathan, no bolso, puxava e empurrava a trava de segurança na pequena arma. Afinal de contas, qual era o risco? O que ele tinha a perder? Apenas a própria vida.

A qualquer momento, Marcangelo poderia vir a passos pesados e arrastados pelo corredor, empurrar a porta e então... Jonathan poderia fazer o mesmo que fizera antes, no metrô alemão. Não poderia? Depois, um tiro na própria cabeça. Mas Jonathan imaginou-se atirando em Marcangelo e jogando a arma pela porta que ficava junto ao banheiro, ou pela janelinha da porta, que parecia abrir, e em seguida andando casualmente até o vagão-restaurante, sentando-se e pedindo um prato.

De fato era impossível.

Vou pedir um prato agora, concluiu, e entrou no vagão-restaurante, onde havia bastantes mesas vagas. De um lado, as mesas eram para quatro pessoas; do outro, para duas. Jonathan ocupou uma das mesas menores. Um garçom se aproximou, Jonathan pediu uma cerveja, mas rapidamente mudou de ideia e pediu um vinho.

— *Weisswein, bitte* — disse Jonathan.

Logo apareceu uma garrafa pequena e refrigerada de Riesling. Ali, os estalidos do trem pareciam mais abafados e voluptuosos. A janela era maior, mas de alguma forma dava a sensação de mais privacidade, fazia com que a floresta — a Floresta Negra? — parecesse espetacularmente verdejante e suntuosa. Havia infinitos pinheiros, como se a Alemanha tivesse tantos que não fosse preciso cortar nenhum por motivo algum. Não se avistava sequer um pedacinho de papel ou de lixo, tampouco qualquer figura humana cuidando da limpeza, e ambas as coisas deixaram Jonathan igualmente surpreso. Quando os alemães limpavam tudo? Jonathan tentou extrair coragem do vinho. Em algum momento ao longo do trajeto havia perdido o ímpeto, e era apenas uma questão de recuperá-lo. Tomou o restante do vinho como se fosse um brinde obrigatório, pagou a conta e vestiu o casaco, que havia deixado na cadeira de frente para a sua. Ficaria na plataforma até que Marcangelo aparecesse e, independentemente de o italiano estar sozinho ou acompanhado pelos dois guarda-costas, Jonathan puxaria o gatilho.

Jonathan puxou com força a porta do vagão, que deslizou e se abriu. Estava outra vez aprisionado na plataforma e novamente encostado no mapa, olhando aquele livro idiota... *"David se perguntou se Elaine desconfiava. Desesperado, David recapitulou os acontecimentos da..."* Os olhos de Jonathan percorriam as letras como se ele fosse analfabeto. Lembrou-se de algo que havia pensado dias antes. Simone rejeitaria o dinheiro se soubesse como Jonathan o conseguira, e ela com certeza ficaria sabendo caso ele se matasse no trem. Imaginou se Simone poderia ser convencida, por Reeves ou por alguém, de que o ato de Jonathan não fora exatamente um assassinato. Jonathan quase riu. Era impossível. E o que ele estava fazendo ali parado? Podia muito bem sair andando e voltar para o assento.

Um vulto se aproximava, e Jonathan ergueu o olhar. Pestanejou. O homem que vinha na direção dele era Tom Ripley.

Tom abriu a meia-porta envidraçada, com um pequeno sorriso.

— Jonathan — disse ele em voz baixa. — Por gentileza, me dê isso que você tem no bolso. O garrote.

Tom parou junto a Jonathan, olhando pela janela.

Jonathan estava tão pasmado que, de repente, ficou sem ação. De que lado estava Tom Ripley? Do lado de Marcangelo? Então Jonathan teve um sobressalto ao ver três homens vindo pelo corredor.

Tom chegou mais perto de Jonathan para deixá-los passar.

Os homens falavam em alemão e entraram no vagão-restaurante.

Tom virou um pouco o rosto e disse a Jonathan, por cima do ombro:

— A corda. Vamos tentar, certo?

Jonathan entendeu, ou entendeu em parte. Ripley era amigo de Reeves. Conhecia os planos de Reeves. Jonathan enrolou a corda dentro do bolso esquerdo. Tirou a mão do bolso e depositou a corda na mão de Tom, que estava aberta à espera. Jonathan desviou o olhar e percebeu que estava aliviado.

Tom enfiou a corda no bolso direito do casaco.

— Fique aqui, porque talvez eu precise de você — disse Tom, e então foi ao banheiro, viu que estava vago e entrou.

Tom trancou a porta do banheiro. A corda não estava sequer enfiada pelo nó corredio. Tom deixou o garrote pronto para a ação e colocou-o cuidadosamente no bolso direito do casaco. Deu um sorrisinho. Jonathan tinha ficado branco feito papel! Tom havia telefonado para Reeves dois dias antes e Reeves lhe dissera que Jonathan aceitara ir a Munique, mas que provavelmente exigiria levar uma arma de fogo. Tom supôs que Jonathan estivesse com a arma naquele momento, no entanto considerava impossível usar uma arma de fogo dadas as circunstâncias.

Pisando no pedal que abria a torneira, Tom molhou as mãos, depois as sacudiu e passou no rosto. Até ele estava se sentindo um pouco nervoso. Era o primeiro trabalho contra a Máfia!

Tom tivera um pressentimento de que Jonathan estragaria tudo e, uma vez que pusera Jonathan naquela situação, achara que lhe cabia ajudá-lo. Portanto, Tom pegara um avião até Salzburgo no dia anterior para conseguir embarcar naquele trem. Pedira que Reeves lhe descrevesse a aparência de Marcangelo, mas fizera a pergunta de forma casual, e achava que Reeves não havia desconfiado de que ele pretendia estar no trem. Pelo contrário, Tom dissera a Reeves que aquele plano era uma maluquice e o melhor seria dispensar Jonathan com metade do dinheiro e encontrar outra pessoa para fazer o segundo serviço, se quisesse ter sucesso. Reeves não lhe dera ouvidos, era como um garotinho jogando um jogo que ele próprio havia inventado, um jogo meio obsessivo e com regras rigorosas — rigorosas para os outros, não para Reeves. Tom queria ajudar Jonathan, e era por uma boa causa! Matar um figurão da Máfia! Talvez até dois mafiosos!

Tom odiava a Máfia, odiava sua agiotagem, suas chantagens e sua igreja dos infernos. Odiava a covardia dos chefões, que sempre delegavam o trabalho sujo para os subalternos, de modo que as autoridades jamais conseguiam pôr as mãos nos desgraçados mais graúdos e nunca os colocavam na cadeia, exceto por sonegação de impostos ou outras trivialidades. Os mafiosos faziam Tom sentir-se quase virtuoso. Ante tal pensamento, Tom soltou uma risada alta, e o riso ecoou no cubículo de metal e ladrilhos onde se encontrava. (E sabia que Marcangelo talvez estivesse esperando do outro lado da porta.) Sim, havia pessoas mais desonestas, mais corruptas e decididamente mais cruéis do que ele: os mafiosos — aquele bando de charmosas famílias que viviam brigando entre si e que, segundo a Liga Ítalo-Americana, nem sequer existia e era apenas um produto da imaginação de ficcionistas. Ora, a própria Igreja, com bispos que liquefaziam sangue no festival de San Gennaro e garotinhas que tinham visões da Virgem Maria, *isso* era mais real que a Máfia! Sim, com certeza! Tom bochechou água e cuspiu, abriu a torneira e deixou a água correr pela pia. Depois saiu.

Na plataforma não havia ninguém além de Jonathan Trevanny, que estava fumando, mas imediatamente largou o cigarro, como um soldado que queria parecer mais eficiente aos olhos de um oficial. Tom o brindou com um sorriso tranquilizador e pôs-se ao lado de Jonathan, de frente para a janela.

— Eles passaram por aqui, por acaso? — Tom não quis espiar pelas duas portas que davam para o vagão-restaurante.

— Não.

— Talvez tenhamos que esperar até o trem passar por Estrasburgo, mas espero que não.

Uma mulher que saía do restaurante forcejou para abrir a primeira porta, e Tom adiantou-se para abrir a segunda.

— *Danke schön* — disse ela.

— *Bitte* — respondeu Tom.

Tom andou casualmente até o outro lado da plataforma e tirou um *Herald-Tribune* de um bolso do casaco. Eram cinco e onze. Deveriam chegar a Estrasburgo às seis e trinta e três. Tom supôs que os italianos houvessem comido bem no almoço e por isso não iriam ao restaurante.

Um homem entrou no lavatório.

Jonathan estava com os olhos cravados no livro, mas uma espiadela de Tom fez com que ele erguesse o rosto, e Tom voltou a sorrir. Depois que o homem saiu, Tom aproximou-se de Jonathan. Havia dois sujeitos no corredor do vagão, vários metros à frente, um deles fumando um cigarro e ambos olhando pela janela sem prestar atenção em Tom ou Jonathan.

— Vou tentar pegá-lo *dentro* do banheiro — disse Tom. — Depois vamos ter que jogá-lo pela porta. — Tom meneou a cabeça, indicando a porta ao lado do banheiro. — Quando eu estiver no banheiro com ele, bata duas vezes para me avisar que o terreno está limpo. Então vamos dar um upa e botá-lo para fora o mais rápido possível.

Com ar muito casual, Tom acendeu um Gauloise e em seguida soltou um lento e deliberado bocejo.

O pânico de Jonathan, que chegara ao ápice enquanto Tom estava no banheiro, começava a arrefecer um pouco. Tom desejava completar o serviço. Os motivos pelos quais queria fazer aquilo era algo que, no momento, Jonathan não conseguia nem sequer imaginar. Também achava possível que Tom quisesse arruinar o serviço e jogar a culpa nele. Ainda assim, por quê? Era mais provável que Tom Ripley quisesse parte do dinheiro, ou todo o restante do pagamento. Naquele instante, Jonathan simplesmente não se importava. Nada tinha importância. Mas, pensando bem, o próprio Tom parecia um pouco preocupado. Estava apoiado na parede oposta ao banheiro, com o jornal na mão, porém não o lia.

Então Jonathan viu dois homens se aproximando. O segundo era Marcangelo. O primeiro sujeito não era um dos italianos. Jonathan relanceou para Tom — que imediatamente lhe retribuiu o olhar — e assentiu com a cabeça.

O primeiro sujeito varreu a plataforma com os olhos, achou o banheiro e entrou apressado. Marcangelo passou em frente a Jonathan, viu que o banheiro estava ocupado, virou-se e voltou ao corredor. Jonathan viu Tom sorrir ironicamente e abrir o braço direito num gesto largo, como quem dizia: "Droga, o peixe escapou!"

Marcangelo esperava no corredor, a alguns metros de distância, olhando pela janela, bem à vista de Jonathan. De repente, ocorreu a Jonathan que os guarda-costas italianos, que se encontravam na cabine no meio do vagão, não tinham como saber que Marcangelo estava esperando que o banheiro fosse desocupado. Portanto, caso Marcangelo não voltasse, aquele tempo extra logo despertaria a desconfiança dos guarda-costas. Jonathan fez um discreto aceno de cabeça para Tom e esperou que ele entendesse o recado: Marcangelo estava ali perto, esperando.

O homem que estava no banheiro saiu e retornou ao vagão.

Marcangelo se aproximou e Jonathan olhou para Tom, que estava mergulhado no jornal.

Tom sabia que o vulto atarracado entrando na plataforma era Marcangelo, mas não ergueu o olhar. Bem na frente dele, Marcangelo abriu a porta do banheiro, e Tom se adiantou como se quisesse entrar primeiro, mas ao mesmo tempo lançou a corda sobre a cabeça do italiano, cujo grito Tom esperava abafar ao dar um puxão semelhante a um cruzado de direita enquanto arrastava o sujeito para dentro do banheiro e fechava a porta. Tom estirava o garrote furiosamente — uma das armas que o próprio Marcangelo tinha usado na juventude, supôs — e viu o nylon desaparecer nas dobras do pescoço. Tom enrolou a corda ao redor dos dedos e puxou ainda mais. Com a mão esquerda, deu um peteleco na alavanca que trancava a porta. Marcangelo parou de gorgolejar, a língua escapava da boca horrenda e viscosa, os olhos se fecharam em agonia, depois se abriram com horror e começaram a ganhar uma expressão vidrada e perdida, como quem se perguntava o que estava acontecendo — o olhar dos moribundos. A dentadura inferior despencou e retiniu nos ladrilhos. Tom estava quase cortando o próprio polegar e a lateral do indicador devido à força que aplicava no garrote, mas aquela era uma dor que, na opinião dele, valia a pena suportar. Marcangelo começava a desabar no piso, mas a corda — ou melhor, Tom — o mantinha mais ou menos sentado. Tom achava que Marcangelo já estava inconsciente e sabia que era totalmente impossível que conseguisse respirar. Apanhou a dentadura, jogou-a no vaso e deu um jeito de pisar no pedal da descarga. Limpou os dedos com nojo na ombreira de Marcangelo.

Jonathan vira o rápido movimento do ferrolho, que passara do verde ao vermelho. O silêncio começava a deixá-lo preocupado. Quanto tempo aquilo levaria? O que estava acontecendo? Quanto tempo já havia se passado? Não parava de olhar o corredor do vagão pela meia-vidraça da porta.

Um homem veio do restaurante, dirigiu-se ao banheiro e, vendo que estava ocupado, seguiu em frente e entrou no vagão.

Jonathan estava pensando que os amigos de Marcangelo apareceriam a qualquer momento caso o homem demorasse ainda mais para voltar à cabine. O terreno estava limpo, deveria bater na porta? Depois de todo aquele tempo Marcangelo *tinha* que estar morto. Jonathan avançou e deu duas pancadas secas na porta.

Tom saiu calmamente, fechou a porta e vistoriou a situação. Bem na hora, uma mulher de tweed avermelhado entrou na plataforma — era baixinha, de meia-idade, e estava indo ao banheiro. O ferrolho mostrava a etiqueta verde.

— Sinto muito — disse Tom à mulher. — Tem uma pessoa... Um amigo meu está passando mal, receio.

— *Bitte?*

— *Mein Freund ist da drinnen ziemlich krank* — disse Tom com um sorriso apologético. — *Entschuldigen Sie, gnädige Frau. Er kommt sofort heraus.*

Ela assentiu, sorriu e retornou ao vagão.

— Certo, me ajude aqui! — sussurrou Tom para Jonathan, dirigindo-se ao banheiro.

— Tem outra pessoa vindo — disse Jonathan. — Um dos italianos.

— Ah, Jesus.

Tom calculou que, se entrasse no banheiro e trancasse a porta, o italiano poderia simplesmente ficar esperando na plataforma.

O italiano, um sujeito descorado com cerca de 30 anos, deu uma olhada em Jonathan e Tom, viu que o lavabo dizia LIBRE e entrou no vagão-restaurante, sem dúvida para averiguar se Marcangelo estava lá.

— Se eu der um soco primeiro — disse Tom a Jonathan —, você consegue acertar uma coronhada nele?

Jonathan fez que sim. A arma era pequena, mas a adrenalina de Jonathan já estava borbulhando.

— Golpeie como se sua vida dependesse disso — acrescentou Tom. — Talvez dependa mesmo.

O guarda-costas saiu do vagão-restaurante, agora andando mais rápido. Tom, que estava à esquerda do italiano, puxou-o pelo peito da camisa para fora da vista de quem estivesse no restaurante e lhe acertou um soco no queixo. Logo em seguida, cravou o punho na barriga do guarda-costas e Jonathan acertou-lhe a coronhada na cabeça.

— A porta! — disse Tom, com um gesto brusco de cabeça, tentando agarrar o italiano, que caía para a frente.

O homem não estava inconsciente, os braços se debatiam sem força, mas Jonathan já havia aberto a porta lateral e o instinto de Tom era jogá-lo para fora sem perder tempo com outro golpe. O som das rodas do trem invadiu a plataforma com súbito estrondo. Eles empurraram, chutaram, despejaram o guarda-costas porta afora. Tom perdeu o equilíbrio e teria caído se Jonathan não o houvesse agarrado pelas costas do casaco. *Bang*, a porta se fechou de novo. Jonathan passou os dedos pelo cabelo desgrenhado.

Com um gesto, Tom mandou que ele fosse para o outro lado da plataforma, de onde poderia observar o corredor. Jonathan foi, e Tom percebeu que ele tentava se recompor e assumir a aparência de um passageiro comum.

Tom ergueu as sobrancelhas de maneira interrogativa e Jonathan assentiu com o queixo. Tom saltou para dentro do lavabo e passou o ferrolho, esperando que Jonathan fosse esperto o bastante para bater na porta quando a área estivesse segura. Marcangelo estava atirado no piso, a cabeça próxima ao pedestal da pia, o rosto pálido com um toque de azul. Tom desviou o olhar, escutou um barulho de portas do lado de fora — as portas do vagão-restaurante — e, em seguida, o grato som de duas batidas. Dessa vez, Tom abriu só uma fresta da porta.

— Tudo limpo — disse Jonathan.

Os sapatos de Marcangelo estavam bloqueando a porta, mas Tom chutou-a, fazendo-a bater nos pés do morto até abri-la completamente, e gesticulou para que Jonathan escancarasse a porta lateral do trem. No entanto, acabaram trabalhando juntos, pois Jonathan teve que ajudar a arrastar o corpo de Marcangelo antes que a porta ficasse totalmente aberta — ela tinha a tendência de se fechar por causa da direção em que o trem corria. Empurraram Marcangelo pela porta, a cabeça primeiro, as pernas por cima do corpo, e Tom só precisou dar um chute final, sem tocá-lo com as mãos, pois o homem já caía em um monte de escória de carvão, tão perto da porta que Tom viu os grãos da cinza e cada folha de relva.

Segurou no braço de Jonathan, que se espichava até alcançar a alavanca da porta.

Ofegante, Tom fechou a porta do banheiro e tentou assumir um ar calmo.

— Volte para seu assento e desembarque em Estrasburgo — disse ele. — A polícia vai interrogar todo mundo que estiver neste trem. — Deu uma palmadinha nervosa no braço de Jonathan. — Boa sorte, meu amigo.

E viu Jonathan abrir a porta que dava para o corredor do vagão.

Tom estava prestes a entrar no restaurante quando um grupo de quatro pessoas se aproximou para sair. Ele teve que dar um passo para o lado enquanto os outros atravessavam as duas portas, gingando, conversando e rindo. Ao entrar, Tom ocupou a primeira mesa vaga. Sentou-se numa cadeira voltada para a porta que acabara de atravessar. O segundo guarda-costas apareceria a qualquer momento. Tom puxou o cardápio e começou a examiná-lo com ar distraído. Salada de repolho. Salada de língua. *Gulaschsuppe...* O cardápio estava em francês, inglês e alemão.

Enquanto avançava pelo corredor do vagão em que ficava a cabine de Marcangelo, Jonathan deu de cara com o segundo guarda-costas italiano. O sujeito esbarrou nele com grosseria ao passar, e Jonathan sentiu-se grato por estar meio atordoado, pois, do contrário, poderia ter se sobressaltado com o contato físico. O trem soltou um assovio longo, seguido por outros dois, mais curtos. Aquilo significava alguma coisa? Jonathan voltou à própria cabine e se sentou sem tirar o sobretudo, tomando cuidado para não dirigir o olhar a nenhuma das quatro pessoas no compartimento. Segundo o relógio, eram cinco e trinta e um. Jonathan tinha a sensação de que mais de uma hora havia se passado desde a última vez que olhara o relógio, poucos minutos após as cinco. Jonathan se contorceu, fechou os olhos, pigarreou e imaginou o guarda-costas e Marcangelo rolando sob as rodas do trem até serem feitos em pedaços. Ou talvez não tivessem rolado para baixo do trem. Aliás, o guarda-costas estava mesmo morto? Talvez fosse resgatado e descrevesse Jonathan e Tom Ripley com exatidão. Por que Tom Ripley o ajudara? E será que "ajudar" era a palavra certa? O que ele pretendia ganhar com aquilo? Jonathan percebeu que estava à mercê de Ripley. Contudo, era provável que Ripley só quisesse dinheiro. Ou será que ele tinha intenções mais sinistras? Algum tipo de chantagem? A chantagem tinha muitas formas.

Deveria pegar um avião de Estrasburgo a Paris ainda naquela noite ou dormir num hotel em Estrasburgo? Qual seria a opção mais cautelosa? E contra quem precisava se acautelar: a Máfia ou a polícia? E se algum passageiro ao olhar pela janela tivesse visto um corpo, talvez dois corpos, caindo junto ao trem? Ou será que os corpos haviam caído tão perto do trem que ninguém conseguira vê-los? Jonathan supôs que o trem não teria parado caso alguém houvesse visto alguma coisa, mas a notícia teria sido transmitida à polícia por rádio. Jonathan estava alerta, esperando o surgimento de um guarda no corredor ou qualquer sinal de agitação, mas não viu nada.

Naquele momento, após pedir uma *Gulaschsuppe* e uma garrafa de Carlsbad, Tom estava olhando o jornal, que havia apoiado no pote de mostarda, e mordiscando um biscoito de canudinho. E se divertia com o nervosismo do guarda-costas, pois o sujeito passara um tempo esperando pacientemente junto ao banheiro ocupado, até que, para espanto do italiano, uma mulher saíra lá de dentro. Já era a segunda vez que o guarda-costas espiava o restaurante através das duas portas de vidro. Ele entrou, tentando manter uma aparência calma enquanto procurava o *capo* ou o colega, ou ambos, e percorreu o restaurante de ponta a ponta, como se esperasse encontrar Marcangelo atirado sob uma das mesas ou conversando com o chefe de cozinha na outra ponta do vagão.

Tom não ergueu o rosto quando o italiano passou, mas sentiu o olhar do homem sobre ele. Arriscou uma olhadela por cima do ombro, como alguém à espera de um prato, e avistou o guarda-costas — um sujeito de cabelo seco e alourado, usando terno risca de giz e uma gravata larga e roxa — falando com um garçom nos fundos do vagão. O garçom, visivelmente ocupado, balançou a cabeça e desvencilhou-se do italiano, avançando com a bandeja. O guarda-costas andou com pressa pelo pequeno corredor entre as mesas e saiu do vagão.

A sopa cor de páprica chegou à mesa de Tom, acompanhada da cerveja. Ele estava com fome, pois só fizera um pequeno desjejum no hotel em Salzburgo — não estava hospedado no Goldener Hirsch, porque lá os funcionários o conheciam. Embarcara num voo até Salzburgo, em vez de Munique, para não encontrar Reeves e Jonathan Trevanny na estação ferroviária. Em Salzburgo, tivera tempo para comprar um presente para Heloise, uma jaqueta de couro com acabamento de feltro, toda verde, que planejava deixar escondida até o aniversário da esposa, em outubro. Dissera a Heloise que passaria uma ou duas noites em Paris para ver algumas exposições de arte, e ela não ficara surpresa, pois Tom costumava fazer aquilo de vez em quando, hospedando-se no Inter-Continental, no Ritz ou no Pont Royal. Com efeito, Tom tinha o hábito de variar os hotéis, de forma que, se tivesse que dizer a Heloise que iria a Paris, quando na verdade não iria, ela não ficaria assustada caso, digamos, telefonasse para o Inter-Continental e não o encontrasse lá. Além disso, comprara a passagem em Orly, em vez de nas agências turísticas de Fontainebleau ou Moret, onde era conhecido, e usara o passaporte falso que Reeves lhe havia conseguido no ano anterior: Robert Fiedler Mackay, americano, engenheiro, nascido em Salt Lake City, solteiro. Ocorrera a Tom que, com um pouco de esforço, a Máfia poderia conseguir a lista de passageiros do trem. Será que a Máfia o havia colocado na lista de pessoas interessantes? Tom hesitou em atribuir tal honra a si mesmo, mas algum membro da família de Marcangelo poderia ter notado o nome dele nos jornais. Não era um candidato a recrutamento nem uma vítima promissora para extorsões, mas, ainda assim, um homem no limiar da lei.

No entanto, o guarda-costas da Máfia, ou capanga, não dirigira a Tom um olhar especialmente longo; na verdade, ficara mais tempo observando um sujeito forte que estava sentado do outro lado do restaurante e usava uma jaqueta de couro. Talvez estivesse tudo bem.

Mais tarde teria que tranquilizar Jonathan Trevanny. Sem dúvida Trevanny achava que Tom queria dinheiro, que pretendia chantageá-lo de alguma forma. Tom não conseguiu conter um pequeno riso (ainda olhava o jornal e poderia muito bem estar lendo Art Buchwald) ao lembrar-se do rosto de Trevanny no instante em que ele próprio entrara na plataforma, ou aquele momento engraçado em que Trevanny percebera que Tom queria ajudá-lo. Tom pensara a respeito em Villeperce e decidira ajudar com o desagradável serviço de estrangulamento, para que Jonathan pudesse ao menos pegar o restante do dinheiro que lhe fora prometido. Sentia-se vagamente envergonhado, na verdade, por ter posto Jonathan naquela confusão, e vir em socorro dele aliviara um pouco da culpa. Sim, se tudo desse certo, Trevanny seria um homem de sorte e muito mais feliz do que antes, pensou Tom, que acreditava no poder do pensamento positivo. *Pensar* no melhor desfecho possível, em vez de ficar apenas torcendo, fazia as coisas se encaminharem daquela forma, segundo Tom. Precisava encontrar Trevanny outra vez para explicar algumas coisas, e, acima de tudo, Trevanny precisava ficar com todo o crédito pelo assassinato de Marcangelo, para que pudesse cobrar o restante do dinheiro de Reeves. Tom e Trevanny não podiam demonstrar camaradagem — aquele era um ponto vital. *Não podia haver* qualquer camaradagem entre eles, de forma alguma. (Tom se perguntava o que estaria acontecendo com Trevanny e se o segundo guarda-costas estava percorrendo todo o trem.) A boa e velha Máfia tentaria rastrear o assassino, ou talvez os assassinos. A Máfia às vezes levava anos para se vingar, mas nunca desistia. Mesmo que o procurado fugisse para a América do Sul, a Máfia conseguia encontrá-lo, Tom sabia disso. Tinha a impressão, porém, de que naquele momento quem corria mais riscos não era ele nem Trevanny, e sim Reeves Minot.

Tentaria telefonar para a loja de Trevanny no dia seguinte pela manhã. Ou à tarde, caso Trevanny não conseguisse voltar a Paris naquela noite. Tom acendeu um Gauloise e deu uma olhada na mulher de terno de tweed avermelhado que ele e Trevanny haviam encontrado na plataforma, que agora comia uma elegante salada de alface e pepinos com ar sonhador. Tom se sentia eufórico.

Quando Jonathan desembarcou em Estrasburgo, achou que havia um policiamento mais ostensivo do que o normal — uns seis policiais, enquanto geralmente eram dois ou três. Um policial parecia estar examinando os documentos de um homem. Ou será que o homem apenas pedira alguma informação e o policial estava consultando um guia turístico? Jonathan pegou a mala e deixou a estação andando reto. Havia decidido passar a noite em Estrasburgo, porque, sem qualquer motivo real, sentia que naquela noite a cidade seria mais segura para ele do que Paris. O guarda-costas que restava provavelmente iria a Paris reunir-se com os amigos, a menos que, por algum acaso, estivesse naquele instante no encalço de Jonathan, pronto para acertá-lo pelas costas. Jonathan sentiu o suor porejar e de repente percebeu que estava cansado. Apoiou a mala no meio-fio de um cruzamento e olhou os prédios desconhecidos ao redor. O local estava cheio de pedestres e carros. Eram seis e quarenta da noite, sem dúvida o horário de pico em Estrasburgo. Jonathan pensou em usar outro nome para se registrar no hotel. Se escrevesse um nome e um número de identidade falsos, ninguém pediria para ver seus documentos. Então percebeu que um nome de mentira o deixaria ainda mais perturbado. Jonathan começava a entender o que havia feito. Sentiu uma breve náusea. Então apanhou a mala e voltou a caminhar, com dificuldade. A arma pesava no bolso do sobretudo. Não tinha coragem de jogá-la num bueiro ou numa lixeira. Jonathan viu a si mesmo fazendo todo o percurso até Paris e depois até a própria casa com a pequena arma ainda no bolso.

12

No sábado, após estacionar o Renault verde perto da Porte d'Italie, em Paris, Tom seguiu para Belle Ombre, aonde chegou um pouco antes da uma da manhã. Não havia luzes visíveis na fachada da casa, mas quando subiu as escadas, de mala na mão, alegrou-se ao ver a luz acesa no quarto de Heloise, no fundo do corredor à esquerda. Tom foi ao quarto para falar com ela.

— Até que enfim voltou! Como estava Paris? O que fez por lá?

Heloise estava deitada, de pijama verde de seda, o edredom de cetim cor-de-rosa puxado até a cintura.

— Ah, hoje escolhi um filme ruim — respondeu ele.

Tom notou que Heloise estava lendo um livro que ele comprara, sobre o movimento socialista francês. Aquilo não faria bem algum à relação dela com o pai, pensou Tom. Com frequência, Heloise se saía com observações bem esquerdistas, princípios que ela não tinha a menor intenção de pôr em prática. No entanto, Tom achava que aos poucos a empurrava para a esquerda. Empurrava com uma das mãos e puxava com a outra, analisou.

— Você viu Noëlle? — perguntou Heloise.

— Não. Por quê?

— Ela ia oferecer um jantar esta noite. Eu acho. Precisava de mais um homem. Nos convidou, é claro, mas eu disse que você provavelmente estava no Ritz e que ela devia telefonar para lá.

— Eu me hospedei no Crillon dessa vez — disse Tom, agradavelmente cônscio do perfume da água-de-colônia que se misturava ao cheiro de creme Nivea no corpo de Heloise. Também estava *desagradavelmente* cônscio da própria imundície após a viagem de trem. — Está tudo bem por aqui?

— Tudo muito bem — disse Heloise, numa entonação que parecia sedutora, embora Tom soubesse que não era a intenção. Heloise queria dizer que tivera um dia bom e normal, que se sentia feliz.

— Acho que estou precisando de um banho. Vejo você em dez minutos.

Tom foi aos próprios aposentos, onde havia um chuveiro de verdade, muito diferente do chuveirinho no banheiro de Heloise, que mais parecia o bocal de um telefone.

Alguns minutos depois — após enfiar a jaqueta austríaca de Heloise na última gaveta da cômoda, debaixo de uns suéteres —, Tom cochilava na cama, ao lado de Heloise, cansado demais para continuar lendo o *L'Express*. Estava se perguntando se o *L'Express* publicaria na edição da semana seguinte a fotografia de um dos mafiosos, ou talvez de ambos, estirado junto aos trilhos. Será que o guarda-costas estava morto? Tom esperava ardentemente que, de alguma forma, o italiano tivesse rolado para baixo do trem, pois receava que o sujeito ainda estivesse vivo no momento em que o atiraram porta afora. Tom recordou que Jonathan o puxara para dentro — e, ao se lembrar daquele instante, quando perdera o equilíbrio e quase caíra do trem, Tom estremeceu de olhos fechados. Trevanny salvara a vida dele, ou pelo menos o salvara de uma queda terrível, na qual as rodas do trem poderiam ter facilmente lhe decepado um dos pés.

Tom dormiu bem e se levantou por volta das oito e meia, antes que Heloise despertasse. Tomou café no andar de baixo, na sala de estar, e, embora curioso, não ligou o rádio para ouvir o noticiário das nove. Deu uma caminhada pelo jardim, contemplou com certo orgulho o canteiro de morangos que recentemente podara e capinara e examinou os três sacos de aniagem cheios de raízes de dália, que ali ficaram guardadas por todo o inverno e em breve deveriam ser plantadas. Tom pensava em telefonar para Trevanny naquela tarde. Quanto antes se encontrassem, melhor seria para a serenidade mental de Trevanny. Tom se perguntou se Jonathan também haveria notado o guarda-costas meio loiro que andara todo afobado pelos vagões.

Ao sair do restaurante em direção à própria cabine, que ficava a três vagões de distância, Tom cruzara com o guarda-costas no corredor e o sujeito parecia prestes a explodir de frustração. Tom sentira-se tentado a dizer em seu italiano mais chulo: "Se continuar desse jeito, vai acabar no olho da rua, hein?"

Pouco antes das onze, Madame Annette voltou das compras e, ao ouvir a porta lateral da cozinha, Tom foi até lá dar uma olhada no *Le Parisien Libéré*.

— Os cavalos — disse Tom, com um sorriso, ao apanhar o jornal.

— Ah, *oui*! Fez uma aposta, Monsieur Tome?

Madame Annette sabia que ele não apostava.

— Não, só quero ver se um amigo ganhou.

Tom encontrou o que procurava no pé da primeira página: uma pequena notícia com cerca de oito centímetros de comprimento. Um italiano estrangulado. Outro gravemente ferido. O morto fora identificado como Vito Marcangelo, de 52 anos, de Milão. Tom estava mais interessado em Filippo Turoli, 32, gravemente ferido, que também fora atirado do trem e sofrera diversas concussões, tivera algumas costelas quebradas e um braço lacerado que talvez exigisse amputação no hospital de Estrasburgo. Segundo a notícia, Turoli estava em estado grave e em coma. O texto também informava que um passageiro enxergara o cadáver no aterro do trilho e avisara um funcionário do trem, mas, àquela altura, vários quilômetros já haviam sido percorridos pelo luxuoso Expresso Mozart, que seguia *à pleine vitesse* em direção a Estrasburgo. Em seguida, dois corpos foram encontrados pela equipe de resgate. Estimava-se que quatro minutos houvessem se passado entre a queda de cada corpo, e a polícia daria prosseguimento ao inquérito.

Com certeza haveria mais notícias sobre o assunto nas próximas edições, provavelmente com fotografias, pensou Tom. O cálculo dos quatro minutos fora um belo toque gaulês detetivesco e, além disso, parecia mais ou menos um daqueles problemas de aritmética para crianças. "Se um trem viaja a cem quilômetros por hora e um mafioso é jogado para fora, depois um segundo mafioso é encontrado a seis quilômetros e dois terços de distância do primeiro mafioso, quanto tempo se passou entre os dois acontecimentos? Resposta: Quatro minutos." Não havia menção ao segundo guarda-costas, que decerto ficara de boca fechada e não prestara queixa alguma contra o Expresso Mozart pelo serviço.

O guarda-costas Turoli, porém, não estava morto. E Tom se deu conta de que o italiano podia ter uma vaga ideia de sua aparência, porque talvez tivesse visto de relance o rosto de Tom quando levou o golpe no queixo. Talvez pudesse descrevê-lo ou identificá-lo, se visse Tom de novo. Mas Turoli provavelmente não vira Jonathan, nem sequer de soslaio, pois Jonathan o acertara pelas costas.

Por volta das três e meia da tarde, depois que Heloise saiu para visitar Agnès Grais do outro lado de Villeperce, Tom procurou o número da loja de Trevanny em Fontainebleau e constatou que o havia decorado corretamente.

Trevanny atendeu.

— Olá. Aqui é Tom Ripley. Hum... Sobre a minha pintura... Você está sozinho agora?

— Sim.

— Gostaria de vê-lo. Acho que é importante. Pode me encontrar... digamos... depois que fechar a loja hoje? Por volta das sete? Eu posso...

— Sim. — Trevanny estava tenso como um gato eriçado.

— Digamos que eu pare meu carro em frente ao bar Salamandre. Sabe de que bar estou falando? Na rue Grande?

— Sei, conheço.

— Então podemos ir de carro a algum lugar para conversar. Às quinze para as sete?

— Certo — disse Trevanny, parecendo falar por entre os dentes.

Trevanny ficaria agradavelmente surpreso, pensou Tom ao desligar o telefone.

Algum tempo depois, Tom estava no ateliê quando Heloise telefonou.

— Alô, Tome! Não vou voltar para casa, porque Agnès e eu vamos preparar um prato maravilhoso e queremos que você venha jantar. Antoine está aqui, aliás. É sábado! Então apareça lá pelas sete e meia, certo?

— Pode ser às oito, querida? Estou trabalhando um pouco.

— *Tu travailles?*

Tom sorriu.

— Estou fazendo uns esboços. Apareço aí às oito.

Antoine Grais era arquiteto e tinha dois filhos pequenos com a esposa. Tom animou-se com a ideia de passar uma noite agradável e relaxante com os vizinhos. Pegou o carro e foi a Fontainebleau mais cedo para comprar uma planta — escolheu uma camélia — de presente para os Grais e também para ter um pretexto caso se atrasasse.

Em Fontainebleau, Tom comprou também um *France-Soir* para procurar notícias mais recentes sobre Turoli. Não havia informações sobre quaisquer mudanças no estado de saúde dele, mas, segundo o jornal, a polícia acreditava que os dois italianos fossem membros da família mafiosa Genotti e talvez houvessem sido vítimas de uma gangue rival. Aquilo pelo menos agradaria a Reeves, pensou Tom, pois o objetivo de Reeves era exatamente aquele. Tom achou uma vaga junto à calçada a alguns metros do Salamandre. Olhou pela janela traseira e viu Trevanny caminhando a passo lento naquela direção, até avistar o carro de Tom. Trevanny vestia uma capa de chuva de impressionante decrepitude.

— Olá! — disse Tom, abrindo a porta. — Entre e vamos dar uma volta em Avon... ou algum outro lugar.

Trevanny entrou, mal resmungando um "olá".

Avon era uma cidade gêmea de Fontainebleau, embora menor. O carro desceu a ladeira que levava à estação ferroviária de Fontainebleau-Avon e Tom girou o volante à direita na curva que levava a Avon.

— Tudo bem com você? — perguntou Tom em voz amigável.

— Sim — disse Trevanny.

— Imagino que tenha lido os jornais.

— Li.

— O guarda-costas está vivo.

— Eu sei.

Desde as oito da manhã, quando vira a notícia num jornal de Estrasburgo, Jonathan não parava de pensar que Turoli acordaria do coma a qualquer momento e daria uma descrição dos dois homens que encontrara na plataforma: ele próprio e Tom Ripley.

— Você voltou a Paris ontem à noite?

— Não, eu... fiquei em Estrasburgo e peguei um avião hoje de manhã.

— Deu tudo certo em Estrasburgo? Nenhum sinal do segundo guarda-costas?

— Não — disse Jonathan.

Tom dirigia devagar, procurando um lugar tranquilo. Aproximou-se do meio-fio, numa ruazinha com casas de dois andares, estacionou e desligou os faróis.

— Acho... — disse Tom, pegando os cigarros. — Bem, os jornais não publicaram nada sobre nenhuma pista... ao menos, nenhuma pista verdadeira... Então acho que fizemos um bom trabalho. O único problema é aquele guarda-costas em coma.

Tom ofereceu o maço a Jonathan, mas Jonathan pegou o próprio cigarro.

— Teve alguma notícia do Reeves? — perguntou Tom.

— Sim, hoje à tarde. Antes de você telefonar.

Reeves telefonara pela manhã e Simone atendera. "Uma ligação de Hamburgo. Um americano", dissera Simone. Aquilo também estava deixando Jonathan nervoso, o simples fato de a esposa ter falado com Reeves, embora o homem não tivesse mencionado o nome.

— Espero que ele não esteja segurando o dinheiro — disse Tom.

— Eu dei uma apertada nele, sabe. Ele deve pagar tudo de uma vez a você.

E quanto você vai querer?, foi o que Jonathan teve vontade de perguntar, mas decidiu deixar que Ripley tomasse a iniciativa.

Tom sorriu e afundou no banco do motorista.

— Você deve achar que eu quero uma parte dos... 40 mil, é isso? Mas eu não quero.

— Ah... Para dizer a verdade, estava achando que você queria uma parte, sim.

— Por isso resolvi vir ao seu encontro hoje. Uma das razões. A outra era perguntar se você está preocupado... — A tensão de Jonathan fazia Tom se sentir embaraçado, quase emudecido. Tom soltou uma risada. — Bem, claro que está preocupado! Mas existem vários tipos de preocupação. Posso ajudar... Quer dizer, se aceitar conversar comigo.

Então o que ele *queria*?, perguntou-se Jonathan. Sem dúvida queria alguma coisa.

— Acho que não entendi por que você estava naquele trem.

— Porque foi um prazer! É um prazer eliminar, ou ajudar a eliminar, gente da laia daqueles sujeitos de ontem. Simples assim! Também foi um prazer ajudar você a ganhar algum dinheiro... Mas eu perguntei se você está preocupado com o que fizemos. Acho que não estou me expressando direito. Talvez porque eu não esteja nem um pouco preocupado. Pelo menos, não ainda.

Jonathan se sentiu meio perdido. Tom Ripley estava fugindo do assunto — de alguma forma — ou então fazendo alguma piada. Jonathan ainda sentia certa hostilidade em relação a Ripley, certa desconfiança. Mas era tarde demais. No dia anterior, no trem, ao ver Ripley prestes a assumir o serviço, Jonathan poderia ter dito "muito bem, é todo seu" e então voltado para a cabine. Não teria apagado o incidente em Hamburgo, sobre o qual Ripley tinha conhecimento, mas... A motivação no trem não fora o dinheiro. Jonathan estava simplesmente em pânico, antes mesmo que Ripley chegasse. E, passado o serviço, Jonathan tinha a impressão de que não conseguia achar a arma correta para se defender.

— Imagino que foi você — disse Jonathan — quem inventou a história de que eu estava batendo as botas. Você deu meu nome a Reeves.

— Sim — disse Tom, em voz um pouco contrita, porém firme.

— Acontece que foi uma escolha sua, não? Poderia ter recusado a oferta do Reeves. — Tom esperou, mas Jonathan não disse nada. — Mas a situação agora está bem melhor, eu acho. Não concorda? Imagino que você esteja bem longe de morrer e, além disso, encheu os bolsos de dinheiro... Está com os bolsos tilintando, como diriam na Inglaterra.

Jonathan viu o rosto de Ripley se iluminar com o sorriso americano aparentemente ingênuo. Quem visse a expressão de Ripley naquele momento não poderia imaginar que ele fosse capaz de matar alguém, de estrangular um homem — e, ainda assim, fizera exatamente aquilo cerca de vinte e quatro horas antes.

— Você tem o costume de pregar peças nos outros? — perguntou Jonathan, sorrindo.

— Não. De forma alguma. Talvez esta tenha sido a primeira vez.

— E você não quer nada... Absolutamente nada.

— Não consigo pensar em nada que eu queira de você. Nem mesmo sua amizade, porque seria perigoso.

Jonathan retesou o corpo. Obrigou-se a parar de tamborilar os dedos na caixa de fósforos.

Tom imaginava o que Jonathan estava pensando: que se encontrava à mercê de Tom Ripley, mesmo que Ripley não quisesse nada.

— Estou nas suas mãos tanto quanto você está nas minhas — disse Tom. — Fui eu quem estrangulou Marcangelo, não? Do mesmo jeito que eu posso denunciar você, você também pode me denunciar. Veja por este lado.

— É verdade — disse Jonathan.

— Se há algo que eu gostaria de fazer, é proteger você.

Jonathan riu, mas Ripley não.

— Claro, talvez não seja necessário. Esperamos que não seja. O problema são sempre os outros. Ha! — Tom ficou olhando pelo para-brisa por um instante. — Por exemplo, sua esposa. O que disse a ela sobre o dinheiro que vem recebendo?

Aquele era um problema real, tangível e ainda sem solução.

— Disse que os médicos alemães estão me pagando. Que estão fazendo uns testes... Me usando como cobaia.

— Nada mal — disse Tom, pensativo. — Mas talvez possamos pensar em alguma desculpa melhor. Porque obviamente não dá para explicar a quantia toda dessa forma, e seria bom que vocês aproveitassem o dinheiro. Que tal dizer que algum parente morreu? Na Inglaterra? Um primo recluso, por exemplo.

Jonathan sorriu e olhou de soslaio para Tom.

— Já pensei nisso, mas, sinceramente, não tenho nenhum parente que se encaixe na descrição.

Tom percebeu que Jonathan não tinha o costume de inventar coisas. Tom inventaria fácil uma história para contar a Heloise caso ganhasse de repente uma grande quantia, por exemplo. Inventaria um parente excêntrico e recluso que vivera todos aqueles anos escondido em Santa Fé ou Sausalito, um primo em terceiro grau da mãe, algo do tipo, e então enfeitaria o personagem com alguns detalhes, recordações de um breve encontro em Boston, quando Tom era um menino órfão — como de fato havia sido. Quem poderia ter imaginado que aquele primo tinha um coração de ouro?

— Mesmo assim, deve ser fácil inventar alguma coisa, já que sua família está lá na Inglaterra. Vamos pensar no assunto — acrescentou Tom ao perceber que Jonathan estava prestes a recusar a ideia. Então olhou o relógio. — Receio que esteja na hora de eu voltar para o jantar, e acho que o mesmo vale para você. Ah, mais uma coisa: a arma. É só um detalhe, mas você conseguiu se livrar dela?

A arma estava no bolso da capa de Jonathan.

— Estou com ela agora. Gostaria muito de me livrar dela.

Tom estendeu a mão.

— Deixe comigo. Uma preocupação a menos. — Trevanny lhe entregou a arma e Tom a enfiou no porta-luvas e disse: — Não foi usada, portanto não é um grande perigo, mas vou me livrar dela porque é um modelo italiano. — Deteve-se e pensou um pouco. Se tivesse algo mais a resolver, aquele era o momento, pois não pretendia ver Jonathan de novo. Então um pensamento lhe ocorreu. — Aliás, presumo que vai dizer ao Reeves que fez o trabalho sozinho. Ele não sabe que eu estava no trem. É muito melhor assim.

Jonathan havia imaginado exatamente o contrário e levou um tempo para digerir o que tinha acabado de escutar.

— Achei que você e Reeves fossem bons amigos.

— Ah, somos colegas, sim. Mas não muito próximos. Mantemos certa distância. — Tom estava de certa forma pensando alto, e tentando também dizer a coisa certa para não assustar Trevanny, para fazê-lo sentir-se mais seguro. Era difícil. — Além de você, ninguém sabe que eu estava naquele trem. Comprei a passagem sob um nome falso. Na verdade, estava usando um passaporte falso. Soube que você estava hesitante quanto ao estrangulamento. Falei com Reeves ao telefone. — Tom girou a chave na ignição e ligou os faróis. — Reeves é meio biruta.

— Como assim?

Uma motocicleta com faróis altos dobrou a esquina e passou por eles rugindo, abafando por um instante o zumbido do carro.

— Ele gosta de joguinhos — disse Tom. — É principalmente um receptador, como você deve saber: recebe mercadorias e passa adiante. Coisa boba, joguinho de espiões, mas pelo menos até agora Reeves não foi pego... Nunca foi fichado, essas coisas. Pelo que sei, está ganhando bastante dinheiro em Hamburgo, mas nunca estive na casa dele por lá... Ele não deveria ter se metido com serviços *desse* tipo. Não é a praia dele.

Jonathan havia imaginado que Tom Ripley fosse uma visita frequente no apartamento de Reeves Minot em Hamburgo. Lembrou-se de Fritz entregando um embrulho pequeno para Reeves naquela noite. Joias? Drogas? Jonathan avistou um viaduto conhecido, e em seguida as árvores verde-escuras perto da estação ferroviária entraram no campo de visão dele, as copas brilhantes sob os postes de luz. Tudo lhe era familiar exceto Tom Ripley, sentado ao lado. Jonathan sentiu o medo ressurgir.

— Se me permite uma pergunta... Por que você me escolheu?

Tom tinha acabado de fazer uma curva complicada à esquerda, no alto de uma colina, para entrar na avenue Franklin Roosevelt, e teve que frear por causa do trânsito no cruzamento.

— Por uma razão mesquinha, lamento dizer. Aquela noite em fevereiro, na sua festa... você disse algo de que não gostei. — Ali a rua estava vazia e Tom acelerou. — Você disse "ah, sim, ouvi falar de você", num tom de voz bem maldoso.

Jonathan se lembrava. Também se lembrava de que estava se sentindo particularmente cansado naquela noite e, portanto, irascível. Então, por causa de uma pequena grosseria, Ripley o metera naquela confusão. Ou melhor, tinha se metido naquela confusão, lembrou Jonathan a si mesmo.

— Você não vai precisar me ver de novo — disse Tom. — O serviço foi um sucesso, acho, desde que o tal guarda-costas não volte para nos perturbar. — Deveria dizer "sinto muito" a Jonathan? *Ah, dane--se*, pensou Tom. — E, do ponto de vista moral, espero que não esteja se recriminando. Aqueles homens também eram assassinos. Mataram muitos inocentes. Fizemos justiça com as próprias mãos. E qualquer mafioso haveria de concordar que as pessoas devem fazer justiça com as próprias mãos. É o pilar da Máfia. — Tom dobrou à direita, entrando na rue de France. — Não vou levar você até a porta de casa.

— Pode me deixar aqui mesmo. Muito obrigado.

— Vou mandar um amigo para buscar a pintura — disse Tom e estacionou.

Jonathan saiu.

— Como preferir.

— Não hesite em me ligar, se tiver algum problema — falou Tom e sorriu.

Dessa vez, Jonathan pelo menos retribuiu o sorriso, como se achasse graça.

Jonathan caminhou em direção à rue Saint-Merry e em alguns segundos começou a se sentir melhor, aliviado. Muito do alívio devia-se ao fato de que Ripley não parecia preocupado — nem com o guarda--costas que ainda estava vivo, nem por terem passado tempo demais na plataforma do trem. E quanto ao dinheiro, aquilo era tão inacreditável quanto o resto.

Jonathan desacelerou o passo ao se aproximar da casa de Sherlock Holmes, embora já estivesse um pouco atrasado em relação ao horário de costume. Os cartões enviados pelo banco suíço para que ele assinasse haviam chegado à loja no dia anterior, Simone não tinha aberto a carta, e Jonathan os assinara e colocara no correio naquela mesma tarde. Recebera também o número da conta, com quatro dígitos, que ele achou ter decorado, mas na verdade os esquecera. Simone acreditara na segunda viagem à Alemanha para consultar um especialista, mas não haveria mais consultas. Jonathan teria que explicar sobre o dinheiro — não todo, mas uma boa quantia — contando mentiras sobre injeções e pílulas, e talvez tivesse que fazer mais uma ou duas viagens à Alemanha só para confirmar a história de que os médicos continuariam realizando exames. Seria difícil, pois aquele tipo de coisa não era do feitio dele. Esperava que alguma explicação melhor lhe ocorresse, mas sabia que não seria o caso, a menos que espremesse o cérebro.

— Chegou tarde — disse Simone, assim que ele entrou.

Ela estava na sala de estar com Georges e havia uma pilha de livros ilustrados no sofá.

— Clientes — disse Jonathan, e atirou a capa no cabideiro.

A ausência do peso da arma era um alívio. Ele sorriu para o filho.

— E como está você, Catador de Pedrinhas? O que andou aprontando? — perguntou Jonathan em inglês.

Georges abriu um sorriso enorme, parecendo uma abóbora pequena e loira. Um dente da frente havia sumido enquanto Jonathan estava em Munique.

— Estou lento — disse Georges.

— Lendo. "Lento" é quando você anda devagar. A menos, é claro, que você tenha um problema de fala.

— O que é um problema de mala?

Traças, por exemplo. E aquilo poderia continuar eternamente. O que é uma traça? É a irmã do traço.

— Problema de fala. Como quando alguém gagueja. *B-b-bégayer.* Isso é um…

— Ah, Jon, veja isto — disse Simone, apanhando um jornal. — Não tinha visto na hora do almoço. Olhe. Dois homens... Não, um homem foi morto no trem da Alemanha para Paris, ontem. Assassinado e jogado porta afora! Será que foi no mesmo trem que você pegou?

Jonathan olhou a foto do cadáver no barranco e passou os olhos pelo texto da notícia como se ainda não a tivesse visto... *Estrangulado... a segunda vítima talvez tenha o braço amputado...*

— É... o Expresso Mozart. Não notei coisa alguma dentro do trem, mas isso não quer dizer nada, porque são uns trinta vagões.

Jonathan dissera a Simone que tinha chegado muito tarde, por isso perdera o trem para Fontainebleau, então acabara hospedando-se num pequeno hotel em Paris.

— A Máfia — disse Simone, balançando a cabeça. — O estrangulamento deve ter sido numa cabine com as cortinas fechadas. Ugh!

Ela levantou-se e foi à cozinha.

Jonathan olhou de relance para Georges, que estava debruçado sobre uma revistinha de Asterix, não queria explicar ao filho o que significava "estrangulamento".

Naquela noite, durante o jantar com os Grais, embora se sentisse um pouco tenso, Tom estava de ótimo humor. Antoine e Agnès Grais moravam numa casa de pedra em formato circular, com uma torrezinha e encoberta por roseiras. Antoine tinha 30 e tantos anos, um homem organizado e severo, senhor da casa e tremendamente ambicioso. Trabalhava num modesto estúdio em Paris a semana inteira e juntava-se à família no interior nos fins de semana, e ali labutava no jardim até ficar esgotado. Tom sabia que Antoine o considerava preguiçoso, porque, ainda que o jardim de Tom fosse tão bem cuidado quanto o dele, isso não era mérito nenhum, já que Tom não tinha mais nada para fazer o dia todo! O prato espetacular que Agnès e Heloise haviam preparado era um guisado de lagosta com arroz e vários frutos do mar, além de duas opções de molho para acompanhamento.

— Pensei num ótimo jeito de iniciar um incêndio florestal — disse Tom, com ar meditativo, quando tomavam café. — Um método especialmente apropriado ao Sul da França, onde há tantas árvores secas no verão. Você prende uma lupa pequena no tronco ou nos galhos de um pinheiro, pode até fazer isso no inverno, e então, quando chega o verão, o sol começa a bater e a lente de aumento cria uma pequena chama nas agulhas do pinheiro. Isso deve ser feito perto da casa de um desafeto, claro, e aí... um galho estala, uma folha crepita e *bum*! Fogo para todo lado! A polícia, ou a companhia de seguros, dificilmente encontraria a lente no meio das madeiras chamuscadas, e mesmo que encontrasse... Perfeito, não acham?

Antoine riu a contragosto, enquanto as mulheres soltaram gritinhos de horror apreciativo.

— Se isso acontecer na minha propriedade lá no Sul, vou saber quem é o culpado! — disse Antoine com a voz grave de barítono.

Os Grais tinham uma pequena propriedade perto de Cannes, que alugavam na alta temporada, em julho e agosto, e da qual usufruíam eles próprios nos outros meses do verão.

Na maior parte do jantar, contudo, Tom pensara em Jonathan Trevanny. Um sujeito empertigado, reprimido, mas basicamente uma boa pessoa. Ele precisaria de mais apoio, e Tom esperava que fosse apenas apoio moral.

13

Por causa do estado incerto de Vincent Turoli, Tom foi de carro a Fontainebleau no domingo para comprar jornais londrinos, o *Observer* e o *Sunday Times*, que geralmente comprava num *journaux-tabac* em Villeperce nas manhãs de segunda. A banca de revistas em Fontainebleau ficava em frente ao Hôtel de l'Aigle Noir. Tom olhou ao redor, procurando Trevanny, que provavelmente também devia comprar os jornais londrinos, mas não o viu. Eram onze da manhã e talvez Trevanny já houvesse comprado os jornais. Tom entrou no carro e olhou primeiro o *Observer*. Nenhuma notícia sobre o incidente no trem. Tom não sabia ao certo se os jornais ingleses dariam alguma atenção àquela história, mas mesmo assim deu uma olhada no *Sunday Times*. Encontrou uma notícia na página três, uma pequena coluna sobre a qual Tom se lançou avidamente. O redator optara por certa leveza. "Deve ter sido um serviço da Máfia, executado com excepcional rapidez... Vincent Turoli, da família Genotti, braço amputado, um olho lesionado, recuperou a consciência na manhã de sábado e sua condição está melhorando tão rapidamente que em breve poderá ser transferido para um hospital em Milão. Mas, se sabe de alguma coisa, não disse nada."

Tom já imaginava que o guarda-costas não dissesse nada, mas estava evidente que sobreviveria. Uma péssima notícia. Tom calculou que, àquela altura, Turoli provavelmente já o descrevera para os camaradas. Com certeza membros da família mafiosa visitaram Turoli em Estrasburgo. Os mafiosos importantes ficavam sob proteção noite e dia nos hospitais, e Turoli podia ter recebido tratamento semelhante, advertiu-se Tom tão logo lhe ocorreu a ideia de eliminar o sujeito. Lembrou-se de Joe Colombo, chefe da família Profaci, que ao ser hospitalizado em Nova York ficou sob a vigilância de capangas da Máfia. Apesar das abundantes provas em contrário, Colombo negou ser membro da Máfia ou que a Máfia sequer existisse. Durante a internação de Colombo, as enfermeiras tinham que andar pulando as pernas dos guarda-costas adormecidos no corredor. Era melhor nem pensar em se livrar de Turoli. O italiano provavelmente já mencionara o homem de cerca de 30 anos, cabelo castanho e altura um pouco acima da média que lhe dera um soco no queixo e outro na barriga, o qual devia ter recebido a ajuda de outro homem, já que Turoli fora golpeado por trás. A questão mais importante era: Turoli conseguiria identificá-lo com certeza absoluta se o visse de novo? Tom acreditava que havia boas chances de conseguir. E, por estranho que parecesse, era ainda mais provável que reconhecesse Jonathan, caso o houvesse visto ainda que de relance — simplesmente porque Jonathan tinha uma aparência incomum: era mais alto e mais loiro que a maioria das pessoas. Turoli, logicamente, confrontaria as próprias lembranças com as do segundo guarda-costas, que estava vivo e em perfeita saúde.

— Querido — disse Heloise assim que Tom entrou na sala de estar —, você gostaria de fazer um cruzeiro pelo Nilo?

Os pensamentos de Tom estavam tão longe que ele precisou de um instante para se lembrar do que vinha a ser o Nilo e de onde ficava. Heloise estava de pés descalços no sofá, folheando guias de viagem. Ela recebia alguns periodicamente de uma agência turística em Moret, que lhe enviava de forma espontânea porque Heloise era uma ótima cliente.

— Não sei. Egito…

— Não acha *séduisant*? — perguntou ela, mostrando a Tom a fotografia de um pequeno barco chamado *Isis*, que parecia um barco a vapor do Mississippi e navegava bem próximo à costa.

— Sim. Acho.

— Ou podemos ir a outro lugar. Se não estiver com vontade de viajar, vou ver o que Noëlle acha — disse ela, voltando a atenção para os guias.

A primavera era uma injeção de ânimo em Heloise. Fazia os pés dela formigarem. A última vez que os dois viajaram juntos fora pouco depois do Natal, quando passaram uma temporada bastante prazerosa num iate, navegando de Marselha a Portofino e de volta. Os donos do iate, amigos de Noëlle e bem mais velhos, tinham uma casa em Portofino. No momento, Tom não queria ir a lugar algum, mas preferiu não dizer isso a Heloise.

Foi um domingo calmo e agradável, e Tom fez dois esboços preliminares de Madame Annette passando roupa. Ela costumava realizar a tarefa na cozinha nas tardes de domingo, enquanto via programas no televisor dela, que graças à mesinha de rodas era posicionado na frente dos armários. Não existia visão mais doméstica, mais francesa, do que a figura pequena e robusta de Madame Annette debruçada sobre a tábua de passar nas tardes de domingo. Tom queria capturar na tela o espírito da cena — o laranja-claro da parede da cozinha sob a luz solar e o delicado azul-lavanda do vestido de Madame Annette, que combinava tão bem com os belos olhos azuis dela.

Então, pouco após as dez da noite, quando Tom e Heloise estavam deitados em frente à lareira lendo os jornais de domingo, o telefone tocou. Tom atendeu.

Era Reeves, com a voz extremamente perturbada. A ligação estava ruim.

— Pode esperar um pouco? Vou tentar no andar de cima — disse Tom.

Reeves falou que esperaria.

— É o Reeves! A ligação está péssima! — avisou Tom a Heloise, já escada acima.

Não que o telefone funcionasse melhor no segundo andar, mas Tom queria ficar sozinho para ter aquela conversa.

— Eu disse *meu apartamento* — falou Reeves. — Em Hamburgo. Um *atentado a bomba* hoje.

— O quê? Meu Deus!

— Estou ligando de Amsterdã.

— Você ficou ferido? — perguntou Tom.

— *Não!* — gritou Reeves, a voz subitamente aguda. — Esse é o milagre. Foi por volta das cinco da tarde, e, por acaso, eu não estava em casa. Nem a Gaby, porque ela não trabalha aos domingos. Esses sujeitos, eles... devem ter jogado uma bomba pela *janela*. Uma proeza e tanto. Os vizinhos do andar de baixo ouviram um carro se aproximar e logo em seguida sair cantando pneu, e uns minutinhos depois ouviram uma explosão *horrível*, que, aliás, arrancou das paredes os quadros deles também.

— Escute aqui... Quanto eles sabem?

— Achei melhor me mandar, pelo bem de minha saúde. Em menos de uma hora eu estava fora da cidade.

— Como eles *descobriram*?! — gritou Tom ao telefone.

— Eu não sei. Realmente não sei. Devem ter arrancado alguma coisa do Fritz, porque ele tinha um *encontro* comigo hoje e não apareceu. Espero que o velho Fritz esteja bem. Mas ele não sabe... o nome do nosso amigo. Eu sempre o chamava de Paul quando Fritz estava por perto. Um inglês, era o que eu dizia, então Fritz acha que ele mora na Inglaterra. Sinceramente, eu diria que fizeram isso apostando numa suspeita, Tom. Acho que nosso plano, em essência, *funcionou*.

O bom e velho Reeves, otimista como sempre: o apartamento explodira, as coisas dele foram pelos ares, mas o plano havia sido um sucesso.

— Me diga uma coisa, Reeves, o que houve com... O que vai fazer com suas coisas que ficaram em Hamburgo? Seus documentos, por exemplo?

— Tudo num cofre, no banco — respondeu Reeves prontamente. — Posso pedir que me enviem pelo correio. Mas, de toda forma, quais documentos? Se está preocupado... Tenho uma única agenda de endereços, que trago sempre comigo. Claro, lamento muito ter perdido os discos e as pinturas que estavam no apartamento, mas a polícia disse que guardaria tudo que pudesse. Naturalmente, me interrogaram. Com toda a educação, é lógico, por alguns minutos, e expliquei que me encontrava em estado de choque, o que não estava longe da verdade, e que tinha que sair da cidade por um tempo. A polícia sabe onde estou.

— Eles suspeitam da Máfia?

— Se suspeitam, não disseram. Tom, meu velho, vou telefonar para você amanhã de novo. Fique com meu número, certo?

Com certa relutância, embora soubesse que por uma razão ou outra poderia precisar daquela informação, Tom anotou o nome do hotel em que Reeves estava hospedado, o Zuyder Zee, e o número.

— Nosso amigo certamente fez um ótimo trabalho, embora o outro canalha esteja vivo. Para um sujeito que tem anemia... — Reeves se interrompeu, soltando uma gargalhada que soava quase histérica.

— Você pagou a ele tudo que devia?

— Sim, ontem — disse Reeves.

— Então não precisa mais dele, imagino.

— Não. Já despertamos o interesse da polícia por aqui. Quer dizer, em Hamburgo. Era o que queríamos. Ouvi dizer que mais gente da Máfia *chegou à cidade*. Então isso é...

Abruptamente, a ligação caiu. Tom sentiu uma breve irritação, uma sensação de estupidez, ali parado com o telefone zunindo na mão. Pôs o fone no gancho e ficou um instante no quarto, de pé, imaginando se Reeves telefonaria de novo, pensando que ele provavelmente não ligaria, e tentando digerir as notícias. Pelo que sabia da Máfia, achava que o apartamento explodido talvez fosse o suficiente, que talvez deixassem as coisas assim mesmo. Talvez não quisessem matar Reeves. Mas, obviamente, a Máfia sabia que Reeves tivera algo a ver com os assassinatos, então a ideia de passar a impressão de uma guerra entre gangues rivais havia fracassado. Em contrapartida, a polícia de Hamburgo aumentaria os esforços para expulsar a Máfia da cidade e também dos clubes privados. Como tudo que Reeves fazia, tudo em que se metia, a situação era nebulosa, analisou Tom. E o veredito seria: o plano não dera tão certo assim.

O único ponto positivo era que Trevanny recebera o dinheiro. Entre terça e quarta-feira, deveria ser informado sobre o depósito. Boas notícias da Suíça!

Os dias seguintes foram tranquilos. Nenhum telefonema, nenhuma carta de Reeves Minot. Os jornais nada diziam sobre Vincent Turoli, não informavam se continuava no hospital em Estrasburgo ou se fora transferido para Milão, e Tom comprara também o *Herald- -Tribune* de Paris e o *Daily Telegraph*, de Londres, em Fontainebleau. Tom plantara as dálias, um trabalho que lhe consumiu três horas à tarde, porque as flores estavam separadas em embrulhos menores dentro do saco de aniagem, etiquetadas de acordo com a cor, e ele organizava as cores nos canteiros com o mesmo cuidado com que imaginava as tintas na tela. Heloise passara três noites em Chantilly, onde os pais dela moravam, pois a mãe passara por uma cirurgia para extrair algum tipo de tumor que, afortunadamente, se revelara benigno. Madame Annette, achando que Tom estava solitário, tratara de consolá-lo com receitas americanas que aprendera a preparar só para agradá-lo: costeletas de porco ao molho barbecue, sopa de mariscos e frango frito. De tempos em tempos, Tom tinha dúvidas quanto à própria segurança. Na tranquila atmosfera de Villeperce, aquele vilarejo de dar sono e tão bem-comportado, e através dos altos portões de ferro de Belle Ombre, que pareciam proteger a mansão encastelada mas não protegiam — pois não era difícil escalar as grades —, um assassino poderia se esgueirar, pensava ele. Um dos meninos da Máfia viria arrombar a fechadura ou tocar a campainha, e quando Madame Annette viesse atender ele a empurraria e se precipitaria para dentro, correria escadas acima e balearia Tom. A polícia de Moret levaria pelo menos quinze minutos para chegar, supondo que Madame Annette conseguisse telefonar para a delegacia imediatamente. Se um vizinho ouvisse um ou dois tiros à noite, poderia supor que algum caçador estava tentando acertar corujas, então provavelmente não tentaria investigar.

Durante o período que Heloise passou em Chantilly, Tom decidiu adquirir uma espineta para Belle Ombre — para ele também, é claro, e possivelmente para Heloise. Certa vez, em algum lugar, ele ouvira a esposa tocar uma cançoneta simples ao piano. Onde? Quando? Tom suspeitava que Heloise fora vítima de aulas na infância e, conhecendo os pais dela, supôs que houvessem sufocado qualquer prazer que ela tivesse em tocar. De todo modo, uma espineta custaria bem caro (seria mais barato comprá-la em Londres, sem dúvida, mas a vantagem seria anulada pelo imposto de 100% que as autoridades francesas cobrariam para permitir a entrada do instrumento), porém certamente se encaixava na categoria de aquisições culturais, de modo que Tom não precisava se recriminar pelo capricho. Uma espineta não era uma piscina. Tom telefonou para um antiquário parisiense que conhecia bem, e, embora o homem só trabalhasse com móveis antigos, soube recomendar um lugar em Paris no qual Tom poderia comprar o instrumento.

Ele foi a Paris e passou o dia na loja, escutando comentários eruditos do vendedor, olhando e testando com acordes tímidos as espinetas para tomar uma decisão. Escolheu uma preciosidade em madeira bege, embelezada com folhas de ouro aqui e ali, que custou mais de 10 mil francos e seria entregue em casa na quarta-feira, 26 de abril, com o afinador, o qual teria que pôr mãos à obra imediatamente, pois o instrumento seria afetado pelo transporte.

A aquisição provocou em Tom uma inebriante onda de bem-estar e fez com que se sentisse invencível enquanto caminhava de volta ao Renault, impérvio aos olhos e talvez às balas da Máfia.

E Belle Ombre não sofrera nenhum atentado a bomba. As ruas de Villeperce, arborizadas e sem pavimento, continuavam tão calmas como sempre estiveram. Por elas, não vagava nenhuma figura estranha. Heloise voltou na sexta-feira, de bom humor, e Tom ficou na expectativa de surpreendê-la na quarta-feira seguinte, quando chegasse a grande caixa, cuidadosamente transportada, contendo a espineta. Seria mais divertido que a noite de Natal.

Tom também não contara a Madame Annette sobre a chegada do instrumento, mas na segunda-feira ele disse:

— Madame Annette, tenho um pedido. Na quarta, receberemos um convidado especial para o almoço, talvez para o jantar também. Vamos preparar algo refinado.

Os olhos azuis de Madame Annette se iluminaram. Nada a agradava mais do que novos desafios e complicações quando se tratava de culinária.

— *Un vrai gourmet?* — perguntou ela, esperançosa.

— Eu diria que sim, um verdadeiro gourmand — respondeu Tom. — Pode matutar sobre o assunto. Não vou lhe dizer o que cozinhar. E vamos fazer uma surpresa para Madame Heloise também.

Madame Annette sorriu maliciosamente. Até parecia que ela também ganhara um presente.

14

O giroscópio que Jonathan comprara para Georges em Munique acabou se revelando o mais bem-sucedido brinquedo que já dera ao filho. A mágica era a mesma toda vez que Georges o tirava da caixa quadrada em que Jonathan insistia que o guardasse.

— Cuidado para não deixar cair! — disse Jonathan, deitado de barriga para baixo no piso da sala de estar. — É um instrumento delicado.

O giroscópio estava ajudando Georges a aprender mais palavras em inglês, pois, absorvido como ficava pela brincadeira, Jonathan não se dava ao trabalho de falar francês. A maravilhosa roda girava na ponta do dedo de Georges, ou pendia para o lado no alto da torre de um castelinho de plástico — este, um objeto ressuscitado e arrebatado da caixa de brinquedos para servir de substituto à Torre Eiffel estampada na página cor-de-rosa das instruções do giroscópio.

— Um giroscópio maior — disse Jonathan — é o que impede os navios de virarem no mar. — Jonathan deu uma explicação bem detalhada, ponderando que, se fixasse o giroscópio dentro de um barco de brinquedo numa banheira e agitasse a água, poderia ilustrar o que estava dizendo. — Nos navios grandes, há três giroscópios funcionando ao mesmo tempo.

— Jon, o sofá. — Simone estava parada à porta da sala de estar.

— Você não me disse o que acha. Verde-escuro?

Jonathan virou-se no chão, apoiando-se nos cotovelos. Nos olhos dele, o lindo giroscópio continuava a girar sem jamais perder o maravilhoso equilíbrio. Simone estava falando da reforma do sofá.

— O que acho é que deveríamos comprar um novo sofá — disse Jonathan, levantando-se. — Hoje vi o anúncio de um Chesterfield preto por 5 mil francos. Aposto que consigo encontrar o mesmo modelo por 3.500, se procurar.

— Três mil e quinhentos francos *novos*?

Jonathan sabia que ela ficaria pasmada.

— Considere um investimento. Podemos pagar.

Jonathan de fato conhecia um antiquário a cerca de cinco quilômetros da cidade que só trabalhava com móveis restaurados de grande porte. Até então, jamais pudera sequer pensar em comprar algo naquela loja.

— Um Chesterfield seria ótimo. Mas não exagere, Jon. Você está tendo um surto consumista!

Naquele dia mesmo Jonathan falara em comprar um novo televisor.

— Não estou tendo um surto — disse ele calmamente. — Não sou tão tolo.

Com um gesto, Simone o chamou para o corredor, como se não quisesse que Georges escutasse. Jonathan a abraçou. O cabelo dela se desgrenhou contra os casacos pendurados.

— Tudo *bem* — sussurrou Simone no ouvido dele. — Mas quando será sua próxima viagem à Alemanha?

Ela não gostava das viagens. Jonathan dissera que os médicos estavam testando novos remédios, que Perrier estava administrando as pílulas, que talvez o estado dele não tivesse se alterado, era possível que melhorasse e certamente não ficaria pior. Por causa do dinheiro que Jonathan recebia, Simone não acreditava que ele não estivesse correndo riscos. E, de qualquer forma, Jonathan não lhe dissera quanto dinheiro ganhara — a quantia estava depositada na Corporação Bancária Suíça, em Zurique. Simone sabia apenas que havia 6 mil francos, ou algo assim, na Société Générale em Fontainebleau, em vez da quantia costumeira, que ficava entre 400 e 600 francos e às vezes caía para 200 quando pagavam a parcela da hipoteca.

— Eu adoraria um novo sofá. Mas tem certeza de que é uma boa ideia comprar agora? A esse preço? Não esqueça a hipoteca.

— Querida, como eu poderia esquecer? Maldita hipoteca! — Ele riu. Queria quitar a hipoteca de uma vez. — Tudo bem, vou ser cuidadoso. Prometo.

Jonathan sabia que precisava pensar em uma história melhor, ou desenvolver melhor a história que já contara. Mas, por enquanto, preferia relaxar e desfrutar ao menos a ideia de que tinha uma pequena fortuna, já que gastar o dinheiro não era fácil. E ele ainda podia morrer dali a um mês. As três dúzias de comprimidos que o Dr. Schroeder, de Munique, lhe prescrevera, comprimidos que Jonathan tomava em média dois por dia, não salvariam sua vida nem trariam grandes mudanças. Aquela sensação de segurança talvez fosse uma espécie de fantasia, mas acaso não era tão real quanto qualquer outra coisa, enquanto durasse? O que mais restava? O que era a felicidade senão uma conduta mental?

E havia outra incerteza, o fato de que o guarda-costas chamado Turoli ainda estava vivo.

Em 29 de abril, sábado à noite, Jonathan e Simone foram ao Teatro de Fontainebleau assistir a um quarteto de cordas interpretar Mozart e Schubert. Jonathan havia comprado as entradas mais caras e quisera levar Georges — era possível que o filho se comportasse bem, se fosse suficientemente advertido —, mas Simone fora contra a ideia. Quando Georges não tinha um comportamento exemplar, ela ficava mais envergonhada que Jonathan.

— Daqui a um ano, sim — disse Simone.

Durante o intervalo, foram ao amplo *foyer*, onde era permitido fumar. O lugar estava repleto de rostos conhecidos, entre eles o de Pierre Gauthier, o comerciante de arte, que para surpresa de Jonathan ostentava uma camisa de colarinho alto e uma gravata-borboleta preta.

— A senhora embeleza ainda mais a música desta noite, madame! — comentou ele com Simone, olhando com admiração o vestido vermelho em estilo chinês.

Simone agradeceu, graciosa, o elogio. De fato, ela estava especialmente bonita e feliz, pensou Jonathan. Gauthier estava sozinho. De repente Jonathan lembrou-se de que a esposa de Gauthier morrera alguns anos antes, quando Jonathan ainda não o conhecia direito.

— Toda Fontainebleau está aqui hoje! — disse Gauthier, esforçando-se para erguer a voz acima do burburinho.

O olho bom de Gauthier vagueou pela multidão que preenchia o salão abobadado, e dava para ver a cabeça dele brilhando por baixo dos fios grisalhos cuidadosamente penteados por cima da calva.

— Que tal tomarmos um café mais tarde? Na cafeteria do outro lado da rua? — sugeriu Gauthier. — São meus convidados.

Simone e Jonathan estavam a ponto de dizer que sim, quando Gauthier se empertigou um pouco. Jonathan acompanhou o olhar dele e viu Tom Ripley num grupo de quatro ou cinco, a menos de três metros de distância. Os olhos de Ripley encontraram os de Jonathan e Ripley o cumprimentou com a cabeça. Parecia prestes a se aproximar para dar um oi, mas Gauthier começou a se afastar de fininho. Simone virou a cabeça para ver quem Jonathan e Gauthier estavam olhando.

— *Tout à l'heure, peut-être!* — disse Gauthier.

Simone olhou para Jonathan e as sobrancelhas dela se ergueram um pouco.

Ripley se destacava na multidão, não tanto pela altura acima da média, mas porque a aparência não era nada francesa, com o cabelo castanho matizado de amarelo-ouro sob as luzes do lampadário. Usava um paletó de cetim cor de ameixa. A impressionante mulher loira que parecia não estar usando maquiagem devia ser a esposa dele.

— E então? — disse Simone. — Quem é aquele?

Jonathan sabia que ela se referia a Ripley. O coração de Jonathan estava acelerado.

— Não sei. Já vi esse homem antes, mas não sei o nome dele.

— Ele esteve na nossa casa... Aquele homem — observou Simone.

— Eu me lembro. Gauthier não gosta dele?

Uma campainha soou, o aviso para que as pessoas retornassem aos assentos.

— Não sei. Por quê?

— Porque ele parecia estar querendo fugir! — disse Simone, em tom de evidência.

Jonathan havia perdido completamente o prazer de ouvir a música. Onde ficava o assento de Tom Ripley? Em um dos camarotes? Não ergueu o rosto na direção do mezanino. Até onde Jonathan sabia, Ripley podia estar ali perto, do outro lado da coxia. Percebeu que não foi a presença de Ripley que estragou a noite, mas a reação de Simone. E Jonathan tinha plena ciência de que a reação de Simone fora causada pelo desconforto dele próprio ao ver Ripley. Tentou deliberadamente relaxar no assento, apoiando o queixo nos dedos, mas sabia que não estava enganando Simone. Como tantas pessoas, ela ouvira os rumores sobre Tom Ripley (ainda que talvez não recordasse o nome dele) e talvez o associasse a... a quê? Jonathan realmente não fazia ideia. No entanto, temia o que poderia acontecer. Reprovou a si mesmo por ter demonstrado o nervosismo de forma tão óbvia e ingênua. Ele percebeu que estava numa enrascada, numa situação muito perigosa, e que precisava agir com tanta calma quanto fosse possível. Teria que atuar. Embora fosse um pouco diferente de seus esforços por fazer sucesso no palco, quando era mais jovem. No momento, a coisa era bem real. Ou talvez fosse mais justo dizer que era bem falsa. Jonathan jamais havia tentado ser falso com Simone.

— Vamos procurar Gauthier — disse Jonathan enquanto subiam pela coxia.

Os aplausos ainda ressoavam ao redor, no ritmo coordenado de uma audiência francesa que queria bis.

Mas, estranhamente, não acharam Gauthier. Jonathan não conseguiu ouvir a resposta de Simone. Ela não parecia interessada em encontrar o comerciante. Tinham chamado uma babá, uma garota que vivia na mesma rua, para cuidar de Georges. Eram quase onze da noite. Jonathan não procurou Tom Ripley e não voltou a vê-lo.

No domingo, Jonathan e Simone almoçaram em Nemours com a família de Simone — os pais dela e o irmão, Gérard, com a esposa. Como de hábito, o televisor foi ligado após o almoço, mas Jonathan e Gérard não assistiram.

— É excelente que os *boches* estejam oferecendo uma grana para você servir de cobaia! — disse Gérard, dando uma rara risada. — Quer dizer, se não lhe causarem nenhum mal.

Gérard disse tudo em frases rápidas, com gírias, e era a primeira coisa que dizia que realmente chamava a atenção de Jonathan.

Estavam ambos fumando charutos. Jonathan havia comprado uma caixa num *tabac* em Nemours.

— É. Um monte de remédios. A ideia deles é atacar a doença com oito ou dez drogas ao mesmo tempo. Confundir o inimigo, sabe. Também fica mais difícil que as células nocivas se tornem imunes.

Jonathan estava se saindo muito bem na tarefa de enrolar o cunhado, e seguiu falando e falando na mesma toada, meio convencido de que estava inventando tudo à medida que avançava, meio recordando que aquele era um método experimental de tratar a leucemia, sobre o qual havia lido meses atrás.

— Claro, não há garantias. Pode haver efeitos colaterais, e é por isso que estão me pagando um pouco para continuar o tratamento.

— Que tipo de efeitos colaterais?

— Talvez... uma diminuição na coagulação do sangue. — Jonathan estava cada vez mais hábil em soltar frases sem sentido, e o interlocutor atento lhe inspirava a criatividade. — Náusea... Não que eu tenha notado alguma coisa, por enquanto. Mas eles ainda não conhecem todos os efeitos possíveis. Estão assumindo o risco. Eu também.

— E se der certo? E se eles considerarem a experiência um sucesso?

— Uns anos a mais de vida para mim — disse Jonathan, em tom descontraído.

Na segunda-feira de manhã, Jonathan e Simone, acompanhados pela vizinha Irène Pliesse — a mulher que cuidava de Georges todas as tardes após a escola até que Simone pudesse buscá-lo —, foram de carro à loja de um antiquário nas cercanias de Fontainebleau, onde Jonathan achava que poderia encontrar um sofá. Irène Pliesse era uma mulher desembaraçada, com ossos largos e que sempre parecera a Jonathan um tanto masculina, embora talvez não fosse nem um pouco. Era mãe de duas crianças pequenas, e a casa dela, em Fontainebleau, tinha uma quantidade acima da média de cortinas de organdi e centros de mesa de crochê. De toda forma, dispunha do tempo e do carro com generosidade, e várias vezes se oferecera para dar carona aos Trevanny até Nemours aos domingos, mas Simone, com seus típicos escrúpulos, jamais aceitara, pois a ida a Nemours era um costume de família. Portanto, aproveitar os serviços de Irène Pliesse na demanda por um sofá era um prazer sem culpa, e ela demonstrou um interesse tão grande naquela compra que até parecia que o sofá era para a casa dela.

Havia dois Chesterfields disponíveis, ambos com armação antiga e recentemente estofados em couro preto. Jonathan e Simone preferiram o sofá maior, e ele conseguiu reduzir o preço em 500 francos, fechando em 3 mil. Jonathan sabia que era uma pechincha, pois vira um anúncio com a fotografia de um sofá do mesmo tamanho por 5 mil. Aquela vasta soma, 3 mil francos, equivalente a quase toda a renda de Jonathan e Simone em um mês inteiro, de repente parecia coisa corriqueira. Era incrível, pensou Jonathan, a rapidez com que as pessoas se acostumavam a ter dinheiro.

Até mesmo Irène — cuja casa, comparada à dos Trevanny, parecia suntuosa — ficou impressionada com o sofá. E Jonathan notou que Simone levou um tempo para achar um jeito de desconversar.

— Jon recebeu uma pequena quantia inesperada de um parente que vive na Inglaterra. Não é muito, mas... queríamos gastar em algo bonito.

Irène assentiu.

Estava tudo bem, pensou Jonathan.

Na noite seguinte, antes do jantar, Simone disse:

— Hoje passei na loja de Gauthier para dar um oi.

O tom de voz fez com que Jonathan ficasse imediatamente alerta. Ele estava bebendo uísque com água e folheando o jornal vespertino.

— Ah, é?

— Jon... Não foi esse Monsieur Ripley que disse a Gauthier que... que você não tinha muito tempo de vida? — sussurrou Simone, embora Georges estivesse no andar de cima, provavelmente no próprio quarto.

Será que Simone perguntara sem rodeios a Gauthier e ele admitira? Jonathan não imaginava qual teria sido a reação de Gauthier ao ser confrontado com uma pergunta direta, e Simone sabia insistir com gentileza quando queria obter uma resposta.

— Gauthier me disse que... — começou Jonathan. — Bem, eu falei para você, ele não quis me dizer quem começou o boato, ou seja, não sei.

Simone o fitou. Estava sentada no vistoso Chesterfield preto graças ao qual, desde a tarde anterior, a sala de estar estava transfigurada. Era graças a Ripley, pensou Jonathan, que Simone estava sentada naquele sofá. O pensamento não fez nenhum bem ao estado mental de Jonathan.

— Gauthier disse a você que foi Ripley? — perguntou Jonathan com ar de surpresa.

— Ah, ele se recusou a dizer. Mas eu simplesmente perguntei, foi Monsieur Ripley? E descrevi Ripley, o homem que vimos no concerto. Gauthier sabia de quem eu estava falando. Você também parece saber. Parece saber o nome dele. — Simone bebericou uma dose de Cinzano.

Jonathan teve a impressão de que a mão dela tremia levemente.

— Pode ter sido ele, claro — disse Jonathan, dando de ombros.

— Não esqueça, Gauthier me disse que a pessoa que disse aquilo para ele, fosse quem fosse... — Jonathan soltou uma risada. — Quanto disse me disse! De qualquer forma, Gauthier disse que, fosse quem fosse... o sujeito disse que talvez estivesse enganado, que esses rumores em geral são exagerados... Querida, é melhor esquecer esse assunto. É besteira culpar desconhecidos. Besteira dar muita atenção a uma coisa dessas.

— É, mas... — Simone inclinou um pouco a cabeça. Os lábios se contorceram com certa amargura, uma expressão que Jonathan vira apenas uma ou duas vezes no rosto dela. — O mais estranho é que *foi* Ripley. Tenho certeza. Não que Gauthier tenha me dito, não. Ele não disse nada. Eu deduzi. Jon?

— Oi, querida.

— É porque... Ripley é alguma coisa parecida com um trapaceiro. Talvez seja um trapaceiro. E muitos nunca são pegos, você sabe. É por isso que faço esta pergunta. É por isso que faço esta pergunta a *você*. Você... Todo esse dinheiro, Jon... Por acaso você, de alguma forma, está recebendo esse dinheiro de Monsieur Ripley?

Jonathan obrigou-se a olhar de frente para Simone. Sentiu que precisava proteger o que já tinha e, além do mais, o dinheiro não estava *totalmente* ligado a Ripley — logo, não seria uma mentira completa se dissesse que não.

— Como poderia, querida? Por que ele estaria me dando dinheiro?

— Ele é um trapaceiro! Como vou saber a razão? O que ele tem a ver com os médicos alemães? Essas pessoas são médicos de verdade?

— A voz dela começava a ficar histérica, o sangue lhe subia ao rosto. Jonathan franziu a testa.

— Querida, Perrier está com meus dois exames!

— Deve ter alguma coisa muito perigosa nesses testes, Jon, só pode, ou não estariam lhe pagando tanto dinheiro, não é? Tenho a impressão de que você não está me contando toda a verdade.

Jonathan riu um pouco.

— O que Tom Ripley, aquele desocupado, teria a ver com... De qualquer forma, ele é americano. O que ele teria a ver com médicos alemães?

— Você foi consultar os médicos alemães porque achou que fosse morrer em breve. E foi Ripley, disso tenho certeza, quem espalhou o rumor de que você morreria em breve.

Georges desceu a escada fazendo barulho enquanto conversava com um brinquedo que trazia arrastado. Embora alheio em seu mundo de faz de conta, Georges estava presente, a apenas alguns metros de distância, o que deixou Jonathan aturdido. Achava inacreditável que Simone houvesse descoberto tanto e teve o impulso de negar tudo, a qualquer custo.

Simone estava esperando que ele falasse alguma coisa.

— Eu não sei quem disse aquilo a Gauthier — afirmou Jonathan.

Georges estava parado à porta. A chegada do garoto foi um alívio para Jonathan. Aquilo, com efeito, encerrou a conversa. Georges estava perguntando algo sobre uma árvore que crescia em frente à janela do quarto dele. Sem escutar direito, Jonathan deixou que Simone respondesse.

Durante o jantar, Jonathan teve a impressão de que Simone não acreditava nele, de que ela queria acreditar, mas não conseguia. Ainda assim, Simone (talvez por causa de Georges) agia quase com naturalidade. Não estava fria nem mal-humorada. Mas a atmosfera, para Jonathan, estava desconfortável. E continuaria assim, percebeu ele, a menos que conseguisse inventar uma explicação mais detalhada para o dinheiro extra dos hospitais alemães. Jonathan detestava a ideia de mentir, de fingir que estava correndo algum grande risco com os remédios que justificasse o dinheiro.

Jonathan chegou a pensar que Simone pudesse falar com o próprio Ripley. O que a impedia de telefonar para ele? Marcar um encontro? Jonathan descartou a possibilidade. Simone não gostava de Tom Ripley. Não aceitaria chegar perto dele.

Naquela mesma semana, Tom Ripley entrou na loja de Jonathan. A moldura do quadro estava pronta havia vários dias. Quando Ripley chegou, Jonathan atendia um cliente, e Ripley se ocupou com o exame de algumas molduras prontas que estavam encostadas na parede, evidentemente bastante disposto a esperar que Jonathan se liberasse. Por fim, o cliente foi embora.

— Bom dia — disse Tom em voz amigável. — No fim das contas, não foi fácil achar alguém para buscar minha pintura, então decidi vir eu mesmo.

— Sim, tudo bem. Está pronta — disse Jonathan, e foi aos fundos da loja buscá-la.

O quadro estava envolto em papel marrom, mas o embrulho não estava amarrado e havia uma etiqueta com o nome RIPLEY grudada no papel com fita adesiva. Jonathan levou-o até o balcão.

— Quer dar uma olhada?

Tom ficou satisfeito com o resultado. Pegou o quadro e o contemplou com os braços estendidos.

— Ótimo. Muito bonito. Quanto lhe devo?

— Noventa francos.

Tom pegou a carteira.

— Está tudo bem?

Jonathan respirou uma, duas vezes, e percebeu que estava demorando para responder.

— Já que perguntou... — Ele recebeu a nota de 100 francos com um polido aceno de cabeça, abriu a gaveta onde guardava o dinheiro e pegou o troco. — Minha esposa... — Jonathan olhou para a porta e constatou, com alívio, que ninguém se aproximava no momento. — Minha esposa conversou com Gauthier. Ele não revelou que foi você quem espalhou o rumor sobre meu... estado terminal. Mas parece que minha esposa adivinhou. Não sei como, realmente. Intuição.

Tom imaginara que aquilo poderia acontecer. Sabia que tinha uma reputação negativa, que muitas pessoas não confiavam nele e o evitavam. Muitas vezes Tom ponderou que poderia ter tido o ego destroçado havia muito tempo — o ego de alguém comum certamente já teria sido destroçado — se não fosse pelo fato de que as pessoas, após conhecê-lo melhor, visitarem Belle Ombre e passarem uma noite por lá, acabavam sempre gostando dele e de Heloise, e nunca deixavam de convidar os Ripley para visitar as próprias casas.

— E o que você disse à sua esposa?

Jonathan tentou falar rapidamente, porque talvez não tivessem muito tempo.

— A mesma coisa que eu disse desde o início, que Gauthier se recusou a me contar quem havia espalhado o rumor. E é verdade.

Tom sabia. Gauthier galantemente recusara-se a revelar o nome dele.

— Bem, fique calmo. Se não nos virmos... Aliás, me desculpe por aquela noite, no concerto — acrescentou Tom, com um sorriso.

— Sim. Mas... foi um azar. O pior é que ela associa você ao... Está tentando associar você... ao dinheiro que recebemos. Embora eu não tenha dito a quantia exata.

Tom havia imaginado aquilo também. A situação era *mesmo* irritante.

— Não vou trazer mais pinturas para emoldurar.

Um homem carregando uma grande tela com esticadores se esforçou para passar pela porta.

— *Bon, m'sieur!* — disse Tom, abanando a mão livre. — *Merci. Bonsoir.*

Tom saiu. Se Trevanny ficasse muito preocupado com alguma coisa, pensou Tom, poderia telefonar. Já lhe dissera isso ao menos uma vez. Por um lado, era mesmo um grande azar, um grande incômodo para Trevanny, que a esposa suspeitasse que Ripley fosse o criador do boato maldoso. Por outro, não podia facilmente vincular aquilo ao dinheiro pago por hospitais de Hamburgo e Munique, menos ainda aos assassinatos de dois mafiosos.

Na manhã de domingo, enquanto Simone pendurava as roupas no varal do jardim e Jonathan e Georges construíam um murinho de pedras, a campainha tocou.

Era uma vizinha, uma mulher de cerca de 60 anos de cujo nome Jonathan não se lembrava ao certo. Delattre? Delamdre? Parecia perturbada.

— Com licença, Monsieur Trevanny.

— Entre — disse Jonathan.

— É sobre Monsieur Gauthier. Ouviram as notícias?

— Não.

— Ele foi atropelado ontem à noite. Está morto.

— Morto? Aqui em Fontainebleau?

— Estava voltando para casa, mais ou menos à meia-noite, após jantar com um amigo que mora na rue de la Paroisse. Como o senhor sabe, Monsieur Gauthier mora na rue de la République, bem ao lado da avenue Franklin Roosevelt. Foi naquele cruzamento onde tem um canteiro pequeno com o semáforo. Viram os culpados, dois garotos de carro. Não pararam. Atravessaram um sinal vermelho, atropelaram Monsieur Gauthier e *não pararam!*

— Meu Deus! Por favor, sente-se, Madame...

Simone apareceu no vestíbulo.

— Ah, *bonjour*, Madame Delattre! — cumprimentou ela.

— Simone, Gauthier está morto — disse Jonathan. — Alguém o atropelou e não parou para socorrê-lo.

— Dois rapazes — acrescentou Madame Delattre. — E não pararam!

Simone ofegou.

— Quando?

— Na noite passada. Já estava morto quando o levaram ao hospital. Por volta da meia-noite.

— Por que não entra e se senta um pouco, Madame Delattre? — sugeriu Simone.

— Não, não, obrigada. Preciso ver uma amiga. Madame Mockers. Não tenho certeza se ela já sabe. Todos nos conhecíamos tão bem, sabe? — disse, prestes a chorar, e pousou a cesta de compras no chão por um instante para enxugar as lágrimas.

Simone apertou a mão da vizinha.

— Obrigada por vir nos dar a notícia, Madame Delattre. Foi muito gentil da sua parte.

— O funeral será na segunda-feira — disse Madame Delattre. — Em Saint-Louis.

Então, foi embora.

Jonathan, de certa forma, não processou a informação.

— Como ela se chama?

— Madame *Delattre*. O marido dela é encanador — disse Simone, como se fosse óbvio e Jonathan devesse saber.

Delattre não era o encanador que eles costumavam chamar. Gauthier morto. O que aconteceria com a loja dele?, perguntou-se Jonathan. Percebeu que encarava Simone. Estavam ambos parados no estreito corredor.

— Morto — disse Simone. Ela estendeu a mão e apertou o pulso de Jonathan, sem olhá-lo no rosto. — Deveríamos ir ao funeral na segunda.

— Claro.

Um funeral católico. O ritual seria todo em francês, não mais em latim. Ele imaginou todos os vizinhos, rostos familiares e desconhecidos, na igreja fria e pontuada de velas.

— Atropelaram e não socorreram — repetiu Simone. Ela andou rigidamente até o fim do vestíbulo e olhou para Jonathan por cima do ombro. — É realmente chocante.

Jonathan seguiu a esposa pela cozinha, até o jardim. Era bom sair à luz do sol outra vez. Simone havia terminado de pendurar a roupa. Esticou algumas peças no varal, então apanhou a cesta vazia.

— Atropelaram e não socorreram... Acha que foi isso mesmo, Jon?

— Foi o que ela disse.

Estavam falando em voz baixa. Jonathan ainda se sentia um pouco atordoado, mas sabia o que Simone estava pensando.

Ela deu um passo na direção dele, com a cesta na mão. Então, com um gesto, chamou-o até os degraus do pequeno alpendre, como se os vizinhos pudessem ouvi-los do outro lado do muro.

— Acha que pode ter sido de propósito? Que alguém foi pago para matá-lo?

— Por quê?

— Porque talvez ele soubesse de alguma coisa. Por isso. Não acha possível? Uma pessoa inocente atingida desse jeito... por acidente?

— Essas coisas... às vezes acontecem — disse Jonathan.

Simone balançou a cabeça.

— Não acha possível que M. Ripley tenha algo a ver com isso?

Jonathan viu uma fúria irracional surgindo nela.

— Absolutamente não. Não acredito nisso, de jeito nenhum.

Jonathan poderia apostar a própria vida que Tom Ripley não tinha nada a ver com o acidente. Estava prestes a dizer isso, mas notou que seria uma afirmação muito forte, e, vendo as coisas por outro ângulo, seria uma aposta um tanto ridícula.

Simone deu um passo em direção à porta da cozinha e, quando ia passar por Jonathan, parou junto a ele.

— É verdade que Gauthier não me disse nada de concreto, Jon, mas talvez ele soubesse de alguma coisa. Acho que sabia. Tenho o pressentimento de que a morte dele foi proposital.

Simone estava apenas chocada, pensou Jonathan, assim como ele. Ela estava expressando ideias sem pensar no que dizia. Ele a seguiu até a cozinha.

— Ele sabia algo sobre o quê?

Simone estava guardando a cesta no armário do canto.

— Essa é a questão. Não sei.

15

O funeral de Pierre Gauthier ocorreu às dez da manhã de segunda-feira na igreja de Saint-Louis, a principal de Fontainebleau. O lugar estava cheio e havia gente até na calçada, onde dois veículos pretos aguardavam lugubremente — um carro funerário bem lustrado e um ônibus semelhante a uma caixa, para transportar os amigos e familiares que não tinham carro. Gauthier era um viúvo sem filhos. Talvez tivesse um irmão ou uma irmã e, portanto, sobrinhas e sobrinhos. Jonathan esperava que sim. O funeral tinha um ar de solidão, apesar da quantidade de pessoas.

— Sabia que ele perdeu o olho de vidro na rua? — sussurrou um homem ao lado de Jonathan na igreja. — O olho caiu quando ele foi atingido.

— Ah, é? — Jonathan meneou a cabeça, solidário.

O homem que acabava de falar também era dono de uma loja. Jonathan reconhecia o rosto dele, mas não conseguia associá-lo a nenhuma loja específica. Jonathan era capaz de visualizar o olho de vidro no asfalto escuro, talvez já esmagado pela roda de um carro, ou então encontrado na sarjeta por uma criança curiosa. Como era a parte de trás de um olho de vidro?

Velas cintilavam uma luz amarelada, iluminando mal as paredes soturnas e cinzentas da igreja. Era um dia nublado. O padre entoava as frases litúrgicas em francês. Em frente ao altar, estava o caixão de

Gauthier, curto e atarracado. Gauthier tinha poucos familiares, mas muitos amigos, pelo menos. Várias mulheres e alguns homens enxugavam as lágrimas. E algumas pessoas murmuravam umas para as outras, como se as vozes lhes dessem mais conforto que a litania recitada pelo padre.

Sinos repicavam suavemente, como em um carrilhão.

Jonathan olhou para a direita, na direção das fileiras de assento do outro lado da nave, e deparou-se com o perfil de Tom Ripley. O americano estava olhando em frente, para o padre, e parecia acompanhar a cerimônia com concentração. O rosto dele se destacava em meio ao dos franceses. Ou seria impressão? Seria apenas porque Jonathan o conhecia? E por que Ripley se dera ao trabalho de comparecer ao funeral? No instante seguinte, Jonathan se perguntou se Ripley estaria apenas fingindo, se fora até ali só para dissimular, isto é, supondo que, como Simone suspeitava, ele de fato estivesse envolvido na morte de Gauthier — talvez tivesse planejado tudo e pagado alguém para atropelá-lo?

Quando todos se levantaram e começaram a se enfileirar para sair da igreja, Jonathan tentou evitar Tom Ripley. Achou que a melhor forma de fazer isso seria sem se esforçar demais e, acima de tudo, sem olhar na direção de Tom nem uma única vez. No entanto, nos degraus do pórtico, a figura de Tom Ripley subitamente projetou-se da multidão e se pôs ao lado de Jonathan e Simone com uma saudação.

— Bom dia! — disse Ripley em francês. Usava um cachecol preto e uma capa de chuva azul-escura. — *Bonjour, madame.* Fico feliz em vê-los. Eram amigos de Monsieur Gauthier, se não me engano.

Estavam descendo os degraus lentamente por causa da multidão, tão devagar que era difícil manter o equilíbrio.

— *Oui* — respondeu Jonathan. — Ele tinha uma loja em nosso bairro. Um homem muito cordial.

Tom assentiu.

— Não li os jornais hoje de manhã. Um amigo que vive em Moret me telefonou e deu a notícia. A polícia tem alguma pista ou suspeita de alguém?

— Não que eu saiba — disse Jonathan. — Apenas "dois rapazes". Ouviu algo mais, Simone?

Simone balançou a cabeça, que estava coberta por um lenço escuro.

— Não. Nada.

Tom assentiu.

— Achei que vocês talvez soubessem de alguma coisa, já que moram mais perto do que eu.

Jonathan teve a sensação de que Tom Ripley estava sendo sincero e que a preocupação demonstrada tinha um ar genuíno.

— Preciso comprar um jornal... Vocês vão ao cemitério? — perguntou Tom.

— Não, não vamos — disse Jonathan.

Tom assentiu. Todos já tinham alcançado a calçada.

— Nem eu. Vou sentir falta do velho Gauthier. É uma pena... Foi um prazer encontrá-los. — Com um sorriso breve, Ripley se afastou.

Jonathan e Simone seguiram a pé e dobraram a esquina da igreja, entrando na rue de la Paroisse, o caminho para casa. Os vizinhos os cumprimentavam com a cabeça ou com sorrisos de passagem, e alguns diziam "Bom dia, Madame, Monsieur" num tom que não teriam usado numa manhã comum. Os motores dos automóveis entravam em ignição, prontos para acompanhar o carro fúnebre ao cemitério — que, como lembrava Jonathan, ficava logo atrás do Hospital de Fontainebleau, onde costumava ir fazer transfusões.

— *Bonjour, Monsieur Trevanny! Et Madame!*

Era o Dr. Perrier, tão animado quanto sempre e quase tão sorridente quanto de costume. Deu uns tapinhas na mão de Jonathan ao mesmo tempo que fez uma pequena mesura para Simone.

— Que coisa terrível, hein? ... Não, não, não, não, a polícia não encontrou os rapazes, nem perto disso. Mas alguém disse que a placa era de Paris. Um D.S. preto. É tudo que sabem... E como está se sentindo, Monsieur Trevanny? — O pequeno sorriso do Dr. Perrier era confiante.

— Mais ou menos igual — disse Jonathan. — Sem reclamações.

O Dr. Perrier se afastou sem delongas, o que deixou Jonathan aliviado, pois Simone achava que Jonathan visitava o médico com frequência para receber remédios e injeções, mas a última consulta fora quinze dias antes, quando ele entregara os resultados dos exames prescritos pelo Dr. Schroeder, que haviam sido remetidos à loja.

— Precisamos comprar um jornal — disse Simone.

— Ali na esquina — apontou Jonathan.

Compraram um jornal e Jonathan parou na calçada, ainda um pouco apinhada de pessoas que deixavam o funeral e começavam a se dispersar, para ler sobre "o ato vergonhoso e brutal de jovens arruaceiros", ocorrido na noite do último sábado numa rua de Fontainebleau. Simone olhava o jornal por cima do ombro dele. A edição de domingo não tivera tempo para publicar a notícia, de modo que aquele era o primeiro relato que liam sobre o incidente. Alguém avistara um carro grande e escuro com dois jovens, mas não informava se o número da placa era de Paris. O carro partira em direção à capital e desaparecera antes que a polícia tentasse alcançá-los.

— É chocante — disse Simone. — Sabe, é bastante incomum, aqui na França, que um motorista atropele alguém e não socorra...

Jonathan detectou uma nota de chauvinismo.

— É isso que me faz suspeitar... — Ela deu de ombros. — Posso estar completamente enganada, é claro. Mas era de se esperar mesmo que esse tal Ripley aparecesse no funeral de Monsieur Gauthier!

— Ele... — Jonathan se interrompeu.

Estava prestes a dizer que Tom Ripley parecera sinceramente preocupado naquela manhã e também que ele comprava materiais de arte na loja de Gauthier, mas Jonathan se deu conta de que não deveria saber aquelas coisas.

— O que quer dizer com "era de se esperar"? — perguntou.

Simone deu de ombros outra vez e Jonathan se deu conta de que, no atual estado de humor da esposa, ela talvez se recusasse a falar mais sobre o assunto.

— Só acho bem possível que esse Ripley tenha descoberto que falei com Monsieur Gauthier e perguntei quem começou o boato. Eu disse para você, acho que foi Ripley quem iniciou tudo, embora Monsieur Gauthier tenha se recusado a contar. E agora... isso... A morte *muito* misteriosa de Monsieur Gauthier.

Jonathan ficou em silêncio por um tempo. Estavam se aproximando da rue Saint-Merry.

— Mas, querida... Não teria sentido matar um homem por causa daquele boato. Seja razoável.

De repente, Simone recordou que precisavam comprar algo para o almoço. Ela entrou numa *charcuterie* e Jonathan ficou esperando na calçada. Por alguns segundos, ele compreendeu — de um jeito diferente, como se visse as coisas pelos olhos de Simone — o que havia feito ao matar um homem com um tiro e ao auxiliar no estrangulamento de outro. Jonathan racionalizara os dois fatos, dizendo a si mesmo que aqueles homens também eram pistoleiros, assassinos. Simone, é claro, não veria as coisas dessa forma. Eram duas vidas humanas, no fim das contas. Ela já estava bastante perturbada ante a ideia de que Tom Ripley talvez houvesse contratado alguém para matar Gauthier, e aquilo era apenas uma especulação. Se descobrisse que o próprio marido havia puxado um gatilho... Ou estaria Jonathan deixando-se influenciar pelo funeral a que acabara de assistir? A cerimônia, afinal, tratava da santidade da vida humana, embora também afirmasse que o além-túmulo era ainda melhor. Jonathan sorriu ironicamente. Aquela palavra, *santidade*...

Simone saiu da *charcuterie* carregando pequenos embrulhos de forma desajeitada, pois não levara a sacola de compras. Jonathan pegou alguns dos pacotes e eles seguiram caminho. Santidade. Jonathan havia devolvido a Reeves o livro sobre a Máfia. Se acaso tivesse escrúpulos de consciência em relação ao que fizera, bastava lembrar-se de alguns dos assassinos sobre os quais lera. Ainda assim, enquanto subia os degraus de casa atrás de Simone, Jonathan se sentia apreensivo. O motivo da preocupação era a hostilidade da esposa em relação a Ripley. Simone não gostava tanto assim de Pierre Gauthier a ponto de se sentir tão abalada com a morte do comerciante. A atitude dela era uma combinação de sexto sentido, moralidade convencional e instinto protetor de esposa. Ela acreditava que Ripley havia começado o boato sobre a morte iminente de Jonathan, e ele supunha que nada iria demovê-la, pois não havia ninguém que pudesse tomar de Ripley o papel de fonte do rumor, uma vez que Gauthier estava morto e já não podia confirmar uma versão diferente dos fatos, caso Jonathan decidisse inventar outro culpado.

Ao entrar no carro, Tom tirou o cachecol preto e partiu em direção ao Sul, rumo a Moret e à própria casa. Era uma pena que Simone se mostrasse tão hostil, era uma pena que suspeitasse que ele maquinara a morte de Gauthier. Tom acendeu um cigarro no isqueiro do painel. Dirigia o Alfa Romeo vermelho e sentiu a tentação de acelerar, mas controlou a velocidade com prudência.

A morte de Gauthier fora um acidente, Tom estava certo disso. Uma desgraça, uma crueldade, porém um acidente — a menos que Gauthier estivesse envolvido em assuntos que Tom desconhecia.

Uma grande pega deu um rasante sobre a estrada, um pássaro lindo destacado contra o fundo verde-claro de um salgueiro. O sol começava a aparecer atrás das nuvens. Tom considerou a possibilidade de parar em Moret a fim de comprar alguma coisa — parecia haver sempre algo de que Madame Annette precisasse ou que quisesse na cozinha —, mas ele não conseguia se lembrar de nada que ela pedira e, além do mais, não estava com vontade de parar. Quem lhe telefonara no dia anterior para falar sobre Gauthier fora o moldureiro cujos serviços Tom geralmente usava. Tom decerto comentara em algum momento que comprava as tintas na loja de Gauthier em Fontainebleau. Tom afundou o pé no acelerador, ultrapassou um caminhão, depois dois Citroëns em alta velocidade e logo alcançou o desvio que levava a Villeperce.

— Ah, Tome, alguém ligou para você, uma chamada internacional — disse Heloise quando ele entrou na sala de estar.

— De onde? — perguntou Tom, embora já soubesse.

Era, provavelmente, Reeves.

— Alemanha, eu acho.

Heloise voltou à espineta, que já ocupava um lugar de honra junto às janelas francesas.

Tom reconheceu a *chaconne* de Bach, da qual Heloise estava lendo a parte de soprano.

— A pessoa disse se vai ligar de novo? — perguntou ele.

Heloise virou a cabeça e os cabelos longos e loiros voltearam no ar.

— Não sei, *chéri*. Só falei com a telefonista, porque a ligação era apenas para você. Ah, aí está! — exclamou ao ouvir o chamado do telefone, que começara a tocar enquanto ela falava.

Tom disparou até o quarto dele, no segundo andar.

A telefonista confirmou se estava falando com Monsieur Ripley e transferiu a ligação.

— Olá, Tom — disse Reeves, parecendo mais calmo que da última vez. — Pode falar agora?

— Sim. Você está em Amsterdã?

— Estou. Tenho uma notícia que você não vai encontrar nos jornais e que acho que vai gostar de ouvir. O tal guarda-costas morreu. Você sabe, aquele que levaram para Milão.

— Quem disse que ele morreu?

— Bem, recebi essa informação de um dos meus amigos em Hamburgo. Um amigo geralmente confiável.

Era o tipo de boato que a Máfia poderia ter plantado, pensou Tom. Só acreditaria quando visse o cadáver.

— Mais alguma coisa?

— Achei que seria uma boa notícia para nosso amigo em comum, a morte do guarda-costas. Você sabe.

— Claro. Entendo, Reeves, sem dúvida. E como você está?

— Ah, sigo vivo. — Reeves forçou o som de uma risada. — Estou providenciando para que minhas coisas sejam enviadas a Amsterdã. Gosto daqui. Me sinto muito mais seguro do que em Hamburgo, isso eu lhe garanto. Ah, mais uma coisa. Meu amigo Fritz. Ele telefonou para mim. Conseguiu meu número com Gaby. Está na casa de um primo, em algum lugar nas vizinhanças de Hamburgo. Mas levou uma surra, perdeu alguns dentes, pobre homem. Aqueles porcos bateram nele para arrancar tudo que pudessem...

Tinham chegado bem perto, pensou Tom. Embora não conhecesse o tal Fritz, sentiu uma pontada de piedade pelo sujeito, que era motorista ou entregador de contrabandos de Reeves.

— Fritz conhecia nosso amigo apenas como "Paul" — continuou Reeves. — Além disso, Fritz deu a descrição oposta: cabelo preto, baixo e gorducho. Mas receio que não tenham acreditado nele. Fritz se saiu muito bem, considerando o tratamento que recebeu. Ele diz que não se desviou da história que inventou, insistiu naquela descrição e afirmou que não sabia de mais nada. Na verdade, acho que quem está encrencado sou *eu*.

Aquilo certamente era verdade, na opinião de Tom, pois os italianos sem dúvida conheciam a aparência de Reeves.

— Notícias muito interessantes. Mas acho que não deveríamos passar o dia conversando, meu amigo. Qual é a sua verdadeira preocupação?

Reeves soltou um suspiro audível.

— Trazer minhas coisas para cá. Mas eu mandei um dinheiro para Gaby e ela vai despachar as coisas por navio. Enviei uma carta ao banco e tudo mais. Estou até deixando a barba crescer. E, claro, estou usando um... outro nome.

Tom imaginara que Reeves estivesse usando outro nome, com um de seus passaportes falsos.

— E como você se chama?

— Andrew Lucas... da Virgínia — disse Reeves, soltando um "ha" a título de risada. — A propósito, falou com nosso amigo em comum?

— Não. Por que falaria? ... Bem, Andy, me mande notícias quando puder.

Tom tinha certeza de que Reeves telefonaria caso tivesse algum problema, a menos que fosse algo que o impedisse de telefonar, pois Reeves o achava capaz de livrá-lo de qualquer enrascada. Entretanto, visando acima de tudo ao bem de Trevanny, Tom de fato queria ser informado caso Reeves estivesse com problemas.

— Vou fazer isso, Tom. Ah, outra coisa! Um membro da família Di Stefano foi baleado em Hamburgo! Sábado à noite. Talvez apareça nos jornais, talvez não. Mas deve ser coisa da família Genotti. Era o que queríamos...

Reeves finalmente se despediu.

Tom estava pensando que, se a Máfia conseguisse rastrear Reeves em Amsterdã, iriam torturá-lo até conseguir os fatos. Duvidava que Reeves resistisse com a mesma bravura que Fritz supostamente demonstrara. Tom perguntou-se qual família teria capturado Fritz, se os Di Stefano ou os Genotti. Era provável que Fritz só soubesse da primeira operação, em Hamburgo. Naquela ocasião a vítima fora apenas um capanga. Os Genotti decerto ficaram muito mais enfurecidos, já que haviam perdido um *capo* e, segundo o último rumor, um capanga ou guarda-costas. Será que a essas alturas ambas as famílias não sabiam que os assassinatos haviam partido de Reeves e dos donos de cassinos em Hamburgo, e não de uma guerra entre elas? Será que deixariam Reeves em paz? Tom se sentia totalmente incapaz de protegê-lo caso Reeves precisasse de proteção. Se estivessem lidando com um homem apenas, como seria fácil! A Máfia, no entanto, era uma legião inumerável.

Ao fim da conversa, Reeves dissera que estava telefonando de uma agência dos Correios. Isso, ao menos, era mais seguro que ligar do hotel. Tom recordou o primeiro telefonema de Reeves. A ligação não fora feita de um quarto no hotel Zuyder Zee? Achava que sim.

Notas de espineta subiam ao segundo andar num fluxo imaculado, uma mensagem de outro século. Tom desceu as escadas. Heloise decerto lhe perguntaria algo sobre o funeral, pediria que ele descrevesse a cerimônia, embora, ao ser convidada para acompanhá-lo, ela tivesse dito que ritos fúnebres a deixavam deprimida.

Jonathan estava parado na sala de estar olhando pela janela. Passava um pouco do meio-dia. Havia ligado o rádio para escutar o noticiário das doze, e naquele momento estava tocando uma música pop. Simone encontrava-se no jardim com Georges, que ficara sozinho em casa enquanto ele e Simone foram ao funeral. No rádio, uma voz de homem cantava *"runnin' on along... runnin' on along"*, enquanto Jonathan observava um filhote de cachorro, que parecia um pastor-alemão, pular atrás de dois menininhos na calçada oposta. Teve a sensação de que todas as coisas eram efêmeras, todos os tipos de vida — não apenas o cachorro e os meninos, mas também as casas atrás deles —, uma sensação de que, no fim, tudo pereceria e desabaria, todas as formas seriam destruídas e até mesmo esquecidas. Pensou em Gauthier fechado no caixão, talvez sendo arriado na terra naquele exato instante, e de repente não estava mais pensando em Gauthier, mas em si mesmo. Não tinha a energia do cachorro que passara correndo.

Se sua vida tivera um ápice, acreditava que já havia passado. Era tarde demais, Jonathan sentiu que não tinha mais forças para aproveitar o que lhe restava de vida, justo quando dispunha de alguns recursos para desfrutá-la. Deveria fechar a loja, vendê-la ou dar de presente, que diferença faria? Pensando melhor, porém, não podia simplesmente gastar todo o dinheiro com Simone, pois o que restaria para ela e Georges quando Jonathan morresse? Quarenta mil francos não eram uma fortuna. Havia um zumbido nos ouvidos dele. Calmamente, Jonathan começou a respirar fundo e devagar. Tentou abrir a janela em frente e percebeu que não tinha força suficiente. Virou-se para o centro da sala, as pernas pesavam, quase incontroláveis. O zumbido nos ouvidos abafava por completo a música.

Voltou a si, suando frio, no assoalho da sala. Simone estava de joelhos ao lado, passando uma toalha molhada na testa dele, em todo o rosto, suavemente.

— Querido, acabo de encontrar você no chão! Como está se sentindo? ... Está tudo bem, Georges. Papai está *bem*. — A voz de Simone parecia assustada.

Jonathan tornou a apoiar a cabeça no tapete.

— Um pouco de água?

Jonathan conseguiu beber um gole do copo que ela segurava. Voltou a deitar a cabeça.

— Acho que vou ter que ficar deitado aqui a tarde inteira! — A voz dele digladiava com o zumbido nos ouvidos.

— Me deixe ajeitar essa roupa.

Simone começou a puxar o paletó, que estava amarfanhado sob o corpo dele.

Algo escorregou para fora de um bolso. Ele viu Simone apanhar alguma coisa e, em seguida, fitá-lo com preocupação. Jonathan manteve os olhos abertos, fixos no teto, pois tudo piorava se ele fechasse os olhos. Passaram-se minutos de silêncio. Jonathan não estava preocupado, pois sabia que ficaria bem, que aquilo não era a morte, apenas um desmaio. Talvez um primo em primeiro grau da morte, mas a morte não viria assim. Provavelmente teria um repuxo mais doce, mais sedutor, feito uma onda arrastando alguém para alto-mar, puxando com força as pernas de um nadador que se aventurara longe da praia e misteriosamente perdera a vontade de resistir. Simone se afastou, instando Georges a sair da sala também, depois voltou sozinha com uma xícara de chá quente.

— Tem bastante açúcar. Vai lhe fazer bem. Quer que eu telefone para o Dr. Perrier?

— Ah, não, querida. Obrigado.

Após beberricar um pouco do chá, Jonathan conseguiu avançar até o sofá e se sentou.

— Jon, o que é isto? — perguntou Simone, erguendo um livrinho azul: a caderneta do banco suíço.

— Ah... Isso... — Jonathan balançou a cabeça, tentando sair do torpor.

— É uma caderneta bancária, não é?

— Bem... É.

A soma tinha seis dígitos, mais de 400 mil francos, a moeda indicada por um "f". Ele também sabia que Simone olhara a caderneta com toda a inocência, achando se tratar de uma nota referente a alguma compra para a casa, uma das notas que os dois guardavam juntos.

— Aqui diz "francos". Francos franceses? ... De onde saiu esse dinheiro, Jon? O que é *isto*?

A soma era em francos franceses.

— Querida, isso é uma espécie de adiantamento... dos médicos alemães.

— Mas... — Simone parecia perdida. — Em francos franceses? E tanto dinheiro assim?

Ela soltou um riso breve e nervoso.

De repente, Jonathan sentiu o rosto esquentar.

— Eu disse como ganhei esse dinheiro, Simone. Naturalmente... sei que é uma soma bem grande. Não quis lhe contar tudo de uma vez. Eu...

Com todo o cuidado, Simone pôs a caderneta azul sobre a carteira dele na mesinha baixa em frente ao sofá. Então ela puxou a cadeira da escrivaninha e sentou-se de lado, uma das mãos apoiada no espaldar.

— Jon...

Georges apareceu de repente à porta do corredor, e Simone se levantou com determinação e o obrigou a dar meia-volta, empurrando o filho pelos ombros.

— Xô, xô, papai e eu estamos conversando. Nos deixe a sós por um minuto. — Ela voltou e disse sem alarde: — Jon, eu não acredito em você.

Jonathan notou um tremor na voz dela. Não era apenas a quantidade de dinheiro, por mais surpreendente que fosse, mas a reticência e o sigilo dele nos últimos tempos, as viagens à Alemanha.

— Bem... Você precisa acreditar — disse Jonathan. Sentiu um pouco da força voltar e se levantou. — É um adiantamento. Eles acham que não poderei usar o dinheiro, que não terei tempo, mas você pode usar.

Simone não correspondeu ao riso dele.

— Está em seu nome. Jon, seja o que for, você não está me dizendo a verdade.

Ela esperou, apenas por alguns segundos, durante os quais Jonathan poderia ter lhe contado a verdade, mas ele não disse nada.

Simone saiu da sala.

O almoço foi como uma obrigação. Mal se falaram. Jonathan percebeu que Georges estava confuso. Previu o que aconteceria nos próximos dias: Simone talvez não voltasse a lhe fazer perguntas, mas esperaria friamente que ele lhe dissesse a verdade ou que se explicasse de alguma forma. Longos silêncios na casa, não fariam amor, não haveria afeto nem risos. Ele tinha que inventar outra história, uma melhor. Mesmo se dissesse que poderia morrer sob o tratamento dos médicos alemães, seria plausível que houvessem pagado tanto dinheiro? Não, não seria. Jonathan se deu conta de que a vida dele não valia tanto quanto a vida de dois mafiosos.

16

Era uma linda manhã de sexta-feira, em que sol e chuvisco se alternavam de meia em meia hora — faria bem ao jardim, pensou Tom. Heloise fora de carro a Paris, por causa de uma liquidação de vestidos em certa butique no Faubourg Saint-Honoré, e Tom estava certo de que, ao voltar, ela traria também um cachecol ou alguma peça mais substanciosa comprada na Hermès. Ele estava sentado em frente à espineta, tocando o baixo do tema das variações Goldberg e tentando memorizar o dedilhado com a mente e com os dedos. Havia comprado alguns livros de música em Paris no mesmo dia em que adquirira o instrumento. Tom conhecia as variações de ouvido, pois tinha a gravação de Landowska. Tentava tocá-la pela terceira ou quarta vez, e achava ter feito alguns avanços, quando o telefone o interrompeu com um estrépito.

— Alô? — disse Tom.

— Alô… Hum… Com quem estou falando, por favor? — perguntou uma voz masculina, em francês.

Tom demorou mais tempo do que o habitual para notar algo de errado.

— Com quem deseja falar? — indagou com idêntica polidez.

— Monsieur Anquetin?

— Não, ele não mora aqui — disse Tom, e pôs o fone de volta no gancho.

O homem tinha uma pronúncia perfeita, não tinha? Mas, pensando bem, os italianos podiam ter arranjado um francês para dar o telefonema, ou um italiano que falasse francês como um nativo. Ou será que Tom estava excessivamente aflito? De testa franzida, ele voltou para a espineta e as janelas e enfiou as mãos nos bolsos traseiros. Será que a família Genotti havia rastreado Reeves no hotel e no momento verificava todos os números que ele havia contatado? Se fosse assim, o homem que telefonara não se deixaria enganar por aquela resposta. Uma pessoa comum teria dito: "É engano, esta é a casa de Fulano de Tal." O sol entrava pouco a pouco pelas janelas, como algo líquido se derramando pela fresta das cortinas vermelhas e se empoçando no tapete. A luz do sol era como um arpejo que Tom quase podia ouvir — Chopin, talvez. Tom percebeu que temia telefonar para Reeves, em Amsterdã, e perguntar o que estava acontecendo. O telefonema não parecia ter sido feito a distância, mas nem sempre dava para notar. Talvez a chamada fosse de Paris. Ou Amsterdã. Ou Milão. O número de Tom não estava na lista. A telefonista não revelaria o nome dele nem o endereço, mas o número telefônico tinha três dígitos que indicavam a região — 424 —, e, por meio de tais dígitos, qualquer um poderia descobrir o distrito se quisesse. Ficava nos entornos de Fontainebleau. Tom sabia que a Máfia poderia muito bem descobrir que Tom Ripley vivia naquela área, talvez até mesmo concluir que ele estava em Villeperce, pois os jornais haviam publicado muita coisa sobre o caso Derwatt, inclusive uma fotografia de Tom, apenas seis meses antes. Claro, muita coisa dependia do segundo guarda-costas, vivo e sem ferimentos, que andara pelo trem em busca do *capo* e do colega. Aquele guarda-costas poderia se lembrar do rosto de Tom, pois o vira no vagão-restaurante.

Estava de volta às variações Goldberg quando o telefone tocou pela segunda vez. Dez minutos haviam se passado desde a primeira chamada, pensou ele. Dessa vez, diria que aquela era a residência de Robert Wilson. Não havia como esconder o sotaque americano.

— *Oui* — disse Tom em voz entediada.

— Alô...

— Sim. Alô — repetiu Tom, reconhecendo a voz de Jonathan Trevanny.

— Gostaria de ver você — disse Jonathan —, se tiver algum tempo livre.

— Claro... Hoje?

— Se você puder, sim. Prefiro que não seja no horário do almoço, se não se importar. No fim do dia?

— Lá pelas sete?

— Às seis e meia está bom. Pode vir a Fontainebleau?

Tom combinou de encontrar Jonathan no Salamandre Bar. Já conseguia imaginar qual era o assunto: Jonathan não havia achado um jeito convincente de explicar todo aquele dinheiro à esposa. O inglês parecia preocupado, mas não desesperado.

Às seis, Tom saiu no Renault, porque Heloise ainda não voltara com o Alfa. Ela telefonara para avisar que iria tomar uns coquetéis com Noëlle e talvez também jantasse com a amiga. Comprara uma linda mala de viagem na Hermès, pois estava em liquidação. Heloise acreditava que fazer compras em liquidações era uma forma de economia e, portanto, quanto mais comprasse, maiores seriam sua parcimônia e sua virtude.

Tom encontrou Jonathan no Salamandre de pé junto ao balcão bebendo cerveja preta — provavelmente a boa e velha Whitbread, pensou. O lugar estava ainda mais cheio e barulhento naquela noite, e Tom presumiu que não houvesse perigo em conversar perto do balcão. Fez um cumprimento com a cabeça, sorriu e pediu a mesma cerveja preta.

Jonathan lhe contou o que havia acontecido. Simone tinha encontrado a caderneta do banco suíço. Ele dissera à esposa que o dinheiro era um adiantamento pago pelos médicos alemães, pois ele corria certos riscos ao tomar os remédios experimentais, e que a soma era uma espécie de pagamento por colocar à disposição a própria vida.

— Mas ela não acreditou. — Jonathan sorriu. — Chegou a sugerir que eu me passei por alguém na Alemanha para pegar uma herança, a serviço de uma gangue de trapaceiros ou algo assim, e que o dinheiro foi minha parte na falcatrua. Ou, então, que me pagaram para dar um falso testemunho em algum processo.

Jonathan soltou uma risada. Havia tanto barulho ao redor que ele precisava gritar para ser ouvido, mas tinha certeza de que ninguém ali conseguia escutá-lo — e, mesmo que alguém o escutasse, não entenderia nada. Três barmen trabalhavam sem parar atrás do balcão, servindo doses de Pernod e vinho tinto e enchendo copos com chope sob a torneira.

— Entendo — disse Tom, relanceando os olhos à barulhenta desordem que os envolvia.

Ainda estava preocupado com o telefonema que recebera naquela manhã, o qual não se repetira à tarde. Ao sair de casa, chegara até a dar uma olhada pela vizinhança de Belle Ombre e pelas ruas de Villeperce em busca de figuras estranhas. Quando se morava num vilarejo, era curioso como todos os moradores se tornavam familiares a ponto de se reconhecer os vultos a distância — e, assim, qualquer forasteiro era identificado à primeira vista. Tom chegou a sentir uma pontada de receio ao dar partida no motor do Renault. Colocar explosivo na ignição era uma travessura típica da Máfia.

— Vamos ter que pensar no assunto! — gritou Tom, com sinceridade na voz.

Jonathan assentiu e tomou um gole de cerveja.

— O engraçado é que ela sugeriu quase todos os crimes possíveis, menos assassinato!

Tom pôs o pé no apoio de metal e tentou pensar em meio ao alarido. Olhou para o bolso do velho paletó de cotelê que Jonathan usava, o qual tinha a marca de um rasgão que fora remendado com capricho, certamente por Simone.

— Pensando bem — disse Tom, em súbito desespero —, qual o problema em dizer a verdade para ela? Afinal de contas, esses mafiosos, esses *morpions*...

Jonathan fez que não com a cabeça.

— Já pensei nisso. Simone... Ela é católica. E *isso*...

Tomar um anticoncepcional já era uma espécie de concessão de Simone. Jonathan tinha a impressão de que os católicos aceitavam mudanças a passos lentos: cediam aqui e ali, mas não queriam que parecessem estar em debandada. Georges estava sendo criado como católico, o que era inevitável na França, mas Jonathan tentava mostrar ao filho que aquela não era a única religião no mundo, tentava fazê-lo entender que, mais tarde, quando fosse um pouco mais velho, seria livre para fazer as próprias escolhas, e por enquanto Simone não se opusera aos empenhos de Jonathan.

— É algo muito diferente para ela — gritou Jonathan, já se acostumando ao barulho e quase apreciando a muralha protetora que ele criava. — Seria um choque imenso... Algo que ela não perdoaria, sabe. O respeito à vida humana, essas coisas.

— Vida *humana*! Ha-ha!

— O negócio é o seguinte — disse Jonathan, novamente sério. — Parece que a questão agora é o meu casamento. Quer dizer, é como se meu casamento estivesse em risco.

Olhou para Tom, que estava tentando acompanhar.

— Que lugar a gente escolheu para falar de um assunto tão sério! — recomeçou Jonathan, com determinação. — As coisas já não são as mesmas entre nós, para dizer o mínimo. E não vejo como possam melhorar. Esperava apenas que você tivesse alguma ideia... Que me sugerisse fazer ou dizer alguma coisa. Mas não sei por que iria se preocupar. O problema é meu.

Tom estava pensando que talvez devessem procurar um lugar menos barulhento, ou então conversar no carro. Mas, mesmo que estivessem num lugar menos barulhento, será que conseguiria raciocinar com mais clareza?

— Vou tentar pensar em alguma coisa! — gritou Tom.

Por que todo mundo (inclusive Jonathan) achava que ele sempre tinha uma solução para qualquer situação? Com frequência, Tom ponderava que já era suficientemente difícil resolver os próprios problemas. O próprio bem-estar muitas vezes exigia ideias, aqueles lances de inspiração que surgiam quando estava no chuveiro ou cuidando do jardim, aquelas dádivas que os deuses só concediam depois de angustiosa meditação. Uma única pessoa não contava com o equipamento mental necessário para resolver os problemas dos outros e ainda assim manter o nível de excelência, pensou Tom. Então refletiu que o próprio bem-estar ligava-se ao de Jonathan no fim das contas, e se Jonathan desse com a língua nos dentes… Acontece que Tom não conseguia imaginar Jonathan dizendo a pessoa alguma que Tom estivera com ele no trem e o ajudara. Não havia motivo para tal e, de qualquer forma, Jonathan jamais diria, por uma questão de princípios. *Como é que alguém arranja 92 mil dólares de uma hora para outra?* Aquele era o problema. Era a pergunta que Simone vinha fazendo a Jonathan.

— Quem sabe a gente possa deixar a história mais ambígua? — disse Tom, finalmente.

— Como assim?

— Algum acréscimo à soma que os médicos pagaram a você… Que tal uma aposta? Dois médicos fizeram uma aposta na Alemanha e depositaram o dinheiro na sua conta, como uma espécie de caução… Ou seja, o dinheiro ficou sob sua custódia. Com isso, daria para explicar… vejamos… uns 50 mil, mais da metade. Ou você está pensando em francos? Hum, mais de 250 mil francos, talvez.

Jonathan sorriu. A ideia era engraçada, mas meio absurda.

— Outra cerveja?

— Claro — disse Tom, e acendeu um Gauloise. — Olhe. Você pode dizer para Simone que... achou melhor não contar nada porque a aposta parecia muito estúpida, ou muito cruel, ou seja lá o que for. Um médico apostou que você vai sobreviver até a velhice, por exemplo. Assim, enquanto estiver vivo, você e Simone poderiam ficar com os 200 e tantos mil francos... E, a propósito, espero que já tenha começado a aproveitar o dinheiro!

Toc! Toc! Um barman agitado colocou no balcão um novo copo e uma garrafa de cerveja para Tom. Jonathan estava na segunda garrafa.

— Compramos um sofá... Estávamos precisando — disse Jonathan. — Um televisor também viria a calhar. Bem, sua ideia é melhor que nada. Obrigado.

Um sujeito robusto, que aparentava uns 60 anos, cumprimentou Jonathan com um breve aperto de mãos e seguiu até os fundos do bar, sem nem sequer olhar para Tom. Tom fitou duas moças loiras que estavam sendo cortejadas por um trio de rapazes que vestiam calças boca de sino, parados em frente à mesa delas. Um cachorro velho, de corpo rechonchudo mas pernas esqueléticas, erguia o olhar tristonho para Tom, enquanto esperava o dono terminar o *petit rouge*.

— Teve alguma notícia recente de Reeves? — perguntou Tom.

— Recente... não, faz um mês que não sei nada dele, acho.

Então, Jonathan não sabia da bomba no apartamento de Reeves, e Tom não via motivos para contar. Aquilo só prejudicaria seu moral.

— E você, soube de alguma coisa? Ele está bem?

— Não sei — disse Tom, de um jeito casual, como se Reeves não tivesse o hábito de lhe escrever e telefonar.

De repente, Tom sentiu-se desconfortável, como se alguém o observasse.

— Que tal irmos embora? — Tom acenou para o barman, indicando ao homem que pegasse as duas notas de 10 francos deixadas no balcão, embora Jonathan também tivesse puxado dinheiro do bolso.

— Meu carro está lá fora, à direita.

Já na calçada, Jonathan perguntou, embaraçado:

— E você, está bem mesmo? Não está preocupado com nada?

Estava agora junto ao carro.

— Sou do tipo que se preocupa com tudo. Não dá para notar, não é? Tento imaginar o pior antes que aconteça. Não é exatamente o mesmo que ser pessimista. — Tom sorriu. — Vai para casa? Posso oferecer uma carona.

Jonathan entrou no carro.

Assim que Tom entrou e fechou a porta, teve uma sensação de privacidade, como se estivessem numa sala na casa dele. E por quanto tempo a casa dele estaria segura? Ele teve uma desagradável visão de mafiosos onipresentes, vindo de todos os lados, como baratas-nuas, correndo por todas as direções. Ainda que Tom fugisse de casa, tirando Heloise e Madame Annette de lá primeiro ou levando-as com ele, a Máfia poderia simplesmente pôr fogo em Belle Ombre. Tom imaginou a espineta ardendo em chamas ou despedaçada por uma bomba. Admitia ter um apego pela casa e pelo lar que, em geral, só se via em mulheres.

— Se aquele guarda-costas, o segundo, conseguir me identificar, então estarei correndo mais perigo do que você. Umas fotos minhas saíram nos jornais, esse é o problema — disse Tom.

Jonathan sabia.

— Talvez eu não devesse ter pedido que nos encontrássemos hoje, me desculpe. Acho que estou preocupado demais com minha esposa. É que… estar de bem com ela é a coisa mais importante na minha vida. É a primeira vez que tento enganá-la, sabe. E acho que falhei… Então isso tudo é devastador para mim. Mas… você ajudou. Obrigado.

— Sim. Dessa vez, tudo bem — disse Tom, com voz simpática. Estava se referindo a terem se encontrado naquela noite. — Mas acaba de me ocorrer que…

Tom abriu o porta-luvas e tirou a arma italiana.

— Acho melhor você ter isso à mão. Na sua loja, por exemplo.

— É mesmo? ... Para dizer a verdade, acho que eu seria um desastre num tiroteio.

— É melhor que nada. Se alguém com ar suspeito entrar na loja... Você não tem uma gaveta atrás do balcão?

Jonathan sentiu um calafrio subir pela espinha, pois fazia algumas noites que sonhara precisamente com aquela cena: um pistoleiro da Máfia entrava na loja e lhe dava um tiro na cara.

— Por que acha que vou precisar da arma? Tem algum motivo, não tem?

De repente, Tom perguntou-se por que não contar a Jonathan. Talvez aquilo o inspirasse a tomar mais precauções. Ao mesmo tempo, sabia que precauções não adiantavam muito. Também lhe ocorreu que Jonathan ficaria mais seguro se levasse a esposa e o filho numa viagem.

— Sim, recebi um telefonema hoje que me incomodou. Um homem com sotaque francês, mas isso não quer dizer nada. Perguntou por um nome francês. Talvez não seja nada, mas não dá para ter certeza. Basta eu abrir a boca para saberem que sou americano, e o homem talvez estivesse verificando... — Deixou a frase morrer. — Para você entender a história, preciso contar que colocaram uma bomba no apartamento do Reeves em Hamburgo... Acho que isso foi em meados de abril.

— No apartamento dele? Meu Deus! Ele se machucou?

— Não tinha ninguém na hora. Mas Reeves foi às pressas para Amsterdã. Pelo que sei, ainda está lá, com outro nome.

Jonathan pensou nos mafiosos revistando o apartamento de Reeves em busca de pistas, e talvez tivessem encontrado o nome e o endereço dele, assim como os de Tom Ripley.

— Então, quanto o inimigo sabe?

— Ah, Reeves diz que está com todos os documentos importantes. Eles pegaram Fritz... Presumo que conheça o Fritz... e deram uma surra nele, mas, segundo Reeves, ele se comportou como um herói. Descreveu um homem que é o oposto de você... E por *você* eu quero dizer a pessoa que Reeves contratou, ou que alguém contratou.

— Tom suspirou. — Presumo que suspeitem do Reeves e de uns donos de cassinos, nada mais.

Tom fitou de relance os olhos de Jonathan, que estavam arregalados. Jonathan não parecia exatamente assustado, e sim perplexo.

— Jesus! — sussurrou Jonathan. — Acha que conseguiram meu endereço? ... Ou nossos endereços?

— Não — disse Tom, sorrindo —, porque, nesse caso, já estariam aqui, disso tenho certeza.

Tom queria ir para casa. Girou a chave e manobrou o carro até entrar no fluxo da rue Grande.

— Então... digamos que o homem que telefonou para você seja um deles. Como ele conseguiu seu número?

— Aí entramos no reino das suposições — respondeu Tom, finalmente saindo do engarrafamento.

Ainda estava sorrindo. Sim, era perigoso, e não estava ganhando nem um tostão com aquilo tudo, nem sequer estava protegendo o próprio dinheiro, coisa que ao menos fizera durante o quase fiasco do caso Derwatt.

— Talvez porque Reeves, num momento de estupidez, tenha resolvido me telefonar de Amsterdã. Estou considerando a possibilidade de que os rapazes da Máfia tenham conseguido rastreá-lo até Amsterdã, porque, para começar, Reeves mandou a governanta enviar todas as coisas dele para lá. Uma grande burrice fazer isso logo depois do atentado — observou Tom, como que abrindo um parêntese. — Veja só: mesmo que Reeves tenha deixado o hotel em Amsterdã, acho que os rapazes da Máfia podem ter verificado os telefonemas que ele deu. Nesse caso, meu número estaria lá. Aliás, pelo que entendi, ele não ligou para você enquanto estava em Amsterdã. Tem certeza?

— A última ligação que recebi dele foi de Hamburgo, estou certo disso.

Jonathan recordava-se da voz animada de Reeves lhe dizendo que o dinheiro, todo o dinheiro, seria depositado imediatamente no banco suíço. Jonathan estava preocupado com o volume da arma no bolso.

— Desculpe, mas é melhor eu passar antes na loja, para me livrar disto. Me deixe onde der, pode ser aqui mesmo.

Tom estacionou junto ao meio-fio.

— Tente manter a calma. Se ficar preocupado com alguma coisa... com alguma coisa realmente séria... pode me telefonar. Mesmo.

Jonathan deu um sorriso sem graça, pois estava assustado.

— E se eu puder ajudar em alguma coisa, faça o mesmo.

Tom foi embora.

Jonathan caminhou em direção à loja com uma das mãos no bolso, sustentando o peso da arma. Guardou a arma na gaveta de dinheiro, encaixada sob o tampo do balcão baixo. Tom estava certo, a arma era melhor que nada, e Jonathan sabia que tinha outra vantagem: ele não se importava muito com a própria vida. Tinha a impressão de que seria diferente se fosse Tom Ripley o baleado, ou algo assim, pois morreria gozando de saúde perfeita e literalmente por nada.

Se alguém entrasse na loja com intenção de lhe dar um tiro, mesmo que Jonathan conseguisse disparar antes, seria o fim do jogo — não precisava que Tom Ripley lhe dissesse isso. O disparo atrairia outras pessoas, a polícia logo chegaria, o morto seria identificado e fariam a pergunta: "Por que um pistoleiro da Máfia queria matar Jonathan Trevanny?" Logo em seguida, a viagem de trem viria à tona, pois a polícia lhe perguntaria por onde estivera nas últimas semanas e iria querer olhar seu passaporte. Seria o fim da linha.

Jonathan trancou a porta da loja e andou em direção à rue de Saint--Merry. Estava pensando na explosão no apartamento de Reeves, todos aqueles livros, os discos, os quadros. Estava pensando em Fritz, que o levara até o capanga chamado Salvatore Bianca — Fritz, que fora espancado e não o entregara.

Eram quase sete e meia da noite, e Simone estava na cozinha.

— *Bonsoir!* — disse Jonathan, com um sorriso.

— *Bonsoir* — respondeu Simone. Ela desligou o forno, depois se empertigou e tirou o avental. — O que você estava fazendo com Monsieur Ripley hoje à tarde?

Jonathan sentiu um pequeno formigamento no rosto. Onde ela os vira? Teria sido na rua, quando ele descera do carro de Tom?

— Ele veio falar de uma moldura — disse Jonathan. — Então fomos tomar uma cerveja. Estava quase na hora de fechar.

— Ah, é? — Ela olhou para Jonathan, sem se mexer. — Claro.

Jonathan pendurou o paletó no vestíbulo. Georges estava descendo as escadas para recebê-lo e comentou algo sobre seu aerobarco. O menino estava montando uma miniatura que o pai lhe dera de presente, mas achando um pouco complicado demais. Jonathan o ergueu no ar e o pôs no ombro.

— Vamos dar uma olhada depois do jantar, tudo bem?

O clima não melhorou. Comeram um purê de vegetais delicioso, preparado num liquidificador de 600 francos que Jonathan acabara de comprar. O aparelho era ótimo para preparar sucos e pulverizava quase qualquer coisa, inclusive ossos de galinha. Jonathan tentou, sem sucesso, falar sobre outras coisas. Simone sempre conseguia cortá-lo, fosse qual fosse o assunto. A ideia de que Tom Ripley quisesse emoldurar alguns quadros não era absurda, pensou Jonathan. Afinal de contas, Ripley dissera que pintava.

— Ripley está interessado em emoldurar várias pinturas — afirmou Jonathan. — Talvez eu tenha que ir à casa dele dar uma olhada.

— Ah, é? — respondeu ela, no mesmo tom de voz, então disse algo divertido a Georges.

Quando Simone ficava daquele jeito, Jonathan não gostava da companhia dela, e ao mesmo tempo se odiava por se sentir assim. Estivera prestes a explicar sobre o dinheiro no banco suíço, a história da aposta. Naquela noite, porém, simplesmente não conseguiu.

17

Após deixar Jonathan, Tom teve o impulso de parar num café--bar e telefonar para casa. Queria saber se estava tudo bem e se Heloise havia retornado. Para grande alívio de Tom, Heloise atendeu ao telefone.

— *Oui, chéri*. Acabo de chegar em casa. Onde você está? Não, só tomei um drinque com Noëlle.

— Heloise, meu anjo, vamos fazer algo divertido hoje à noite. Talvez os Grais ou os Berthelin estejam livres... Sei que é tarde para convidar alguém para jantar, mas podemos fazer algo depois. Talvez os Clegg... Sim, estou com vontade de ver outras pessoas — disse Tom, e avisou que estaria em casa em quinze minutos.

Dirigiu rápido, mas com cuidado. Estava estranhamente apreensivo quanto ao restante da noite. Estava se perguntando se Madame Annette não teria atendido a alguma ligação desde que ele saíra de casa.

Heloise, ou Madame Annette, acendera as luzes da fachada em Belle Ombre, embora ainda não tivesse anoitecido. Um grande Citroën passou devagar pela rua, como que sem rumo, segundos antes de Tom dobrar na direção dos portões da casa. Tom deu uma olhada no carro desconhecido: era azul-escuro, avançava com dificuldade pela estrada levemente irregular e parecia vir de Paris, pois a placa terminava em 75. Havia ao menos duas pessoas dentro. Estavam rondando Belle Ombre? O mais provável era que Tom estivesse exagerando na preocupação.

— Oi, Tome! *Les* Clegg podem vir para um drinque rápido e *les* Grais podem vir jantar, porque Antoine não foi a Paris hoje. O que acha? — Heloise beijou-o na bochecha. — Onde estava? Olhe a mala nova! Não é muito grande, eu admito...

Tom olhou para a mala roxo-escura envolta numa fita de lona vermelha. Os fechos e o cadeado pareciam de latão. O couro roxo parecia de cabrito, e talvez fosse.

— Sim, é *realmente* bonita.

E era mesmo, tão bonita quanto a espineta ou a *commode de bateau* que estava no segundo andar.

— E olhe por dentro... — Heloise abriu a mala. — Realmente for-rte — disse ela em inglês.

Tom se inclinou e beijou-a nos cabelos.

— Querida, é linda. Podemos celebrar a mala e a espineta! Os Clegg e os Grais ainda não viram a espineta, viram? Não... E como está Noëlle?

— Tom, algo está deixando você nervoso — disse Heloise em voz baixa, para o caso de Madame Annette estar ouvindo.

— Não — afirmou Tom. — Só estou com vontade de ver gente. Tive um dia bem tranquilo. Ah, Madame Annette, *bonsoir*! Convidados esta noite. Dois, para o jantar. Consegue dar conta?

Madame Annette acabava de chegar com o carrinho de bebidas.

— *Mais oui*, Monsieur Tome. Será algo *à la fortune du pot*, mas vou tentar um *ragoût*... minha receita normanda, se o senhor se recorda...

Tom não prestou atenção à lista de ingredientes — na cozinha, havia carne de boi, carne de vitela e rins, pois ela havia passado no açougue à tarde, e Tom tinha certeza de que o jantar não ficaria ao sabor da sorte. No entanto, Tom teve que esperar até que ela acabasse de falar. Então disse:

— Aliás, Madame Annette, alguém telefonou depois das seis, quando saí?

— Não, Monsieur Tome — respondeu Madame Annette, e com perícia extraiu a rolha de uma pequena garrafa de champanhe.

— Ninguém mesmo? Nem por engano?

— *Non*, Monsieur Tome.

Madame Annette serviu o champanhe cuidadosamente numa taça larga para a patroa.

Heloise estava olhando para ele. Tom, contudo, decidiu insistir, em vez de ir à cozinha falar com Madame Annette. Ou seria melhor ir à cozinha mesmo? Sim. Era mais fácil. Depois que Madame Annette voltou à cozinha, Tom disse a Heloise:

— Acho que vou pegar uma cerveja.

Madame Annette deixara que Tom preparasse o drinque sozinho, como ele geralmente preferia.

Na cozinha, Madame Annette encontrava-se a todo vapor nos preparativos para o jantar. Os legumes estavam lavados, prontos para serem picados, e algo já fervia no fogão.

— Madame — disse Tom —, é muito importante... Hoje. Tem certeza de que ninguém telefonou? Mesmo alguém que... Mesmo que tenha sido engano?

Aquilo pareceu reavivar a memória dela, o que deixou Tom alarmado.

— Ah, *oui*, o telefone tocou por volta das seis e meia. Um homem perguntou por... um nome que não recordo, Monsieur Tome. Depois desligou. Um engano, Monsieur Tome.

— O que disse a ele?

— Que esta não era a residência da pessoa que ele procurava.

— Disse que era a residência dos Ripley?

— Oh, não, Monsieur Tome. Disse apenas que era o número errado. Achei que fosse a coisa certa a fazer.

Tom brindou-a com um enorme sorriso. Sim, era a coisa certa a fazer. Tom se recriminara por haver saído de casa sem instruir Madame Annette a não fornecer o nome dele, em nenhuma circunstância, mas a governanta cuidara de tudo à perfeição por iniciativa própria.

— Excelente. Essa é sempre a coisa certa a fazer — disse Tom, com admiração. — É por isso que nosso número não está na lista, para termos um pouco de privacidade, *n'est-ce pas?*

— *Bien sûr* — concordou Madame Annette, como se fosse a coisa mais natural do mundo.

Tom voltou à sala de estar, esquecendo-se por completo da cerveja. Serviu-se de uma dose de uísque. Contudo, não se sentia totalmente seguro. Se o homem que ligou fosse de fato um mafioso, talvez estivesse ainda mais desconfiado, depois de duas pessoas na casa se absterem de dizer o nome do proprietário. Tom se perguntou se, naquele momento, em Milão ou Amsterdã, ou talvez em Hamburgo, alguém não estaria verificando certas informações. Tom Ripley morava em Villeperce, não morava? Os dígitos 424 não significavam que o número era de Villeperce? Sim, isso mesmo. Os números de Fontainebleau começavam com 422, mas 424 indicava uma área ao sul que incluía Villeperce.

— O que está preocupando você, Tome? — perguntou Heloise.

— Nada, querida... E aquele seu plano de fazer um cruzeiro? Achou algo do seu agrado?

— Ah, sim! Encontrei uma opção que não é pretensiosa nem *casse-pied*. Algo simples e agradável. Um cruzeiro pelo Mediterrâneo, com a Turquia incluída, saindo de Veneza. Quinze dias... E não é preciso traje de gala no jantar. O que acha, Tome? O navio zarpa a cada três semanas, em maio e junho.

— No momento, não estou com muita vontade. Convide Noëlle para ir com você. Vai lhe fazer bem.

Tom foi ao quarto, no segundo andar. Abriu a última gaveta da grande cômoda. Na parte de cima estava a jaqueta verde que trouxera de Salzburgo para Heloise. No fundo da gaveta, por baixo das roupas, estava a Luger que Tom adquirira três meses antes, por ironia, de Reeves; não diretamente de Reeves, e sim de um homem com quem Tom tivera que se encontrar em Paris com a finalidade de receber um objeto que o tal homem fora entregar, um objeto que Tom teve que guardar por um mês antes de enviar pelo correio. Como um agrado, na verdade como uma forma de pagamento, Tom pedira uma Luger, e foi dada a ele uma pistola de 7.65 mm com duas caixas de munição. Tom verificou se a arma estava carregada, depois foi ao closet e deu uma olhada no rifle de caça de fabricação francesa. Estava carregado também, com a trava de segurança ativada. Tom supunha que, se houvesse algum problema naquela noite ou no dia seguinte, ou mesmo na noite seguinte, seria da Luger que precisaria. Olhou pelas duas janelas do quarto, voltadas para direções diferentes. Procurava por carros que estivessem passando devagar, com faróis baixos, mas não viu nenhum. Já estava escuro.

Um carro se aproximou com ímpeto, pela esquerda. Eram os adoráveis e inofensivos Clegg, que logo fizeram habilmente a curva para entrar pelos portões de Belle Ombre. Tom desceu para saudá-los.

Os Clegg — Howard, um inglês de 50 e poucos anos, e a esposa, Rosemary, também inglesa — ficaram para tomar uns drinques, e os Grais se juntaram ao grupo. Clegg, um advogado que se aposentara precocemente por causa de um problema cardíaco, era o mais animado de todos. O cabelo grisalho bem aparado, o respeitável paletó de tweed e as calças de flanela cinza conferiam à cena o ar de estabilidade interiorana de que Tom estava precisando. Clegg, de costas para as cortinas da janela da frente, com uma dose de uísque na mão, contava uma história engraçada. Seria possível que algo destruísse a jovialidade campestre daquela noite? Tom havia deixado a luz do quarto acesa e ligara também a lâmpada de cabeceira no quarto de Heloise. Os dois veículos estavam estacionados de forma descuidada sobre os cascalhos. Tom queria passar a impressão de que ocorria uma festa na casa, maior do que aquela que de fato estava acontecendo. Não que isso fosse deter os rapazes da Máfia se decidissem atirar uma bomba. Tom sabia disso, e talvez estivesse pondo os amigos em risco. Achava, porém, que os mafiosos prefeririam cometer um assassinato discreto, encurralá-lo quando estivesse sozinho e então atacar, talvez sem armas de fogo, apenas um espancamento fatal. Poderiam fazer isso nas ruas de Villeperce e desaparecer antes que os moradores descobrissem o que havia acontecido.

Rosemary Clegg, uma mulher esbelta, com uma beleza de meia-idade, estava prometendo a Heloise uma planta que ela e Howard acabavam de trazer da Inglaterra.

— Está planejando causar algum incêndio neste verão? — perguntou Antoine Grais.

— Para falar a verdade, não é a minha praia — disse Tom, sorrindo. — Vamos lá fora dar uma olhada na futura estufa?

Tom e Antoine saíram pela porta francesa e desceram os degraus que levavam ao gramado, Tom com uma lanterna. Os alicerces de cimento já estavam prontos e as peças da estrutura de metal se encontravam empilhadas ao lado, estragando a grama; além disso, fazia uma semana que a equipe de construção não aparecia. Um dos aldeões o alertara sobre aquela equipe, estavam tão atarefados nesse verão que ficavam pulando de um trabalho para outro, tentando agradar a todos, e era por isso que deixavam muita gente esperando.

— Está tomando jeito, eu acho — disse Antoine, finalmente.

Tom contratara a consultoria de Antoine quanto ao melhor tipo de estufa, e Antoine conseguira o material de construção com um desconto especial para profissionais da área — ou, pelo menos, por um preço mais baixo do que o pedreiro teria conseguido. Tom flagrou-se espiando por cima do ombro de Antoine o caminho que passava pelo bosque, mas não havia qualquer luz acesa por ali, muito menos a de um automóvel.

Ainda assim, por volta das onze, após o jantar, quando os quatro estavam tomando café e bebendo Bénédictine, Tom decidiu que tiraria Heloise e Madame Annette da casa no dia seguinte. Com Heloise seria mais fácil. Iria convencê-la a passar uns dias com Noëlle — Noëlle e o marido tinham um apartamento bem grande em Neuilly —, ou então um tempo com os pais. Madame Annette tinha uma irmã em Lyon, que, felizmente, tinha telefone, de modo que as coisas podiam ser providenciadas com rapidez. E a explicação? Poderia dizer que precisava passar uns dias sozinho, embora a ideia de tal excentricidade o incomodasse. No entanto, se admitisse que havia um perigo, Heloise e Madame Annette ficariam alarmadas e iriam querer chamar a polícia.

Naquela noite, Tom puxou o assunto com Heloise enquanto se preparavam para dormir.

— Querida — disse ele em inglês —, estou com o pressentimento de que alguma coisa terrível vai acontecer, e não quero que você esteja por perto. É para sua segurança. Também gostaria que Madame Annette saísse de folga amanhã, por alguns dias... Então, espero que me ajude a convencê-la a ir visitar a irmã.

Heloise, sentada contra uma pilha de travesseiros azul-claros, franziu um pouco a testa e deixou na cômoda o iogurte que estava comendo.

— O que está acontecendo de tão terrível assim? Tome, você precisa me dizer.

— Não. — Tom balançou a cabeça e depois riu. — Talvez eu esteja imaginando coisas. Talvez não seja nada. Mas é melhor prevenir do que remediar, não acha?

— Não quero que me leve na conversa, Tome. O que aconteceu? É alguma coisa com Reeves! É isso, não é?

— De certa forma — respondeu, porque era muito melhor do que dizer que o problema era a Máfia.

— Onde ele está?

— Ah, em Amsterdã. Acho.

— Ele não mora na Alemanha?

— Sim, mas está fazendo um trabalho em Amsterdã.

— Quem mais está envolvido? Por que você está preocupado? O que você fez, Tome?

— Ora, nada, meu amor!

Era a resposta usual de Tom em circunstâncias semelhantes. Nem sequer se sentia envergonhado.

— Está tentando proteger o Reeves?

— Ele me fez alguns favores. Mas agora é você quem quero proteger... Você, nós dois, Belle Ombre. Não o Reeves. Então, precisa me deixar tentar, meu amor.

— Belle Ombre?

Tom sorriu.

— Não quero nenhuma perturbação em Belle Ombre — disse calmamente. — Não quero nada quebrado, nem mesmo uma vidraça. Precisa confiar em mim. Estou tentando evitar qualquer coisa violenta... ou perigosa!

Heloise pestanejou e disse num tom levemente ressentido:

— Tudo bem, Tom.

Ele sabia que Heloise não faria mais perguntas, a menos que a polícia fizesse alguma acusação, ou que ele tivesse que explicar o cadáver de um mafioso. Poucos minutos depois, ambos estavam sorrindo, e Tom dormiu na cama dela aquela noite. Imaginou que para Jonathan as coisas seriam ainda piores — não que Simone parecesse uma pessoa difícil, intrometida ou mesmo neurótica, mas Jonathan não tinha o hábito de fazer coisas fora do normal, nem sequer contar mentiras inócuas. Perder a confiança da esposa deve ter sido realmente devastador, como Jonathan dissera. E, por causa do dinheiro, era natural que Simone imaginasse algum tipo de crime, ou um ato vergonhoso que Jonathan não quisesse admitir.

Ao amanhecer, Heloise e Tom falaram com Madame Annette. Heloise havia tomado o chá no segundo andar e Tom estava tomando o segundo café na sala de estar.

— Monsieur Tome diz que precisa ficar sozinho para pensar e pintar por alguns dias — disse Heloise.

Haviam decidido que, no fim das contas, aquela era a melhor saída.

— E umas pequenas férias não lhe fariam mal, Madame Annette. Uma pausa, antes das férias de verdade em agosto — acrescentou Tom, embora Madame Annette parecesse estar com ótima disposição, robusta e vigorosa como sempre.

— Mas é claro, se vocês assim desejam, Madame e *M'sieur*. É o que importa, não? — respondeu com um sorriso, embora os olhos azuis não brilhassem tanto, mas demonstrava boa vontade.

Madame Annette imediatamente concordou em telefonar para a irmã, Marie-Odile, em Lyon.

A correspondência chegou às nove e meia da manhã. Era um envelope branco, quadrado, com selo suíço e o endereço do destinatário escrito em letra de forma — por Reeves, Tom suspeitou — e sem o endereço do remetente. Tom quis abrir o envelope na sala, mas Heloise estava presente, conversando com Madame Annette sobre a possibilidade de levá-la de carro à estação em Paris, para que pegasse o trem até Lyon. Por isso, Tom subiu e entrou no quarto. A carta dizia:

```
                                          11 de maio


Caro Tom,


Estou em Ascona. Tive que deixar Amsterdã por-
que quase me pegaram no hotel, mas dei um jeito
de pôr minhas coisas num depósito por lá. Jesus,
será que eles não vão desistir? Estou aqui
```

numa linda cidade, usando o nome de Ralph Platt
e instalado numa hospedaria chamada Die Drei
Baeren, no alto de uma colina. Aconchegante,
não acha? Ao menos é um lugar bastante isolado,
no estilo de uma pensão familiar. Meus melhores
votos a você e Heloise.

Um abraço,

R.

Tom amassou a carta, rasgou-a e jogou-a no cesto de lixo. A situação era tão ruim quanto havia imaginado. A Máfia rastreara Reeves em Amsterdã e sem dúvida encontrara o número de Tom ao vasculhar as chamadas feitas por Reeves. Tom se perguntou o que teria acontecido no hotel. Jurou a si mesmo, não pela primeira vez, que jamais voltaria a se envolver com Reeves Minot. Na verdade, só tinha dado uma ideia a Reeves. Era para ter sido algo inofensivo, e de fato fora. Tom percebeu que seu erro foi tentar ajudar Jonathan Trevanny. E Reeves, claro, não sabia disso, do contrário não teria sido estúpido a ponto de telefonar para Belle Ombre.

Queria que Jonathan Trevanny fosse a Belle Ombre ainda naquela noite, ou se possível naquela tarde, embora soubesse que ele trabalhava aos sábados. Se acontecesse alguma coisa, seria melhor ter duas pessoas para lidar com a situação, uma na frente da casa e outra nos fundos, por exemplo, pois uma única pessoa não poderia estar em dois lugares ao mesmo tempo. E quem mais poderia chamar, além de Jonathan? O inglês não era um lutador experiente, mas, ainda assim, em caso extremo podia dar conta do recado, como fizera no trem. Ele se saíra muito bem então, e Tom se recordou de que Jonathan também o salvara quando estivera prestes a cair do vagão. Queria que Jonathan passasse a noite na casa, mas teria que ir buscá-lo, porque não havia ônibus para aqueles lados, e, tendo em vista o que poderia acontecer à noite, Tom não queria que Jonathan pegasse um táxi. Não desejava que um motorista se lembrasse de ter levado um homem de Fontainebleau a Villeperce, um percurso mais longo que o habitual.

— Vai me telefonar hoje à noite, Tome? — perguntou Heloise, que estava preparando uma mala grande no quarto.

Ela iria primeiro à casa dos pais.

— Sim, meu amor. Por volta das sete e meia, pode ser? — Sabia que os pais de Heloise jantavam pontualmente às oito horas. — Vou ligar e dizer "Está tudo bem", provavelmente.

— Depois de hoje, sua preocupação vai acabar?

Não, não acabaria, mas Tom não queria dizer isso.

— Acho que sim.

Por volta das onze da manhã, Heloise e Madame Annette já estavam prontas para partir, e Tom deu um jeito de ir à garagem antes de ajudá-las a carregar a bagagem — embora Madame Annette ainda se agarrasse à velha ideia francesa de que, por ser a governanta, deveria levar, em duas viagens, tanto a própria mala quanto a da patroa. Tom abriu o capô do Alfa Romeo e deu uma olhada dentro. O motor apresentava a imagem familiar de metais e cabos. Tom girou a ignição. Nada explodiu. Na noite anterior, antes do jantar, ele havia trancado as portas da garagem por fora, com um cadeado, mas, em se tratando da Máfia, esperava qualquer coisa. Podiam abrir o cadeado com uma gazua e depois fechá-lo de novo.

— Vamos manter contato, Madame Annette — disse Tom, beijando-a na bochecha. — Divirta-se!

— Até logo, Tome! Não se esqueça de telefonar! E se cuide! — gritou Heloise.

Ao acenar em despedida, Tom abriu um largo sorriso. Notou que Heloise não estava muito preocupada. Melhor assim.

Tom entrou em casa e telefonou para Jonathan.

18

A manhã de Jonathan foi bem difícil. Com um tom bastante ameno por estar ajudando Georges a enfiar a cabeça por um suéter com gola olímpica, Simone disse:

— Acho que as coisas não podem continuar assim por muito tempo, Jon. Não concorda?

Em alguns minutos, Simone levaria Georges à escola. Eram oito e quinze da manhã.

— Concordo. E quanto àquele dinheiro no banco suíço... — Jonathan decidiu mergulhar de cabeça. Falou rápido, esperando que Georges não entendesse tudo: — Se quer mesmo saber, eles fizeram uma aposta. Estou guardando o dinheiro para os dois. Para que...

— *Quem?* — Simone parecia mais confusa e zangada que nunca.

— Os médicos — disse Jonathan. — Estão tentando um novo tratamento... Quer dizer, um deles... E o outro apostou que não iria funcionar. Imaginei que você fosse achar a história muito macabra, por isso resolvi não contar. Mas significa que, de todo aquele dinheiro, só 200 mil nos pertencem, menos agora. É a quantia que eles me pagaram, o pessoal de Hamburgo, para testar os remédios.

Jonathan percebeu que ela tentou acreditar, mas não conseguiu.

— Isso é absurdo! Todo aquele dinheiro, Jon! Por uma *aposta*?

Georges ergueu o rosto e fitou a mãe.

Jonathan olhou de relance para o filho e umedeceu os lábios.

— Sabe o que eu acho? E não me importo se Georges escutar! Acho que você está guardando… escondendo dinheiro sujo para aquele pilantra do Tom Ripley. E, claro, ele está pagando a você, deixou que ficasse com uma parte em troca do favor!

Jonathan notou que estava tremendo e colocou a xícara de *café au lait* na mesa da cozinha. Tanto ele quanto Simone estavam de pé.

— Será que Ripley não seria capaz de esconder o próprio dinheiro na Suíça?

O instinto de Jonathan era ir até ela, pegá-la pelos ombros e dizer que tinha que acreditar nele. No entanto, sabia muito bem que Simone o empurraria para longe. Então, apenas se empertigou e disse:

— Não posso fazer nada se não acredita em mim. Essa é a verdade.

Jonathan passara por uma transfusão na tarde da última segunda-feira, logo após o desmaio. Simone fora com ele ao hospital, depois ele seguira sozinho para o consultório do Dr. Perrier, a quem telefonara antes para marcar a transfusão. O Dr. Perrier queria vê-lo por uma questão de rotina, no entanto Jonathan dissera a Simone que ele lhe dera mais dos remédios enviados pelo médico de Hamburgo, Wentzel, que, na verdade, não lhe mandara remédios, mas os que havia receitado estavam disponíveis na França, de modo que Jonathan agora tinha um suprimento em casa. Jonathan havia decidido que o médico de Hamburgo tinha apostado "a favor", enquanto o de Munique apostara "contra", mas ainda não tivera tempo de contar aquela parte da história a Simone.

— Eu *não* acredito em você — disse Simone, com a voz suave e ao mesmo tempo um tanto sinistra. — Venha, Georges, temos que ir.

Jonathan pestanejou e viu Simone e o menino atravessarem o vestíbulo até a porta da frente. Georges apanhou a mochila de livros e, talvez assustado com a conversa acalorada, esqueceu-se de se despedir de Jonathan, que também ficou em silêncio.

Como era sábado, a loja estava movimentada. O telefone tocou várias vezes. Por volta das onze da manhã, a voz do outro lado da linha era a de Tom Ripley.

— Gostaria de vê-lo hoje. É bem importante — disse Tom. — Pode falar agora?

— Na verdade, não.

Havia um cliente esperando para pagar pelo quadro que jazia embrulhado no balcão, entre ele e Jonathan.

— Lamento perturbar em pleno sábado, mas é que estava imaginando se você não poderia vir à minha casa em breve... e passar a noite.

Jonathan ficou atordoado por um instante. Fechar a loja. Informar Simone. Informá-la de quê?

— Posso, claro.

— Quando? Eu vou buscar você. Digamos, ao meio-dia? Ou é muito cedo?

— Pode ser ao meio-dia.

— Busco você na loja. Ou em algum ponto da rua. Outra coisa: traga a arma. — Tom desligou.

Jonathan atendeu as pessoas que estavam na loja, e ainda havia um freguês quando pôs a tabuleta de FERMÉ na porta. Ficou imaginando o que teria acontecido com Tom Ripley na noite anterior. Simone estava de folga pela manhã, mas nos sábados pela manhã geralmente passava mais tempo na rua do que em casa, pois aproveitava para fazer compras e outras tarefas, como ir à lavanderia. Jonathan decidiu escrever uma missiva a Simone e inseri-la pela abertura para correspondência na porta. Terminou o bilhete às onze e quarenta, saiu da loja e subiu pela rue de la Paroisse, o caminho mais rápido, onde tinha 50% de chances de encontrar Simone, mas não a encontrou. Enfiou a missiva pela abertura sobre a qual estava escrito LETTRES e se afastou depressa pelo mesmo caminho. Havia escrito:

```
Minha querida,

Não vou voltar para o almoço nem para o jan-
tar, fechei a loja. Surgiu a chance de um tra-
balho grande, meio distante, e vou ser levado
até lá de carro.

                                        J.
```

Era uma mensagem vaga e estranha, parecia escrita por outra pessoa e não Jonathan. Ainda assim, as coisas poderiam ficar piores do
que já estavam naquela manhã?

Jonathan voltou à loja, pegou a capa de chuva e enfiou a arma
italiana no bolso. Quando saiu para a calçada, avistou o Renault
verde de Tom se aproximar. Tom abriu a porta, mal parando o carro,
e Jonathan entrou.

— Bom dia! — cumprimentou Tom. — Como estão as coisas?

— Em casa? — disse Jonathan e, mesmo constrangido, correu os
olhos pela rua, pois Simone poderia estar passando pelas redondezas.

— Não muito boas, receio.

Tom podia imaginar.

— Mas você está se sentindo bem?

— Sim, obrigado.

Tom dobrou à direita na Prisunic e entrou na rue Grande.

— Recebi outro telefonema — disse Tom. — Ou melhor, minha
governanta recebeu. A mesma coisa, número errado. Ela não disse
de quem era a casa, mas fiquei nervoso. Aliás, mandei minha governanta e também minha esposa passarem uns dias fora. Estou com o
pressentimento de que alguma coisa vai acontecer. Então telefonei
para você, para defender o forte comigo. Não tenho mais ninguém
a quem pedir ajuda. Acho que pedir proteção à polícia também é

perigoso. Se acharem uma dupla de mafiosos nas vizinhanças da minha casa, vão fazer investigações incômodas para saber por que os bandidos estavam me rondando, é claro.

Jonathan sabia disso.

— Ainda estamos longe da minha casa — continuou Tom, passando pelo Monumento e enveredando pela estrada que levava a Villeperce —, então dá tempo de mudar de ideia. Se quiser, levo você de volta sem ressentimentos. Não precisa nem pedir desculpa por não querer me ajudar. Talvez seja perigoso, talvez não. Mas é mais fácil duas pessoas ficarem de sentinela do que apenas uma.

— Sim. — Jonathan se sentia estranhamente paralisado.

— Acontece que não quero abandonar minha casa. — Tom dirigia bastante rápido. — Não quero que ela vá pelos ares e vire fumaça, como o apartamento do Reeves. Aliás, Reeves agora está em Ascona. Os mafiosos o seguiram até Amsterdã e ele teve que fugir.

— Ah, é? — Jonathan sentiu alguns segundos de pânico, de náusea. Teve a sensação de que tudo estava desabando. — Você viu... Você notou algo de errado no entorno da casa?

— Na verdade, não. — A voz de Tom estava calma, o cigarro fincado na boca num ângulo garboso.

Jonathan estava pensando que talvez pudesse *mesmo* dar para trás. Agora. Bastava dizer a Tom que não se sentia disposto, que talvez desmaiasse se as coisas chegassem às vias de fato. Podia voltar para casa e ficar em segurança. Jonathan respirou fundo e abaixou mais o vidro da janela. Se recuasse, seria um desgraçado, um covarde, um merda. Tinha que tentar, ao menos. Devia aquilo a Tom Ripley. E por que se preocupava tanto com a própria segurança? Por que assim de repente? Jonathan sorriu um pouco, sentindo-se melhor.

— Contei a Simone sobre a aposta dos médicos. Não colou muito.

— O que ela disse?

— A mesma coisa. Que não acredita em mim. Pior ainda, ela nos viu juntos ontem, em algum lugar. Agora acha que estou escondendo dinheiro para você... em meu nome. Dinheiro sujo, você sabe.

— Sim.

Tom entendia a situação. No entanto, aquilo não parecia muito importante comparado ao que poderia acontecer com ele, com Belle Ombre e talvez também com Jonathan.

— Não sou nenhum herói, sabe — disse Tom, de repente. — Se a Máfia me pegasse e tentasse arrancar algumas informações de mim, duvido que eu me comportaria com a valentia de Fritz.

Jonathan ficou em silêncio. Teve a impressão de que Tom se sentia nauseado, como ele próprio se sentira segundos antes.

Era um dia particularmente bonito, o ar leve do verão, o sol cintilante. Era uma pena ter que trabalhar num dia daqueles, ter que ficar dentro de uma loja, como Simone ficaria à tarde. Ela não precisava mais trabalhar, é lógico. Jonathan tentara lhe dizer isso nas últimas semanas.

Estavam entrando em Villeperce, um vilarejo calmo, do tipo que talvez tivesse apenas um açougue e uma padaria.

— Aí está Belle Ombre — disse Tom, indicando com um movimento de cabeça uma torre abobadada que se erguia atrás de uns álamos.

Haviam percorrido cerca de meio quilômetro após cruzarem o vilarejo. As casas à beira da estrada eram grandes e bem espaçadas umas das outras. Belle Ombre parecia um pequeno *château*, com contornos clássicos e robustos, mas amenizados por quatro torres arredondadas que desciam até a grama. Havia portões de ferro, e Tom teve que sair do carro e abri-los com a enorme chave que tirou do porta-luvas. Então o veículo rolou sobre o cascalho na rampa da garagem.

— Que lugar lindo! — exclamou Jonathan.

Tom assentiu e sorriu.

— Em grande parte, foi um presente de casamento, dado pelos pais da minha esposa. Ultimamente, sempre que chego, me encanto ao constatar que ainda está de pé. Por favor, entre.

Tom tinha uma chave para a porta da frente também.

— Não estou acostumado a trancar — disse Tom. — Geralmente, a governanta está em casa.

Jonathan entrou num vasto vestíbulo, pavimentado com mármore branco, depois passou para uma sala quadrada — dois tapetes, uma grande lareira, um sofá amarelo de cetim que parecia muito confortável. E havia uma espineta junto à porta francesa. Jonathan percebeu que a mobília era toda de boa qualidade e estava muito bem cuidada.

— Tire a capa de chuva — disse Tom.

Por enquanto, ele se sentia aliviado. Tudo estava calmo em Belle Ombre e ele não vira nada de estranho no vilarejo. Foi à mesa do vestíbulo e tirou a Luger da gaveta. Jonathan o observava, e Tom sorriu.

— Sim, vou passar o dia carregando esta coisa, por isso estou usando estas calças velhas. Bolsos grandes. Entendo por que algumas pessoas preferem levar o coldre atravessado no ombro. — Tom enfiou a arma num bolso da calça. — Faça o mesmo com a sua, se não se importa.

Jonathan obedeceu.

Tom pensou no rifle, guardado no segundo andar. Era uma pena que tivesse que passar direto a assuntos práticos, mas achou que fosse melhor assim.

— Vamos subir. Quero mostrar uma coisa para você.

Subiram as escadas, e Tom levou Jonathan ao quarto. Jonathan logo notou a *commode de bateau* e se aproximou para olhar melhor.

— Ganhei de presente da minha esposa há pouco tempo… Olhe — disse Tom, segurando o rifle. — Temos isto também. Longo alcance. Boa mira, mas não como um rifle militar, é claro. Agora quero que dê uma olhada por esta janela.

Jonathan olhou. Do outro lado da estrada, havia uma casa de três andares do século XIX, construída no fundo de um terreno e meio obscurecida por um bosque. Árvores orlavam a estrada num padrão aleatório. Jonathan imaginou um carro parado na estrada, em frente aos portões da propriedade, e entendeu o que Tom queria dizer: o rifle seria mais preciso que uma pistola.

— Claro, isso depende do que eles vão fazer — disse Tom. — Se resolverem lançar uma bomba incendiária, por exemplo, então é melhor usar o rifle. Tem as janelas dos fundos também, lógico. E as laterais. Venha comigo.

Tom conduziu Jonathan ao quarto de Heloise, onde havia uma janela que dava para o gramado dos fundos. Ali, além do gramado, viam-se arvoredos mais densos e uma fileira de álamos orlava o gramado pela direita.

— Há um caminho que cruza aquele bosque. Pode entrevê-lo, à esquerda. Do meu ateliê também se pode ver.

Tom foi ao corredor e abriu uma porta à esquerda. A sala tinha uma janela que dava para o gramado dos fundos, e naquela direção ficava a aldeia de Villeperce, mas as únicas coisas visíveis eram ciprestes e as telhas de uma pequena casa.

— Podemos ficar de vigia em ambos os lados da casa. Não que tenhamos que ficar grudados nas janelas, mas… Tem outra coisa importante, quero que o inimigo pense que estou sozinho aqui. Se você…

O telefone tocou. Por um momento, Tom achou melhor não atender, mas então pensou que, se o fizesse, poderia descobrir alguma coisa. Foi ao quarto e pegou o telefone.

— *Oui?*

— Monsieur Ripley? — disse a voz de uma francesa. — *Ici,* Madame Trevanny. Meu marido está aí, por acaso?

Ela soava muito tensa.

— Seu marido? *Mais non, madame!* — afirmou Tom, com perplexidade na voz.

— *Merci, m'sieur. Excusez-moi.* — Ela desligou.

Tom suspirou. Jonathan estava mesmo em apuros.

Jonathan estava parado no umbral da porta.

— Minha esposa.

— Sim — disse Tom. — Sinto muito. Falei que você não estava aqui. Pode mandar uma mensagem pelo tubo pneumático, se quiser. Ou telefonar. Talvez ela esteja na loja.

— Não, duvido muito.

Mas ela poderia estar, sim, pois tinha uma chave. Era apenas uma e quinze da tarde. Senão, como teria conseguido o número de telefone?, perguntou-se Tom. Simone devia ter encontrado nas anotações de Jonathan na loja.

— Ou, se preferir, posso levá-lo de carro a Fontainebleau. Você que sabe, Jonathan, mesmo.

— Não — disse Jonathan. — Obrigado.

Abdicação, pensou Jonathan. Simone havia percebido que Tom estava mentindo.

— Sinto muito por ter mentido para a sua esposa. Pode pôr a culpa em mim. De todo modo, a opinião dela a meu respeito já é tão ruim que não tem como piorar — sugeriu Tom. No momento, ele não dava a mínima, não tinha tempo nem disposição para se condoer de Simone. Jonathan ficou em silêncio. — Vamos lá embaixo ver o que a cozinha tem a nos oferecer.

Tom deixou as cortinas do quarto quase fechadas, mas com uma fresta para que pudesse espiar sem mexer nelas. Fez o mesmo no quarto de Heloise e também na sala de estar, no andar inferior. Decidiu não entrar nos aposentos de Madame Annette. Lá, as janelas davam para o caminho do bosque e o gramado dos fundos.

Sobrara bastante do delicioso *ragoût* que Madame Annette preparara na noite anterior. Não havia cortinas na janela acima da pia da cozinha, e Tom fez Jonathan sentar-se fora de vista à mesa, com uma dose de uísque e água.

— É uma pena que não possamos mexer no jardim hoje à tarde — disse Tom, lavando uma alface na pia.

Estava com a compulsão de olhar pela janela sempre que um carro passava. Apenas dois veículos haviam passado nos últimos dez minutos. Jonathan tinha notado que ambas as portas da garagem estavam totalmente abertas. O carro de Tom se encontrava estacionado sobre os cascalhos em frente à casa. Estava tudo tão silencioso que daria para ouvir qualquer passo, pensou Jonathan.

— E eu não posso colocar uma música, porque abafaria os outros barulhos. Que chatice — lamentou Tom.

Embora nenhum deles tivesse comido muito, passaram um longo tempo à mesa da salinha de jantar, contígua à sala de estar. Tom preparou café. Uma vez que não havia nada de substancioso para o jantar, telefonou ao açougueiro de Villeperce e pediu um bom bife para dois.

— Ah, Madame Annette está tirando uma folga — disse Tom em resposta à pergunta do açougueiro.

Os Ripley eram fregueses tão bons que Tom não hesitou em pedir que o açougueiro trouxesse um pouco de alface e algum outro legume da mercearia vizinha.

Meia hora depois, o ruído bastante audível de rodas sobre o cascalho anunciou a chegada do furgão do açougueiro. Tom colocou-se de pé de um salto. Pagou ao cordial ajudante de açougueiro, que estava usando um avental sujo de sangue, e lhe deu uma gorjeta. Jonathan lia alguns livros que tratavam de mobiliário e parecia bastante entretido, de forma que Tom subiu as escadas e foi arrumar o ateliê, um cômodo em que Madame Annette jamais tocava.

Às cinco da tarde o telefone tocou, como um grito no silêncio — para Tom, um grito abafado, pois se atrevera a sair para o jardim e estava matando tempo aparando algumas plantas. Tom correu para dentro de casa, embora soubesse que Jonathan não atenderia ao telefone. Jonathan ainda estava distraído no sofá, cercado de livros.

Era Heloise. Estava muito feliz porque acabara de telefonar para Noëlle, e um amigo de Noëlle, um decorador de interiores chamado Jules Grifaud, havia comprado um chalé na Suíça e convidara as duas para ir até lá de carro com ele e passar uma semana, a fim de lhe fazerem companhia enquanto ele arrumava as coisas na casa.

— A região é tão linda — disse Heloise. — E também podemos ajudá-lo...

Tudo aquilo soava chatíssimo aos ouvidos de Tom, mas o importante era que Heloise estava entusiasmada. Ele já sabia que ela não embarcaria naquele cruzeiro pelo Adriático como se fosse uma turista comum.

— Está tudo bem, querido? ... O que está fazendo?

— Ah... Cuidando do jardim... Sim, está tudo *muito* tranquilo.

19

Por volta das sete e meia da noite, Tom estava olhando pela janela da sala, que dava para a frente da casa, quando avistou um Citroën azul-escuro — o mesmo que vira de manhã, achou. Dessa vez, o carro passou um pouco mais rápido, mas não tão rápido quanto passaria se estivesse apenas a caminho de outro lugar. Seria o mesmo veículo? No lusco-fusco, as cores eram enganosas, ficava difícil distinguir entre azul e verde. Mas era um conversível com a capota de um branco sujo, como o da manhã. Tom olhou os portões de Belle Ombre, que havia deixado entreabertos, mas que o ajudante de açougueiro fechara. Tom resolveu mantê-los fechados, mas sem trancar. Rangiam um pouco.

— O que houve? — perguntou Jonathan.

Estava bebendo café. Não quisera tomar chá. O nervosismo de Tom começava a deixá-lo nervoso também, e, pelo que Jonathan sabia, Tom não tinha motivos reais para estar tão inquieto.

— Acho que vi o mesmo carro que vi passar de manhã. Um Citroën azul-escuro. O da manhã tinha placa de Paris. Conheço a maioria dos carros por aqui, e só duas ou três pessoas têm placas parisienses.

— Conseguiu enxergar a placa? — Aos olhos de Jonathan, já estava bastante escuro, e ele tinha uma lâmpada ao lado.

— Não… Vou buscar o rifle.

Tom foi voando até o segundo andar e voltou com o rifle. Apagara todas as luzes lá de cima.

— Prefiro não usar uma arma de fogo — disse a Jonathan —, se puder evitar, por causa do barulho. Não estamos na época de caça e os vizinhos podem ouvir o tiro... ou *alguém* pode vir averiguar. Jonathan...

Jonathan pôs-se de pé de um salto.

— É?

— Talvez tenha que usar o rifle como um porrete. — Tom demonstrou como fazê-lo, manejando a arma de modo a extrair o máximo impacto da parte mais pesada, a coronha. — E, caso precise disparar, é assim que se usa. A arma está travada agora — disse Tom e mostrou.

Ocorre que os mafiosos não estavam ali, pensou Jonathan. E, ao mesmo tempo, experimentou uma sensação estranha e surreal, como sentira em Hamburgo e Munique ao perceber que os alvos eram pessoas reais e que em breve tomariam forma na frente dele.

Tom estava calculando quanto tempo o Citroën levaria para percorrer a estrada circular que conduzia de volta ao vilarejo. Ou poderia manobrar num lugar conveniente e retornar direto à casa.

— Se alguém bater na porta — disse Tom —, tenho o pressentimento de que vou ser baleado ao abri-la. Seria mais simples para eles. Depois de me dar um tiro, o sujeito pula para dentro do carro e eles somem.

Jonathan achou que Tom estava agitado demais. Ainda assim, continuou prestando atenção.

— Outra possibilidade é que joguem uma bomba por aquela janela — disse Tom, apontando a janela da frente. — A mesma coisa que fizeram com Reeves. Então, se você... hum... concordar... Desculpe, não estou acostumado a discutir meus planos. Geralmente vou improvisando. Mas, se aceitar, poderia se esconder atrás daquele arbusto à direita... ele é mais espesso... e dar um golpe na cabeça de quem vier tocar a campainha? Talvez não toquem a campainha, mas vou ficar vigiando, com a Luger, para impedir que joguem uma bomba. Acerte o sujeito assim que ele se aproximar da porta, porque ele vai agir rápido. Vai estar com uma arma no bolso, e tudo de que precisa é me ver com clareza.

Tom foi até a lareira, pois havia se esquecido de acender o fogo. Apanhou uma das achas do lenheiro e a colocou no chão, à direita da porta principal. Não era tão pesada quanto o vaso de ametista que ficava em cima do baú ao lado da entrada, mas era muito mais fácil de manusear.

— E que tal se *eu* abrir a porta? — disse Jonathan. — Se eles sabem quem você é, como diz, vão ver que eu não sou você e...

— Não. — Tom estava surpreso com a corajosa oferta de Jonathan. — Em primeiro lugar, talvez não esperem para ver e já cheguem atirando. E, mesmo que vejam você, mesmo que você diga que não moro aqui ou que não estou em casa, eles podem simplesmente entrar à força para olhar e... — Tom desistiu da frase e soltou uma risada ao imaginar os mafiosos baleando Jonathan na barriga e empurrando o corpo para entrar na casa. — Acho que agora você deveria ocupar seu posto perto da porta, se não se importar. Não sei quanto tempo vai ter que ficar lá, mas posso levar alguma coisa para você beber quando quiser.

— Claro. — Jonathan pegou o rifle e saiu.

A estrada em frente à residência estava silenciosa. Jonathan ficou à sombra da casa e treinou o golpe com o rifle, assestando um ponto invisível e alto, como se mirasse na cabeça de um homem que estivesse nos degraus.

— Ótimo — disse Tom. — Por acaso, não quer uma dose de uísque? Pode deixar o copo nos arbustos. Não tem problema se quebrar.

Jonathan sorriu.

— Não, obrigado.

Meteu-se na moita. Os arbustos eram semelhantes a ciprestes, com pouco mais de um metro de altura, e havia loureiros também. O lugar onde Jonathan se encontrava estava bastante escuro, de modo que ele se sentiu totalmente escondido. Tom já havia fechado a porta. Jonathan sentou-se no chão, com o queixo apoiado nos joelhos e o rifle perto da mão direita. Ficou se perguntando quanto tempo demoraria. Uma hora? Mais? Ou será que Tom estava apenas fazendo um jogo? Jonathan não acreditava que fosse tudo só um jogo. Tom não havia enlouquecido, achava mesmo que algo poderia acontecer naquela noite — e, tendo em vista a possibilidade, ainda que pequena, tomar precauções era uma questão de prudência. Então, ao ouvir um carro se aproximar, Jonathan sentiu uma pontada de verdadeiro medo, um impulso de correr em direção à casa. O carro passou rápido. Jonathan não teve chance de avistá-lo através dos arbustos e dos portões. Encostou o ombro num tronco fino, ou em algo similar, e começou a se sentir sonolento. Cinco minutos depois, jazia esticado de costas, mas ainda bem acordado, e passou a sentir a friagem da terra nas omoplatas. Se o telefone tocasse de novo, decerto seria Simone. Jonathan se questionou se ela, tomada por um frenesi, não pegaria um táxi e iria à casa de Tom. Ou quem sabe telefonasse para o irmão, Gérard, em Nemours, e pedisse uma carona? Era mais provável. Jonathan parou de pensar naquela possibilidade, porque era horrível demais. Ridículo. Impensável. Se ela o encontrasse escondido numa moita, como ele explicaria a situação, ainda que conseguisse ocultar o rifle?

Jonathan ouviu a porta da casa ser aberta. Estivera cochilando.

— Pegue esta coberta — sussurrou Tom.

A estrada estava deserta, e Tom saiu com uma manta e a entregou a Jonathan.

— Se deite em cima dela. O chão deve estar terrível.

Ouvindo o próprio sussurro, Tom percebeu que os mafiosos podiam se aproximar a pé, esgueirando-se. Não havia pensado nisso antes. Voltou para dentro de casa sem dizer mais uma palavra a Jonathan.

Tom subiu as escadas e, no escuro, examinou a situação pelas janelas, olhando a frente e os fundos. Tudo parecia calmo. Na estrada, cerca de cem metros na direção do vilarejo, um poste de luz brilhava forte, mas sem projetar um halo muito amplo. A luz não alcançava a fachada de Belle Ombre, como Tom bem sabia. Tudo estava extremamente silencioso, o que era normal. Mesmo com as janelas fechadas, ouviria os passos de alguém na estrada, avaliou Tom. Gostaria de poder colocar uma música. Estava prestes a dar as costas para a janela, quando ouviu um *cruntch-cruntch-cruntch*. Era alguém caminhando pela estrada de terra. Então viu um facho de lanterna, não muito forte, vindo da esquerda, em direção à Belle Ombre. Tom teve certeza de que a pessoa não entraria na propriedade, e o vulto de fato não entrou, pois seguiu adiante e logo sumiu de vista, antes de chegar ao poste de luz. Se era um homem ou uma mulher, Tom não saberia dizer.

Jonathan talvez estivesse com fome. Quanto a isso, não havia o que ser feito. Tom estava com fome também. Bem, é claro que havia solução para isso. Tom desceu as escadas no escuro, os dedos deslizando pelo corrimão, e entrou na cozinha — a sala de estar e a cozinha estavam com as luzes acesas —, onde preparou uns canapés de caviar. O caviar havia sobrado do jantar da noite anterior e estava num pote na geladeira, portanto foi coisa rápida. Tom levava um prato para Jonathan quando ouviu o ronronar de um carro. O veículo passou em frente à Belle Ombre, da esquerda para a direita, e parou. Então houve o suave estalido de uma porta de carro que não se fechou completamente. Tom deixou o prato sobre o baú de madeira junto à porta e puxou a pistola.

Os passos ressoaram com firmeza, um ritmo comedido, primeiro na estrada de terra e depois sobre os cascalhos. O sujeito não vinha jogar uma bomba, pensou Tom. A campainha tocou. Tom esperou alguns segundos e disse em francês:

— Quem é?

— Gostaria de pedir uma informação, por favor — respondeu o homem em francês, com pronúncia perfeita.

Ao escutar os passos se aproximando, Jonathan se agachara com o rifle nas mãos e, tão logo ouviu Tom puxar o ferrolho da porta, saltou dos arbustos. O homem estava dois degraus acima, mas a altura de Jonathan compensava o desnível, e ele desferiu com toda a força uma coronhada contra a cabeça do homem — que se voltara levemente na direção de Jonathan, pois devia tê-lo ouvido se aproximar. O golpe de Jonathan acertou atrás da orelha esquerda do sujeito, logo abaixo da aba do chapéu. O homem rodopiou, bateu contra a soleira da porta e desabou.

Tom abriu a porta e puxou o sujeito pelos pés para dentro de casa com a ajuda de Jonathan, que o erguia pelos ombros. Em seguida, Jonathan buscou o rifle e, assim que entrou novamente na casa, Tom fechou a porta sem fazer barulho, pegou a acha de lenha e golpeou a cabeça aloirada do homem. O chapéu havia caído e jazia de borco no piso de mármore. Tom esticou a mão para o rifle e Jonathan o entregou. Tom fez a coronha de metal descer com toda a força contra a têmpora do homem.

Jonathan não acreditava nos próprios olhos. O sangue escorria pelo mármore branco. Aquele era o guarda-costas bem-apessoado e de cabelo cor de palha que avistara andando de um lado para outro no trem, perturbado.

— Peguei o desgraçado! — sussurrou Tom com satisfação. — É o guarda-costas. Olhe a arma!

Metade da arma escorregara para fora do bolso direito do paletó do mafioso.

— Vamos mais para o fundo da sala — disse Tom, e, em seguida, os dois meio que empurraram, meio que puxaram o corpo pelo chão. — Cuidado para não sujar o tapete de sangue! — Tom chutou o tapete, tirando-o do caminho. — O próximo cara vai chegar num minuto, pode ter certeza. Devem ser dois, talvez três.

Tom apanhou o lenço — lavanda, com monograma — que estava no bolso da frente do paletó do mafioso e limpou um respingo de sangue no chão, próximo à entrada. Chutou o chapéu do sujeito, fazendo-o voar por cima do corpo e cair junto à porta que levava do vestíbulo à cozinha. Então Tom passou o ferrolho na porta principal, cobrindo-o com a mão esquerda para que não fizesse barulho.

— O próximo talvez não seja tão fácil.

Passos soaram no cascalho. A campainha tocou duas vezes, de um jeito ansioso.

Tom riu sem emitir nenhum som e puxou a Luger. Fez um gesto para que Jonathan pegasse a arma dele também. De repente, Tom se contorceu e dobrou o corpo, tentando reprimir o riso, depois empertigou-se e abriu um largo sorriso para Jonathan, enxugando as lágrimas.

Jonathan não sorriu.

A campainha tocou de novo, um repique longo e uniforme.

Jonathan viu o rosto de Tom mudar em uma fração de segundo: ele franziu a testa e fez uma careta, como se não soubesse o que fazer.

— Não use a arma, a menos que não haja alternativa — sussurrou Tom, com a mão esquerda estendida em direção à porta.

Tom ia abrir e disparar, supôs Jonathan, ou então render o homem apontando-lhe a arma.

Então, mais passos. O homem estava indo até a janela às costas de Jonathan, quase totalmente encoberta pelas cortinas. Jonathan afastou-se da janela.

— Angy? … *Angy!* — sussurrou uma voz de homem.

— Vá até a porta e pergunte o que ele quer — sussurrou Tom. — Fale em inglês… Como se fosse o mordomo. Deixe o sujeito entrar. Vou rendê-lo. Consegue fazer isso?

Jonathan não queria pensar se conseguiria ou não. Houve uma batida à porta, depois outro toque na campainha.

— Quem é, por favor? — perguntou Jonathan junto à porta.

— *Je... je voudrais demander mon chemin, s'ils vous plaît.* — A pronúncia não era muito boa.

Tom sorriu maliciosamente.

— Com quem gostaria de falar, Sir? — perguntou Jonathan.

— *Une direction!... S'il vous plaît!* — gritou a voz, e havia um toque de desespero.

Tom e Jonathan trocaram um olhar, e Tom indicou, com um gesto, que Jonathan abrisse a porta. Tom estava grudado ao umbral, à esquerda de quem estivesse do lado de fora, mas oculto mesmo que a porta fosse aberta.

Jonathan abriu o ferrolho, girou a fechadura automática da maçaneta e entreabriu a porta; esperava levar um tiro na barriga, mas manteve-se empertigado, com a mão esquerda firmemente plantada no bolso do paletó, segurando a arma.

O italiano do outro lado da porta — um pouco mais baixo que o companheiro, mas usando um chapéu parecido — também tinha uma das mãos no bolso e pareceu bastante surpreso ao ver um homem alto, em roupas comuns, diante dele.

— Sir? — Jonathan notou que a manga esquerda do homem estava vazia.

No instante em que o homem botou os pés dentro da casa, Tom o cutucou com a Luger.

— Me dê sua arma! — disse Tom, em italiano.

A arma de Jonathan agora também estava apontada para o sujeito. O homem ergueu a mão dentro do bolso como se fosse atirar, mas Tom empurrou o rosto dele com a mão esquerda. O italiano não disparou, parecia paralisado ao ver-se subitamente diante de Tom Ripley.

— Reeply! — disse o italiano, numa voz que misturava terror, surpresa e talvez triunfo.

— Ah, deixe disso, só me dê a arma! — disse Tom em inglês, cutucando o homem nas costelas com a pistola e fechando a porta com o pé.

O italiano captou o espírito da coisa. Seguindo as ordens de Tom, deixou a arma cair no chão. Então, avistou o companheiro estendido no piso, a alguns metros de distância, e teve um sobressalto, de olhos arregalados.

— Tranque a porta — instruiu Tom a Jonathan. Em seguida, disse em italiano: — Tem mais alguém lá fora?

O sujeito balançou a cabeça vigorosamente, o que não significava nada, pensou Tom. Em seguida, Tom viu que um dos braços do homem estava numa tipoia sob o casaco. Os jornais estavam errados, pelo visto.

— Continue com a pistola apontada para ele — disse Tom, começando a revistar o italiano. — Tire o paletó!

Tom tirou o chapéu do sujeito e jogou-o na direção de Angy.

O italiano deixou o paletó escorregar e cair no chão. O coldre de ombro estava vazio. Não havia armas nos bolsos.

— Angy… — disse o italiano.

— Angy *è morto* — informou Tom. — E você vai morrer também, se não fizer o que nós mandarmos. Quer morrer? Qual é o seu nome?… Qual é o seu *nome*?

— Lippo. Filippo.

— Lippo. Levante as mãos e não se mexa. Quer dizer, a mão. Fique parado ali. — Indicou um ponto ao lado do morto, e Lippo ergueu o braço direito. — Mantenha-o sob a mira, Jon, quero dar uma olhada no carro deles.

Com a Luger preparada para disparar, Tom saiu e dobrou à direita na estrada, aproximando-se cautelosamente do carro. Escutou o motor ligado. O veículo estava no acostamento, com os faróis acesos. Tom parou e fechou os olhos por um instante, depois os abriu bem, tentando ver se havia algum movimento nas imediações do carro ou atrás da janela traseira. Avançou com o passo lento mas regular, esperando que alguém talvez disparasse de trás do carro. Silêncio. Seria possível que tivessem mandado só dois homens? Em razão do nervosismo, Tom se esquecera de pegar uma lanterna. Apontando a arma na direção do banco dianteiro, para o caso de haver alguém agachado ali, Tom abriu a porta esquerda. A luz interna se acendeu. O carro estava vazio. Encostou a porta, sem fechá-la totalmente — apenas o bastante para apagar a luz —, inclinou-se e aguçou os ouvidos. Não escutou nada. Então correu para abrir os portões de Belle Ombre, depois voltou ao carro e o conduziu em marcha à ré até o pátio de cascalhos. Um veículo passou nesse instante pela estrada, vindo do vilarejo. Tom desligou o motor e os faróis. Bateu na porta e anunciou seu nome a Jonathan.

— Parece que são só eles — disse Tom.

Jonathan estava no mesmo lugar em que Tom o deixara, apontando a arma para Lippo, que estava com o braço direito abaixado, meio pendente junto ao flanco.

Tom sorriu para Jonathan e em seguida para Lippo.

— Está sozinho, hein, Lippo? Porque, se estiver mentindo, *finito*, me entendeu?

O orgulho mafioso pareceu retornar a Lippo, que apenas semicerrou os olhos, fitando Tom.

— *Risponde*, seu…!

— *Sì!* — disse Lippo, zangado e assustado.

— Está cansado, Jonathan? Sente-se. — Tom puxou uma poltrona com estofado amarelo para ele. — Também pode se sentar, se quiser — disse a Lippo. — Sente-se do lado do seu chapa. — Tom falava em italiano, o domínio da gíria voltando.

Lippo, no entanto, continuou de pé. Tinha 30 e poucos anos, presumiu Tom, cerca de um metro e oitenta, ombros arredondados mas fortes e uma barriguinha despontando — um sujeito irremediavelmente burro e que jamais seria um *capo*. Tinha cabelo preto liso e uma pele pálida oliva, que parecia estar assumindo um tom meio esverdeado.

— Você se lembra de mim? Do trem? Mais ou menos? — perguntou Tom, sorrindo. Olhou de relance o vulto amontoado no piso.

— Se você se comportar bem, Lippo, não vai terminar como Angy. Certo? — Tom pôs as mãos na cintura e sorriu para Jonathan. — Que tal tomarmos um gim-tônica para repor as energias? Você está bem, Jonathan?

A cor estava voltando ao rosto dele, percebeu Tom.

Jonathan assentiu, com um sorriso tenso.

— Sim.

Tom foi à cozinha. Enquanto pegava cubos de gelo, o telefone tocou.

— Ignore o telefone, Jonathan!

— Certo! — Jonathan pressentiu que seria Simone outra vez.

Eram nove e quarenta e cinco da noite.

Tom estava pensando em como tirar Lippo e os outros mafiosos de seu rastro. O telefone chamou oito vezes e parou. Inconscientemente, Tom contou cada toque. Voltou à sala de estar levando uma bandeja com dois copos, gelo e uma garrafa de água tônica aberta. O gim estava no carrinho de bebidas junto à mesa de jantar.

— Saúde! — disse Tom ao entregar um drinque a Jonathan.

Voltou-se para Lippo.

— Onde fica seu quartel-general, Lippo? Milano?

Lippo resolveu manter um silêncio insolente. Teriam que bater um pouco nele, que chatice! Tom olhou com desdém a poça de sangue já meio seca sob a cabeça de Angy, pôs o copo sobre o baú de madeira junto à porta e voltou à cozinha. Umedeceu um grosso pano de chão — Madame Annette o chamava de *torchon* — e enxugou o sangue do assoalho de parquetes, que a governanta havia encerado.

Com o pé, empurrou a cabeça de Angy e colocou o pano debaixo dela. Não escorreria mais sangue, percebeu Tom. Com súbita inspiração, vasculhou os bolsos de Angy mais detidamente, as calças, o paletó. Achou cigarros, um isqueiro, alguns trocados. Uma carteira no bolso do paletó, mas a deixou onde estava. Havia um lenço embolado no bolso lateral, e quando Tom o puxou veio junto uma corda com um nó corredio.

— Veja! — disse a Jonathan. — Era disso que eu precisava! Ah, os mafiosos e os seus rosários! — Ergueu a corda e riu com gosto. — É para você, Lippo, se não for um bom garoto — falou em italiano. — Afinal de contas, não queremos fazer barulho com armas de fogo, certo?

Jonathan ficou olhando para o chão por uns segundos, enquanto Tom andava tranquilamente na direção de Lippo. Tom estava rodopiando a corda na ponta de um dedo.

— Você é membro da distinta família Genotti, *non è vero*, Lippo?

Lippo hesitou, mas só por um breve momento, como se a ideia de negar tivesse apenas passado voando pela cabeça dele.

— *Sì* — disse firmemente, com um traço de *vergogna*.

Tom achou graça. A força das famílias mafiosas vinha do agir em bando, em grande número. Quando um mafioso se via sozinho diante do inimigo, ficava amarelo, ou esverdeado, como Lippo. Sentiu pena do sujeito por causa do braço, mas ainda não começara a torturá-lo, e Tom conhecia bem as torturas que a Máfia aplicava às pessoas que deviam dinheiro ou serviços — unhas e dentes arrancados, queimaduras com cigarros.

— Quantos homens já matou, Lippo?

— *Nessuno!* — gritou Lippo.

— Nenhum — disse Tom a Jonathan. — Ha-ha.

Tom foi lavar as mãos no pequeno lavabo que ficava do outro lado da sala. Depois terminou o drinque, apanhou a acha de lenha junto à porta e se aproximou de Lippo.

— Lippo, você vai telefonar para o seu chefe esta noite. Talvez seu novo *capo*, hum? Onde ele está agora? Milano? Monaco di Bavaria? — perguntou Tom e deu uma bordoada com a acha na cabeça de Lippo, só para mostrar que falava a sério, mas o golpe acabou saindo forte porque Tom estava nervoso.

— Pare! — gritou Lippo, cambaleando após quase cair, a mão pateticamente esfregando a cabeça. — Vai bater num cara de um braço só?! — berrou em seu verdadeiro dialeto, o italiano chulo de Nápoles, pensou Tom, embora talvez fosse de Milão, Tom não era especialista.

— *Sì, sì!* E ainda por cima dois contra um! — replicou Tom. — Não jogamos limpo, né? Essa é a sua queixa? — Tom xingou-o de um nome impronunciável e se virou para pegar um cigarro. — Por que não reza à Virgem Maria? — disse por cima do ombro. — Outra coisa — continuou em inglês. — Se gritar de novo, vou quebrar essa acha na sua cabeça! — Tom investiu, brandindo o pedaço de madeira (*zuuum!*) para comprovar o que estava falando. — Foi assim que Angy morreu.

Lippo pestanejou, a boca vagamente aberta. A respiração estava curta e audível.

Jonathan terminara o drinque. Segurava a arma com as duas mãos, porque parecia mais pesada. Não tinha certeza de que conseguiria acertar Lippo se tivesse que atirar, e, de todo modo, Tom quase não saía da frente do alvo. Ele estava sacudindo o italiano pelo cinto. Jonathan não entendia tudo que Tom estava dizendo, pois misturava um italiano truncado com francês e inglês. Durante a maior parte do tempo, Tom murmurou, mas de repente a voz se levantou, irada, e ele empurrou o italiano para trás e se virou. O italiano mal dissera coisa alguma.

Tom foi até o rádio, apertou uns botões e o som de um concerto de violoncelos encheu o ar. Tom deixou o volume no médio. Depois, assegurou-se de que as cortinas da frente estivessem bem fechadas.

— Não é uma pena? — disse a Jonathan, em tom apologético. — Sórdido. Ele não quer me dizer onde está o chefe, então vou ter que bater um pouco nele. Naturalmente, ele tem tanto medo do chefe quanto de mim.

Tom brindou Jonathan com um rápido sorriso e foi trocar a música. Achou uma canção pop. Depois, agarrou a acha com determinação. Lippo conseguiu esquivar-se do primeiro golpe, mas Tom o acertou na têmpora com um golpe invertido. Lippo soltou um uivo, depois gritou:

— *No! Lasciame!*

— O telefone do seu chefe! — gritou Tom.

Crash! A bordoada tinha como alvo a barriga de Lippo, mas acertou a mão, com a qual ele tentara se defender do golpe. Partículas de vidro caíram no chão. Lippo usava um relógio no pulso direito e o mostrador havia se estilhaçado. O sujeito apertou a mão dolorida contra o abdômen enquanto olhava os cacos de vidro no chão. Ofegava, tentando recuperar o fôlego.

Tom esperou. A acha estava a postos.

— Milano! — disse Lippo.

— Ótimo. Agora você vai...

Jonathan não entendeu o resto.

Tom apontou para o telefone, foi à mesa próxima às janelas da frente, onde estava o aparelho, e apanhou papel e lápis. Perguntou ao italiano o número do chefe.

Lippo respondeu e Tom o anotou.

Então Tom deu ordens mais longas e em seguida voltou-se para Jonathan.

— Eu disse a ele que se não telefonar para o chefe e disser o que eu mandei, vou estrangulá-lo.

Tom preparou a corda, e, quando se virava para encarar Lippo, o som de um automóvel veio da estrada, o barulho de um carro estacionando junto aos portões.

Jonathan se levantou, pensando que ou eram reforços italianos, ou Simone no carro de Gérard. Não sabia qual das possibilidades era pior — ambas lhe pareciam uma espécie de morte. Tom não queria abrir as cortinas para olhar. O motor continuava ronronando. Não houve mudança no rosto de Lippo, nenhum sinal de alívio que Tom tenha notado. Então o carro seguiu para a direita. Tom olhou por entre as cortinas. O veículo foi adiante, já ia longe, e tudo estava bem, a menos que alguns homens tivessem se escondido nos arbustos, com o objetivo de atirar nas janelas. Tom escutou atentamente por vários instantes. Talvez fossem os Grais, pensou. Sim, pode ser que os Grais tivessem telefonado minutos antes, e quando viram o carro desconhecido no pátio decidiram ir embora, achando que os Ripley estivessem com visitas.

— Agora, Lippo — disse Tom, calmamente —, você vai telefonar para o seu chefe, e eu vou escutar a conversa com esta coisinha aqui. — Tom pegou um receptor redondo que estava conectado à parte traseira do telefone, um aparelho que os franceses usavam no outro ouvido, para melhorar o som da chamada. — E, se você não disser tudo *perfeitamente* — continuou Tom, agora em francês, pois notou que o italiano entendia —, não vou hesitar em apertar esse negócio no seu pescoço, entendeu?

Tom laçou o próprio pulso para ilustrar, depois foi na direção de Lippo e lançou a corda ao redor da cabeça dele.

Pego de surpresa, Lippo se contraiu um pouco, e em seguida Tom o conduziu até o telefone como um cachorro na coleira. Fez com que Lippo se sentasse na cadeira, de modo que ele próprio ficasse numa boa posição para puxar a corda com força.

— Agora vou discar o número, me desculpe, mas vai ser uma ligação a cobrar. Você vai dizer que está na França e que você e Angy acham que estão sendo seguidos. Vai falar que avistou Tom Ripley e que Angy diz que não é o homem que estão procurando. Certo? Entendido? Se fizer qualquer gracinha, se usar algum código, já sabe... — Tom apertou o laço, mas não tão forte a ponto de desaparecer no pescoço de Lippo.

— *Sì, sì!* — disse Lippo, os olhos indo aterrorizados de Tom ao telefone.

Tom discou o número da telefonista e pediu uma ligação internacional para Milão, Itália. Quando a telefonista pediu o número de quem chamava, como sempre faziam na França, Tom o informou.

— Da parte de quem? — perguntou a telefonista.

— Lippo. Só Lippo — respondeu Tom.

Recitou o número. A telefonista disse que ligaria de volta.

— Se esse telefone for de algum mercadinho ou de uma das suas namoradas — ameaçou Tom —, vou estrangulá-lo do mesmo jeito! *Capish?*

Lippo se contorceu, como se tentasse desesperadamente achar um meio de escapar e ainda não tivesse encontrado.

O telefone tocou.

Com um gesto, Tom ordenou que Lippo atendesse. Tom pegou o receptor e ficou ouvindo. A telefonista falou que a chamada seria aceita.

— Pronto? — disse uma voz masculina do outro lado da linha.

Lippo segurou o telefone junto à orelha esquerda com a mão direita.

— Pronto. Aqui é o Lippo. Luigi!

— *Sì* — disse a voz.

— Escute, nós... — O suor fazia a camisa de Lippo grudar nas costas. — Nós vimos...

Tom deu um puxão na corda para espicaçá-lo.

— Você está na França, não está? Com Angy? — disse a voz, com certa impaciência. — *Allora...* Qual é o problema?

— Nada. Eu... Nós vimos o sujeito. Angy diz que não é o mesmo homem... Não...

— E você acha que estão sendo seguidos — sussurrou Tom, porque a ligação estava ruim e não tinha nenhum receio de que o homem em Milão o escutasse.

— E achamos que alguém está nos seguindo.

— Alguém? *Quem?* — perguntou o milanês, rispidamente.

— Não sei. O que... a gente faz agora? — perguntou Lippo, usando uma palavra que Tom não entendeu.

Lippo parecia realmente assustado.

As costelas de Tom se contraíram por causa da gargalhada contida, e ele olhou de relance para Jonathan, que ainda apontava a arma para Lippo. Tom não entendia tudo que Lippo estava dizendo, mas o sujeito não parecia estar armando nenhum truque.

— É para a gente voltar? — perguntou Lippo.

— *Sì!* — disse Luigi. — Deixem o carro! Peguem um táxi para o aeroporto mais próximo! Onde estão agora?

— Diga que precisa desligar — sussurrou Tom, gesticulando.

— Tenho que ir. *Rivederch*, Luigi — disse Lippo e desligou, então ergueu o rosto e fitou Tom com olhos de um cão infeliz.

Lippo sabia que era um homem morto, pensou Tom. Ao menos uma vez na vida, Tom sentia orgulho da própria reputação. Não tinha qualquer intenção de poupar a vida do sujeito. A família de Lippo não pouparia a vida de ninguém nas mesmas circunstâncias.

— Levante-se, Lippo — disse Tom, com um sorriso. — Vamos ver o que mais você tem nos bolsos.

Quando Tom começou a revistá-lo, o braço bom de Lippo recuou, como que prestes a desferir um golpe, mas Tom não se deu ao trabalho de se esquivar. Só um espasmo nervoso, pensou Tom. Num bolso, apalpou algumas moedas e um papel amassado que, ao ser examinado, revelou-se a decrépita passagem de algum bonde italiano;

depois, no bolso lateral, achou um garrote diferente. Um cordão de aspecto esportivo, com listras brancas e vermelhas que lembravam um poste de barbeiro. Era da espessura de um categute, e Tom deduziu que fosse isso mesmo.

— Olhe só! Mais um! — disse a Jonathan, erguendo o garrote como se fosse um lindo seixo que acabara de achar na praia.

Jonathan mal prestou atenção ao fio. O primeiro garrote ainda estava no pescoço de Lippo. Jonathan não olhava o cadáver que estava no assoalho encerado, a menos de dois metros, um dos pés virado para dentro em uma posição antinatural; ainda assim, entrevia vagamente pela visão periférica a figura estendida.

— Minha nossa — disse Tom, olhando o relógio.

Não tinha notado que já era tão tarde, passava das dez. Precisava completar logo o serviço, pois ele e Jonathan teriam que viajar horas de carro e voltar antes de o sol nascer, se possível. Tinham que se livrar dos corpos a alguma distância de Villeperce. Para o Sul, lógico, na direção da Itália. Sudeste, talvez. Não fazia muita diferença, mas Tom preferia o Sudeste. Respirou fundo, preparando-se para o ato, mas a presença de Jonathan o inibia. Contudo, Jonathan já vira cadáveres sendo removidos antes e não havia tempo a perder. Tom apanhou a acha do chão.

Lippo se esquivou e jogou-se no chão, ou talvez tenha tropeçado e caído, mas Tom investiu contra a cabeça dele e golpeou uma, duas vezes com a acha. Contudo, não aplicou toda a força, pois no fundo da mente pairava o receio de sujar ainda mais o piso que Madame Annette havia encerado com tanto esmero.

— Ele só está inconsciente — disse Tom a Jonathan. — Preciso terminar o que comecei. Se não quiser ver, talvez seja melhor ir para a cozinha.

Jonathan havia se levantado. Definitivamente, não queria ver.

— Sabe dirigir? — perguntou Tom. — Meu carro, no caso. O Renault.

262

— Sei — disse Jonathan. Tirara a carteira de motorista ao chegar à França com Roy, o amigo e conterrâneo, mas tinha deixado a carteira em casa.

— Vamos ter que pegar o carro esta noite. Vá para a cozinha. — Tom apontou na direção e Jonathan obedeceu.

Em seguida, Tom se debruçou e entregou-se à tarefa de apertar o garrote — tarefa essa que não era das mais agradáveis, a frase banal lhe passou pela cabeça —, mas e as pessoas que não tinham o privilégio de estar piedosamente anestesiadas pela inconsciência? Tom puxou o fio, que desapareceu na carne de Lippo, e encorajou-se com a lembrança de Vito Marcangelo sucumbindo pelo mesmo método no Expresso Mozart. Tom tinha levado aquele serviço até o fim, e este era o segundo.

Ouviu um carro rodar, incerto, pela estrada, depois se aproximar e parar, com o som de um freio de mão.

Tom manteve o aperto no garrote, sem diminuir a força. Quantos segundos haviam se passado? Quarenta e cinco? Não mais que um minuto, infelizmente.

— O que foi *isso*? — sussurrou Jonathan, vindo da cozinha.

O motor do carro ainda estava ligado.

Tom balançou a cabeça.

Ouviram passos leves e rápidos sobre o cascalho e depois uma batida na porta. De repente, Jonathan se sentiu fraco, como se as pernas fossem ceder.

— Acho que é a Simone — disse Jonathan.

Tom esperava desesperadamente que Lippo estivesse morto, mas a cor no rosto dele era apenas um rosa-escuro. Desgraçado!

Outra batida.

— Monsieur Ripley? *Jon!*

— Pergunte quem está com ela — instruiu Tom. — Se estiver com alguém, não podemos abrir a porta. Diga que estamos ocupados.

— Quem está com você, Simone? — perguntou Jonathan através da porta fechada.

— Ninguém! ... Disse ao táxi que esperasse. O que está acontecendo, Jon?

Jonathan percebeu que Tom havia escutado as palavras dela.

— Diga que ela mande o táxi embora — falou Tom.

— Pague ao taxista, Simone! — gritou Jonathan.

— Já paguei!

— Diga que ele vá embora.

Simone foi à estrada para dispensar o taxista. Ouviram o carro se afastar. Ela voltou e subiu os degraus, mas dessa vez não bateu na porta, só esperou.

Tom se empertigou e largou Lippo, deixando o garrote no pescoço dele. Estava se perguntando se Jonathan conseguiria sair e dizer a Simone que ela não podia entrar, que estavam reunidos com outras pessoas e chamariam outro táxi para ela. Estava pensando também na impressão que o taxista tivera da situação. Mandá-lo embora foi a opção certa, muito melhor do que deixá-lo perceber que Simone *não* seria recebida na casa, embora as luzes estivessem acesas e houvesse ao menos uma pessoa ali dentro.

— Jon! Abra a porta, por favor! Quero falar com você.

— Pode esperar com ela lá fora enquanto telefono para outro táxi? — disse Tom em voz baixa. — Diga que estamos tratando de negócios com outras pessoas.

Jonathan assentiu, hesitou um instante e então puxou o ferrolho. Entreabriu a porta apenas o bastante para que ele próprio saísse, mas de supetão Simone a empurrou. Ela entrou no vestíbulo.

— Jon! Sinto muito por... — Ofegante, ela olhou ao redor, como se procurasse Tom Ripley, o dono da casa. E o avistou ao mesmo tempo que viu os dois homens no chão. Soltou um grito breve. A bolsa escorregou de seus dedos e caiu com um ruído abafado no mármore. — *Mon Dieu!* O que está acontecendo aqui?

Jonathan agarrou a mão dela com força.

— Não olhe. Eles…

Simone estava paralisada.

Tom caminhou até ela.

— Boa noite, madame. Não se assuste. Esses homens invadiram a casa. Estão inconscientes. Tivemos alguns problemas! … Jonathan, leve Simone para a cozinha.

Simone não se mexeu. Cambaleou, apoiou-se em Jonathan por um momento, depois ergueu a cabeça e olhou para Tom com uma expressão histérica.

— Parecem mortos! … Assassinos! *C'est épouvantable!* … Jonathan! Não acredito que *você* esteja… *aqui!*

Tom estava indo até o carrinho de bebidas.

— Será que Simone aceitaria um conhaque? O que você acha? — perguntou a Jonathan.

— Sim… Vamos para a cozinha, Simone. — Fez menção de andar entre ela e os cadáveres, mas Simone não se mexeu.

Tom, achando mais difícil abrir a garrafa de conhaque do que a de uísque, serviu este em um dos copos que estavam no carrinho. Levou a bebida para Simone: uísque puro.

— Madame, compreendo que seja uma visão terrível. Esses homens são da Máfia, italianos. Vieram à casa para nos atacar. Bem, para *me* atacar, ao menos. — Com alívio, Tom a viu sorver o uísque, mal fazendo careta, como se fosse um remédio que lhe faria bem. — Jonathan me ajudou, pelo que lhe sou muito grato. Sem ele… — Tom se calou.

A fúria voltou aos olhos de Simone.

— Sem ele? O que ele está fazendo aqui?

Tom se empertigou. Andou, ele próprio, em direção à cozinha, achando que era o único jeito de tirá-la da sala de estar. Simone e Jonathan o seguiram.

— Não posso explicar isso hoje, Madame Trevanny. Não neste momento. Temos que sair agora... com estes homens. Será que pode...

— Tom estava pensando se daria tempo de levá-la a Fontainebleau, no Renault, e depois voltar para se livrar dos corpos com a ajuda de Jonathan. Não, de forma alguma. Levaria uns quarenta minutos, e ele não podia perder todo aquele tempo. — Madame, posso chamar um táxi para levá-la de volta a Fontainebleau?

— Não vou deixar meu marido. Quero saber o que ele está fazendo aqui... com uma criatura imunda como você!

A fúria de Simone se dirigia totalmente a Tom. Ele gostaria que toda a raiva jorrasse num grande borbotão, de uma vez por todas. Achava difícil lidar com mulheres raivosas, não que tivesse encontrado muitas. Para Tom, a ira feminina era um caos circular, anéis de pequenas fogueiras, que, quando ele conseguia apagar uma, a mente da mulher logo saltava para a próxima.

— Se Simone ao menos aceitasse pegar um táxi de volta a Fontainebleau... — disse a Jonathan.

— Eu sei, eu sei. Simone, realmente é melhor que você volte para casa.

— Você vem comigo? — perguntou ela.

— Eu... Eu não posso — disse Jonathan, desesperado.

— Então não quer vir comigo. Está do lado dele.

— Se me deixar explicar mais tarde, querida...

Jonathan continuou na mesma toada, enquanto Tom pensava que talvez Jonathan não quisesse mais ajudar, talvez tivesse mudado de ideia. Jonathan não chegaria a lugar algum tentando convencer Simone. Tom os interrompeu.

— Jonathan — chamou, com um gesto. — Peço que nos dê licença por um momento, madame. — Na sala de estar, Tom sussurrou a Jonathan: — Temos umas seis horas de trabalho pela frente... ou eu tenho. Preciso levar esses dois para longe daqui e me livrar deles... E gostaria de estar de volta ao amanhecer, ou antes. Está disposto a me ajudar?

Jonathan se sentiu perdido como um homem em meio a uma batalha. Mas, em relação a Simone, o estrago parecia já estar feito. Ele jamais conseguiria explicar aquilo. Voltar a Fontainebleau com ela naquele momento não serviria de nada. Ele havia perdido Simone, e o que mais tinha a perder? Esses pensamentos espocaram na mente de Jonathan feito uma única imagem.

— Sim, estou disposto.

— Ótimo. Obrigado. — Tom sorriu, tenso. — Simone com certeza não vai querer ficar aqui. Poderia ficar no quarto da minha esposa, é claro. Talvez eu encontre um sedativo. Mas, por Cristo, ela *não pode vir conosco.*

— Não. — Simone era responsabilidade dele, mas Jonathan se sentia incapaz de persuadi-la ou dar a ela uma ordem. — *Jamais* consegui dizer a ela...

— Seria perigoso. — Tom o interrompeu, depois se calou.

Não havia tempo a perder com mais conversa, e Tom se viu compelido a dar uma olhada no rosto de Lippo, que estava azulado, ou ao menos foi o que achou. De todo modo, aquele corpo desajeitado estava com o aspecto dos mortos — não era o aspecto de quem dormia e sonhava, mas um semblante meramente vazio, como se a consciência houvesse partido para sempre. Tom estava indo à cozinha, mas Simone veio de lá, e ele percebeu que o copo dela estava vazio. Ele foi ao carrinho e retornou com a garrafa. Voltou a servir o copo dela, embora Simone indicasse que não queria mais beber.

— Não precisa beber, madame — disse Tom. — Nós precisamos sair, e devo dizer que seria perigoso se ficasse sozinha na casa. Não tenho como saber se outros do bando não vão aparecer.

— Então vou com vocês. Vou com meu marido!

— *Impossível,* madame. — Tom foi firme.

— O que vocês vão fazer?

— Não tenho certeza, mas precisamos nos livrar desses... Dessas carcaças! — Tom apontou os corpos com a mão e repetiu: — *Charogne!*

— Simone, você tem que pegar um táxi de volta a Fontainebleau — disse Jonathan.

— *Non!*

Jonathan a tomou pelo pulso e pegou o copo com a outra mão, para não derramar a bebida.

— Você tem que fazer o que eu estou dizendo. É a sua vida. É a minha vida. Não podemos ficar aqui discutindo!

Tom subiu as escadas, saltando degraus. Após procurar por cerca de um minuto, encontrou o pote de fenobarbitol de 25 miligramas, remédio que Heloise tomava muito raramente, tanto que estava atrás de todas as outras coisas no armarinho. Desceu com dois comprimidos na mão e os soltou discretamente no copo de Simone — que ele havia pegado de Jonathan — enquanto terminava de enchê-lo com soda.

Simone bebeu. Estava sentada no sofá amarelo. Parecia mais calma, embora ainda não tivesse dado tempo de os comprimidos fazerem efeito. Jonathan falava ao telefone, Tom presumiu que estivesse chamando um táxi. A delgada lista telefônica de Seine-et-Marne estava aberta sobre a mesinha. Tom sentiu uma vaga tontura, igual à que transparecia nas feições de Simone, que também parecia atordoada pelo choque.

— É só Belle Ombre, Villeperce — disse Tom, após Jonathan lhe lançar um olhar interrogativo.

20

Enquanto Jonathan e Simone esperavam pelo táxi, ambos parados à porta num silêncio terrível, Tom saiu pelas portas francesas, atravessou o jardim e foi ao galpão de ferramentas pegar um galão de gasolina. Ficou um tanto frustrado ao constatar que não estava cheio, mas ao menos parecia conter uns três quartos. Tom estava com a lanterna. Quando contornava a casa, voltando para a entrada, ouviu um carro se aproximar e esperou que fosse o táxi. Em vez de pôr o galão dentro do Renault, Tom o deixou ao pé dos loureiros, fora de vista. Bateu na porta de casa e Jonathan abriu.

— Acho que o táxi chegou — disse Tom.

Deu um boa-noite a Simone e deixou que Jonathan a conduzisse ao táxi, que estava parado em frente aos portões. O veículo se afastou e Jonathan voltou a entrar na casa.

Tom estava trancando as portas francesas.

— Deus do céu — disse, sem saber o que mais poderia dizer e sentindo-se imensamente aliviado por estar outra vez a sós com Jonathan. — Espero que Simone não fique zangada para sempre. Se bem que, na verdade, não a culpo.

Jonathan deu de ombros, atordoado. Tentou falar algo, mas não conseguiu.

Tom percebeu que ele estava abalado, e então disse, como um capitão que trata de reavivar o moral dos tripulantes:

— Jonathan, a raiva dela vai passar.

E ela não chamaria a polícia, porque, se fizesse isso, estaria incriminando o marido. A coragem e a determinação de Tom estavam retornando. Deu uns tapinhas no braço de Jonathan ao passar por ele.

— Volto já.

Tom foi à moita, pegou o galão de gasolina e guardou no porta-malas do Renault. Depois, abriu o Citroën do italiano e a luz interna se acendeu, então viu que o medidor de combustível marcava pouco mais de meio tanque. Talvez fosse o bastante, planejava dirigir por mais de duas horas. O Renault, ele sabia, também estava com o tanque pouco além da metade, e era nele que os corpos seriam levados. Ele e Jonathan não haviam jantado. Ficar sem se alimentar não era prudente. Tom voltou à casa e disse:

— Precisamos comer alguma coisa antes de fazer a viagem.

Jonathan seguiu Tom até a cozinha, feliz por escapar um pouco dos cadáveres na sala. Lavou as mãos e o rosto na pia. Tom sorriu para ele. Comida, essa era a resposta — por enquanto. Tom tirou o bife da geladeira e o enfiou na grelha elétrica. Depois achou um prato, um par de facas e dois garfos. Sentaram-se, por fim, comendo do mesmo prato, mergulhando iscas de bife num pires com sal e em outro com molho HP. O bife estava ótimo. Tom encontrou até meia garrafa de clarete no balcão da cozinha. Já tivera jantares muito piores.

— A comida vai lhe fazer bem — disse Tom, largando a faca e o garfo no prato.

O relógio na sala soltou um silvado, e ele soube que eram onze e meia da noite.

— Quer café? — ofereceu. — Temos Nescafé.

— Não, obrigado.

Haviam ficado em silêncio enquanto mastigavam vorazmente o bife.

— O que vamos fazer com eles? — perguntou Jonathan.

— Botar fogo neles, em algum lugar. No carro deles — disse Tom. — Na verdade, não precisamos queimá-los, mas é o tipo de coisa que a Máfia faria.

Jonathan viu Tom lavar uma garrafa térmica na pia, indiferente ao fato de estar diante da janela aberta. Tom abriu a torneira de água quente. Virou um pote de Nescafé dentro da garrafa e a encheu com água fumegante.

— Prefere com açúcar? — perguntou. — Acho que vamos precisar de café.

Pouco depois, Jonathan ajudava Tom a carregar o loiro, cujo corpo já enrijecia. Tom estava falando algo, fazendo uma piada. Então disse que mudara de ideia, ambos os corpos iriam no Citroën.

— ... embora o Renault — disse Tom, ofegante — seja maior.

Estava escuro em frente à casa, pois àquela distância não chegava sequer um vago brilho do poste de luz. Jogaram o segundo corpo em cima do primeiro, no banco traseiro do Citroën conversível, e Tom sorriu, porque o rosto de Lippo parecia enfiado no pescoço de Angy, mas se absteve de tecer um comentário. Achou alguns jornais no chão do carro e os dispôs abertos sobre os mortos, prendendo as bordas das páginas sob os corpos da melhor forma possível. Tom verificou se Jonathan sabia mexer no Renault, mostrou a ele como ligar a seta, os faróis comuns e os de neblina.

— Ok, dê a partida. Vou fechar a casa — disse Tom e entrou na residência, onde deixou uma luz acesa na sala de estar, depois fechou a porta da frente e trancou as duas fechaduras.

Tom havia explicado a Jonathan que o primeiro destino seria Sens, depois Troyes. De Troyes, seguiriam para leste. Tom tinha um mapa no carro. Iriam se encontrar primeiro na estação ferroviária de Sens. Tom pôs a garrafa térmica no carro de Jonathan.

— Está se sentindo bem? — perguntou Tom. — Não hesite em parar e tomar um pouco de café, se achar que precisa. — Despediu-se com um aceno animado. — Vá na frente. Vou trancar os portões. Logo ultrapasso você.

Jonathan partiu e Tom fechou os portões com o cadeado, em seguida ultrapassou Jonathan a caminho de Sens, que ficava a apenas trinta minutos. Jonathan parecia estar se saindo bem no Renault. Tom falou brevemente com ele em Sens. Combinaram de voltar a se encontrar na estação de Troyes. Tom não conhecia a cidade, e era perigoso que um carro tentasse seguir o outro na autoestrada, mas na França o caminho a *La Gare* era sempre bem sinalizado.

Era mais ou menos uma da madrugada quando Tom chegou a Troyes. Havia mais de meia hora que não via Jonathan pelo retrovisor. Foi à cafeteria da estação, tomou um café, depois outro, e ficou observando pela vidraça da porta o estacionamento lá fora, esperando a chegada do Renault. Por fim, pagou a conta e saiu. Enquanto caminhava em direção ao carro, o Renault desceu a ladeira e entrou no estacionamento. Tom abanou a mão e Jonathan o avistou.

— Você está bem? — perguntou Tom. Jonathan parecia bem, sim. — Se quiser tomar um café aqui, ou ir ao banheiro, é melhor entrar sozinho.

Jonathan não queria fazer nem uma coisa nem outra. Tom o persuadiu a tomar um pouco do café da garrafa térmica. Percebeu que ninguém prestava atenção neles. Um trem acabava de chegar e dez ou quinze pessoas se dirigiam aos respectivos carros estacionados, ou aos carros de pessoas que foram buscá-las.

— Daqui, pegamos a rodovia Nacional Dezenove — disse Tom.

— Vamos para Bar... Bar-sur-Aube... e nos encontramos de novo na estação ferroviária. Certo?

Tom partiu. A estrada estava mais vazia, quase sem trânsito, exceto por dois ou três caminhões mastodônticos, cujas traseiras retangulares eram delineadas por luzes brancas ou vermelhas, formas enormes em movimento como monstros cegos, pensou Tom — cegos, ao menos, em relação aos dois corpos sob os jornais no banco do Citroën, uma carga minúscula comparada à dos caminhões. Tom já não ia rápido, não a mais de noventa quilômetros por hora. Na estação de Bar, ele e Jonathan debruçaram-se nas janelas dos veículos para conversar.

— A gasolina está acabando — disse Tom. — Quero passar um pouco de Chaumont, então vou fazer uma parada no próximo posto de combustíveis, ok? Faça o mesmo.

— Certo — disse Jonathan.

Eram duas e quinze da madrugada.

— Siga pela boa e velha N. Dezenove. A gente se vê na estação de Chaumont.

Tom parou num posto antes de sair de Bar. Estava pagando ao frentista quando Jonathan estacionou atrás do seu carro. Tom acendeu um cigarro, mas não olhou para Jonathan. Caminhou um pouco para esticar as pernas. Depois, manobrou o veículo para o lado e foi ao banheiro. Faltavam apenas quarenta e dois quilômetros até Chaumont.

Tom chegou na cidade às duas e cinquenta e cinco da madrugada. Não havia sequer um único táxi na estação ferroviária, apenas alguns carros parados. Não havia mais trens àquela hora. A cafeteria estava fechada. Quando Jonathan chegou, Tom foi até o Renault e disse:

— Me siga. Vou procurar um lugar tranquilo.

Jonathan estava cansado, porém a fadiga alcançara um patamar diferente: sentia que poderia continuar dirigindo por horas. O Renault era fácil de conduzir, não precisava de muito esforço. Jonathan desconhecia completamente aquela região, mas isso não importava. Era fácil seguir em frente, só precisava ficar perto o bastante para enxergar o clarão vermelho das luzes traseiras do Citroën. Tom agora dirigia mais devagar, e por duas vezes aproximou-se tentativamente de algumas estradinhas laterais, mas seguiu adiante. A noite estava escura e as estrelas, invisíveis, talvez por causa do brilho emitido pelo painel do carro. Dois automóveis passaram por ele indo na direção oposta e um caminhão o ultrapassou. Jonathan viu Tom dar seta para a direita, então o carro virou e desapareceu. Jonathan o seguiu, e mal enxergou a entrada da estrada ou viela, que parecia uma garganta escura. Era uma estradinha de terra que levava direto para a floresta. Era muito estreita e não havia espaço para dois carros lado a lado, um tipo de estrada rural bastante comum no interior da França, usada por fazendeiros ou coletores de lenha. Arbustos raspavam levemente os para-lamas e havia buracos no caminho.

O carro de Tom se deteve. Após saírem da estrada principal, tinham avançado uns cento e oitenta metros, fazendo uma grande curva. Tom desligou os faróis, mas a luz no interior do carro se acendeu quando ele abriu a porta. Sem fechá-la, foi até Jonathan, sacudindo os braços com animação. Jonathan, naquele momento, estava desligando o motor e as luzes do Renault. A imagem de Tom, com as calças folgadas e o paletó de camurça verde, gravou-se nos olhos de Jonathan como se o americano fosse um ser feito de luz. Jonathan pestanejou.

Então Tom se postou junto à janela de Jonathan.

— Só vai levar alguns minutos. Recue uns cinco metros. Sabe engatar a marcha à ré?

Jonathan deu a partida. O carro tinha luzes traseiras. Após Jonathan frear, Tom abriu o porta-malas do Renault e pegou o galão de gasolina. Estava com a lanterna.

Tom jogou gasolina nos jornais que cobriam os corpos e nas roupas. Despejou um pouco no teto do carro, depois no forro do assento dianteiro (que, infelizmente, era de plástico, não de tecido). Tom ergueu o olhar até o ponto onde os galhos das árvores quase se tocavam no alto — folhas jovens, que ainda não haviam chegado à plenitude. Algumas ficariam chamuscadas, mas era por uma boa causa. Tom espargiu as últimas gotas de gasolina no chão do carro, onde havia um pouco de lixo, os restos de um sanduíche e um velho mapa.

Jonathan caminhou lentamente na direção dele.

— Aqui vamos nós — disse Tom em voz baixa e riscou um fósforo. Havia deixado a porta dianteira aberta. Atirou o fósforo no banco de trás, e os jornais imediatamente se incendiaram e fizeram subir uma labareda amarela.

Tom deu um passo atrás e agarrou a mão de Jonathan ao tropeçar em uma depressão do acostamento.

— Vamos para o carro! — sussurrou, disparando rumo ao Renault.

Sentou-se no assento do motorista, com um sorriso. O fogo no Citroën crepitava de um jeito fascinante. O teto começou a arder, liberando uma chama central amarela e esguia, como uma vela.

Jonathan entrou do lado do carona.

Tom deu a partida. Estava um pouco ofegante, mas o arquejar logo se transformou em riso.

— Acho que deu tudo certo. Não acha? Tudo ótimo!

As luzes do Renault se projetaram, atenuando por um instante o crescente brilho da conflagração à frente. Tom saiu em marcha à ré, bastante rápido, virando o corpo para enxergar pela janela traseira.

Jonathan fitava o carro em chamas, que desapareceu completamente após fazerem a curva da estrada.

Tom então se endireitou. Estavam na estrada principal.

— Consegue enxergar daqui? — perguntou, pisando fundo no acelerador.

Jonathan viu uma luz semelhante à de um vaga-lume brilhar através das árvores e depois sumir. Ou será que havia imaginado?

— Não vejo mais nada agora. Não.

Por um instante, aquele fato deixou Jonathan assustado, como se de alguma forma houvessem falhado, como se o fogo estivesse extinto. Contudo, ele sabia que não era verdade. A floresta apenas engolira o fogo e o escondera por completo. Ainda assim, alguém acabaria por encontrá-lo. Quando? E quanto restaria do carro e dos corpos?

Tom riu.

— Está queimando. Eles vão queimar! Estamos livres!

Jonathan viu Tom relancear os olhos na direção do velocímetro, que estava em cento e trinta quilômetros por hora. Depois, Tom foi desacelerando até chegar a cem. Ele começou a assoviar uma melodia napolitana. Sentia-se bem, nada cansado, nem sequer estava com vontade de fumar. Poucos prazeres na vida eram comparáveis a despachar mafiosos. E ainda assim...

— E ainda assim... — disse Tom, animado.

— E ainda assim?

— Despachar esses dois é tão pouco. É como pisar em duas baratas numa casa que está infestada. Mas acho que vale o esforço, e, acima de tudo, é bom mostrar à Máfia que pessoas comuns podem enfrentá-la. Nesse caso, infelizmente, vão pensar que Lippo e Angy foram pegos por outra família mafiosa. Espero que pensem isso, pelo menos.

Jonathan sentiu-se sonolento. Lutou contra o sono e enfiou as unhas nas palmas para se obrigar a manter a coluna reta. *Meu Deus*, pensou, iam levar horas para chegar em casa — à casa de Tom, ou à dele próprio. Tom estava cheio de energia e cantava, em italiano, certa melodia que estivera assoviando.

... papa ne meno
Como faremo fare l'amor...

Tom falou da esposa, que iria passar uns dias com amigos num chalé na Suíça. Jonathan despertou um pouco e Tom disse:

— Recoste a cabeça, Jonathan. Não tem por que ficar acordado. Está se sentindo bem?

Jonathan não sabia como estava se sentindo. Estava um pouco fraco, mas se sentia assim com frequência. Temia pensar no que acabara de acontecer e no que estava acontecendo, carne e ossos ardendo, os quais fumegariam por horas a fio. A tristeza baixou sobre Jonathan feito um eclipse. Queria apagar as últimas horas, extirpá-las da memória. Ainda assim, estivera presente, participara do ato, ajudara. Jonathan recostou a cabeça e começou a cochilar. Tom falava com animação, casualmente, como se conversasse com alguém que respondia vez ou outra. Jonathan, na verdade, jamais vira Tom tão alegre. O inglês estava se perguntando o que diria a Simone. Só de tomar consciência do problema, já se sentia exausto.

— Missas em inglês, sabe — dizia Tom. — Acho simplesmente constrangedor. Por algum motivo, as pessoas anglófonas têm fama de acreditar naquilo que dizem, e por isso uma missa em inglês… parece que as pessoas no coral estão loucas, ou que são um bando de mentirosos. Não concorda? Sir John Stainer…

Jonathan acordou um tempo depois, quando o carro estacionou. Tom tinha parado no acostamento. Sorrindo, sorvia o café da garrafa térmica. Ofereceu a Jonathan, que bebeu um pouco. Seguiram em frente.

A aurora os alcançou enquanto passavam por um vilarejo que Jonathan nunca tinha visto. A claridade o acordou.

— Estamos a apenas vinte minutos de casa! — disse Tom, alegremente.

Jonathan murmurou alguma coisa e semicerrou os olhos de novo. Tom estava falando de espinetas, da espineta que tinha em casa.

— A principal característica de Bach é que a música dele é automaticamente civilizadora. Basta uma frase…

21

Jonathan abriu os olhos, achando ter escutado o som de uma espineta. Sim. Não era um sonho. Não havia dormido de verdade. A música vinha do andar de baixo. Vacilou, recomeçou. Uma sarabanda, talvez. Jonathan ergueu o braço, sentindo-se exausto, e olhou o relógio: eram oito e trinta e oito da manhã. O que Simone estaria fazendo? O que ela estaria *pensando*? O cansaço lhe sugava a força de vontade. Jonathan afundou ainda mais no travesseiro, buscando refúgio. Tomara um banho quente e pusera um pijama, por insistência de Tom, que lhe dera uma escova de dentes nova e dissera: "Tente dormir algumas horas, pelo menos. É muito cedo." Isso acontecera por volta das sete. Jonathan precisava se levantar. Tinha que fazer algo a respeito de Simone, tinha que falar com ela. Jonathan, porém, jazia mole, ouvindo notas avulsas da espineta.

Tom agora dedilhava as notas baixas de alguma música, e os sons pareciam corretos, as notas mais graves que uma espineta podia produzir. Como Tom dissera, *automaticamente civilizadora*. Jonathan obrigou-se a ficar de pé, emergindo dos lençóis azul-claros e do cobertor de lã, que era de um azul mais escuro. Cambaleou e, com esforço, empertigou-se, dirigindo-se à porta. Desceu as escadas de pés descalços.

Tom lia as notas de uma partitura apoiada diante dele. Veio a parte de soprano. O sol filtrou-se pela esguia fresta entre as cortinas das portas francesas, incidindo no ombro esquerdo de Tom e delineando a estampa dourada do robe preto.

— Tom.

Tom virou-se de imediato e se levantou.

— Sim?

Ao ver a preocupação no rosto de Tom, Jonathan se sentiu ainda pior. Quando deu por si, estava no sofá amarelo e Tom lhe enxugava o rosto com um pano de prato úmido.

— Quer chá? Ou conhaque? … Algum remédio que possa tomar?

Jonathan se sentia péssimo e conhecia bem aquela sensação, apenas uma transfusão poderia ajudá-lo. Não fazia muito tempo desde a última. O problema era que estava se sentindo pior do que nas outras ocasiões. Seria apenas o efeito de passar a noite em claro?

— E então? — perguntou Tom.

— Acho que é melhor ir para o hospital.

— Vamos lá — disse Tom. Foi à cozinha e voltou com uma taça. — É conhaque com água, se quiser. Não saia daí. Volto em um minuto.

Jonathan fechou os olhos. O pano molhado cobria sua testa e parte da bochecha, e ele se sentia enregelado, cansado demais para se mexer. Quando Tom retornou, vestido, Jonathan teve a impressão de que apenas um minuto se passara. Tom trazia as roupas de Jonathan.

— Na verdade, se calçar seus sapatos e vestir meu sobretudo, nem precisa se trocar — disse Tom.

Jonathan seguiu o conselho. Em seguida, estavam de volta ao Renault, rumo a Fontainebleau, e as roupas de Jonathan jaziam bem dobradas no espaço entre os dois bancos. Tom perguntou se Jonathan sabia exatamente aonde deveriam ir quando chegassem ao hospital e se ele conseguiria uma transfusão imediata.

— Tenho que falar com Simone — disse Jonathan.

— Faremos isso. Ou eu farei. Não se preocupe agora.

— Pode levá-la ao hospital? — perguntou Jonathan.

— Sim — disse Tom com segurança. Até aquele instante, não estivera realmente preocupado com Jonathan. Simone odiaria ver Tom, mas sem dúvida iria encontrar o marido, mesmo que fosse sozinha.

— Continua sem telefone em casa?

— Continuo.

No hospital, Tom falou com a recepcionista. Ela saudou Jonathan como se o conhecesse. Tom segurava o braço de Jonathan. Após entregá-lo aos cuidados do médico indicado, disse:

— Vou trazer Simone, Jonathan. Não se preocupe. — À recepcionista, que usava uniforme de enfermeira, Tom perguntou: — Acha que uma transfusão vai resolver o problema?

Ela assentiu, com expressão simpática, e Tom não estendeu o assunto, sem ter certeza se ela sabia do que estava falando. Arrependeu-se de não ter perguntado ao médico. Voltou ao carro e dirigiu-se à rue Saint-Merry. Conseguiu estacionar a poucos metros da casa, saiu do veículo e subiu a escadinha de corrimão preto. Passara a noite em claro e estava precisando fazer a barba, mas pelo menos trazia uma notícia que talvez interessasse Madame Trevanny. Apertou a campainha.

Não houve resposta. Tom bateu de novo e olhou a calçada em busca de Simone. Era domingo. Não havia feira em Fontainebleau, mas àquela hora — nove e meia da manhã — ela bem poderia estar fazendo compras, ou talvez tivesse levado Georges à igreja.

Tom desceu os degraus lentamente e, na calçada, avistou Simone vindo em sua direção com Georges. Ela carregava uma cesta de compras.

— *Bonjour*, madame — disse Tom, com polidez, e viu o rosto dela se eriçar hostilmente. — Só queria lhe trazer notícias do seu marido. *Bonjour*, Georges.

— Não quero nada de você — retrucou Simone —, exceto saber onde está meu marido.

Georges observava Tom com atenção e neutralidade. Tinha os olhos e as sobrancelhas do pai.

— Ele está bem, eu acho, madame, mas está… — Tom odiava ter que dizer aquilo no meio da rua. — Está hospitalizado no momento. Uma transfusão, creio.

Simone pareceu ao mesmo tempo exasperada e furiosa, como se Tom fosse o culpado de tudo.

— Poderíamos, por favor, conversar dentro de casa, madame? É muito mais tranquilo.

Após um instante de hesitação, Simone concordou — por curiosidade, sentiu Tom. Destrancou a porta com uma chave que tirou do bolso do casaco. Não era um casaco novo, percebeu ele.

— O que aconteceu com ele? — perguntou ela, ao entrarem no pequeno vestíbulo.

Tom respirou fundo, então falou calmamente:

— Passamos quase a noite toda dirigindo. Acho que ele está cansado, só isso. Mas… claro, achei que a senhora deveria ser informada. Acabo de deixar Jonathan no hospital. Ele consegue andar. Não acho que esteja correndo risco.

— Papai! Quero ver o papai! — disse Georges de um jeito meio irritado, como se já tivesse perguntado sobre o pai na noite anterior.

Simone havia largado a cesta no chão.

— *O que* você fez com meu marido? Ele não é mais o homem que conheci… desde que encontrou *você*, *m'sieur*! Se tentar vê-lo de novo, eu vou, eu vou…

A presença do filho parecia a única coisa que a impedia de dizer "vou matar você", pensou Tom.

— *Por que* ele está sob seu controle? — disse ela, retomando amargamente o autodomínio.

— Ele não está sob meu controle e jamais esteve. E eu acho que o serviço está terminado — disse Tom. — Mas é impossível explicar agora.

— Que serviço? — perguntou Simone. E, antes que Tom pudesse abrir a boca, ela continuou: — *M'sieur*, o senhor é um mau-caráter que corrompe as pessoas! A que tipo de chantagem submeteu meu marido? E por quê?

Chantagem — a palavra francesa, *"chantage"* — era uma acusação tão absurda que Tom gaguejou um pouco antes de responder.

— Madame, ninguém está tirando dinheiro do Jonathan. Ninguém está extorquindo nada dele. Muito pelo contrário. E ele não fez nada para estar sob o controle de ninguém. — Tom falava com convicção genuína, o que sem dúvida era necessário, pois Simone parecia o retrato da probidade e da virtude conjugal, as sobrancelhas franzidas o fulminavam com o cintilar de belos olhos, poderosa como a Vitória de Samotrácia. — Passamos a noite limpando tudo.

Tom achou a frase desajeitada. De repente, viu-se abandonado pela eloquência na língua francesa. Palavras não eram páreo para a virtuosa consorte que o confrontava.

— Limpando o quê? — Ela se inclinou para pegar a cesta. — *M'sieur*, agradeceria se saísse da minha casa. Agradeço por me informar sobre o paradeiro do meu marido.

Tom assentiu.

— Ficarei feliz em levar a senhora e seu filho ao hospital, se quiser. Meu carro está aqui perto.

— *Merci, non*. — Ela estava parada no meio do vestíbulo, olhando para trás, esperando que ele fosse embora. — Venha, Georges.

Tom saiu. Voltou ao carro e pensou em ir ao hospital para ver como Jonathan estava, pois Simone levaria pelo menos dez minutos para chegar lá, de táxi ou a pé. No entanto, decidiu telefonar de casa. Dirigiu até Villeperce. Ao chegar, porém, resolveu não telefonar. Àquela altura, Simone já estaria no hospital. E Jonathan dissera que a transfusão levava várias horas. Tom esperava que aquilo não fosse uma crise, que não fosse o início do fim.

Ligou o rádio e sintonizou no programa *France Musique* para não se sentir sozinho, em seguida abriu mais as cortinas, deixando o sol entrar, e arrumou a cozinha. Serviu-se de um copo de leite, subiu ao segundo andar, pôs o pijama e foi para a cama. Faria a barba quando acordasse.

Tom torcia para que Jonathan conseguisse se acertar com Simone. O problema, no entanto, persistia: como explicar a conexão da Máfia com dois médicos alemães?

O problema insolúvel começou a deixar Tom sonolento. E Reeves? O que estaria acontecendo com Reeves lá em Ascona? Reeves, aquele biruta. Tom ainda tinha uma afeição secreta pelo sujeito. Reeves às vezes fazia trapalhadas, mas era um doido com boas intenções.

Simone estava sentada ao lado do leito, que parecia feito de engrenagens giratórias, em que Jonathan estava deitado enquanto recebia sangue por um tubo no braço. Como de hábito, ele evitava olhar para a bolsa de sangue. Simone tinha a expressão fechada. Falara com a enfermeira longe de Jonathan. Ele achava que a condição não era grave (presumindo que Simone houvesse recebido alguma informação), pois, do contrário, Simone teria se mostrado mais preocupada com ele e mais gentil. Jonathan tinha as costas apoiadas a um travesseiro e uma coberta puxada até a cintura para aquecê-lo.

— Você está usando o pijama daquele homem — disse Simone.

— Querida, eu tinha que vestir alguma coisa... para dormir. Acho que eram seis da manhã quando voltamos... — Jonathan deixou a frase morrer, sentindo-se exausto e sem esperança.

Simone contara que Tom havia ido à casa deles para dizer onde Jonathan estava. A reação de Simone fora de fúria. Jonathan jamais a vira tão soturna. Ela detestava Tom como se ele fosse Landru ou Svengali.

— Onde está Georges? — perguntou Jonathan.

— Telefonei para Gérard. Ele e Yvonne vão estar na nossa casa às dez e meia. Georges vai abrir a porta para eles.

Esperariam por Simone, pensou Jonathan, depois todos iriam a Nemours para o almoço de domingo.

— Querem que eu fique no hospital até as três, eu sei — disse Jonathan. — Os exames, você sabe.

Ele sabia que ela sabia. Provavelmente tirariam outra amostra do tutano, o que levava só uns dez ou quinze minutos, mas sempre faziam outros exames, o médico talvez pedisse uma amostra de urina ou apalpasse a barriga dele para sentir o baço. Jonathan não se sentia bem e não sabia o que esperar. A dureza de Simone o abatia ainda mais.

— Não consigo entender. Não consigo — disse ela. — Jon, por que você *anda* com aquele monstro?

Tom não era assim tão monstruoso, mas como explicar? Jonathan tentou novamente.

— Tente entender que ontem à noite... Aqueles homens, eles eram assassinos, você sabe disso, não sabe? Eles tinham armas, tinham garrotes. *Tu comprends, garrotes.* Invadiram a casa do Tom.

— E por que você estava lá?

Seria inútil dizer que Tom queria comprar molduras. Ajudar a matar pessoas e a se livrar dos corpos não estava incluído no trabalho de um moldureiro. E que favor Tom Ripley lhe fizera para que Jonathan precisasse ajudá-lo daquela forma? Jonathan fechou os olhos, juntando forças, tentando pensar.

— Madame... — Era a voz da enfermeira.

Jonathan ouviu a enfermeira dizer a Simone que não deveria cansar o marido.

— Prometo que vou explicar tudo, Simone.

Simone tinha se levantado.

— Acho que não pode explicar nada. Acho que tem medo de explicar. É prisioneiro daquele homem, e por quê? Pelo dinheiro. Ele paga a você. Por quê? Quer que eu acabe achando que você também é um criminoso? Como aquele monstro?

A enfermeira tinha se afastado e não podia mais ouvi-los. Jonathan fitou Simone com os olhos semicerrados, sentindo-se desesperado, derrotado e sem palavras, ao menos por enquanto. Conseguiria mostrar a Simone que as coisas não eram preto no branco, como ela achava? Ele sentiu um calafrio de medo, uma premonição de fracasso, como a morte.

E Simone estava indo embora, como se aquela fosse a palavra final — a palavra *dela*, a atitude *dela*. No umbral da porta, ela lhe mandou um beijo, mas de forma mecânica, como alguém que fazia um rápido sinal da cruz na igreja, sem pensar, ao passar em frente a algum objeto. E saiu. O restante do dia estendia-se diante dele como um pesadelo que ainda estava por vir. O hospital talvez decidisse mantê-lo internado até a manhã seguinte. Jonathan fechou os olhos e balançou a cabeça de um lado para outro.

À uma da tarde, haviam quase terminado os exames.

— Andou se estressando, não é, *m'sieur?* — perguntou um jovem médico. — Algum esforço fora do usual? — Inesperadamente, o rapaz riu. — Está fazendo uma mudança? Ou exagerou na jardinagem?

Jonathan sorriu, educado. Estava se sentindo um pouco melhor. De repente, começou a rir também, mas não do que o médico dissera. E se o desmaio daquela manhã fosse o início do fim? Jonathan ficou satisfeito, porque havia passado por aquilo sem perder a compostura. Talvez conseguisse fazer a mesma coisa, um dia, quando chegasse a hora da verdade. Deixaram que fosse caminhando pelo corredor até a sala em que seria feito o último exame, a apalpação do baço.

— Monsieur Trevanny? Há uma ligação para o senhor — disse uma enfermeira. — Já que está por perto...

Com um gesto, ela indicou a mesinha e o telefone, que estava fora do gancho.

Jonathan tinha certeza de que era Tom.

— Alô?

— Jonathan, alô. Aqui é o Tom. Como estão as coisas? Se já está de pé, não era tão grave assim. Ótimo. — Tom parecia realmente contente.

— Simone esteve aqui. Obrigado. Mas ela... — Embora estivessem falando em inglês, Jonathan não conseguia achar as palavras certas.

— Foi difícil, entendo. — Platitudes. Tom, do outro lado da linha, notou a angústia na voz de Jonathan. — Fiz o melhor que pude esta manhã, mas você gostaria que eu... tentasse falar com ela de novo?

Jonathan umedeceu os lábios.

— Não sei. Não é que ela tenha... — Ele ia dizer "não é que ela tenha feito alguma ameaça", como sair de casa e levar Georges. — Não sei se você *pode* fazer alguma coisa. Ela está muito...

Tom entendeu.

— E se eu tentar? Vou tentar de novo. Coragem, Jonathan! Vai para casa hoje?

— Não tenho certeza. Acho que sim. Aliás, hoje Simone está almoçando com a família dela em Nemours.

Tom disse que não iria vê-la antes das cinco da tarde. Se Jonathan estivesse em casa naquele horário, tudo bem.

Era um tanto inconveniente para Tom que Simone não tivesse um telefone. Em contrapartida, se tivesse um telefone e ele ligasse perguntando se podia fazer uma visita, ela provavelmente responderia com um peremptório "não". Como ainda não havia nada de apresentável no próprio jardim, Tom comprou um buquê de flores, dálias de um amarelo exagerado, na banca de um vendedor próximo ao *château* de Fontainebleau. Às cinco e vinte da tarde, tocou a campainha dos Trevanny.

Ouviu passos, depois a voz de Simone:

— *Qui est-ce?*

— Tom Ripley.

Passaram-se alguns segundos.

Então Simone abriu a porta, com rosto pétreo.

— Boa tarde... *Bonjour, encore* — disse Tom. — Posso falar com a senhora por alguns minutos, madame? Jonathan voltou?

— Chegará em casa às sete. Está passando por outra transfusão — respondeu Simone.

— Ah, é? — Tom se adiantou e audaciosamente deu um passo para dentro da casa, sem saber se Simone se enfureceria ou não. — Comprei estas flores para seu lar, madame. — Com um sorriso, ofereceu o buquê. — E Georges. *Bonjour*, Georges.

Tom estendeu a mão e o menino a apertou, sorrindo ao erguer o rosto para olhá-lo. Tom pensara em levar doces para Georges, mas não quis exagerar.

— O que você deseja? — perguntou Simone.

Ao receber as flores, ela dissera apenas um frio *"merci"*.

— Preciso me explicar, definitivamente. Preciso explicar o que houve na noite passada. Por isso estou aqui, madame.

— Quer dizer, então, que pode explicar?

Ao cínico sorriso dela, Tom respondeu com um franco e agradável.

— Tanto quanto alguém pode explicar a Máfia. Claro! Sim! Pensando bem, eu poderia tê-los subornado, acho. O que mais desejam, senão dinheiro? Mas nesse caso não tenho certeza de que funcionaria, porque eles tinham um rancor especial contra mim.

Simone estava interessada. O fato, porém, não diminuiu a antipatia que sentia por Tom. Ela se afastou um passo.

— Será que podemos ir para a sala? — sugeriu ele.

Simone foi na frente. Georges os seguiu, os olhos fixos em Tom. Com um gesto, Simone indicou o sofá. Tom se sentou no Chesterfield, deu um leve tapinha no couro preto e fez menção de iniciar um elogio ao móvel, mas se deteve.

— Pois é, um rancor especial — prosseguiu Tom. — Eu... Veja bem, por coincidência... por simples coincidência, eu estava no mesmo trem que seu marido quando ele voltou da recente viagem a Munique. Imagino que se recorde.

— Sim.

— Muniche! — disse Georges, o rosto iluminando-se, como que na expectativa de uma história.

Tom retribuiu o sorriso.

— Muniche. *Alors*, naquele trem... Por razões pessoais... Não hesito em lhe dizer, madame, que às vezes tomo a lei em minhas mãos, exatamente como faz a Máfia. A diferença é que não chantageio gente honesta e não obrigo os outros a pagar por proteção quando na verdade não precisam ser protegidos, exceto contra minhas próprias ameaças.

Era tudo tão vago que Tom tinha certeza de que Georges não estava acompanhando, embora o menino continuasse a fitá-lo com expressão concentrada.

— Aonde está querendo chegar? — perguntou Simone.

— Estou querendo dizer que matei um daqueles animais no trem e quase matei o outro. Eu o empurrei pela porta do vagão, e Jonathan estava lá e viu tudo. Veja bem... — Por um breve instante, Tom se deixou intimidar pela perplexidade no rosto de Simone e pelo olhar temeroso que ela lançou a Georges, que acompanhava a história com avidez, talvez achando que os "animais" fossem realmente bichos, ou que Tom estivesse inventando tudo de improviso. — Veja bem, tive tempo de explicar a situação a Jonathan. Estávamos na plataforma... No trem em movimento. Pedi a Jonathan que ficasse de sentinela, só isso. Mas eu fiquei muito grato. Ele ajudou. E espero que perceba, Madame Trevanny, que foi tudo por uma boa causa. Veja como a polícia francesa está combatendo a Máfia em Marselha, os traficantes de drogas. Veja como *todo mundo* está combatendo a Máfia! Ou tentando combater. Mas, como deve imaginar, as retaliações são violentas. Então, foi isso que aconteceu na noite passada. Eu... — Ousaria dizer que pedira ajuda a Jonathan? Sim. — A presença de Jonathan na casa foi culpa minha, e só minha, pois perguntei se ele estaria disposto a me ajudar de novo.

Simone parecia confusa e muito desconfiada.

— Em troca de dinheiro, é claro — disse ela.

Tom estava esperando que ela dissesse isso, e manteve a calma.

— Não. Não, madame. — Estava prestes a dizer que havia sido uma questão de honra, mas não teria muito sentido, nem mesmo para ele. Podia dizer que fora por amizade, mas Simone não gostaria de ouvir aquilo. — Foi gentileza da parte de Jonathan. Gentileza e coragem. Ele não merece reprovação.

Simone balançou a cabeça, incrédula.

— Meu marido não é da polícia, *m'sieur*. Por que não me conta a verdade?

— Eu estou contando — disse Tom simplesmente, espalmando as mãos.

Simone estava empertigada na poltrona, mexendo os dedos.

— Recentemente — disse ela —, meu marido recebeu uma quantia considerável. Você está me dizendo que não teve nada a ver com isso?

Tom se reclinou no sofá e cruzou as pernas na altura dos tornozelos. Estava usando botinas velhas, já quase totalmente gastas.

— Ah, é. Ele me contou — disse Tom, sorrindo. — Os médicos alemães fizeram uma aposta e confiaram o dinheiro ao Jonathan. Não foi? Achei que ele tivesse lhe contado.

Simone escutou sem dizer nada, esperando algo mais.

— Além disso, Jonathan me disse que pagaram um bônus... ou uma recompensa. Afinal de contas, ele está sendo usado como cobaia.

— Ele me disse que não há... não há nenhum risco em tomar os remédios, então por que estariam pagando para ele? — Ela balançou a cabeça e riu. — Não, *m'sieur*.

Tom ficou em silêncio. O rosto dele transparecia decepção, como era a intenção.

— Já ouvi histórias mais estranhas, madame. Estou apenas repetindo o que Jonathan me contou. Não tenho motivo para achar que seja mentira.

O assunto estava encerrado. Simone se remexeu na poltrona, inquieta, e então se levantou. Tinha um rosto adorável, olhos claros e belos, lindas sobrancelhas e uma boca inteligente, que podia ser suave ou severa. No momento, estava severa. Ela sorriu polidamente.

— E o que sabe a respeito da morte de Monsieur Gauthier? Tem algo a me contar? Pelo que ouvi dizer, costumava comprar bastante na loja dele.

Tom já estava de pé, e aquela insinuação, pelo menos, podia enfrentar com a consciência limpa.

— Sei que foi atropelado, madame, e que o carro fugiu sem prestar socorro.

— É tudo que você sabe? — A voz de Simone tornara-se mais aguda, trêmula.

— Sei que foi um acidente. — Tom gostaria de não ter que falar em francês. Sentia-se tosco. — Sei que o acidente não tem sentido. Se acha que eu... que eu tive alguma coisa a ver com isso, madame... então talvez possa me dizer quais motivos eu teria. Realmente, madame...

Tom lançou um olhar a Georges, que se esticava para pegar um brinquedo no chão. A morte de Gauthier parecia saída de uma tragédia grega — mas não, nas tragédias gregas tudo acontecia por alguma razão.

Simone contraiu a boca amargamente.

— Espero que não precise mais do Jonathan.

— Mesmo que precise, não vou chamar — disse Tom, em voz amigável. — Como está...

— Na minha opinião — ela o interrompeu —, o certo seria chamar a polícia. Não acha? Ou talvez você faça parte de alguma polícia secreta? Do serviço secreto americano, talvez?

O sarcasmo dela tinha raízes muito profundas, percebeu Tom. Jamais conseguiria convencê-la. Ele sorriu, embora estivesse um pouco magoado. Já suportara insultos piores na vida, mas naquele caso era uma pena, pois realmente queria persuadir Simone.

— Não, não sou do serviço secreto. Eu me meto em algumas enrascadas de vez em quando, como deve saber.

— Sim. Eu sei.

— Enrascadas? O que são enrascadas? — perguntou Georges, voltando a cabeça loira de Tom para Simone.

O menino estava de pé, bem perto deles.

Tom usara a palavra "*pétrins*", tivera que pensar um pouco para se lembrar.

— *Shhhh*, Georges — disse Simone.

— Mas deve admitir que enfrentar a Máfia não é algo ruim. — Tom queria perguntar de que lado ela estava, mas seria meter o dedo na ferida.

— Monsieur Ripley, o senhor é um sujeito extremamente sinistro. Isso é tudo que sei. Ficaria muito grata se nos deixasse em paz, a mim e a meu esposo.

As flores de Tom jaziam na mesa do vestíbulo, sem água.

— Como Jonathan está? — perguntou Tom no vestíbulo. — Espero que esteja melhor.

Tom teve receio de desejar votos de que Jonathan voltasse naquela noite, pois Simone poderia achar que ele pretendia chamar o marido dela outra vez.

— Acho que está bem... melhor. Adeus, Monsieur Ripley.

— Adeus e obrigado — disse Tom. — *Au revoir*, Georges. — Tom deu um tapinha na cabeça do menino, que sorriu.

Tom voltou ao carro. Gauthier! Um rosto conhecido, familiar, que se fora para sempre. Tom havia se ofendido com a insinuação de Simone de que tivera algo a ver com o acidente, de que planejara aquela morte — embora Jonathan tivesse lhe dito dias antes que Simone acreditava naquela teoria. Deus do céu, a mácula! Bem, sim, ele estava maculado, de fato. Pior, havia matado pessoas. Verdade. Dickie Greenleaf. *Aquela* era a mácula, o verdadeiro crime. Uma impetuosidade juvenil. Mentira! Fora ganância, ciúme, rancor contra Dickie. E, claro, a morte de Dickie — ou melhor, o assassinato — levara Tom a matar aquele porcalhão americano chamado Freddie Miles. Tudo aquilo estava no passado. Mas ele fizera aquelas coisas, sim. As autoridades meio que suspeitavam. No entanto, não podiam provar nada. Os rumores vazaram e se espalharam, penetraram na mente coletiva como tinta infiltrando-se num mata-borrão. Tom sentia vergonha. Um erro da juventude, um erro terrível. Um erro fatal, podia-se dizer, e o que o salvara era que, depois daquilo, tivera uma sorte extraordinária. Sobrevivera, no sentido físico. E, a partir de então, seus... assassinatos, Murchison, por exemplo, haviam sido tanto para proteger a si mesmo quanto os outros.

Simone ficara chocada — que mulher não ficaria? — ao ver dois cadáveres no chão quando entrara em Belle Ombre na noite anterior. Tom, contudo, fizera aquilo para proteger o marido dela também, não? Se a Máfia houvesse capturado e torturado Tom, não acabariam conseguindo o endereço de Jonathan Trevanny?

Aquilo fez Tom pensar em Reeves Minot. Como ele estaria? Tom deveria lhe telefonar. De testa franzida, olhou para a maçaneta do carro. Nem sequer havia trancado a porta e, bem no estilo dele, deixara a chave pendurada no contato.

22

O exame da amostra de tutano extraída na tarde de domingo não apresentou bons resultados, e os médicos decidiram manter Jonathan no hospital até o dia seguinte. Iriam submetê-lo a um tratamento que Jonathan já realizara antes, chamado vincristina, uma troca completa de sangue.

Simone foi vê-lo pouco após as sete da noite. Disseram a Jonathan que ela telefonara mais cedo. A pessoa que falara com Simone, porém, não avisou que Jonathan teria que passar a noite no hospital, portanto ela ficou surpresa.

— Então... amanhã — disse ela, parecendo incapaz de encontrar outras palavras.

Jonathan estava com a cabeça soerguida pelos travesseiros. Em vez do pijama de Tom, usava uma veste larga e estava com um tubo em cada braço. Sentiu que entre ele e Simone abria-se uma terrível distância. Ou era coisa da cabeça dele?

— Amanhã de manhã, imagino. Não precisa vir me buscar, querida, eu pego um táxi... Como foi a tarde? Como está sua família?

Simone ignorou a pergunta.

— Seu amigo Monsieur Ripley foi me visitar hoje à tarde.

— Ah, é?

— Ele é tão... cheio de mentiras que é difícil saber se há alguma fração de verdade no que diz. Talvez não haja nada. — Simone lançou um olhar para trás, mas não havia ninguém.

Jonathan estava deitado em uma das muitas camas na enfermaria. Nem todas estavam ocupadas, mas os leitos à esquerda e à direita tinham ocupantes, e um dos pacientes recebia uma visita no momento. Não seria fácil conversar sem serem ouvidos.

— Georges vai ficar triste de saber que você não volta hoje — disse Simone.

E foi embora.

Jonathan voltou para casa na manhã seguinte, segunda-feira, por volta das dez. Simone estava passando algumas roupas de Georges.

— Está se sentindo bem? Comeu alguma coisa no hospital? Quer café? Chá?

Jonathan se sentia bem melhor — após uma sessão de vincristina, era normal que a pessoa tivesse uma melhora, ao menos até que a doença voltasse a agir e arruinasse o sangue de novo, pensou Jonathan. Só precisava de um banho. Banhou-se e pôs outras roupas, uma calça velha de cotelê bege e dois suéteres, porque a manhã estava fria, ou talvez ele estivesse mais friorento que o normal. Simone passava um vestido de lã com mangas curtas. A edição matinal do *Figaro* jazia dobrada na mesa da cozinha, com a primeira página para cima, como de hábito, mas as folhas estavam meio soltas, o que evidenciava que Simone já o folheara.

Jonathan pegou o jornal e, ao perceber que Simone estava com o olhar fixo na tábua de passar, foi para a sala ao lado. Achou uma notícia de duas colunas no canto inferior da segunda página.

DOIS CORPOS INCINERADOS NUM CARRO

Segundo o texto, o fato ocorrera em 14 de maio, em Chaumont. Um fazendeiro chamado René Gault, de 55 anos, havia encontrado um Citroën ainda fumegante no início da manhã de domingo e imediatamente avisara a polícia. Na carteira dos mortos, os documentos que haviam sobrevivido ao fogo os identificavam como Angelo Lippari, empreiteiro de 33 anos, e Filippo Turoli, comerciante de 31 anos, ambos de Milão. Lippari morrera de fraturas cranianas e Turoli, de causas desconhecidas, embora a polícia acreditasse que ele já estivesse inconsciente ou morto quando o carro se incendiou. Ainda não havia pistas, mas as autoridades estavam investigando.

O fogo havia consumido o garrote, presumiu Jonathan, e Lippo ficara tão carbonizado que os sinais de estrangulamento foram destruídos.

Simone apareceu à soleira da porta, com as roupas dobradas nas mãos.

— E então? Eu li também. Os dois italianos.

— Pois é.

— E você ajudou Monsieur Ripley a fazer isso. É isso que vocês chamam de "limpar".

Jonathan não disse nada. Suspirou e sentou-se no suntuoso e rangente Chesterfield, mas manteve-se empertigado para que Simone não achasse que ele estava recuando por fraqueza.

— Era necessário fazer alguma coisa com eles.

— E você simplesmente tinha que ajudar — disse ela. — Jon… Agora que Georges não está aqui… acho que devemos conversar sobre o assunto. — Pôs as roupas sobre a pequena estante de livros que ficava ao lado da porta e se sentou na beira da poltrona. — Você não está me dizendo a verdade, nem Monsieur Ripley. Estou me perguntando o que mais você será obrigado a fazer para ele. — Ao pronunciar as últimas palavras, a voz dela se elevou de um jeito histérico.

— Nada.

Disso, Jonathan tinha certeza. E, se Tom lhe pedisse que fizesse algo mais, ele poderia meramente recusar. Naquele momento, a situação parecia muito simples para Jonathan. Ele tinha que fazer o necessário para não perder Simone, custasse o que custasse. Ela valia mais que Tom Ripley e qualquer coisa que Tom pudesse oferecer.

— Está além da minha compreensão. Você sabia o que estava fazendo... ontem à noite. Ajudou a matar aqueles homens, não ajudou? — A voz dela havia despencado e tremia.

— Foi necessário para proteger... o que aconteceu antes.

— Ah, sim, Monsieur Ripley explicou. Por acaso, vocês estavam no mesmo trem, vindo de Munique, certo? E você... o auxiliou a... a *matar* duas pessoas?

— Mafiosos — disse Jonathan.

O que Tom havia contado a ela?

— Você, um passageiro comum, auxiliou num assassinato? Espera que eu acredite nisso, Jon?

Jonathan ficou em silêncio, tentando pensar, sentindo-se desolado. A resposta era "não". *Você parece não entender que eram mafiosos,* queria dizer Jonathan. *Estavam atacando Tom Ripley.* Outra mentira, ao menos no que dizia respeito ao trem. Jonathan comprimiu os lábios e recostou-se no vasto e generoso sofá.

— Não espero que acredite. Só tenho duas coisas a dizer: essa história está encerrada e os homens que matamos eram criminosos e assassinos. Tem que aceitar isso.

— Você é um agente secreto no tempo livre, por acaso? *Por que* está sendo pago para fazer isso, Jon? Você, um assassino! — Ela se ergueu, as mãos crispadas. — Você é um estranho para mim. Até este momento, jamais o conheci de verdade.

— Ah, Simone — disse Jonathan, erguendo-se também.

— Não posso gostar de você, não posso amar você.

Jonathan pestanejou. Ela dissera aquilo em inglês.

— Você está escondendo alguma coisa, eu sei que está — continuou em francês. — E nem quero saber o que é. Entende? É alguma horrível conexão com Monsieur Ripley, aquele sujeito odioso. E só posso imaginar o que seja — acrescentou, a voz cheia de um amargo sarcasmo mais uma vez. — Obviamente, é alguma coisa repugnante demais para que me diga, então é melhor nem imaginar. É claro que você está ajudando a esconder algum outro crime e, por isso, está ganhando dinheiro e se encontra sob o controle dele. Muito bem, eu não quero...

— Eu não estou sob o controle dele! Você vai ver!

— Já vi o bastante! — Ela saiu levando as roupas e subiu as escadas.

À hora do almoço, Simone disse que não estava com fome. Jonathan cozinhou um ovo. Depois foi à loja e deixou a tabuleta de FERMÉ na porta, pois não abria às segundas. Nada mudara desde o meio-dia de sábado. Dava para notar que Simone não estivera ali. De repente, Jonathan pensou na pistola italiana, que geralmente ficava na gaveta, mas que no momento estava com Tom Ripley. Cortou uma moldura, cortou o vidro, mas, na hora de botar os pregos, perdeu o ânimo. O que faria quanto a Simone? E se contasse a ela toda a história, exatamente como havia acontecido? Jonathan sabia, contudo, que teria que enfrentar o anátema católico contra aqueles que tiravam a vida humana. Sem mencionar que Simone consideraria a proposta original "Absurda! Repugnante!". Era curioso que a Máfia fosse católica e não se importasse em tirar vidas humanas. Com ele, marido de Simone, era diferente. Ele não podia tirar vidas humanas. E se dissesse que fora um erro, que se arrependia... Inútil. Acima de tudo, porque ele não achava que houvesse de fato cometido um erro. Então, por que contar outra mentira?

Jonathan voltou com determinação à mesa de trabalho, prendeu a moldura com a cola e os pregos e selou a parte de trás caprichosamente com papel pardo. Pôs uma etiqueta com o nome do dono na alça do quadro. Deu uma olhada na lista de serviços e preparou mais uma moldura que, como a outra, não precisava de *passe-partout*. Continuou trabalhando até as seis da noite. Então comprou pão e vinho, além de uma porção de presunto fatiado, o bastante para alimentar toda a família, caso Simone não tivesse ido às compras.

— Passei a tarde apavorada — disse Simone —, pensando que a polícia bateria na porta a qualquer momento procurando por você.

Jonathan arrumava a mesa e ficou em silêncio por alguns segundos.

— A polícia não vai vir. Por que viria?

— Não existe crime sem pistas. Eles vão encontrar Monsieur Ripley, e ele vai entregar você.

Jonathan tinha certeza de que ela passara o dia sem comer. Ele encontrou uns restos de batata — um purê — na geladeira e começou a preparar o jantar sozinho. Georges veio do quarto.

— O que fizeram com você no hospital, papai?

— Troquei de sangue — respondeu Jonathan, mexendo os braços. — Imagine só. Agora todo o meu sangue é novo... Ah, pelo menos uns oito litros.

— Quanto é isso? — Georges estendeu os braços também.

— Oito vezes esta garrafa — disse Jonathan. — Por isso levou a noite toda.

Por mais que se esforçasse, Jonathan não conseguiu romper o silêncio soturno de Simone. Ela cutucava a comida sem dizer nada. Georges não estava entendendo. Constrangido pelo próprio fracasso, Jonathan ficou em silêncio também à hora do café, incapaz até mesmo de conversar com Georges.

Jonathan se perguntava se Simone teria falado com o irmão, Gérard. Guiou Georges até a sala para assistir à televisão, o aparelho novo que havia chegado uns dias antes. Os programas que estavam passando àquela hora — só havia dois canais — não eram muito interessantes para crianças, mas Jonathan esperava que a atenção de Georges ficasse ocupada por um tempo.

— Você falou com Gérard, por acaso? — perguntou Jonathan, incapaz de conter a dúvida.

— Claro que não. Acha mesmo que eu conseguiria falar com ele sobre... isso? — Ela estava fumando um cigarro, coisa que raramente fazia. Olhou de relance para o umbral da porta, a fim de se certificar de que Georges não estava voltando. — Jon... Acho que precisamos tomar providências para nos separar.

Na televisão, um político francês estava falando sobre *syndicates*, sindicatos.

Jonathan voltou a se sentar na cadeira.

— Querida, eu sei... Está chocada. Não pode esperar uns dias? Sei que, de alguma forma, posso fazer você entender. Mesmo — disse Jonathan com absoluta convicção, mas percebeu que não estava nem um pouco convicto.

Agarrava-se a Simone como alguém que se agarrava instintivamente à vida, percebeu.

— Sim, é claro que você acha isso. Mas eu sei do que estou falando. Sabe, não sou mais uma menininha passional. — Os olhos dela o fitavam e já não pareciam tão raivosos, apenas decididos e distantes.

— Não estou interessada em todo o seu dinheiro, não quero nada. Posso me virar... com Georges.

— Ah, Georges... Meu Deus, Simone, eu vou sustentar o Georges! — Jonathan mal podia acreditar que estavam pronunciando aquelas palavras.

Levantou-se, puxou Simone da cadeira com um gesto um tanto brusco e um pouco do café transbordou da xícara e respingou no pires. Jonathan a abraçou e a teria beijado, mas ela se desvencilhou.

— *Non!* — Ela apagou o cigarro no cinzeiro e começou a tirar a louça da mesa. — Lamento dizer que também não quero dormir na mesma cama que você.

— Ah, sim. Imaginei. — *E amanhã você vai à igreja rezar por minha alma*, pensou Jonathan. — Simone, você precisa dar tempo ao tempo. Não diga coisas de que depois vá se arrepender.

— Não vou mudar de ideia. Pergunte a Monsieur Ripley. Acho que ele sabe.

Georges voltou à cozinha. Esquecera a televisão e olhava para os pais, confuso.

Jonathan tocou a cabeça do filho com a ponta dos dedos ao passar em direção ao vestíbulo. Tinha pensado em subir para o quarto, mas aquele já não era o quarto deles, e então o que faria lá em cima? Do aparelho de televisão vinha uma toada contínua e monótona. Jonathan deu uma volta no vestíbulo, pegou a capa de chuva, o cachecol e saiu. Caminhou até a rue de France, dobrou à esquerda e, no fim da rua, entrou no café-bar que ficava na esquina. Queria telefonar para Tom Ripley. Lembrava-se do número.

— Alô? — disse Tom.

— É o Jonathan.

— Como está? ... Telefonei para o hospital e me disseram que você passou a noite lá. Já saiu?

— Ah, sim, esta manhã. Eu... — Jonathan ofegou.

— O que houve?

— Podemos conversar pessoalmente, por alguns minutos? Se achar que é seguro. Eu estou... Posso pegar um táxi, acho. Claro.

— Onde você está?

— No bar da esquina... Aquele novo perto do Aigle Noir.

— Posso buscar você. Não? — Tom suspeitou que Jonathan tivesse brigado com Simone.

— Vou andando até o Monumento. Quero caminhar um pouco. Encontro você lá.

Jonathan se sentiu imediatamente melhor. Era algo efêmero, sem dúvida, estava apenas adiando o problema com Simone, mas no momento isso não importava. Era como um homem temporariamente livre de uma tortura, e estava grato por aqueles poucos instantes de alívio. Acendeu um cigarro e caminhou devagar, pois Tom levaria uns quinze minutos para chegar. Jonathan entrou no Bar des Sports, pouco adiante do Hôtel de l'Aigle Noir, e pediu uma cerveja. Tentou não pensar em nada. Então um pensamento veio à tona, espontaneamente: Simone *mudaria de ideia*. Tão logo ponderou de forma consciente, passou a temer que ela não mudasse. Estava sozinho. Jonathan sabia que estava sozinho, que até mesmo o vínculo com Georges estava estremecido, pois Simone decerto ficaria com o filho, mas Jonathan também percebia que ainda não tinha a compreensão total de tudo aquilo. Levaria dias. Os sentimentos eram mais vagarosos que as ideias. Às vezes.

O Renault escuro de Tom emergiu das sombras do bosque, junto a um delgado fluxo de veículos, adentrando a luz que envolvia o Obelisco, o Monumento. Passava um pouco das oito da noite. Jonathan estava na esquina, no lado esquerdo da rua, à direita de Tom. E Tom teria que fazer a volta completa para pegar o caminho de casa, se é que iriam à casa dele. Jonathan preferia conversar na casa de Tom a conversar num bar. Tom estacionou e abriu a porta.

— Boa noite! — cumprimentou.

— Boa noite — respondeu Jonathan, fechando a porta, e Tom imediatamente acelerou. — Podemos ir à sua casa? Não estou com vontade de ficar num bar lotado.

— Claro.

— Tive uma noite ruim. Um dia ruim, receio.

— Foi o que pensei. Simone?

— Acho que está tudo acabado. E como culpá-la? — Jonathan sentiu-se embaraçado, começou a puxar um cigarro, mas até fumar parecia sem propósito, então desistiu.

— Fiz o melhor que pude — disse Tom.

Estava concentrado em dirigir o mais rápido possível sem atrair nenhum policial de motocicleta, pois havia alguns espreitando no bosque, à margem da estrada.

— Ah, é o dinheiro… E os corpos, meu Deus! Quanto ao dinheiro, eu disse que estava segurando a quantia para os alemães, como você sabe.

De repente, tudo parecia ridículo — o dinheiro, a aposta. Por um lado, o dinheiro era algo concreto, tangível e útil, mas, ao mesmo tempo, bem menos tangível e significativo que os dois mortos com que Simone se deparara. Tom estava dirigindo muito rápido. Jonathan não se preocupou com a possibilidade de baterem numa árvore ou capotarem para fora da estrada.

— Resumindo — continuou Jonathan —, são os mortos. O fato de eu ter ajudado... ou de ter feito isso. Acho que ela não vai mudar de ideia.

"Pois, que adianta ao homem", Jonathan teve até vontade de rir. Não havia ganhado o mundo inteiro, tampouco perdera a alma. De todo modo, Jonathan não acreditava na alma. Acreditava no amor-próprio. Não perdera o amor-próprio, mas perdera Simone. Ela, contudo, trazia uma injeção de ânimo à vida dele, e isso não era uma forma de amor-próprio?

Tom também não achava que Simone fosse voltar atrás, mas ficou em silêncio. Podiam muito bem conversar em casa, mas o que ele diria? Palavras de conforto, palavras de esperança, de reconciliação, quando ele próprio não acreditava que aquilo fosse possível? No entanto, quem entendia as mulheres? Às vezes pareciam ter uma posição moral mais firme que a dos homens, e outras Tom tinha a impressão de que elas eram mais flexíveis, mais capazes de crer em duas coisas opostas ao mesmo tempo — especialmente no que dizia respeito à desonestidade política, tanto que por vezes se casavam com políticos salafrários. Infelizmente, Simone parecia o retrato da retidão inflexível. Jonathan não dissera que ela frequentava a igreja? Mas os pensamentos de Tom também se dirigiam a Reeves Minot. Reeves estava nervoso, embora sem nenhuma razão palpável pelo que Tom percebia. De repente, Tom chegou à entrada para Villeperce e guiou o carro devagar pelas ruas familiares e tranquilas.

E lá estava Belle Ombre atrás dos altos álamos, uma luz brilhando sobre a porta — tudo intacto.

Tom tinha acabado de fazer café, e Jonathan aceitou acompanhá-lo em uma xícara. Tom aqueceu um pouco de café e levou para a mesa com uma garrafa de conhaque.

— Por falar em problemas — disse Tom —, Reeves quer vir à França. Liguei para ele hoje, de Sens. Está em Ascona, num hotel chamado Os Três Ursos.

— Eu lembro — disse Jonathan.

— Acha que está sendo espionado... por pessoas na rua. Tentei dizer que... nossos inimigos não perdem tempo com esse tipo de coisa. Ele deveria saber disso. Tentei convencê-lo de que não deve vir à França, nem mesmo a Paris. Com toda a certeza não à minha casa. Eu não diria que Belle Ombre é o lugar mais seguro do mundo, não concorda? Naturalmente, nem sequer pude dar uma indireta sobre o que houve na noite de sábado. É uma pena, porque a notícia o deixaria mais calmo. Quer dizer, pelo menos nos livramos das duas pessoas que nos viram no trem. Não sei quanto vai durar esse intervalo de paz. — Tom se inclinou, apoiando os cotovelos nos joelhos, e olhou pelas janelas silenciosas. — Reeves não sabe o que aconteceu na noite de sábado, ou pelo menos não disse nada. Mesmo que leia os jornais, talvez não ligue uma coisa à outra. Imagino que você tenha lido os jornais hoje.

— Li — disse Jonathan.

— Nenhuma pista. Nada foi dito no rádio hoje à noite, mas o noticiário da TV levou ao ar uma matéria curta. Nenhuma pista. — Tom sorriu e apanhou um de seus charutos pequenos. Ofereceu a caixa a Jonathan, que sacudiu negativamente a cabeça. — Outra boa notícia é que ninguém notou nada aqui no vilarejo. Fui comprar pão e passei no açougue hoje, à pé, devagar, só para dar uma checada. E, por volta das sete e meia da noite, um dos meus vizinhos, Howard Clegg, passou por aqui. Veio me trazer um saco cheio de esterco de cavalo que pegou na fazenda de um amigo onde às vezes compra coelhos.

— Tom deu uma baforada e relaxou, rindo. — Foi Howard quem estacionou aí na frente, no sábado, lembra? Achou que estivéssemos recebendo hóspedes, Heloise e eu, e que não fosse o momento de nos trazer esterco de cavalo.

Tom seguiu falando e falando, tentando preencher o tempo na esperança de que a tensão de Jonathan se dissipasse um pouco.

— Eu disse a ele que Heloise estava passando uns dias fora e que recebi uns amigos de Paris, daí o carro com placa de Paris parado na frente de casa. Acho que a história colou.

O relógio sobre a cornija indicou nove horas, com batidas curtas e límpidas.

— Mas voltando ao Reeves — disse Tom. — Pensei em escrever para ele e dizer que tinha motivos para acreditar que a situação estava melhorando, mas duas coisas me impediram. Reeves pode partir de Ascona a qualquer momento e, em segundo lugar, as coisas não melhoraram para ele, se os carcamanos ainda quiserem pegá-lo. Agora está usando o nome de Ralph Platt, mas sabem o nome verdadeiro e a aparência dele. Se a Máfia ainda quiser pegá-lo, Reeves não tem saída, exceto ir para o Brasil. E mesmo no Brasil... — Tom sorriu, mas sem alegria.

— Mas ele não está acostumado com esse tipo de coisa? — perguntou Jonathan.

— Nesse nível? Não. Pouquíssimas pessoas, eu acho, se acostumam à Máfia e continuam vivas. Podem até sobreviver, mas não confortavelmente.

Fora Reeves quem provocara a própria desgraça, pensou Jonathan. E Reeves o arrastara para aquela desgraça. Não, havia entrado naquilo porque quisera, deixara-se persuadir... por dinheiro. E fora Tom Ripley quem... ao menos havia tentado ajudá-lo a receber o tal dinheiro, ainda que tudo aquilo tivesse começado com uma ideia dele, todo aquele jogo mortal. Num piscar de olhos, a mente de Jonathan voltou àqueles minutos no trem, entre Munique e Estrasburgo.

— Eu lamento quanto a Simone, *mesmo* — disse Tom. A figura de Jonathan, longa e torta, recurvada sobre a xícara de café, parecia a ilustração do fracasso, como uma estátua. — O que ela quer fazer?

— Ah... — Jonathan deu de ombros. — Falou em separação. Quer levar o Georges, claro. Ela tem um irmão em Nemours, Gérard. Não sei o que vai dizer a ele ou à família. Está absolutamente chocada. E envergonhada.

— Entendo.

Heloise também tinha vergonha, pensou Tom, mas Heloise era mais inclinada a manter dois pensamentos contrários ao mesmo tempo. Sabia que o marido andava metido em assassinatos e crimes, mas seriam mesmo crimes? A pergunta valia em especial para os últimos acontecimentos, o caso Derwatt e os malditos mafiosos. Tom afastou por um instante a questão moral e limpou algumas cinzas do joelho. O que Jonathan faria da vida? Sem Simone, perderia todo o ânimo. Tom se perguntou se deveria tentar conversar com Simone outra vez, mas as lembranças da visita no dia anterior o desencorajaram. Não tinha vontade alguma de fazer uma nova tentativa.

— Estou acabado — disse Jonathan.

Tom começou a falar, mas Jonathan o interrompeu:

— Você sabe que está tudo acabado entre mim e Simone, pelo menos da parte dela. E ainda tem a velha questão: quanto tempo eu vou viver? Por que adiar o fim? Então, Tom... — Jonathan se levantou. — Se eu puder prestar algum serviço para você, mesmo que seja um serviço suicida, estou à disposição.

Tom sorriu.

— Conhaque?

— Aceito um pouco. Obrigado.

Tom serviu.

— Passei os últimos minutos tentando explicar que acho... *acho* que o pior já passou. Em relação aos carcamanos, pelo menos. Lógico, vamos estar em apuros se eles pegarem Reeves... Se for torturado, ele pode nos entregar.

Jonathan já pensara naquela possibilidade. Não se importava muito, mas era evidente que Tom se importava. Tom não queria morrer.

— Posso ajudar em algo? Servir de isca, talvez? Uma oferenda, um sacrifício? — Jonathan riu.

— Não quero nenhuma isca — disse Tom.

— Você não falou outro dia que a Máfia talvez exigisse sangue em vingança?

Tom certamente pensara naquilo, mas não sabia se chegara a dizer tal coisa para Jonathan.

— Se não fizermos nada, eles podem pegar Reeves e acabar com ele — afirmou Tom. — Isso seria apenas deixar que a natureza siga seu curso. Essa ideia de assassinar mafiosos, não fui eu nem você que colocamos na cabeça do Reeves.

A atitude fria de Tom diminuiu um pouco o entusiasmo de Jonathan. Ele se sentou.

— E quanto ao Fritz? Alguma notícia? Me lembro bem do Fritz.

Jonathan sorriu como quem recordava dias venturosos. Fritz chegando ao apartamento de Reeves, gorro na mão, um sorriso amigável e a eficiente pistolinha.

Tom precisou pensar por um momento para lembrar quem era Fritz: o faz-tudo, o taxista-mensageiro de Hamburgo.

— Não. Esperemos que Fritz tenha voltado para a casa dos parentes, no interior, como Reeves falou. Espero que esteja lá. Talvez nem queiram mais saber do Fritz. — Tom se ergueu. — Jonathan, você precisa voltar para casa e encarar as consequências.

— Eu sei. — No entanto, Tom fizera com que se sentisse melhor. Tom era realista, mesmo em relação a Simone. — Estranho, para mim o problema já não é a Máfia, é a Simone.

Tom sabia.

— Vou com você, se quiser. Posso tentar falar com ela de novo.

Jonathan deu de ombros outra vez. Levantou-se, inquieto. Olhou de relance acima da lareira, onde estava pendurado um quadro que, segundo Tom, chamava-se *Homem na cadeira*, de Derwatt. Recordou-se de outro Derwatt, sobre a lareira no apartamento de Reeves — um quadro que talvez já não existisse.

— Acho que hoje vou dormir no Chesterfield... aconteça o que acontecer — disse Jonathan.

Tom pensou em ligar o noticiário, mas naquele horário não sintonizaria nenhum programa, nem mesmo italiano.

— O que acha? Simone talvez me barre na porta. Ainda assim, posso ir até lá, a menos que você ache que minha presença vai piorar as coisas.

— As coisas não podem ficar piores do que já estão. Muito bem, sim, eu gostaria que viesse comigo. Mas o que vamos dizer?

Tom enfiou as mãos nos bolsos da calça velha de flanela. No bolso direito, estava a arma italiana pequena que Jonathan portara no trem. Desde a noite de sábado, Tom dormia com a arma sob o travesseiro. O que poderiam dizer? Tom geralmente contava com a inspiração do momento, mas já não esgotara todos os recursos com Simone? Seria capaz de mostrar a ela alguma faceta brilhante e inusitada daquela situação, para ofuscar-lhe os olhos, o cérebro, e fazê-la ver as coisas como eles viam?

— A única coisa a fazer — disse Tom, pensativo — é tentar convencê-la de que o perigo passou. Admito que será difícil. Vamos passar a noite nos esquivando dos cadáveres que ela viu. Mas, como você sabe, grande parte do problema é que ela está preocupada.

— Bem... e o perigo passou mesmo? — perguntou Jonathan. — Não dá para ter certeza, dá? Por causa do Reeves.

23

À s dez da noite, já estavam em Fontainebleau. Jonathan se adiantou, subiu os degraus, bateu à porta e depois enfiou a chave na fechadura. A porta, porém, estava trancada por dentro.

— Quem é? — perguntou Simone, do outro lado.

— Jon.

Ela puxou o ferrolho.

— Ah, Jon… Eu estava preocupada!

Era um bom sinal, na opinião de Tom.

No instante seguinte, Simone o viu e a expressão dela mudou.

— É, Tom está comigo. Podemos entrar?

Ela pareceu prestes a dizer que não, então deu um passo para trás com a postura um pouco rígida. Jonathan e Tom entraram.

— Boa noite, madame — disse Tom.

Na sala de estar, o televisor estava ligado. No sofá de couro preto havia material de costura — aparentemente, o forro de um casaco estava em vias de ser remendado — e Georges brincava com um caminhão de brinquedo no chão. O retrato da tranquilidade doméstica, pensou Tom. Cumprimentou Georges.

— Sente-se, Tom — disse Jonathan.

Mas Tom não o fez, porque Simone não deu sinal algum de que se sentaria.

— E qual é a razão desta visita? — perguntou ela a Tom.

— Madame, eu... — gaguejou ele. — Eu vim aqui para assumir toda a culpa e tentar persuadir a senhora de que... de que deve ser um pouco mais compreensiva com seu marido.

— Está me dizendo que meu marido... — De repente, ela se lembrou da presença de Georges e, com um ar de exasperação nervosa, pegou-o pela mão. — Georges, vá para cima. Está me ouvindo? Por favor, querido.

Georges foi até o limiar da porta, olhou para trás, depois entrou no vestíbulo e começou a subir as escadas, relutante.

— *Dépêche-toi!* — gritou Simone para ele e, em seguida, fechou a porta da sala de estar. — O senhor está me dizendo que meu marido não sabia nada sobre esses... acontecimentos, até parar bem no meio deles. Que esse dinheiro sórdido vem de uma aposta entre médicos!

Tom respirou fundo.

— A culpa é minha. Talvez... Jon tenha cometido um erro ao me ajudar. Mas isso não pode ser perdoado? Ele é seu marido...

— Ele se tornou um criminoso. Talvez seja o efeito da sua influência encantadora, mas é um fato. Não é?

Jonathan sentou-se na poltrona.

Tom decidiu se instalar numa extremidade do sofá — até que Simone o mandasse sair da casa. Corajosamente, Tom recomeçou:

— Jon me procurou hoje à noite para falar desse assunto, madame. Ele está muito aflito. O matrimônio... é algo sagrado, como bem sabe. Se ele perder o seu afeto, madame, a vida e a coragem do Jon ficarão totalmente devastadas. A senhora com certeza compreende isso. E também deveria pensar no seu filho, que precisa do pai.

Essas últimas palavras tiveram um impacto visível em Simone, mas ela replicou:

— Sim, um pai. Um pai de verdade, que ele possa respeitar. Concordo.

Tom escutou passos nos degraus de pedra e lançou um rápido olhar para Jonathan.

— Está esperando alguém? — perguntou Jonathan a Simone, que provavelmente telefonara para Gérard, pensou ele.

Simone balançou a cabeça.

— Não.

Tom e Jonathan se puseram de pé de um salto.

— Tranque a porta — sussurrou Tom em inglês para Jonathan.

— Pergunte quem é.

Um vizinho, imaginou Jonathan, enquanto se dirigia à porta. Passou o ferrolho silenciosamente.

— *Qui est-ce, s'il vous plaît?*

— Monsieur Trevanny?

Jonathan não reconheceu a voz do homem e olhou, por cima do ombro, para Tom, que estava no vestíbulo.

Haveria mais de um, supôs Tom.

— O que é isso agora? — perguntou Simone.

Tom pôs um dedo sobre os lábios. Sem se preocupar com o que Simone pensaria, ele foi até a cozinha, que estava com a luz acesa. Simone foi atrás. Tom olhou ao redor, procurando algo pesado. Ainda estava com um garrote no bolso da calça, mas, claro, não seria necessário usá-lo se fosse apenas um vizinho.

— O que está fazendo? — perguntou Simone.

Tom estava abrindo uma porta amarela e estreita num canto da cozinha. Era um armário para vassouras, e Tom encontrou ali algo que poderia ser útil: um martelo. Ao lado havia um formão, além de vários objetos inócuos, como vassouras e esfregões.

— Vou ser mais útil se ficar aqui — disse Tom, pegando o martelo.

Esperava o estrondo de um tiro atravessando a porta ou, talvez, o barulho de ombros investindo contra a porta da frente. Então, ouviu

310

o vago estalido do ferrolho deslizando, sendo aberto. Jonathan estava louco?

De imediato, Simone disparou rumo ao vestíbulo, e Tom a ouviu arquejar. Escutou sons de luta vindo de lá, e então a porta se fechou com um safanão.

— Madame Trevanny? — disse uma voz de homem.

O grito de Simone foi abafado antes de ficar mais alto. O barulho atravessava o vestíbulo em direção à cozinha.

Simone apareceu à porta, os sapatos deslizando pelo chão enquanto era puxada à força por um sujeito atarracado, de terno preto, que lhe tapava a boca com a mão. Tom, que estava à esquerda do homem no instante em que ele entrou na cozinha, deu um passo à frente e o acertou com o martelo na nuca, logo abaixo da aba do chapéu. O golpe não chegou nem perto de fazê-lo desmaiar, mas o homem soltou Simone e se empertigou um pouco, de forma que Tom teve a oportunidade de acertá-lo no nariz, para em seguida atingi-lo na testa. Aproveitando que o chapéu havia caído, bateu em cheio, como quem golpeava um boi no abatedouro. As pernas do homem cederam.

Simone ficou de pé e Tom a levou até a porta do armário, que não era visível do vestíbulo. Pelo que Tom sabia, só havia mais um invasor na casa, e o silêncio o fez pensar no garrote. Martelo na mão, Tom atravessou o vestíbulo em direção à porta da frente. Por mais que tentasse não fazer barulho, os passos foram percebidos pelo italiano que estava em cima de Jonathan, no chão da sala de estar. Sim, era o bom e velho garrote em ação. Tom avançou sobre ele, erguendo o martelo. O italiano — de terno e chapéu cinza — soltou a corda e ia pegar a arma do coldre lateral quando Tom o golpeou na maçã no rosto. Mais preciso que uma raquete de tênis, o martelo! O homem, que não tivera tempo de se levantar completamente, oscilou para a frente. Tom arrancou o chapéu dele com a mão esquerda e, com a direita, desferiu outra martelada.

Crack! Os olhos escuros do pequeno Leviatá se fecharam, os lábios rosados amoleceram e ele desabou no chão com um baque surdo. Tom ajoelhou-se junto a Jonathan. O cordão de nylon já havia entrado na carne. Tom virou a cabeça de Jonathan para um lado e para outro, tentando mover a corda e afrouxá-la. Jonathan estava com os dentes arreganhados e tentava se soltar com os próprios dedos, mas debilmente.

Simone apareceu de repente, segurando algo que parecia um abridor de cartas, e posicionou a ponta do objeto no pescoço de Jonathan. O nylon afrouxou.

Tom, que estava de cócoras, perdeu o equilíbrio, sentou-se no chão e se levantou de novo. Com um puxão, fechou as cortinas da janela da frente. Antes, havia entre elas uma fresta de uns quinze centímetros. Tom calculou que um minuto e meio tinha se passado desde que os italianos entraram na casa. Pegou o martelo do chão, foi à porta da frente e voltou a trancá-la. De fora, já não chegava qualquer som além do rumor insuspeito de alguém caminhando normalmente pela calçada e do zumbido de um automóvel passando.

— Jon — disse Simone.

Jonathan tossiu e esfregou o pescoço. Estava tentando se sentar.

O homem de terno cinza e aspecto suíno jazia imóvel, a cabeça acidentalmente apoiada no pé da poltrona. Tom apertou o cabo do martelo e fez menção de golpear o sujeito outra vez, mas hesitou, porque já havia um pouco de sangue no tapete. No entanto, achava que o homem ainda estava vivo.

— Porco — murmurou Tom, e o soergueu pelo peito da camisa e pela gravata extravagante, depois desceu o martelo com toda a força contra a têmpora esquerda do sujeito.

Georges estava parado, de olhos arregalados, no limiar da porta.

Simone tinha ido buscar um copo d'água para Jonathan. Estava ajoelhando-se ao lado dele.

— *Saia daqui*, Georges! — disse ela. — Papai está bem! Vá para o... Suba, Georges!

Georges, entretanto, não subiu. Ficou ali, observando fascinado aquela cena, sem igual mesmo nos programas de televisão. Justamente por isso, ele não levava muito a sério. Os olhos arregalados captavam tudo, mas Georges não estava aterrorizado.

Jonathan foi até o sofá, ajudado por Tom e Simone. Sentou-se, com as costas retas, e Simone trouxe uma toalha molhada para passar no rosto dele.

— Estou bem, mesmo — murmurou Jonathan.

Tom continuava de ouvidos atentos, tentando escutar passos na frente ou nos fundos da casa. Aquilo tinha que acontecer bem quando ele tentava transmitir a Simone uma impressão de tranquilidade, pensou.

— Madame, o passadiço do jardim está trancado?

— Sim — disse Simone.

E Tom recordou-se dos espigões ornamentais que coroavam o portão de ferro.

— Há pelo menos mais um deles no carro estacionado lá fora — disse a Jonathan em inglês.

Tom presumiu que Simone conseguisse entendê-lo, embora nada transparecesse no rosto dela. Simone ficou um tempo olhando para Jonathan, que já parecia fora de perigo, e em seguida foi até Georges, ainda parado à soleira da porta.

— Georges! Pela última vez...! — Ela o tocou escada acima, meio que o carregou por metade dos degraus, e deu uma palmada no traseiro dele. — Vá para o quarto e tranque a porta!

Simone estava agindo de forma esplêndida, pensou Tom. E calculou que era uma questão de segundos até que o outro homem viesse à porta, como havia ocorrido em Belle Ombre. Tentou imaginar o que o mafioso lá fora estaria pensando; como não havia barulho, gritos ou tiros, o homem — ou os homens — decerto achava que tudo corria conforme o plano. Provavelmente esperava que os dois companheiros saíssem a qualquer momento pela porta, com a missão cumprida, após terem estrangulado ou espancado os Trevanny até a morte. Reeves devia ter dado com a língua nos dentes, pensou Tom, e revelado o nome e o endereço de Jonathan. Tom teve uma ideia maluca, imaginou a si mesmo e a Jonathan pondo os chapéus dos italianos, investindo porta afora, para cima do carro dos mafiosos (se houvesse algum), e pegando-os de surpresa com... a única e pequena arma disponível. Acontece que não podia pedir a Jonathan que fizesse aquilo.

— Jonathan, é melhor eu sair antes que seja tarde demais — disse Tom.

— Tarde demais... em que sentido? — Jonathan passara a toalha molhada no rosto, e uma mecha de cabelo loiro estava grudada no topo da testa.

— Antes que venham até a porta. Vão ficar desconfiados se os companheiros não aparecerem.

Se os italianos descobrissem o que havia acontecido ali dentro, encheriam os três de balas e depois fugiriam de carro, pensou Tom. Em seguida foi até a janela e se abaixou para espiar, mal e mal ultrapassando o nível do peitoril. Tentou detectar o som de algum motor ligado e perscrutou a rua para ver se havia um carro estacionado com os faróis acesos. Às segundas-feiras era permitido estacionar do outro lado da rua. Tom encontrou o que procurava — talvez — à esquerda, na diagonal, a uns dez metros de distância. Um veículo grande estava com os faroletes acesos, mas Tom não tinha certeza de que o motor estivesse ligado, pois outros ruídos preenchiam a rua.

Jonathan se levantou e foi até Tom.

— Acho que os encontrei — disse Tom.

— O que a gente faz?

Tom estava pensando no que ele poderia fazer sozinho — ficar dentro de casa e tentar atirar em quem arrombasse a porta.

— Temos que pensar na Simone e no Georges. Precisamos evitar uma luta aqui dentro. Acho que devemos atacá-los... lá fora. Senão, eles virão nos atacar e, se arrombarem a porta, vão chegar atirando. Eu consigo dar um jeito nisso, Jon.

Jonathan sentiu uma fúria súbita, um desejo de proteger a casa e o lar.

— Muito bem. Vamos juntos!

— O que vocês vão fazer, Jon? — perguntou Simone.

— Achamos que talvez haja mais deles... a caminho — disse Jonathan em francês.

Tom foi até a cozinha. Pegou o chapéu, que estava no assoalho de linóleo, perto do morto, colocou-o na cabeça e notou que a peça lhe cobria as orelhas. De repente se deu conta de que os dois italianos tinham pistolas nos coldres laterais. Pegou a arma do defunto e voltou para a sala.

— As pistolas! — disse, revistando o segundo italiano.

A arma, já retirada, estava escondida sob o casaco. Tom pegou o chapéu do morto, constatou que lhe servia melhor e deu a Jonathan o chapéu que trouxera da cozinha.

— Experimente. Se conseguirmos nos passar por eles até atravessarmos a rua, vamos ter uma pequena vantagem. Não venha comigo, Jon. Tanto faz, uma ou duas pessoas. Só quero que eles vão embora!

— Então vou junto — disse Jonathan. Sabia o que tinha que fazer: afugentá-los. Talvez balear um deles primeiro, se pudesse, antes que ele próprio fosse baleado.

Tom entregou uma arma a Simone, a pequena pistola italiana.

— Pode ser útil, madame.

Ela pareceu relutante em pegar a arma, e Tom a deixou no sofá. A pistola estava destravada.

Jonathan também destravou o dispositivo de segurança da pistola que segurava.

— Conseguiu ver quantos homens estão no carro?

— Não consegui enxergar nada lá dentro.

Ao pronunciar essas últimas palavras, Tom escutou alguém subir os degraus com passos cautelosos, como que num esforço para andar em silêncio. Tom fez um sinal abrupto com a cabeça para Jonathan.

— Tranque a porta assim que sairmos, madame — sussurrou para Simone.

Tom e Jonathan atravessaram o vestíbulo, ambos de chapéu na cabeça. Tom puxou o ferrolho e abriu a porta na cara do homem que estava lá fora. Precipitou-se contra ele e o agarrou pelo braço, então o virou e obrigou a descer as escadas. Jonathan agarrara o outro braço do sujeito. À primeira vista, na penumbra, Tom e Jonathan poderiam ser confundidos com os dois camaradas do recém-chegado, mas Tom sabia que a ilusão duraria apenas um ou dois segundos.

— À esquerda! — disse Tom a Jonathan.

O homem que seguravam estava se debatendo, embora não gritasse, e quase ergueu Tom do chão na tentativa de se desvencilhar.

Jonathan avistara o carro com os faroletes ligados, viu os faróis se acenderem completamente e ouviu o motor roncar. O carro recuou um pouco.

— Vamos jogá-lo! — disse Tom, e ele e Jonathan, como uma dupla que ensaiou o movimento, atiraram o italiano para a frente, de modo que a cabeça do sujeito bateu na lateral no carro, que se movia devagar.

Tom ouviu um estrépito e soube que a arma do italiano tinha caído na rua. O carro parou e a porta começou a se abrir na frente de Tom. Pelo visto, os rapazes da Máfia queriam o amigo de volta. Tom tirou a arma do bolso, mirou no motorista e disparou. O motorista, com a ajuda de um homem que estava no banco traseiro, tentava puxar o italiano atordoado para o banco da frente. Tom relutava em disparar de novo, pois algumas pessoas vinham correndo na direção deles, da rue de France. Uma janela foi aberta em uma das casas. Tom viu, ou pensou ver, a porta traseira do carro ser aberta e alguém ser jogado à calçada.

Da parte traseira do carro soou um tiro, depois outro, no mesmo instante em que Jonathan tropeçava ou avançava um passo, pondo-se na frente de Tom. O carro então se afastou.

Tom viu Jonathan se curvar. Antes que pudesse ampará-lo, o inglês desabou no lugar onde o carro estivera. *Que droga*, pensou Tom, pois mesmo que tivesse acertado o motorista, o tiro decerto havia atingido só o braço. O carro sumira.

Um rapaz se aproximou, e em seguida um homem e uma mulher, correndo.

— O que está acontecendo?

— Ele levou um tiro?

— *Police!* — gritou uma jovem.

— Jon!

Tom pensara que Jonathan tivesse apenas tropeçado, mas Jonathan não se levantou e, na verdade, mal se mexia. Com a ajuda de um dos recém-chegados, Tom o levou ao meio-fio, mas ele continuava totalmente inerte.

Naquele momento, Jonathan estava pensando que um tiro o acertara no peito, mas a única coisa que sentia era um amortecimento. Havia sentido primeiro um solavanco. Desmaiaria em breve, e talvez fosse algo mais grave do que um desmaio. Pessoas se aproximavam correndo e o cercavam, aos gritos.

Só então Tom reconheceu a figura na calçada: Reeves! Ele estava com a roupa amarrotada, aparentemente tentando recuperar o fôlego.

— ... ambulância! — dizia uma mulher em francês. — Precisamos chamar uma ambulância!

— Tenho carro! — gritou um dos homens.

Tom olhou para as janelas da casa de Jonathan e viu a silhueta de Simone espiando entre as cortinas. Pensou que não podia deixá-la ali. Precisava levar Jonathan ao hospital, e seu carro seria mais veloz que qualquer ambulância.

— Reeves! Aguente firme, volto em um minuto... *Oui, madame* — disse Tom à mulher. (Já havia cinco ou seis pessoas ao redor deles.) — Vou levá-lo ao hospital no meu carro agora mesmo! — Tom atravessou a rua correndo e bateu com força na porta da casa. — Simone, é o Tom!

Quando Simone abriu a porta, ele disse:

— Jonathan está ferido. Precisamos correr para o hospital. Só pegue um casaco e venha comigo. E traga o Georges também!

Georges estava no vestíbulo. Simone não perdeu tempo vestindo um casaco, mas enfiou a mão no bolso da jaqueta que estava pendurada no vestíbulo, pegou as chaves e voltou depressa.

— Ferido? Levou um tiro?

— Temo que sim. Meu carro está à esquerda. O verde.

O veículo estava a uns cinco metros do lugar onde o carro dos italianos estivera estacionado. Simone queria socorrer Jonathan, mas Tom disse que ela seria mais útil indo abrir as portas do carro, que não estavam trancadas. Havia mais gente na rua, mas nenhum policial ainda. Um sujeito baixinho e intrometido perguntou quem Tom pensava que era para sair dando ordens a torto e a direito.

— Vá se catar! — disse Tom em inglês.

Ele e Reeves se esforçaram para erguer Jonathan da forma mais delicada possível. Teria sido mais prudente levar o carro até Jonathan, mas já o haviam erguido, então era melhor seguir em frente. Duas pessoas se aproximaram para ajudá-los, de modo que, após alguns passos, a tarefa não foi tão difícil. Puseram Jonathan num canto do banco traseiro.

Tom entrou no carro, estava com a boca seca.

— Esta é Madame Trevanny — disse Tom a Reeves. — Reeves Minot.

— Como vai? — disse Reeves com o sotaque americano.

Simone entrou e se sentou no banco traseiro, junto a Jonathan. Reeves acomodou Georges ao lado dele e Tom acelerou, dirigindo-se ao hospital de Fontainebleau.

— Papai desmaiou? — perguntou Georges.

— *Oui*, Georges. — Simone tinha começado a chorar.

Jonathan ouvia as vozes, mas não conseguia falar. Não conseguia se mexer, nem sequer um dedo. Teve a visão cinzenta de um mar que se esvaía — em algum lugar na costa da Inglaterra —, desmanchando-se, desmoronando. Ele já estava muito longe de Simone, em cujo peito se apoiava, ou era o que achava. Mas Tom estava vivo. Estava dirigindo o carro, pensou Jonathan, como o próprio Deus. Recordava-se de uma bala, no entanto já não importava. Aquela era a morte, a qual ele tentara encarar antes, mas não havia conseguido. Tentara se preparar, porém não estava preparado. Não havia preparação possível, era apenas uma rendição, no fim das contas. E tudo que ele fizera, todos os erros, todos os acertos, as coisas pelas quais lutara — tudo parecia absurdo.

Tom passou por uma ambulância que acabara de surgir com a sirene soando. Ele dirigia com cuidado. Era um trajeto de apenas cinco minutos. Todos no carro estavam quietos, e Tom achou que havia algo estranho e lúgubre naquele silêncio. Era como se ele e Reeves, Simone, Georges e Jonathan — caso ainda houvesse nele algum traço de consciência — estivessem congelados em um segundo que se prolongava e se prolongava.

— Este homem está morto! — disse um médico residente com voz perplexa.

— Mas... — Tom não podia acreditar, e não conseguiu pronunciar mais nenhuma palavra.

Apenas Simone soltou um grito.

Estavam parados no piso de concreto em frente à entrada do hospital. Jonathan fora posto numa maca, e dois enfermeiros a seguravam como se não soubessem o que fazer.

— Simone, você quer... — Tom não sabia o que pretendia dizer. Simone correu em direção a Jonathan, que estava sendo levado para dentro, e Georges a seguiu. Tom correu atrás de Simone, pensando em pegar as chaves com ela, para tirar os dois cadáveres da casa, fazer *alguma coisa* com eles, mas parou de repente e os sapatos escorregaram no concreto. A polícia chegaria à casa dos Trevanny antes dele. A polícia provavelmente já estava forçando a entrada, pois as pessoas na rua decerto tinham dito que a confusão começara na casa cinza e que, após os disparos, uma pessoa (Tom) correra de volta para casa, e que ele, uma mulher e uma criança haviam saído novamente e entrado num carro.

Simone sumiu depois de uma curva do corredor, seguindo a maca de Jonathan. Era como se, naquele instante, Tom já a avistasse numa procissão fúnebre. Tom virou-se e foi até Reeves.

— Vamos embora enquanto podemos — disse Tom.

Queria ir embora antes que alguém viesse lhe fazer perguntas ou anotasse a placa do veículo.

Ele e Reeves voltaram ao carro. Tom acelerou em direção ao Monumento e dali para casa.

— Jonathan está *morto*... Você acha? — perguntou Reeves.

— Sim. Bem... Você ouviu o médico.

Reeves baixou a cabeça e esfregou os olhos.

A ficha não estava caindo, pensou Tom, para nenhum deles. Tom estava apreensivo, com medo de que um carro do hospital os seguisse, quem sabe até uma viatura de polícia. Não era normal deixar um cadáver no hospital e ir embora sem responder a nenhuma pergunta. O que Simone diria? Naquela noite talvez a deixassem partir sem dizer nada, mas e no dia seguinte?

— E você, meu amigo — disse Tom, com a garganta áspera. — Nenhum osso quebrado, nenhum dente faltando? Ele dera com a língua nos dentes, recordou-se Tom, talvez tivesse falado tudo de uma vez.

— Só umas queimaduras de cigarro — disse Reeves com voz humilde, como se queimaduras fossem algo desprezível comparadas a um tiro.

Reeves estava com uma barba ruiva, de uns três centímetros.

— Presumo que saiba o que deixamos lá na casa dos Trevanny. Dois homens mortos.

— Ah. Bom. Sim, claro, eu sei. Eles sumiram. Não voltaram mais.

— Pensei em ir à casa para dar um jeito nisso, ou pelo menos tentar, mas a polícia já deve estar lá.

Atrás de Tom, uma sirene soou, fazendo com que ele apertasse o volante tomado de um pânico repentino, mas era uma ambulância branca com a luz azul no teto. Ultrapassou Tom à altura do Monumento, dobrou rapidamente à direita e seguiu em alta velocidade rumo a Paris. Tom desejou que fosse Jonathan a caminho da capital, onde haveria mais condições de tratá-lo. Tinha a impressão de que Jonathan se interpusera de propósito entre ele e o atirador. Seria uma impressão errada? Na estrada para Villeperce, ninguém os ultrapassou, nenhuma viatura com a sirene ligada os forçou a parar. Reeves adormeceu apoiado na porta, mas acordou ao sentir o carro estacionar.

— Lar, doce lar — disse Tom.

Após estacionar na garagem, Tom trancou o portão, depois abriu a porta de casa com a chave. Tudo estava tranquilo. Era um tanto inacreditável.

— Quer se esticar no sofá enquanto preparo um chá para nós dois? — perguntou Tom. — É de chá que estamos precisando.

Tomaram chá e uísque, mais chá do que uísque. Reeves, com suas maneiras tipicamente apologéticas, perguntou a Tom se havia algum unguento para queimaduras, e Tom foi buscar algo no armário de remédios que ficava no lavabo do térreo. Depois Reeves foi ao mesmo lavabo para fazer curativos nos ferimentos, que, segundo disse, eram todos na barriga. Tom acendeu um charuto, não tanto porque sentisse vontade de fumar, mas porque o charuto lhe dava uma sensação de estabilidade, talvez ilusória, e o que importava era a ilusão, a atitude diante dos problemas. Era preciso manter sempre uma atitude positiva.

Voltando à sala, Reeves notou a espineta.

— Sim — disse Tom. — Uma nova aquisição. Vou ver se consigo ter umas aulas em Fontainebleau... ou em outro lugar. Talvez Heloise também venha a ter algumas aulas. Não podemos continuar brincando com o instrumento como se fôssemos uma dupla de macacos. — Tom se sentia estranhamente zangado, mas não com Reeves, não com algo específico. — Me diga o que aconteceu em Ascona.

Reeves sorveu uns golinhos de chá e uísque e ficou em silêncio por um instante, como alguém obrigado a retornar de outro mundo, arrastando-se centímetro por centímetro.

— Estou pensando no Jonathan. Morto. Não era isso que eu queria, sabe?

Tom descruzou as pernas e voltou a cruzá-las. Estava pensando em Jonathan também.

— Sobre Ascona... O que aconteceu lá?

— Ah. Bem, como eu disse, estava achando que tinham me rastreado. Então, umas noites atrás... é... um deles me abordou na rua. Um sujeito moço, traje esportivo, parecia um turista italiano. Disse em inglês: "Pegue sua bagagem e pague a conta. Estaremos esperando." Claro, eu... eu sabia qual era a alternativa... Quer dizer, se eu resolvesse fazer a mala e fugir. Isso foi por volta das sete da noite. Domingo. Ontem?

— Ontem foi domingo, sim.

Reeves estava com o olhar fixo na mesinha, mas tinha as costas eretas e uma das mãos delicadamente posta sobre o diafragma, talvez na altura dos ferimentos.

— Aliás, acabei não pegando a mala. Ainda está no saguão do hotel em Ascona. Eles apontaram para a porta e disseram: "Deixe a bagagem."

— Você pode telefonar para o hotel — disse Tom. — De Fontainebleau, por exemplo.

— Sim. Então... Eles me fizeram perguntas e mais perguntas. Queriam saber quem era o líder da conspiração. Eu disse que não havia líder nenhum. Não podia ser *eu* um líder! — Reeves soltou uma risada fraca. — E eu não daria o *seu* nome, Tom. Até porque não era você quem queria expulsar a Máfia de Hamburgo. E então... as queimaduras começaram. Perguntaram quem estava no trem naquela noite. Receio que eu não tenha sido tão corajoso quanto Fritz. O bom e velho Fritz...

— Ele não está morto, está? — perguntou Tom.

— Não. Não que eu saiba. Seja como for, para encurtar essa maldita história, eu falei o nome do Jonathan... e o endereço dele. Eu falei... porque eles estavam em cima de mim, no carro no meio de uma floresta, não sei onde, me queimando com um cigarro. Lembro que pensei: "Mesmo que eu grite que nem um louco, pedindo por ajuda, ninguém vai me ouvir." Então começaram a apertar meu nariz, fingindo que iam me sufocar. — Reeves se contorceu no sofá.

Tom compreendia a situação.

— Não mencionaram meu nome?

— Não.

Tom se perguntou se seria razoável acreditar que a farsa montada por ele e Jonathan dera certo. Talvez a família Genotti de fato acreditasse que a pista inicial estava errada e que Tom Ripley nada tinha a ver com aquela história.

— Eram da família Genotti, eu presumo.

— Pela lógica, sim.

— Você não tem certeza?

— Eles não mencionam o nome da família, Tom, pelo amor de Deus! Era verdade.

— Não mencionaram Angy... ou Lippo? Ou um *capo* chamado Luigi?

Reeves pensou um pouco.

— Luigi... Talvez eu tenha escutado esse nome. Olhe, Tom, acho que eu estava paralisado de tanto medo...

Tom suspirou.

— Angy e Lippo são os dois que Jonathan e eu despachamos na noite de sábado — disse Tom em voz baixa, como se alguém pudesse escutá-lo. — Dois homens da família Genotti. Vieram nos procurar aqui, na minha casa, e nós... Eles foram incinerados no próprio carro, a quilômetros daqui. Jonathan estava comigo e agiu de maneira maravilhosa. Você deveria ler os jornais! — acrescentou Tom, sorrindo. — Obrigamos Lippo a telefonar para o chefe, Luigi, e dizer que eu não era o homem que eles procuravam. É por isso que estou fazendo essas perguntas sobre os Genotti. Estou muito interessado em saber se o nosso truque funcionou ou não.

Reeves ainda estava tentando se lembrar.

— Não mencionaram você, isso eu sei. Então, matou dois deles aqui. Dentro de casa! Uma façanha, Tom! — Reeves afundou no sofá, com um sorriso suave, como se fosse a primeira vez que relaxava em vários dias, e talvez fosse mesmo.

— Contudo, eles sabem meu nome — disse Tom. — Não tenho certeza se os homens no carro me reconheceram hoje. Isso... está nas mãos do destino. — Surpreendeu-se ao ouvir a frase saindo da própria boca. Tinha a intenção de dizer que as chances eram de 50%, ou algo assim. — Quer dizer — continuou Tom, em voz mais firme —, não sei se o apetite deles vai estar saciado após pegarem Jonathan. Tom se levantou e voltou as costas para Reeves. Jonathan, morto. E Jonathan nem sequer precisava ter ido com Tom até o carro. Será que se metera de propósito entre Tom e o carro no momento em que a pistola fora apontada? No entanto, Tom não tinha certeza de ter visto alguém apontar uma pistola. Tudo acontecera muito rápido. Jonathan não chegou a se reconciliar com Simone, a escutar dela uma palavra de perdão, nada recebeu dela além de alguns minutos de atenção logo após quase ser estrangulado.

— Reeves, não é melhor se deitar? A menos que queira comer alguma coisa antes. Está com fome?

— Obrigado, acho que estou esgotado demais para comer. Quero me deitar mesmo. Obrigado, Tom. Não sabia ao certo se você poderia me receber.

Tom riu.

— Eu também não sabia.

Tom levou Reeves ao quarto de hóspedes, desculpou-se pelo fato de Jonathan ter dormido algumas horas na cama e se ofereceu para trocar os lençóis, mas Reeves lhe garantiu que aquilo não tinha importância.

— Esta cama parece o paraíso — disse Reeves, cambaleando de exaustão enquanto começava a se despir.

Tom estava pensando que, se os rapazes da Máfia tentassem cometer outro ataque naquela noite, ele tinha a pistola italiana maior, além do rifle e da Luger. E para ajudá-lo contava com um exausto Reeves, em vez de Jonathan. Contudo, não achava que a Máfia fosse aparecer naquela noite. Provavelmente, prefeririam se afastar o máximo de Fontainebleau. Tom esperava ao menos ter ferido o motorista, e que o ferimento fosse grave.

Na manhã seguinte, Tom deixou que Reeves dormisse até tarde. Sentou-se na sala de estar e tomou café com o rádio sintonizado num programa popular francês, que transmitia notícias de hora em hora. Infelizmente, já passava um pouco das nove. Tom tentou imaginar o que Simone estaria dizendo à polícia e o que teria dito na noite anterior. Ponderou que ela não mencionaria o nome dele, pois isso revelaria o envolvimento de Jonathan nos assassinatos dos mafiosos. E se estivesse enganado? Simone poderia dizer, por exemplo, que Tom Ripley havia coagido o esposo dela, não? Mas como? Que tipo de coação? Não, era mais provável que ela dissesse algo como "Não consigo sequer imaginar por que mafiosos (ou italianos) vieram à nossa casa". "Mas quem era o outro homem, aquele que acompanhava o seu marido? As testemunhas dizem que havia outro homem, um com sotaque americano." Tom esperava que nenhuma das testemunhas houvesse reparado no sotaque americano dele, mas era improvável que o detalhe passasse despercebido. "Não sei", talvez dissesse Simone, "algum conhecido do meu esposo. Esqueci o nome...".

As coisas, no momento, estavam um pouco incertas.

Reeves desceu as escadas antes das dez. Tom fez mais café e preparou ovos mexidos para ele.

— É melhor eu ir embora, para não dar mais trabalho para você — disse Reeves. — Pode me dar uma carona até... eu estava pensando em Orly. Além disso, preciso telefonar ao hotel para saber da minha bagagem, mas não quero ligar daqui. Poderia me levar a Fontainebleau?

— Posso levar você a Fontainebleau e a Orly. Para onde vai depois?

— Estava pensando em Zurique. Depois, eu poderia dar uma passada em Ascona para pegar minha mala. Mas se eu telefonar para o hotel, talvez enviem a bagagem a Zurique pela American Express. Vou dizer apenas que esqueci! — Reeves soltou um riso de menino, leve e despreocupado, ou melhor: forçou-se a rir assim.

Só que havia um problema: ele estava sem dinheiro. Tom tinha cerca de 1.300 francos em casa. Disse que podia tranquilamente emprestar uma parte a Reeves, para que comprasse a passagem, e depois, ao chegar em Zurique, trocasse o restante por francos suíços. Reeves deixara os cheques de viagem na mala.

— E seu passaporte? — perguntou Tom.

— Aqui. — Reeves deu um tapinha no bolso da camisa. — Ambos. Ralph Platt, barbudo, e eu, imberbe. Pedi que um amigo em Hamburgo tirasse a foto e usei uma barba postiça. Acredita que os italianos não pegaram meus passaportes? Que sorte, hein?

Certamente fora um lance de sorte. Reeves era indestrutível, pensou Tom, como um lagarto esguio fugindo sobre uma pedra. Fora raptado, queimado com cigarro, intimidado sabia-se lá como, despejado na rua, e ali estava ele, comendo ovos mexidos, os olhos intactos, sem nem sequer uma fratura no nariz.

— Vou voltar a usar meu próprio passaporte. Vou me barbear daqui a pouco e tomar um banho também, se me permite. Desci às pressas, porque achei que já tinha dormido demais.

Enquanto Reeves tomava banho, Tom ligou para o aeroporto e se informou sobre os aviões que partiam para Zurique. Havia três naquele dia, o primeiro decolava à uma e vinte da tarde, e a moça do outro lado da linha disse que provavelmente só restava um assento disponível.

24

Poucos minutos após o meio-dia, Tom chegava a Orly com Reeves. Estacionou o carro. Reeves telefonou ao hotel Três Ursos, em Ascona, e perguntou pela bagagem dele, e o hotel aceitou enviar a mala a Zurique. Reeves não estava muito preocupado, com certeza menos do que Tom estaria se houvesse deixado para trás uma mala destrancada que continha uma interessante agenda de endereços. No dia seguinte, em Zurique, Reeves provavelmente receberia a mala com todo o conteúdo intacto. Tom insistira em emprestar a ele uma mala pequena, com uma camisa extra, um suéter, pijama, meias e cuecas, além de pasta dental e a própria escova de dentes de Tom — coisas que Tom considerava essenciais para que uma bagagem parecesse normal. Por algum motivo, Tom não quisera dar a Reeves a escova que Jonathan usara apenas uma vez. Tom também deu a Reeves uma capa de chuva.

Sem a barba, Reeves parecia mais pálido.

— Tom, não precisa ficar comigo até o embarque. Dou um jeito. Agradeço infinitamente. Você salvou minha vida.

Não era bem verdade, a menos que os italianos tivessem a intenção de balear Reeves na calçada, o que Tom duvidava.

— Se eu *não* receber notícias suas — disse Tom, com um sorriso —, vou presumir que está tudo bem.

— Ok, Tom!

Com um aceno de mão, ele desapareceu atrás da porta de vidro.

Tom voltou ao carro e dirigiu para casa, sentindo-se deplorável e cada vez mais triste. Poderia espantar a melancolia marcando algum encontro para aquela noite, mas não estava com ânimo de ver ninguém, nem os Grais nem os Clegg. Não tinha vontade nem mesmo de assistir a um filme em Paris. Ligaria para Heloise por volta das sete da noite, para ver se ela já tinha ido fazer o passeio na Suíça. Se já houvesse partido, os pais dela decerto teriam o número do chalé, ou algum outro meio para entrar em contato com ela. Heloise sempre se lembrava de tomar aquelas precauções, deixar um número de telefone ou um endereço onde pudesse ser encontrada.

Além disso, é claro, ele poderia receber uma visita da polícia, o que arruinaria as tentativas de afugentar a depressão. O que poderia dizer, que passara a noite anterior em casa? Tom riu, e o riso foi um alívio. É evidente que, antes, precisava descobrir, se pudesse, o que Simone dissera.

Contudo, a polícia não apareceu e Tom não fez qualquer tentativa de falar com Simone. Tinha aquela habitual e inquietante sensação de que a polícia estava reunindo evidências e testemunhos, para em seguida despejá-los sobre ele. Tom comprou algumas coisas para o jantar, praticou uns exercícios na espineta e escreveu um bilhete amigável para Madame Annette, que se encontrava hospedada na casa da irmã, em Lyon.

Minha cara Madame Annette,

Belle Ombre sente uma enorme saudade da senhora, mas espero que esteja descansando e aproveitando estes lindos dias do início do verão. Aqui, tudo vai bem. Vou telefonar um dia desses para ver como a senhora está. Meus melhores votos.

Afetuosamente,
Tom

A estação de rádio parisiense noticiou um "tiroteio" numa rua de Fontainebleau, três mortos, nenhum nome divulgado. O jornal de terça-feira (Tom comprou o *France-Soir* em Villeperce) trazia uma notícia relativamente longa: Jonathan Trevanny, de Fontainebleau, fora baleado e morto, e dois italianos também haviam sido mortos na casa dos Trevanny. Tom passou os olhos bem rápido pelos nomes, como se não quisesse recordá-los, embora soubesse que permaneceriam por muito tempo em sua memória: Alfiori e Ponti. Madame Simone Trevanny dissera à polícia que não sabia de nenhum motivo para que os italianos houvessem invadido a casa do casal. Haviam tocado a campainha e em seguida forçado a entrada. Um amigo, cujo nome Madame Trevanny não revelou, prestara auxílio ao marido dela e levara ambos de carro, mais o filho pequeno, até o hospital de Fontainebleau, onde o marido fora declarado morto logo ao chegar.

Auxílio, pensou Tom, achando graça na palavra e recordando os dois mafiosos com o crânio esmigalhado na casa dos Trevanny. Bastante hábil com um martelo, aquele amigo dos Trevanny, e talvez o próprio Trevanny não ficasse atrás, tendo em vista que haviam enfrentado um total de quatro homens com armas de fogo. Tom começou a relaxar e chegou até a rir. Se acaso havia um toque de histeria no riso, quem poderia culpá-lo? Ele sabia que outros detalhes viriam à tona pelos jornais, ou quando não por meio da própria polícia — detalhes envolvendo Simone e, talvez, ele também. Entretanto, Madame Simone tentaria proteger a honra do marido e o dinheiro guardado na Suíça, pensou Tom, do contrário ela já teria revelado mais coisas à polícia. Poderia ter mencionado Tom Ripley e as suspeitas que nutria contra ele. Os jornais poderiam ter dito que Madame Trevanny prometera futuramente fazer uma declaração mais detalhada. No entanto, era evidente que ela não havia prometido nada.

O funeral de Jonathan Trevanny foi marcado para quarta-feira, 17 de maio, às três da tarde, na igreja de Saint-Louis. Tom teve vontade de ir à cerimônia, mas, levando Simone em consideração, achou que seria a pior coisa a se fazer — e, afinal de contas, os funerais serviam aos vivos, não aos mortos. Tom passou a tarde de quarta em silêncio, trabalhando no jardim. (Lembrou-se de que tinha que cutucar aqueles pedreiros preguiçosos para que terminassem logo a estufa.) Estava cada vez mais convencido de que, ao se colocar na frente dele, Jonathan tivera mesmo a intenção de proteger Tom contra o disparo.

Sem dúvida, a polícia interrogaria Simone nos próximos dias, exigindo que revelasse o nome do amigo que prestara auxílio ao marido dela. Será que os italianos — àquela altura talvez já tivessem sido identificados como mafiosos — não estariam atrás desse tal amigo, em vez de Jonathan Trevanny? A polícia daria alguns dias para que Simone se recuperasse do choque, e então voltaria a interrogá-la. Tom podia imaginar Simone reiterando o rumo escolhido com determinação cada vez mais forte: o amigo não queria ter o nome revelado; não era um amigo íntimo; agira em legítima defesa, assim como Jonathan; e tudo que ela desejava era esquecer aquele pesadelo.

Cerca de um mês depois, em junho, quando Heloise já estava de volta havia bastante tempo e as especulações de Tom sobre o caso Trevanny já haviam se concretizado — não houvera mais declarações de Madame Trevanny nos jornais —, Tom avistou Simone andando na direção dele numa calçada na rue de France, em Fontainebleau. Tom carregava um objeto pesado em forma de urna que acabara de comprar para o jardim. Ficou surpreso ao avistar Simone, pois ouvira dizer que ela e o filho haviam se mudado para Toulouse, onde a viúva comprara uma casa. Tom ouvira a notícia do jovem e confiável dono da *delicatessen* recém-aberta no local da antiga loja de Gauthier. Assim, com os braços quase cedendo sob a carga que por pouco não confiara às mãos do funcionário da floricultura, e com a mente atormentada pela desagradável lembrança de *céleri rémoulade* e arenques com creme — em vez dos inodoros tubos de tinta, pincéis virgens e telas, com que estava acostumado a se deparar no estabelecimento de Gauthier —, mais a crença de que Simone se encontrava a quilômetros e quilômetros de distância, Tom teve a impressão de que via um fantasma, uma aparição. Ele estava em mangas de camisa, quase desabando, e se não fosse por Simone teria largado o objeto pesado por um momento. O carro estava estacionado na esquina seguinte. Simone o avistou e, de imediato, os olhos dela se incendiaram com uma atenção feroz, como um inimigo preparando o ataque. Parou brevemente ao lado dele, e, quando Tom estava prestes a parar também, pensando em dizer ao menos um "*bonjour*, madame", ela cuspiu nele. Não conseguiu acertar o rosto, na verdade o cuspe passou longe, e Simone seguiu em frente com passos rápidos, em direção à rue Saint-Merry.

Talvez o gesto correspondesse à vingança da Máfia. Tom esperou que aquele fosse o último golpe, fosse por parte da Máfia ou de Madame Simone. De fato, o cuspe era uma espécie de garantia, certamente desagradável, tendo acertado ou não. Mas, se não houvesse decidido agarrar-se ao dinheiro na Suíça, Simone não teria se dado ao trabalho de cuspir e ele estaria na prisão. Simone só estava um pouco envergonhada dela mesma, pensou Tom. Nisso, assemelhava-se a grande parte da humanidade. Tom, aliás, acreditava que ela estava com menos peso na consciência do que o marido dela estaria, se ainda estivesse vivo.

intrinseca.com.br

@intrinseca

editoraintrinseca

@intrinseca

@editoraintrinseca

intrinsecaeditora

1ª edição	MARÇO DE 2025
impressão	IMPRENSA DA FÉ
papel de miolo	IVORY BULK 65G/M²
papel de capa	CARTÃO SUPREMO ALTA ALVURA 250G/M²
tipografia	ADOBE GARAMOND PRO